Elke Bergsma
Die Kraft der Entbehrung

TINTE & FEDER

Das Buch

1923. Das Ende des Ersten Weltkriegs zwang die Geschwister der Familie Ulferts, auf getrennten Wegen ihr Glück zu suchen. Nachdem sie sich, jeder auf seine Weise, in ihrem neuen Leben eingefunden haben, stellt sie die Wirtschaftskrise erneut vor existenzielle Herausforderungen. So kämpfen Janno und Edith in Berlin um das Überleben ihres Unternehmens, während sich Hiska und Karl mit der Besetzung des Ruhrgebiets durch französische Truppen konfrontiert sehen. Einzig Ennas Leben in Ostfriesland bleibt von den Folgen des wirtschaftlichen Abstiegs weitgehend unberührt; den Schikanen ihrer Schwiegerfamilie ausgesetzt, fühlt sie sich dennoch zutiefst unglücklich und beginnt, für ihre Unabhängigkeit und das Glück ihrer Kinder zu kämpfen.

Die Autorin

Elke Bergsma, Jahrgang 1968, ist ausgebildete Diplom-Geografin sowie PR-Beraterin und systemische Coachin. Seit 2014 arbeitet sie hauptberuflich als Autorin und hat bereits mehr als dreißig Bücher veröffentlicht. Einen Namen machte sich die Ostfriesin vor allem mit ihren Ostfrieslandkrimis rund um die Ermittler Büttner und Hasenkrug. Für diese Krimis war sie 2017 unter den Finalisten des Kindle Storyteller-Award und wurde 2020 mit dem Skoutz-Award ausgezeichnet. Auch mit ihren historisch-zeitgenössischen Ostfrieslandkrimis erschloss sie sich eine breite Leserschaft. Nach »Die Bürde der Freiheit« legt sie nun mit »Die Kraft der Entbehrung« den zweiten Band ihrer Reihe »Wege in eine neue Zeit« vor, in der sie die dramatische Geschichte einer Familie in den schicksalhaften 1920er- und 1930er-Jahren erzählt.

Elke Bergsma lebt in Ostfriesland und in Köln, fühlt sich jedoch in der ganzen Welt zu Hause.

ELKE BERGSMA

Die Kraft der Entbehrung

WEGE IN EINE NEUE ZEIT

BAND 2

ROMAN

TINTE & FEDER

Deutsche Erstveröffentlichung bei
Tinte & Feder, Amazon Media EU S.à r.l.
38, avenue John F. Kennedy, L-1855 Luxembourg
Januar 2023

Umschlaggestaltung: zero-media.net, München
Umschlagmotiv: © Rawpixel.com © pashabo/Shutterstock; © Abigail Miles/ ArcAngel; © imageBROKER/Bildverlag Bahnmueller /Getty Images
1. Lektorat: Kanut Kirches
2. Lektorat: Rainer Schöttle
Korrektorat: Manuela Tiller/DRSVS
Gedruckt durch:
Amazon Distribution GmbH, Amazonstraße 1, 04347 Leipzig /
Canon Deutschland Business Services GmbH, Ferdinand-Jühlke-Straße 7, 99095 Erfurt /
CPI books GmbH, Birkstraße 10, 25917 Leck

pISBN: 978-2-49671-097-7
eISBN: 978-2-49671-098-4

www.tinte-feder.de

Wichtige Personen

Familie Ulferts

Janno Arjen Ulferts	Bruder von Enna und Hiska, Berlin
Hiska Ulferts	Jannos und Ennas Schwester, Ruhrgebiet
Enna Ulferts	Jannos Schwester, Ostfriesland
Arjen Ulferts	Ennas Vater, Bauer, Ostfriesland
Talea Ulferts	Ennas Mutter, Ostfriesland (gestorben)
Ubbo Ulferts	Ennas Bruder, Ostfriesland
Wiebeke Ulferts	Ennas Schwester, Ostfriesland
Clivia Adena	Ennas Tochter, Ostfriesland
Georg (Gerke) Adena	Ennas Sohn, Ostfriesland
Nienke Ulferts	Ubbos Frau, Ostfriesland
Reelf Ulferts	Ubbos Sohn, Ostfriesland
Siemtje Ulferts	Ubbos Tochter, Ostfriesland

Familie Brodenbeck

Hagen Brodenbeck	Waffenfabrikant, Berlin
Eberhard Brodenbeck	Sohn von Hagen Brodenbeck, Berlin

Edith Wiemers	Tochter von Hagen Brodenbeck, Berlin
Gustav Wiemers	Ediths Sohn, Berlin
Marie Wiemers	Ediths Tochter, Berlin

Familie Adena

Georg Adena	Geschäftsmann, Fabrikant, Ostfriesland (gestorben)
Odo Adena	Georgs Vater, Ostfriesland
Undine Adena	Georgs Mutter, Ostfriesland
Ernfried Adena	Georgs Bruder, Ostfriesland
Marika Adena	Frau von Ernfried, Ostfriesland

Familie Kembrowski

Karl Kembrowski	Bergarbeiter, Ruhrgebiet
Joris Kembrowski	Karls Bruder, Ruhrgebiet
Annemarie Kembrowski	Karls Schwester, Ruhrgebiet
Luise Kembrowski	Karls Mutter, Ruhrgebiet
Hans Kembrowski	Karls Vater, Ruhrgebiet (gestorben)
Clara Kembrowski	Karls Frau, Ruhrgebiet

Familie von Wolff

Heinz-Rudolf von Wolff	Zechendirektor, Ruhrgebiet
Käthe von Wolff	Frau des Direktors, Ruhrgebiet
Elisabeth von Wolff	Tochter des Direktors

1

Ostfriesland, Januar 1923

Enna liebte diese kleinen Ausflüge mit ihrem Sohn, gaben sie ihr doch das Gefühl, endlich mal wieder durchatmen zu können. Ja, hier an der Nordsee, deren Wellen, aufgepeitscht von einem steifen und eisigen Nordwestwind, mit lautem Getöse ans Ufer krachten, genoss sie für eine kurze Zeit die Freiheit, die ihr ansonsten verwehrt blieb.

Seit dem Tod ihres Mannes im Frühjahr 1920 war die Villa der wohlhabenden Fabrikantenfamilie Adena für sie mehr und mehr zu einem Gefängnis geworden, aus dem es kein Entrinnen gab. Eingeengt von der Rolle, die ihr als Mutter des Adena-Erben von ihren Schwiegereltern zugedacht worden war, verfiel sie immer häufiger in einen Zustand des Trübsinns und der Hoffnungslosigkeit. Vor allem, wenn sie an ihre dreijährige Tochter Clivia dachte, die man ihr entrissen hatte, verkrampfte sich ihr Herz so sehr, dass sie glaubte, nie wieder froh werden zu können. Immer wieder fragte sie sich dann, ob sie richtig gehandelt hatte, ob sie etwas hätte besser machen können. Das Ergebnis dieser Grübelei aber war stets dasselbe: Man hatte ihr keine Wahl gelassen. Wie sie es auch drehte und wendete, sie hatte nur verlieren können. Clivia oder Gerke. Sie hasste ihre Schwiegereltern abgrundtief dafür, dass sie sie vor diese Entscheidung gestellt hatten. Clivia oder Gerke. Konnte es für eine Mutter denn überhaupt Schlimmeres geben, als dass man sie zwang, sich gegen eines ihrer Kinder zu entscheiden?

Den Blick auf die tosenden Wellen und die schweren grauen Wolken gerichtet, die, vom Sturm gepeitscht, in schnellem Tempo über den Himmel dahinstoben, stieß Enna einen tiefen Seufzer aus. Es tat so weh, ihre kleine Tochter verraten zu haben, so unendlich weh! Zwar wusste sie Clivia bei ihrem Bruder Ubbo und dessen Frau Nienke in den besten Händen, und doch raubte ihr der Gedanke an das Kind regelmäßig den Schlaf. Niemals würde sie den Moment vergessen, in dem sie voneinander hatten Abschied nehmen müssen. In ihren Träumen verfolgten sie noch heute die kleinen Ärmchen, die Clivia nach ihr ausstreckte. Dabei hatte das kleine Mädchen so sehr geweint, als hätte es geahnt, dass es von diesem Tag an auf die bedingungslose Liebe der Mutter, die ihr bis dahin zuteilgeworden war, würde verzichten müssen.

Und das nur, weil ihre Haut ein wenig dunkler war als in Ostfriesland üblich.

Ennas Hoffnung, dass sich die Merkmale, die Clivia als die Urenkelin einer afrikanischen Frau auswiesen, nicht allzu sehr ausprägen würden, hatte sich nicht erfüllt. Mit jedem Monat, den das Mädchen älter wurde, erinnerte es Enna mehr und mehr an ihren leiblichen Vater Jean-Pierre, einen belgischen Soldaten mit goldbrauner Haut und dunklem Haar, dem sie während des Kriegs verfallen war. Der jedoch war gleich nach der deutschen Kapitulation in seine Heimat zurückgekehrt – nicht wissend, dass Enna sein Kind unter dem Herzen trug.

Ja, Clivia war das Ergebnis einer verbotenen Liebe, das Enna der Familie Adena durch die Hochzeit mit dem Adena-Erben hatte unterschieben wollen. Sie hätte wissen müssen, dass der liebe Gott für derlei Ränkespiele keinerlei Verständnis hatte. Dessen Groll und mit ihm die Folgen für ihr sträfliches Handeln hatte sie sich also ausschließlich selbst zuzuschreiben.

»Woher hast du dieses Kind?«, hatte die Schwiegermutter sie eines Tages – es war kurz nach Gerkes Geburt gewesen – so unvermittelt angegiftet, dass Enna vor lauter Entsetzen sämtliche Farbe aus dem Gesicht gewichen war. So lange schon hatte sie befürchtet, dass dieser Moment kommen würde; als er aber plötzlich da war, waren alle Erklärungen und Rechtfertigungen, die sie sich in ihrem Kopf zurechtgelegt hatte, wie ausgelöscht. »Überall in der Gegend zerreißt man sich bereits das Maul über das Kuckuckskind, das du uns in so infamer Weise untergeschoben hast. Überall!« Mit dem für sie typischen verschlagenen Gesichtsausdruck und drei erhobenen Fingern hatte Undine Adena hinzugefügt: »Ich gebe dir noch drei Tage, Enna, dann ist das Kind weg.«

»Weg?«, hatte Enna mit Panik in der Stimme gekrächzt.

»Weg«, hatte die alte Adena bekräftigt. »Oder glaubst du vielleicht, wir lassen uns dieses … dieses Geschöpfes wegen zum Gespött der ganzen Nachbarschaft machen?! Wir haben schließlich einen Ruf zu verlieren. Einen sehr guten Ruf, den wir von dir ganz sicher nicht weiterhin in den Dreck ziehen lassen! Schlimm genug, dass wir auf dich reingefallen sind. Wenn ich mir vorstelle, dass du meinen armen Sohn derart hintergangen hast … Das ist … das ist so … *incroyable*! Wirklich unglaublich.« Die Schwiegermutter atmete schwer und begann, sich mit einem Fächer Luft zuzufächeln. »Drei Tage, Enna. Wenn du bis dahin keine andere Bleibe gefunden hast, bringe ich deinen widerlichen Bastard, den wir ein Jahr lang durchgefüttert haben, in ein Heim. Ohne Wenn und Aber.«

Enna hatte diese Ansage den Boden unter den Füßen weggezogen. »Gut, dann werde ich gleich morgen mit den Kindern …«

»Du bleibst!« Mit spitzem Finger hatte die Schwiegermutter auf sie gezeigt und ihr die letzte Hoffnung, dieser Hölle womöglich doch noch zu entkommen, genommen. »Du bleibst und wirst unserem Enkel und Erben eine gute Mutter sein. Deine Tochter aber wirst du selbstverständlich nicht mehr zu Gesicht bekommen.«

»Aber …«

»Kein Aber! Unser Enkel ist alles, was uns von unserem Sohn geblieben ist. Ganz sicher werden wir nicht zulassen, dass er uns genommen wird. Schlimm genug, dass er ein Flittchen zur Mutter hat, das sich mit absonderlichen Männern einlässt, aber dafür kann er ja nichts. Der Junge bleibt bei uns, Enna. Und solltest du auch nur versuchen, ihn uns zu entziehen, oder gar einen Skandal heraufbeschwören, indem du dich mit ihm davonschleichst, dann gnade dir Gott! Ich kann dir schon jetzt versprechen, dass wir dich aufspüren und du auch deinen Sohn in diesem Fall nie wiedersehen würdest.« Ihre Augen waren ganz schmal geworden, als sie nicht ohne Genugtuung in der Stimme zischte: »Und was das für deine unselige Familie bedeuten würde, muss ich dir ja sicherlich nicht sagen. Wenn du nicht willst, dass dein Vater und dein Bruder ihren Hof und damit ihr Einkommen verlieren, dann tust du besser, was ich dir sage. Du weißt, wir haben sie in der Hand, seit dein Vater dämlich genug war, uns den Hof zu überschreiben. Aber für besonderen Scharfsinn waren die Ulferts ja noch nie bekannt.«

An diesem Tag war Ennas ohnehin schwer belastetes Herz in tausend Stücke zersprungen.

Als nun der zweijährige Georg, der auf den ausdrücklichen Wunsch der Großeltern hin den Vornamen seines verunglückten Vaters trug, auch wenn Enna ihn heimlich Gerke nannte, auf seinen pummeligen Beinchen jauchzend auf sie zugerannt kam, ging sie in die Hocke, um ihn mit ihren Armen zu umfangen. »Na, mein Schatz, was hast du da in der Hand?« Vorsichtig öffnete Enna die kleine Faust ihres Sohnes, die sich trotz des eisigen Windes warm anfühlte. »Oh, das ist ja eine Muschel. Ist die für mich?«

»Mama«, sagte Gerke mit strahlenden Augen. Er ließ es zu, dass Enna ihm die weiße Muschel mit den braunen Rillen aus der Hand nahm. Sie war nicht größer als die Kuppe ihres kleinen Fingers.

»Oh, die ist aber wunderschön, Gerke.« Enna drückte dem Jungen einen Kuss auf die gerötete Wange, dann noch einen und noch einen. Sie genoss es so sehr, ihn nach ihrem Gutdünken drücken und küssen zu können, denn zu Hause blieb ihr diese Freude versagt.

»Er ist ein Junge«, hatte ihr Schwiegervater sie erst unlängst wieder zurechtgewiesen, als sie Gerke auf ihren Schoß nahm, um mit ihm zu kuscheln. »Ein strammer deutscher Junge, dem es ganz sicher nicht guttut, wenn er von seiner Mutter verweichlicht wird. Ich untersage es dir ein für alle Mal, dich derart gehen zu lassen, Enna! Schließlich soll der Junge zu keinem Schwächling heranwachsen, sondern zu einem starken, robusten Kerl. Ich hoffe, wir haben uns verstanden!«

Seither versagte sich Enna unter Mühen jede Zärtlichkeit mit ihrem Kind, solange die Schwiegereltern oder jemand vom Hauspersonal in der Nähe waren. Wenn sie aber allein mit ihm war, dann versuchte sie dem Jungen all die Liebe zu geben, die ihm ansonsten in dem so kalten und lieblosen Haus der Großeltern verwehrt blieb.

Als Gerke das Küssen und Drücken zu viel wurde, strampelte er sich frei und tapste erneut in Richtung der Salzwiesen davon, in denen er vermutlich neue Schätze zu entdecken hoffte. Wenn eine besonders tosende Welle an die Uferbefestigung klatschte, blieb er kurz stehen, riss die Ärmchen in die Luft und lachte vergnügt. Zu Ennas Erleichterung aber schenkte er dem Wasser keine weitere Beachtung, sondern wandte sich erneut der Schatzsuche zu. Zwar war Enna stets auf der Hut, dass er dem Wasser nicht zu nah kam, doch gestaltete sich die Aufsicht auf diese Weise um ein Vielfaches einfacher.

»Komm«, sagte sie nach einer Weile des Muschelsammelns mit Blick auf die bereits tief stehende Sonne, die für einen kurzen Moment zwischen den Wolkentürmen hervorlugte und das Wasser silberne Funken sprühen ließ. »Wir müssen zurück. Deine Großeltern erwarten uns zum Abendessen.« Sie nahm Gerke, der sich nun müde die Augen rieb, auf den Arm und trug ihn in Richtung Deich, hinter dem der Chauffeur im Automobil auf sie wartete. Als er ihr zu schwer wurde, hievte sie Gerke auf ihre Schultern, und er juchzte vor Vergnügen, als sie für ihn wie ein Pferd zu traben begann.

Dies waren die Momente, für die sie lebte.

* * *

Nienke schloss die Haustür und kehrte in die Küche zurück.

»Schon wieder Bettler?«, fragte Ubbo Ulferts, der am Küchentisch stand und einem frisch geschossenen Hasen das Fell abzog. Es war eine Tätigkeit, die er normalerweise seiner Frau überließ, doch fühlte die sich in den letzten Tagen ihrer Schwangerschaft nicht besonders gut, und er wollte ihr nicht zu viel zumuten.

»Ja«, bestätigte Nienke seufzend, während sie sich mit beiden Händen den schmerzenden Rücken hielt. Sie war von zarter Statur, an der sich der gerundete Bauch viel zu wuchtig ausnahm. Da verwunderte es nicht, dass der Rücken zum Protest ansetzte. »Es waren zwei Kinder aus Emden. Ich habe ihnen einen Kanten Brot und ein paar Eier gegeben. Der Hunger treibt immer mehr Menschen zu den Bauernhöfen. Es ist das reinste Elend. Ich weiß wirklich nicht, wohin das noch führen soll. Das Geld ist jeden Tag weniger wert, das Essen aber wird genauso schnell teurer.«

Ubbo nickte. Eigentlich war es ihnen hier auf dem Hof in den letzten Jahren recht gut ergangen. Zwar war es unmittelbar nach dem Krieg immer mal wieder zu den sogenannten *Speckumzügen* von städtischen Arbeitern in die umliegenden Dörfer gekommen, bei denen um Essen gebettelt worden und es manchmal auch zu Unruhen gekommen war. Alles in allem aber war ihr Hof glimpflich davongekommen; vor allem wohl deshalb, weil es sich trotz des Hungers niemand mit den Adenas verscherzen wollte, in deren Fabriken und Unternehmen so viele Menschen in Lohn und Brot standen und ihren ohnehin kärglichen Lohn nicht auch noch verlieren wollten.

»Setz dich und trink einen Tee!«, forderte er seine Frau auf, als diese kurz zu taumeln begann und sich an der Wand abstützte. Mit einem besorgten Blick auf sie, deren Gesicht unter dem blonden, zu einem Zopf geflochtenen Haar nun leichenblass war, ließ er den Hasen auf den Tisch sinken und führte sie zu einem Stuhl. »Ich weiß ja nicht, ob das normal ist, dass dir immer schwindlig ist«, überlegte er laut. »Ob wir nicht doch besser mal den Doktor kommen lassen?«

»Ich krieg ein Kind, Ubbo«, stöhnte Nienke, während sie sich umständlich auf dem Stuhl niederließ. »Das ist das Normalste von der Welt. Mit so was belästigt man keinen Doktor. Wenigstens nicht vor der Zeit. Und die ist erst in zwei, drei Wochen.«

»Je nu.« Ubbo wusste darauf nicht viel zu erwidern, denn mit Frauenkram kannte er sich nicht aus. Dennoch beschlich ihm beim Anblick seiner Frau ein ungutes Gefühl. Auf gar keinen Fall wollte er, dass ihr etwas zustieß.

Gut zwei Jahre war es nun her, dass sie beim Kirchgang plötzlich vor ihm gestanden hatte, und schon in diesem Moment war es um ihn geschehen gewesen. Noch immer fragte er sich, wie es hatte geschehen können, dass sie seinen Heiratsantrag nur wenige Wochen darauf angenommen hatte. Denn was hatte er ihr schon zu bieten außer Arbeit, Arbeit und noch mal Arbeit? Allerdings hatte Ubbo sich und auch Nienke bei ihrer Hochzeit geschworen, dass er nicht zu den Männern gehören würde, die ihre Frau sich Tag und Nacht schinden ließen, bis ihr Rücken krumm und ihre Hände von der vielen schweren Arbeit deformiert waren.

Dennoch war das Leben auf einem Bauernhof ein hartes. Insbesondere, da ihnen dieser Hof ja nicht einmal mehr gehörte, sondern sie ihn lediglich bewirtschaften durften, nachdem Odo Adena die Ulferts auf so schändliche Weise enteignet hatte. Wenn Ubbo nur daran dachte, wie sehr Odo Adena seinem dem Trübsal verfallenen Vater nach dem Tod der Mutter zugesetzt hatte, überkam ihn immer noch diese unbändige Wut. Eine Wut auf die Bonzen, die sich den rechtschaffenen Leuten gegenüber einfach alles herausnahmen und ihn letztlich dazu getrieben hatten, sich den Arbeiter- und Soldatenräten anzuschließen. Denn was hatten so einfache Menschen wie er den Reichen und Mächtigen sonst schon entgegenzusetzen, wenn sie sich nicht zusammentaten, um gemeinsam für ihre Rechte zu kämpfen?

Doch trotz aller Proteste und der landauf, landab mit diesen einhergehenden Straßenkämpfe schienen die einfachen Leute immer nur noch ärmer, die Reichen aber stets noch reicher zu werden. Erst unlängst hatte Ubbo einen Brief von seiner Schwester Hiska aus Duisburg bekommen, die von einem Unternehmer, einem gewissen Hugo Stinnes, berichtete, der immer zu den Gewinnern gehörte, ganz egal, ob Krieg war oder Frieden. So produzierten dessen Fabriken im Krieg Artilleriegranaten, belieferten aber zu Friedenszeiten zahlreiche Länder Europas mit Kohle, um die Elektrifizierung voranzutreiben. Sämtliche Sozialisierungsbestrebungen der unterjochten

Arbeiterschaft aber vermochte dieser Stinnes im Zusammenspiel mit der Politik stets erfolgreich abzuwehren, nur um gleichzeitig das rechtsnationale Lumpenpack in ihrem schändlichen Tun zu unterstützen.

»Möchte mal wissen, wie es Enna geht«, murmelte Ubbo beim Gedanken an seinen ehemaligen Schwager Georg, der, ebenso wie Stinnes, geglaubt hatte, sein Reichtum gebe ihm das Recht, andere Menschen wie Dreck zu behandeln. Ubbo hatte ein gewisses Gefühl der Genugtuung nicht verhehlen können, als Georg vor rund zwei Jahren in Berlin einem Unfall zum Opfer gefallen war. Eigentlich hatte er gehofft, dass es seiner Schwester Enna danach endlich gelingen würde, sich aus den Verstrickungen der Familie Adena zu lösen; letztlich aber war für sie durch die Geburt des kleinen Gerke alles nur noch schlimmer geworden. Was seine Theorie, dass es eine anscheinend zwangsläufige Eigenart der Reichen sei, die von ihnen Abhängigen auszubeuten und zu drangsalieren, einmal mehr bestätigte. Es war wirklich an der Zeit, etwas dagegen zu unternehmen.

Die Tür flog auf und hereingestürmt kam, in eine Wolke kalter Luft gehüllt, die kleine Clivia, gleich gefolgt von Ubbos Vater Arjen. Die dunklen Augen des Mädchens leuchteten in dem von der Kälte geröteten Gesicht, und sie rief: »Via war auf Pferd! Via ist gereitet!«

»Geritten, mein Schatz, es heißt geritten«, korrigierte Nienke sie mit schwacher Stimme, als die Kleine auf sie zugestürmt kam und aufgeregt mit den kleinen Fäusten auf ihre Oberschenkel eintrommelte.

Ubbo, der sich wieder am Hasen zu schaffen machte, lächelte, als er seinen Vater mindestens ebenso strahlen sah wie seine Nichte. Mit dem Erscheinen Clivias in ihrer aller Leben schien auch Arjen Ulferts endlich wieder neuen Lebensmut geschöpft zu haben.

Ubbo war zunächst skeptisch gewesen, als Enna ihn unter Tränen gebeten hatte, ihre gerade einmal einjährige Tochter bei ihnen lassen zu dürfen. Was würde Nienke zu dem Familienzuwachs sagen, jetzt, da sie gerade erst geheiratet hatten und eine eigene Familie gründen wollten? Und wie würde sein Vater auf diese Schmach reagieren und darauf, dass es sich bei Clivia ganz offensichtlich um das Kind nicht nur eines Kriegsfeindes, sondern noch dazu um die Nachkommin einer dunkelhäutigen Afrikanerin handelte?

Zu seiner Überraschung aber hatte Clivia nicht nur Nienke rasch um den Finger gewickelt, sondern auch auf den verbitterten Mann, der im Krieg zwei Söhne und dann auch noch seine Frau durch die Spanische Grippe verloren hatte, wie ein Jungbrunnen gewirkt. Fast schien es, als wollte Arjen das, was er seiner Tochter Enna mit seiner demonstrativen Missachtung einst angetan hatte, an dem Kind wiedergutmachen. Nicht ein einziges Mal hatte er sich seither zur Hautfarbe des Kindes geäußert oder ihre Herkunft hinterfragt. Im Gegenteil hatte anscheinend ein einziger Blick auf das Kind mit den schwarzen Ringellocken genügt, um sein Herz zum Schmelzen zu bringen.

Dem Gespött der Leute, das nach Ankunft des Kindes über sie hereingebrochen war, begegnete er mit einer stoischen Gelassenheit, ebenso wie deren Empörung über die Unvernunft Ennas, sich von einem – so ihr Wortgebrauch – Hottentotten ein Kind andrehen zu lassen. »Kehrt mal schön vor eurer eigenen Haustür«, pflegte Arjen in solchen Fällen zu sagen. »Oder soll ich wirklich anfangen aufzuzählen, welches eurer Kinder dem Nachbarn wie aus dem Gesicht geschnitten ist?« Das Gespött hatte daraufhin ein rasches Ende gefunden.

Heute blickte sich niemand mehr nach ihnen um, wenn Clivia an der Hand ihres Opas oder ihrer Zieheltern die Straße entlanglief. Sie gehörte nicht nur dazu, sondern wurde sogar von allen Nachbarn verhätschelt, weil sie ein so reizendes und aufgewecktes Kind war.

»Sie wird mal eine gute Reiterin«, bemerkte Arjen Ulferts. Er zog sich die Mütze vom Kopf und setzte sich neben seine Schwiegertochter auf einen Stuhl. »Hat ein Händchen für Pferde, die Lütte. Und vor allem hat sie keine Angst vor ihnen.« Er nickte zufrieden. »Ist eben doch eine Ulferts.«

Nachdem er drei Tassen Tee getrunken hatte, schnappte er sich einen der gehäuteten Hasen und begann ihn auszuweiden. »Was ist mit dir?«, fragte er mit einem Blick auf seine Schwiegertochter. »Bist ja ganz weiß im Gesicht. Und zittern tust du auch. Ist dir kalt?«

Tatsächlich schien es Nienke von Minute zu Minute schlechter zu gehen. Es war ihr nur mit einem andauernden Stöhnen und mehreren Pausen gelungen, die zappelige Clivia von Mantel, Mütze und Schal zu befreien, danach war sie völlig außer Atem. »Es geht schon«, keuchte sie jetzt, presste sich jedoch im nächsten Moment laut aufstöhnend die Hände auf den Bauch.

»Nichts da«, brummte Ubbo. Er klatschte den Hasen auf den Tisch und wischte sich die blutigen Hände an der Hose ab. »Ich hol jetzt den Doktor. Und die Hebamme gleich mit.« Er wartete keine Reaktion ab, sondern stakste entschlossen und mit großen Schritten zur Tür hinaus.

* * *

Es war nicht eben ein zarter Klaps, der wie aus dem Nichts auf der Hand der kleinen Anna landete. Erschrocken zog die Dreijährige den Kopf zwischen ihre Schultern, und sie sah ihren Vater aus weit aufgerissenen Augen und mit bebenden Lippen an, während sie sich die schmerzenden Finger hielt. Ganz offensichtlich schien sie nicht zu wissen, was sie falsch gemacht hatte. Wie sollte sie auch?

Nicht besser erging es nur Sekunden später ihrer um ein Jahr jüngeren Schwester Marlene, die auf die Maßregelung hin zu weinen begann.

»Wie oft habe ich dir gesagt, dass du nicht wegen jeder Kleinigkeit heulen sollst!«, schnauzte ihr Vater sie prompt an. »Glaubst du denn, es macht mir Spaß, euch immer wieder schelten zu müssen?! Glaubst du denn, ich habe es mir ausgesucht, zwei so missratene Töchter zu haben?«

»Bitte beruhige dich doch, Ernfried«, ergriff nun seine Frau Marika das Wort, doch reichte eine unmissverständliche Geste ihres Gatten aus, um auch sie zum Schweigen zu bringen. Geschwächt von einer weiteren, unter etlichen Komplikationen verlaufenden Schwangerschaft gab sich die früher so selbstbewusste, ja geradezu kesse Frau geschlagen und sackte unter dem anklagenden Blick ihres Ehemanns kraftlos in sich zusammen.

Seit Georg gestorben war und sich sein zuvor eher träger Bruder Ernfried zum tyrannisch agierenden Familienoberhaupt aufgeschwungen hatte, war Marika nur noch ein Schatten ihrer selbst. Ganz sicher war es nicht ihre Entscheidung gewesen, ein Kind nach dem anderen zu gebären. Neben Anna und Marlene gab es da auch noch die knapp einjährige Frieda, die das Glück hatte, noch nicht am Abendessen teilnehmen zu müssen, und friedlich in ihrer Wiege schlummerte.

Solange Marika aber keinem Jungen das Leben schenkte, würde Ernfried ihr weitere Schwangerschaften wohl nicht ersparen. Offenbar hoffte er insgeheim, dass in diesem Fall nicht Gerke, sondern seinem Sohn eines Tages das umfangreiche Erbe der Adenas zufallen würde. So jähzornig, wie Ernfried sich seinem Neffen gegenüber gab, hatte Enna schon so manches Mal befürchtet, er könne ihm etwas antun, um seinem eigenen Erben den Weg auf den Familienthron zu ebnen. Dass auch eines der Mädchen das Erbe antreten könnte, kam keinem der Adenas in den Sinn, denn das widersprach ihrer durch und durch konservativen Gesinnung.

»Anna und Marlene!« Ernfried hob erneut die Hand zum Schlag, obwohl die Mädchen sichtlich bemüht waren, die aufkommenden Tränen hinunterzuschlucken. »Noch ein Mucks, und es setzt was! Seht endlich zu, dass ihr aufesst! Es ist an der Zeit, dass wir nach Hause fahren.«

Enna zerriss es schier das Herz zu sehen, wie die beiden Mädchen nach einer Antwort suchten auf die Frage, womit sie ihren Vater verärgert hatten. Dass es ihre bloße Existenz war, die Ernfried ihnen zum Vorwurf machte, konnten sie schließlich noch nicht verstehen. Dies galt insbesondere für Anna, kam bei ihr doch erschwerend hinzu, dass Ernfried sich nicht sicher sein konnte, ob sie wirklich sein Fleisch und Blut war. Marika jedenfalls hatte seinerzeit kein Geheimnis daraus gemacht, auch mit ihrem Schwager intim gewesen zu sein, wohl in der Hoffnung, dass Georg ihr gemeinsames Kind zum Erben machen würde, sollte es ein Junge werden. Hätte sie geahnt, dass Georg nur bald darauf tödlich verunglücken würde, hätte sie dieses Geheimnis sicherlich lieber für sich behalten.

Besonders heftig wurden Ernfrieds Angriffe gegen die Kinder, wenn seine Eltern nicht mit am Tisch saßen. Odo und Undine Adena speisten heute außer Haus und hatten es für eine gute Idee befunden, dass Ernfrieds Familie Enna und Gerke an diesem Abend Gesellschaft leistete. Vermutlich geschah dies aus der Furcht heraus, Enna könne die Abwesenheit ihrer Schwiegereltern dazu nutzen, mit ihrem Kind doch noch das Weite zu suchen. Leider schienen sie nicht einmal zu ahnen, wie sich ihr Sohn seinen Kindern gegenüber aufführte, wenn sie nicht da waren. Enna war überzeugt, dass in diesem Fall selbst sie eingegriffen hätten. Zwar schätzten sie eine strenge Hand in der Kindererziehung durchaus, waren den engelsgleichen

Mädchen mit den blonden Locken aber dennoch von Herzen zugetan. Ja, zufrieden damit, dass sie mit Gerke den Namen Adena und die Unternehmensnachfolge gesichert wussten, waren sie für Anna und Marlene alles in allem ganz reizende Großeltern. Zu schade nur, dass sie Marikas wiederholtem Klagen über die Erziehungsmethoden ihres Sohnes bislang kein Gehör geschenkt hatten. Und zu schade, dass sie sich auf diese Art nicht auch mit Clivia hatten anfreunden können.

Aus lauter Solidarität mit seinen Kusinen brach nun auch Gerke, der sich bis dahin mit voller Hingabe den Fleischbällchen auf seinem Teller gewidmet hatte, in Tränen aus. Ein Umstand, der seinen Onkel einmal mehr aus der Haut fahren ließ. »Oh, was bist du doch für ein Jammerlappen, Georg! Dein Vater würde sich deiner schämen, wenn er …!«

»Ger- Georg ist mein Sohn!«, unterbrach Enna ihren Schwager ungehalten, während sie ihr Besteck scheppernd auf den Teller zurücklegte. »Und ich erziehe ihn, wie ich es für richtig halte. Darf ich dich also bitten, dich nicht in unsere Angelegenheiten zu mischen, Ernfried!« Sie zog ihren Sohn, der auf dem erhöhten Stuhl neben ihr saß, auf den Schoß und strich ihm tröstend über den Kopf, während sein kleiner Körper unter Schluchzern erbebte.

»Was fällt dir ein, mich vor den Kindern zurechtzuweisen, Enna! Ich bin hier der Hausherr und …!«

»Schrei an, wen du willst, Ernfried, aber nicht mich! Und in dieser Villa bist nicht du der Hausherr, sondern immer noch dein Vater!« Enna erhob sich so ruckartig von ihrem Platz, dass ihr Stuhl nach hinten kippte und gerade noch von einem Bediensteten am Fallen gehindert werden konnte. Dann verließ sie, ihren immer noch weinenden Sohn auf dem Arm haltend, wortlos den Speiseraum. Kaum, dass sie die Tür hinter sich geschlossen hatte, trat eine der jungen Haushaltshilfen auf sie zu.

»Was gibt es denn, Greetje?«, fragte Enna ein wenig zu schroff. Ihr stand nach diesem schrecklichen Abendessen nicht der Kopf danach, sich um Haushaltsangelegenheiten zu kümmern.

»Da ist jemand für Sie, gnädige Frau«, antwortete Greetje fast flüsternd.

Enna runzelte die Stirn. »Was soll das heißen, da ist jemand für mich? Könntest du dich bitte deutlich ausdrücken? Und wenn möglich auch ein wenig lauter?«

»Sie würden es nicht gutheißen, wenn Ihr Schwager es mitbekäme«, sprach Greetje weiterhin in Rätseln. Als sie jedoch Ennas zunehmend ungeduldiger Blick traf, fügte sie rasch hinzu: »Es ist ein junges Mädchen gekommen. Sie behauptet, Ihre Schwester zu sein.«

»Meine Schwester?« Enna war so überrascht, dass ihre Erwiderung zu laut geriet, und unwillkürlich schaute sie über die Schulter zurück auf die Esszimmertür. »Hat sie ihren Namen genannt?«, fragte sie mit gedämpfter Stimme.

»Ja. Sie sagte, sie heiße Wiebeke. Sie sieht Ihnen sehr ähnlich, gnädige Frau, sodass ich ihr geglaubt habe.«

»Wiebeke ist hier?« Ennas Gedanken fuhren Achterbahn. Was mochte ihre erst dreizehn Jahre alte Schwester auf den weiten Weg aus der Krummhörn hierher nach Aurich verschlagen haben? Es musste etwas Dringendes sein. Doch warum hatte Wiebeke ihr dann nicht einfach eine Depesche geschickt? Es war doch wohl nichts mit Clivia? »Wo ist sie?«, fragte sie mit belegter Stimme.

»In Ihrem Salon, gnädige Frau.«

»In meinem Salon?« Enna sah sich panisch um. »Aber Greetje, wie konntest du denn nur so unvorsichtig sein?!«

»Es ist der sicherste Ort für sie«, flüsterte Greetje. Als nun vom Esszimmer her erneutes Geschrei und bitterliches Weinen zu hören waren, zog Enna das Hausmädchen rasch in eine Nische. »Niemand wird Sie in Ihrem Zimmer aufsuchen«, fuhr Greetje fort. »Ich habe Ihre Schwester durch den Dienstboteneingang hereingelassen und sie in aller Eile nach oben geführt. Sobald Ihr Schwager das Haus verlassen hat, lotse ich sie wieder hinaus. Bis dahin werden auch die gnädigen Herrschaften noch nicht wieder zurück sein.«

»Dein Wort in Gottes Ohr«, stöhnte Enna. Aber sie musste zugeben, dass das Hausmädchen recht hatte. Selbst Ernfried würde es nicht wagen, ihr Zimmer zu betreten. So viel Anstand besaß sogar er noch.

»Kommen Sie!« Greetje gab ihr ein Zeichen, ihr die Treppe hinauf zu folgen. »Sobald Sie oben sind, droht keine Gefahr mehr.«

Enna schaffte es, mit dem zwischenzeitlich eingeschlafenen Gerke auf dem Arm, gerade noch die Treppe hoch, als sie unten die Esszimmertür aufgehen hörte. Ernfried trieb die Seinen zur Eile an. »Und wer glaubt, im Automobil laut oder gar frech sein zu dürfen, dem werde ich Beine machen«, drohte er seinen Töchtern. »Ich hoffe, wir haben uns verstanden.«

Enna atmete auf, als bald darauf die Haustür zuschlug. Nun konnte sie sich in aller Ruhe um Wiebeke kümmern. »Bitte bring uns etwas zu essen und zu trinken rauf«, bat sie Greetje, bevor die sich wieder auf den Weg nach unten machte. »Meine Schwester wird hungrig sein, und auch ich habe in Gegenwart meines schrecklichen Schwagers kaum einen Bissen runterwürgen können.«

Greetje nickte verständnisvoll. »Sehr gern, gnädige Frau. Auch werde ich Ihnen sofort Bescheid geben, sollten Ihre Schwiegereltern früher als erwartet zurückkehren.«

Enna betrat ihre Räumlichkeiten, immer noch davon ausgehend, dass es sich um ein Versehen handeln müsse. Greetje aber behielt recht: Aus einem der Louis-XIV-Sessel schaute ihr Wiebeke mit einem verhaltenen Lächeln im Gesicht entgegen.

Gekleidet in ein einfaches Kleid aus grobem, braunem Wollstoff wirkte sie in dieser edlen Umgebung völlig fehl am Platz. Vermutlich hätte sie sich bei Greetje in der Küche deutlich wohler gefühlt. Ich mich auch, fügte Enna in Gedanken hinzu.

Sobald sie ihre große Schwester sah, sprang Wiebeke auf und kam auf sie zu. »Enna«, freute sie sich. »Es ist so schön, dich zu sehen.« Sie strich dem schlafenden Gerke über die Wange. »Und meinen Neffen natürlich. Wie groß er geworden ist!«

»Wiebeke, was für eine Überraschung! Und wie groß *du* geworden bist!« Enna streckte einen Arm nach ihr aus und drückte sie kurz an sich. Dann sah sie sie skeptisch an. »Es ist doch hoffentlich nichts passiert? Sind zu Hause auf dem Hof alle wohlauf? Ist was mit Clivia? Sag, wie geht es meiner Kleinen?«

»Es geht ihr ganz prächtig«, sagte Wiebeke mit einem Lächeln. »Sie ist unser aller Sonnenschein.«

Unser aller Sonnenschein. Enna wurde das Herz eng. Wie konnte es nur angehen, dass sie als Einzige nicht am Leben ihrer Tochter teilhaben durfte?! *Unser aller Sonnenschein.* »Und … und Vater?«, fragte sie vorsichtig. »Behandelt er sie gut?«

Wiebeke lachte auf. »Ob er sie gut behandelt? Er ist ganz vernarrt in sie! Mit jedem Tag ein wenig mehr, wie mir scheint.«

»Vernarrt?« Enna schaute ihre Schwester ungläubig an.

»Du kannst es glauben oder nicht, aber es stimmt«, bekräftigte Wiebeke mit einem Nicken. »Ja, Enna, du kannst gewiss sein, Clivia geht es gut. Vater hat damit begonnen, sie das Reiten zu lehren. Sie ist eine echte Ulferts, sagt er.«

»Eine … echte Ulferts? Das sagt *er?*« Enna blieb skeptisch. »Aber …«

»Kein Aber, Enna. Glaub mir.«

Enna atmete erleichtert aus. Ihrem Kind ging es gut. Das war alles, was zählte. »Und alle anderen sind auch wohlauf?« Vorsichtig legte Enna ihren Sohn auf eine Chaiselongue und deckte ihn mit einer Wolldecke zu. Später würde immer noch

Zeit sein, ihn auszukleiden und in sein Zimmer zu bringen, das sich direkt an diesen Salon anschloss.

»Es ist alles in Ordnung, Enna. Ich soll schöne Grüße ausrichten.«

Enna nickte. Sie hatte das Schlimmste befürchtet, als Greetje ihre Schwester ankündigte, hatte die ihr doch in diesem Haus noch nie einen Besuch abgestattet. Ennas Schwiegereltern hatten ihr allerdings auch unmissverständlich zu verstehen gegeben, dass sie einen Umgang mit der Bauersfamilie für nicht angemessen erachteten. Seither sah Enna ihre Familie nur noch äußerst selten, denn auch ihr wurde es nicht erlaubt, zu ihnen zu fahren. Umso mehr freute sie sich über dieses unverhoffte Wiedersehen. Sie deutete auf zwei sich gegenüberstehende Sessel. »Setzen wir uns, Wiebeke. Greetje bringt uns gleich Tee und … Oh, da ist sie ja schon! Und was sie alles mitbringt!«

Greetje balancierte ein großes, mit Tee und etlichen Speisen befülltes Tablett auf den Armen. »Es ist vom Abendessen so viel übrig geblieben«, sagte sie. »Es wäre eine Schande, wenn es verkommt, jetzt, da so viele Menschen da draußen Hunger leiden.« Sie räusperte sich. »Na ja, ist ja auch egal.«

»Stell das Tablett einfach ab«, sagte Enna. »Alles andere machen wir dann schon.«

»Wie Sie wünschen, gnädige Frau.« Greetje machte einen Knicks und verschwand zur Tür hinaus.

»Wie Sie wünschen, gnädige Frau«, äffte Wiebeke das Dienstmädchen nach, doch klang es eher belustigt denn verächtlich. Sie ließ ihren Blick durch den Raum mit dem wertvollen Mobiliar, den dicht gewebten Teppichen und den mit golddurchwirkten Tapeten verzierten Wänden wandern. Kurz verweilte ihr Blick auf einer Vitrine, in der Gläser und kleine Figuren aus geschliffenem Kristall um die Wette funkelten. Erst jetzt ging Enna auf, dass ihre kleine Schwester derartig Wertvolles vermutlich noch nie in ihrem Leben gesehen hatte.

Allerdings schien Wiebeke sich davon keineswegs beeindrucken oder gar einschüchtern zu lassen, denn sie sagte nun: »Alles hier ist wirklich schön. Andererseits aber wirkt es steif und so … lieblos. Als würde all dem die Seele fehlen.«

Enna schluckte schwer, als ihr aufging, dass Wiebeke recht hatte. Dieser Raum, ach was, diese Villa mit all ihrem Protz war nicht in erster Linie erbaut worden, damit sich ihre Bewohner wohlfühlten. Vielmehr sollte sie Eindruck schinden bei jenen hochrangigen Leuten, die hier als Gäste ein und aus gingen.

Wiebekes Blick blieb an dem blassblauen Kleid ihrer Schwester haften, das aus feinen Stoffen gewebt und nach der neuesten Mode geschnitten war.

»Gefällt dir mein Kleid?«, fragte Enna. Unwillkürlich ging ihre Hand zum Haar, das sie seit einigen Wochen zu einem modischen Bob geschnitten trug. »Und meine Frisur?«

»Beides gefällt mir ganz gut«, antwortete Wiebeke. »Doch, ja, auch das Kleid ist ganz schick.« Sie wiegte ihren Kopf hin und her. »Aber zum Kühemelken taugt es nicht.«

Zunächst schaute Enna verdutzt, dann aber brachen die Schwestern in ein ebenso heiteres wie befreiendes Gelächter aus.

»So, und nun nimm dir etwas zu essen«, sagte Enna, als sie sich wieder beruhigt hatte. »Du bist bestimmt ganz ausgehungert.«

Wiebekes Stirn umwölkte sich, während sie sich ein paar der mundgerechten Happen auf einen Teller tat. »Ganz sicher nicht so sehr wie die Menschen, die ich heute in der Stadt gesehen habe. Ich wusste gar nicht, dass es so viele sind, die sich und ihren Kindern anscheinend nicht einmal mehr etwas zu essen kaufen können. Sie laufen durch die Straßen und betteln.«

Enna musste ihr recht geben. Auch ihr wurde stets ganz mulmig beim Anblick der ausgemergelten Gestalten, denen man jetzt nahezu überall begegnete. »Aber was hat dich denn nur in die Stadt getrieben?«, wunderte sie sich. Auch wenn sie sich über ihren Besuch freute, wäre es ihr doch lieber, Wiebeke würde auf dem heimischen Hof bleiben, denn dort war sie in Sicherheit.

Mit Schaudern erinnerte sich Enna an ihren Aufenthalt in Berlin vor knapp drei Jahren. Es war genau zu der Zeit gewesen, als konterrevolutionäre Truppen um General Walther von Lüttwitz und Generallandschaftsdirektor Wolfgang Kapp die Regierung in die Flucht geschlagen hatten. Clivia war erst wenige Monate alt, als Enna sie auf das Geheiß ihres Mannes im Kinderwagen durch diese große und turbulente Stadt schob, um ihn zu einem Geschäftstermin zu begleiten. Umzingelt von Aufständischen aller Lager, die einander mit scharfer Munition beschossen und mit Pflastersteinen bewarfen, war ihr angst und bange geworden. Es war der Tag gewesen, als sie ihren Bruder Janno überraschend wiedertraf – und an dem ihr Mann unter den Hufen eines Pferdes zu Tode getrampelt wurde.

Und nun brodelte es auch in den ostfriesischen Städten, immer wieder kam es zu Aufständen und Straßenschlachten. Die Lage war unübersichtlich, jeder schien gegen jeden zu kämpfen. Dabei waren es längst nicht mehr nur die politischen Gegensätze, die die Menschen auf die Barrikaden trieben, sondern immer häufiger die Verelendung breiter Gesellschaftsschichten – in einem Staat, der von den horrenden Reparationszahlungen, wie sie ihm der Versailler Vertrag diktierte, langsam, aber sicher ausblutete. Unter den Entwicklungen zu leiden hatten wieder einmal die einfachen Leute, während sich Fabrikanten wie die Adenas die Taschen immer noch voller stopften.

Trotz besseren Wissens wurde Ennas Schwiegervater nicht müde zu behaupten, die Aufsässigen seien alles Bolschewisten und sonstiges linkes Lumpenpack. »Es hungert, wer zu hungern verdient«, pflegte er mit geschwellter Brust zu sagen. »Eines ist gewiss: Solch ein arbeitsscheues Gesindel hätte es zu Kaisers Zeiten nicht gegeben. Die Hammelbeine hätten wir ihnen lang gezogen, wenn sie sich derartiges Herumlungern erlaubt hätten. Das alles haben wir nur diesen feinen Herren Sozialdemokraten zu verdanken, die diesen Drückebergern einfach zu viel durchgehen lassen.«

»Ubbo ist in die Stadt gefahren«, erklärte Wiebeke in Ennas Gedanken hinein. »Er hat sich den Aufständischen angeschlossen, den Arbeitern und Bauern, die für mehr Gerechtigkeit kämpfen.«

Enna verzog sorgenvoll das Gesicht. »Dabei soll er sich mal lieber nicht von den Adenas erwischen lassen. Sie würden es ganz sicher nicht gutheißen.« Was milde ausgedrückt war. Enna war sich ziemlich sicher, dass sie ihn in diesem Fall vom Hof jagen würden.

Wiebeke zuckte mit den Schultern. »Möglich. Aber Ubbo wird schon aufpassen. Heute Abend haben sie eine Versammlung. Ich habe ihn gebeten, mich im Automobil mitzunehmen, damit ich dich besuchen kann.«

»Und er hat es dir einfach so erlaubt?«

»Nein, natürlich nicht«, grinste Wiebeke. »Aber ich habe ihm gesagt, dass ich mich dann eben von jemand anderem mit in die Stadt nehmen lasse, weil ich dich doch so lange nicht gesehen habe. Da hat er es mit der Angst gekriegt, weiß man doch nie, wem man begegnet.«

»Das kann ich mir vorstellen.« Enna kam nicht umhin festzustellen, dass Wiebeke längst nicht mehr das kleine Mädchen war, als das sie sie in Erinnerung hatte. Sie schien ihr erstaunlich reif für ihr Alter. Aber vermutlich ließen die seltsamen Zeiten, in denen sie lebten, den Kindern keine andere Wahl, als schnell erwachsen zu werden. »Braucht Vater dich denn nicht zu Hause?«, fragte sie.

»Ubbo hat für kurze Zeit eine weitere Haushaltshilfe eingestellt«, erklärte Wiebeke. »Weil doch Nienke ausgefallen ist …«

»Nienke?«, fragte Enna alarmiert. »Was ist mit ihr?« Sie hatte die Frau ihres Bruders erst ein einziges Mal getroffen und sich von Herzen für ihren Bruder gefreut, dass er eine so patente Gefährtin gefunden hatte.

Unvermittelt ging ein Strahlen über Wiebekes Gesicht, das Enna sogleich erleichtert aufatmen ließ.

»Sie sind Eltern geworden«, verkündete Wiebeke, dann jedoch legte sich ein Schatten auf ihr Gesicht. Aus irgendeinem Grund schien ihr plötzlich kalt zu sein, denn sie schlang fröstelnd die Arme um ihren Körper. »Hui, es war ganz schrecklich.«

»Sch-schrecklich, sagst du? Aber w-was …?« Enna schnürte eine plötzliche Angst die Kehle zu. »Was ist denn passiert? Du bist ja ganz blass!«

»Es geht ihnen gut«, beeilte sich Wiebeke zu sagen. »Es war nur … Nienke ging es auf einmal wirklich schlecht, sodass Ubbo den Doktor geholt hat. Bald darauf kam auch die Hebamme, weil der Doktor meinte, dass man nicht länger warten kann.« Erneut schüttelte es das Mädchen, und sie zog die Strickjacke, die sie trug, enger um sich. »Nienkes Schreie … Es war so furchtbar. Wie sie sich gequält hat, Stunde um Stunde um Stunde. Keiner von uns hat mehr daran geglaubt, dass sie es schaffen würde. Ubbo war ganz außer sich, hat getobt und geschrien, aber niemand hat ihn zu ihr gelassen. Aber als dann der Lütte schließlich da war und seinen ersten Schrei tat …«

»Sie haben einen Jungen?«, hauchte Enna aufs Tiefste berührt.

Wiebeke lächelte. »Ja. Und ein Mädchen.«

Enna stellte ihre Tasse klirrend auf dem Unterteller ab. »Sie haben … Zwillinge?«

»Ja«, strahlte Wiebeke. »Eins hatte sich vor das andere geschoben. Der Doktor und die Hebamme haben alle Mühe gehabt, sie in die richtige Richtung zu drehen. Sie sind ein bisschen mickrig, die beiden, aber das wird schon. Schreien jedenfalls können sie schon ganz gut. Ubbo ist so stolz, dass er sie gar nicht oft genug angucken kann.«

»Zwillinge. Wie schön.« Enna war ganz beseelt. »Was sagt denn Clivia zu den beiden? War es nicht auch für sie ganz schrecklich?«

»Sie hat nicht viel davon mitgekriegt«, beruhigte Wiebeke ihre Schwester. »Vater hat sie mit in den Stall genommen, damit sie die Schreie nicht hören musste.«

»Wie umsichtig von ihm.« Enna verspürte plötzlich eine tiefe Dankbarkeit. Nie im Leben hätte sie daran geglaubt, dass ihr Vater Clivia akzeptieren würde. Hätte sie das damals, als sie mit ihr schwanger war, schon geahnt, dann hätte sie sich niemals dazu entschieden, Georg zu heiraten, und all das Elend, das sie seither erlebte … Sie biss sich auf die Lippen, als ihr Blick in diesem Moment auf den schlafenden Gerke fiel, und sie schämte sich ihrer Gedanken. »Wie heißen die beiden denn?«, fragte sie, bevor ihre Gefühle sie übermannen konnten.

»Reelf und Siemtje. Nach Nienkes Eltern.«

»Zwei schöne Namen.« Auch Enna hätte ihren Kindern gern traditionellere Namen gegeben. Georg aber war das zu provinziell gewesen. »Sie heißt Clivia«, hatte er ihr gleich nach der Geburt ihrer Tochter mitgeteilt. »Es ist ein hübscher Name, der auch außerhalb von Ostfriesland sehr gut vorzeigbar ist. Wenn es schon ein Mädchen sein muss, dann wenigstens eines, dessen Namen nicht so primitiv klingt wie der ihrer Mutter.« Und auch bei dem kleinen Gerke hatten die Schwiegereltern ihr keinerlei Mitspracherecht gelassen. »Der Junge heißt selbstverständlich nach seinem Vater«, hatte Undine Adena verkündet. »Nichts anderes ist vorstellbar nach allem, was passiert ist. Und ich bin mir sicher, dass Georg es auch so gewollt hätte.« Also hatte Enna damit begonnen, ihren Sohn insgeheim Gerke zu rufen. Ihren Schwiegereltern gegenüber aber musste sie aufpassen, dass sie in deren Gegenwart diesen Kosenamen niemals laut aussprach.

»So, ich müsste dann mal wieder«, sagte Wiebeke mit einem Blick auf die Uhr. »Ubbo erwartet mich in einer Viertelstunde am Rathaus.« Sie rieb sich den Bauch. »Das Essen war wirklich gut.«

»Versprichst du mir, dass du bald mal wiederkommst?«, fragte Enna, ihre zuvor geäußerten Bedenken aus nicht ganz uneigennützigen Motiven außer Acht lassend. Sie fühlte sich plötzlich sehr allein, obwohl ihre Schwester noch nicht einmal gegangen war. Sie zog an der Schnur, um nach Greetje zu läuten.

»Nur, wenn ich wieder so was Leckeres zu essen bekommen«, flachste Wiebeke.

»Versprochen. Ich lasse es dich wissen, wenn die Schwiegereltern mal wieder außer Haus sind.«

Als Greetje nun den Raum betrat, nahm Enna ihre Schwester in den Arm und flüsterte unter Tränen: »Gib Clivia einen Kuss von mir und sag ihr, dass ihre Mama sie sehr, sehr lieb hat. Und richte Ubbo und Nienke meine Glückwünsche aus.« Sie zögerte, bevor sie hinzufügte: »Und sag Vater danke. Danke für alles.«

»Ich würde mir wünschen, dass du ihnen all das selber sagen könntest«, wisperte Wiebeke. »Bis bald, Enna.« Dann folgte sie Greetje zur Tür hinaus.

2

Berlin, Januar 1923

Janno Ulferts saß über den Büchern und rechnete. Genau genommen tat er kaum noch etwas anderes, seit er für seine Dienstleistung praktisch jeden Tag andere Preise verlangen musste. Der Wert der Papiermark hatte sich innerhalb eines Monats mehr als halbiert. Eine vernünftige Kalkulation seiner Geschäfte war da kaum noch möglich, wusste doch niemand zu sagen, in welche Höhen es die Inflation noch treiben würde.

»Die Weinholds haben mehr als die Hälfte ihrer Bestellung storniert«, sagte seine Geschäftspartnerin Edith, nachdem sie den Telefonhörer zurück auf die Gabel gelegt hatte. Sie strich sich eine blonde Locke hinters Ohr und seufzte. »Sie sagen, ihre Kunden können sich die hohen Lebensmittelpreise nicht mehr leisten, und es wird nur noch das Nötigste gekauft. Sie sind heute bereits die vierten Krämer, die uns mitteilen, dass sie es ab jetzt so handhaben, und noch ist nicht einmal Mittag.«

»Wir sollten zukünftig auf Vorkasse bestehen«, erwiderte Janno. »Die Leute bestellen und stornieren, wie es ihnen in den Kram passt. Dabei müssen doch auch wir sehen, wo wir bleiben.« Er fluchte, während er sich eine weitere Tasse Kaffee einschenkte. Auch der schmeckte von Tag zu Tag schaler. Aber immerhin gab es bei ihnen noch echten Bohnenkaffee, während andere sich längst mit einem Ersatz aus Kohlrüben zufriedengeben mussten. »Wenn es mit der Geldentwertung in diesem Tempo weitergeht, dann müssen wir in absehbarer Zeit für das, was die Kunden heute bei uns bestellen, morgen schon das Doppelte verlangen.«

»Auf Vorkasse wird sich keiner unserer Kunden einlassen«, widersprach Edith. »Viel eher ziehen sie dann los und besorgen sich selbst die Waren, die sie für ihre Geschäfte oder Gaststätten brauchen, anstatt sich von uns mit Lebensmitteln beliefern zu lassen. Oder sie schließen ihre Läden gleich ganz, weil sie ohnehin kein Geld mehr verdienen, das auch am nächsten Tag noch etwas wert ist. Von denen gibt es immer mehr.«

Das Telefon klingelte erneut und sie nahm ab. »Ach, guten Tag, Frau Direktor Kleinschmidt … Ja, selbstverständlich bleibt es bei der Lieferung am Samstag … Ja, sicher, der Geburtstagsfeier Ihres werten Herrn Gatten steht von unserer Seite aus nichts im Wege … Nein, die Kosten können wir leider erst kurzfristig kalkulieren, auch müssten wir das Geld sofort bei Lieferung kassieren. Sie wissen ja, wie es derzeit ist …« Zwar blieb Ediths Stimme ausnehmend freundlich, aber ihr Gesichtsausdruck wurde mit jedem Satz, der am anderen Ende gesprochen wurde, finsterer. »Ja … Ja, natürlich, Frau Direktor, das verstehen wir«, flötete sie, zog jedoch eine Grimasse in Jannos Richtung. »Dennoch müssen wir leider darauf bestehen, dass wir das Geld am Samstag sofort von Ihnen bekommen … Ja … Ja, natürlich Frau Direktor, das bleibt Ihnen selbstverständlich unbenommen … Ja, ich verstehe. Auf Wiederhören.«

»Sie lässt sich nicht darauf ein, uns sofort zu bezahlen?«, fragte Janno.

»Sie war ein wenig verschnupft. Um nicht zu sagen: richtig verschnupft. Sie versteht einfach nicht, dass es nicht wie sonst auf Rechnung geht. Ob wir ihnen denn nicht mehr vertrauen, fragt sie.«

»Die Kleinschmidts gehören seit nun fast zwei Jahren zu unseren treuesten Kunden«, erwiderte Janno. »Natürlich verlassen sie sich darauf, dass alles immer so weiterläuft, wie sie es von uns gewohnt sind.«

»Dennoch dürfte auch ihnen nicht entgangen sein, dass sich die Verhältnisse in den letzten zwei Jahren dramatisch verschlechtert haben«, sagte Edith.

Janno schnaubte verächtlich. »Für die Kleinschmidts dürfte sich nicht viel zum Schlechten verändert haben. Als Industrielle gehören sie nicht gerade zu denen, die unter der Inflation zu leiden haben.«

»Aber sie müssten doch mitkriegen, dass ihre Angestellten ...«

Janno schnitt ihr mit einem Kopfschütteln das Wort ab. »Bislang haben die Gewerkschaften dafür gesorgt, dass die Löhne der Arbeiter laufend angepasst werden. Zu leiden haben allenfalls die anderen. Angestellte, Beamte, Rentner ... Und vor allem die Menschen, deren Ersparnisse sich gerade in Luft auflösen. Sie alle gucken in die Röhre. Ich fürchte nur, dass auch den Gewerkschaften bald die Puste ausgeht.« Er klopfte auf die Tageszeitung, die vor ihm auf dem Schreibtisch lag. »Spätestens wenn sich die Franzosen das holen, was ihnen ihrer Meinung nach zusteht, kann der Staat gar nicht mehr so viel Geld drucken, wie benötigt wird, um die Situation nicht eskalieren zu lassen.«

»Was haben die Franzosen denn jetzt schon wieder zu meckern?«, echauffierte sich Edith. »Haben wir denen denn nicht schon genug in den Rachen geschoben?«

»Sie drohen mit der Besetzung des Ruhrgebiets, wenn das Deutsche Reich seinen Verpflichtungen nicht umgehend nachkommt«, sagte Janno. Er hob die Zeitung an. »Hier steht's schwarz auf weiß. Auch die anderen Blätter sind voll davon. Eine Invasion der Franzosen steht angeblich unmittelbar bevor.«

»Eine Invasion? Aber sie bekommen doch schon alles!«, rief Edith empört aus. »Kohle, Holz, Stahl … Was wollen sie denn noch?«

»Angeblich haben sie eben nicht das bekommen, was ihnen zusteht.« Janno zitierte aus der Zeitung: *So unterstellt die alliierte Reparationskommission, die Republik halte Reparationsleistungen absichtlich zurück. So seien im Jahr 1922 beispielsweise lediglich 11,7 statt der fälligen 13,8 Tonnen Kohle geliefert worden sowie nur 65 000 der vereinbarten 200 000 Telegrafenmasten.*«

»Und selbst wenn, dann ist es doch noch lange kein Grund, ins Ruhrgebiet einzumarschieren! Das würde die Schlinge um den Hals unseres Landes doch nur noch enger ziehen, und es leidet sowieso schon unter Atemnot.«

»Die Franzosen sind der Ansicht, dass sie uns schon genug entgegengekommen sind, indem sie im letzten Jahr Sach- statt Geldleistungen akzeptiert haben.«

Edith war blass geworden. »Aber das können sie doch nicht tun! Wollen sie denn, dass wir alle verhungern?«

Janno zuckte mit den Schultern. »Seit 1921 halten französische und belgische Truppen die Häfen und Behörden in Duisburg und Düsseldorf besetzt. Es wird ihnen ein Leichtes sein, diesen Radius noch auszuweiten.« Er hielt einen Brief in die Höhe. »Der kam gestern von meiner Schwester Hiska aus Duisburg. Du kannst dir vorstellen, wie dort die Stimmung ist. Angeblich bereiten sich die Männer, allen voran der gute Karl Kembrowski, bereits auf den Widerstand vor.«

»Mit noch mehr Toten«, seufzte Edith. »Nimmt das denn nie ein Ende?«

Die Tür zu ihrem Büro flog unversehens auf, und Ediths Sohn Gustav kam hereingestürmt. »Hallo, Mutter. Tach, Janno«, grüßte er. »Was guckt ihr denn so böse?«

Edith presste sich die Hand aufs Herz. »Himmel, Junge, was hast du mich erschreckt! Wie oft habe ich dir gesagt, dass du anklopfen sollst?!«

Der Neunjährige legte einen Brotlaib vor seiner Mutter auf den Tisch, kramte in seiner Hosentasche und zählte ein paar Geldscheine auf den Tisch.

»Ist das alles?«, fragte Edith misstrauisch. »Ich hatte dir doch tausendfünfhundert Mark mitgegeben. Und nun sind nur noch hundert Mark übrig? Und wo sind die Eier?«

Der Junge zuckte mit den Schultern. »Tausendeinhundert Mark hat der Laib Brot letzte Woche gekostet, sagt der Bäcker. Heute sind es tausendvierhundert. Eier waren nicht mehr drin. Da kostet das Stück nun zweihundertfünfzig Mark. Die olle Oma Klettenberg ist heulend zur Tür raus, weil sie so viel nicht mehr hatte. Bei ihr hat's gerade mal für einen Liter Milch gereicht, dann war Schluss.«

Edith öffnete ihre Geldbörse, zog ein Bündel Scheine hervor, zählte sie ab und streckte sie ihrem Sohn entgegen. »Hier, Gustav, dann gehste jetzt noch mal los. Sechs Eier brauchen wir, außerdem Mehl und Hefe. Dann backen wir uns das Brot eben selbst. Und für Oma Klettenberg gleich mit. Wenn sie Salz dahaben, dann bring auch davon ein halbes Pfund mit.«

Der Junge steckte das Geld ein und verschwand zur Tür hinaus.

»Wenn es so weitergeht, zweigen wir was von unseren eigenen Lieferungen ab«, sagte Janno. »Wir sitzen doch schließlich an nicht nur einer Quelle.« Er dachte an den Bauernhof der Kehlmanns in der Mark Brandenburg, gleich vor den Toren Berlins. Bestimmt würde Margot sich nicht zieren, ihnen mit Lebensmitteln für den privaten Gebrauch auszuhelfen. Die junge Witwe seines Kriegskameraden Werner Decker hatte ihm viel zu verdanken, weil er, Janno, den Vertrieb ihrer bäuerlichen Produkte nach dem Krieg erst so richtig in Schwung gebracht hatte. Zwar war er normalerweise niemand, der einen Gefallen gegen einen anderen aufwog, doch kamen Edith und er diesmal womöglich nicht umhin, genau das einzufordern.

Sobald er diesen Gedanken gefasst hatte, übermannte Janno sein schlechtes Gewissen. War es möglich, dass aus diesem Ränkespiel lediglich seine verletzte Eitelkeit sprach?

Erst in der letzten Woche hatte Margot ihm erzählt, dass immer mehr Städter zu ihnen aufs Land kamen, um ihr Hab und Gut gegen Lebensmittel einzutauschen. Womöglich würden auch sie sich bald in diese Schar einreihen müssen. »Nicht mehr lange, und wir können mit all den getauschten Sachen einen weiteren Haushalt einrichten«, hatte Margot gescherzt, doch hatte ihr Lachen bitter geklungen. Auch war sie recht verlegen geworden, als ihr aufging, wie diese Worte auf Janno wirken mussten.

Tatsächlich hatte sich zwischen Janno und ihr in den letzten beiden Jahren eine enge Freundschaft entwickelt. Inzwischen konnte Janno sich gut vorstellen, dass mehr daraus wurde. Allerdings schien Margot noch immer nicht über den Verlust ihrer großen Liebe hinweggekommen zu sein. »Hab Geduld«, hatte sie gesagt, als sie im letzten Sommer an einem lauen Abend im Obstgarten der Kehlmanns zusammengesessen hatten und Janno den Mut fasste, sich ihr auf zärtliche Weise zu nähern. »Ich … ich kann das noch nicht.«

»Werner kommt nicht zurück«, hatte Janno ihr mit sanfter Stimme gesagt, während er seine Finger ihren Hals entlanggleiten ließ. »Er ist tot, Margot. Du aber lebst, und bestimmt würde auch er sich für dich freuen, wenn du wieder jemanden an deiner Seite hättest, mit dem du das Leben genießen und deine Sorgen teilen kannst. Und vergiss nicht deine kleine Anita«, hatte er die Tochter erwähnt, die Werner nie kennengelernt hatte. »Auch sie braucht einen Vater.«

»Ich weiß«, hatte Margot mit Tränen in den Augen geantwortet, gleichzeitig jedoch seine Hand zurückgeschoben. »Dennoch bin ich noch nicht bereit, mich auf jemand Neues einzulassen. Mir und Anita geht es gut hier bei meinen Eltern, und so darf es erst einmal bleiben.« Mit einem sehnsuchtsvollen Blick in die Ferne hatte sie hinzugefügt: »Als Werner und ich heirateten, da habe ich geglaubt, es sei für immer. Für immer, Janno! Ich habe ihm geschworen, ihm mein Leben lang treu zu sein, und es fühlte sich so richtig an. Wir konnten doch nicht ahnen, dass es vorbei sein würde, bevor es überhaupt richtig begonnen hat.«

»Er ist tot, Margot«, hatte Janno bekräftigt, sich dabei jedoch recht hilflos gefühlt.

»In mir wird er immer weiterleben«, hatte sie fast trotzig erwidert.

»Und das soll er ja auch«, hatte Janno einen letzten Versuch unternommen, sie umzustimmen, doch da war Margots verwundetes Herz bereits wieder verschlossen gewesen.

»Woran denkst du?«, fragte Edith, obwohl sie es schon zu ahnen schien. Janno kannte diesen betrübten, ja ernüchterten Blick, den sie aufsetzte, sobald von Margot die Rede war. Er wusste, dass sie sich schon seit Längerem der Hoffnung hingab, aus ihnen beiden könnte doch noch ein Paar werden. Es hatte Zeiten gegeben, in denen sich auch Janno durchaus zu Edith hingezogen gefühlt hatte, doch hatte dieser Funke nie wirklich ausgereicht, ihn zu entflammen. Er schätzte Edith als Freundin und Geschäftspartnerin, mehr aber auch nicht. Warum es so war, wusste er selbst nicht zu sagen. Edith war ohne Zweifel eine der schönsten Frauen, die er je gesehen hatte. Viel schöner noch als die etwas dickliche Margot, wenn man denn versucht war, die Frauen nach äußerlichen Merkmalen miteinander zu vergleichen. Auch war Edith eine überaus liebenswerte und noch dazu intelligente und lebenslustige Frau, und auch ihre Kinder, den neunjährigen Gustav und die fünfjährige Marie, hatte er sehr ins Herz geschlossen. Und doch waren seine Gefühle nicht so, wie sie sein sollten, wenn man die Partnerin seines Lebens erwählte.

»Du denkst an Margot Decker, richtig?«, gab sich Edith selbst die Antwort, als er nicht sofort reagierte.

»Ich denke vor allem an die Lebensmittel, die wir bei ihr erwerben können«, gab Janno sich geschäftlich, um Edith nicht zu verletzen. Natürlich war ihm bewusst, dass sie ihn sowieso längst durchschaut hatte. Warum also dieses Schmierentheater?

»Ja, natürlich.« Edith schien erleichtert, als in diesem Moment erneut das Telefon zu läuten begann. »Janulf & Partner, guten Tag«, meldete sie sich. »Edith Wiemers am Apparat.«

Janno hörte schnell heraus, dass es sich um eine weitere Stornierung handelte. Seufzend griff er nach der Zeitung, um die Anzeigen zu studieren. Wenn ihnen mehr und mehr Kunden absprangen, dann konnte es nicht schaden, immer mal wieder nach potenziellen neuen Kunden Ausschau zu halten. Inzwischen hatte er auch keine Skrupel mehr, diese einem Konkurrenten abspenstig zu machen, obwohl er sich zumindest bei seinem ehemaligen Arbeitgeber Jacob Semmering geschworen hatte, niemals in dessen Revier zu wildern. Letztlich nämlich hatte er es diesem Mann zu verdanken, dass er und Edith damals überhaupt Arbeit bekamen und ihnen dadurch die Möglichkeit gegeben wurde, sich eine eigene Existenz aufzubauen.

»Ach, was soll's«, murmelte Janno, als er tatsächlich auf die Anzeige einer Gaststätte aufmerksam wurde, von der er wusste, dass sie Fleisch- und Milchprodukte von Semmering bezog. In der heutigen Zeit konnte sich kaum noch jemand erlauben, an alten Grundsätzen festzuhalten, und waren sie ihm einst noch so heilig gewesen. Also griff er zum Telefon und wählte die Nummer des Gastronomen. »Ja, hier Janulf & Partner, Janno Ulferts am Apparat«, sagte er gleich darauf. »Es würde mich freuen, Ihnen ein Angebot unterbreiten zu dürfen, das Sie nicht ablehnen können.«

* * *

Elisabeth öffnete die leuchtend rote Tür mit der Aufschrift *Trudes Perle.* Sofort schallte ihr diese neue, in ihren Ohren immer noch ein wenig schräg anmutende Musik entgegen, die aus dem fernen Amerika herübergeschwappt war und die man als Jazz bezeichnete. Heute Abend gastierte in Gertruds Kaschemme zum wiederholten Mal ein vierköpfiges Orchester, dessen Mitglieder allesamt schwarzer Hautfarbe waren. Die vier Männer verfügten allem Anschein nach über die göttliche Gabe, die Gäste der *Perle* über Stunden in einen wahren Tanzrausch zu versetzen. Dabei hatten die Bewegungen, denen sich die Tänzer hingaben, kaum noch etwas mit den Tanzschritten gemein, die man Elisabeth in ihrer Jugend gelehrt hatte. Nicht selten betäubt von Alkohol und einem Rauschgift, das Kokain genannt wurde, schwoften die überwiegend männlichen Gäste mit ihren für diesen Abend gebuchten Partnerinnen in einer Art über die Tanzfläche, die Elisabeths Eltern mit Sicherheit als skandalös bezeichnet hätten.

Elisabeth grinste bei dem Gedanken daran, wie ihr Vater – der ehrenwerte Herr Bergwerksdirektor Heinz-Rudolf von Wolff aus Duisburg – reagieren würde, wenn er seine Tochter unter all diesen seltsamen Gestalten sehen könnte. Doch war der Herr Papa glücklicherweise mit sich selbst beschäftigt, seit ihn die Alliierten 1920 des gemeinsamen Waffenschmuggels mit Ediths Vater, dem Berliner Waffenfabrikanten Hagen Brodenbeck, überführt, ihn für mehrere Monate inhaftiert und danach gegen eine horrende Geldstrafe wieder auf freien Fuß gesetzt hatten.

Die Schande, die ihm durch die Haftstrafe und nicht zuletzt durch die Flucht seiner Tochter vor einer von ihm arrangierten

Ehe zuteilgeworden war, hatte ihn, so hatte es ihre Freundin Margarete unlängst geschrieben, um Jahre altern und zu einem zutiefst verbitterten Mann werden lassen. Zunächst noch hatte von Wolff alles darangesetzt, seine Tochter zu finden; nicht weil er sie so sehr vermisste, sondern um sie zu einer Ehe mit Ediths Bruder Eberhard zu zwingen, vor der sie sich seinerzeit nach Berlin geflüchtet hatte. Irgendwann jedoch hatte er es aufgegeben, seine Häscher auf sie anzusetzen, nachdem Gertrud, die Betreiberin dieses Nachtlokals, sie über Monate bei sich in der Villa versteckt gehalten hatte. Und wen Gertrud in ihrer Villa versteckt hielt, der blieb auch versteckt, darauf konnte man sich blind verlassen. Seither lebte Elisabeth in Berlin ein Leben in Freiheit und dachte gar nicht daran, das schrille Leben in der Hauptstadt gegen die vergleichsweise ereignislosen Tage im Kohlerevier einzutauschen. Einzig an Karl dachte sie oft mit Wehmut, doch verbat sie sich diesen Gedanken so schnell, wie er gekommen war.

Für einen Moment nahm es Elisabeth die Luft, als sie den vom Zigarettendunst geschwängerten Gastraum betrat. Von den roten mit Fransen besetzten Sofas und Sesseln her nickte ihr jemand Bekanntes zur Begrüßung zu, alles in allem aber gab sich jeder seiner ganz eigenen Beschäftigung hin. Animiert von den in der *Perle* beschäftigten, nur leicht bekleideten jungen Frauen hielten die männlichen Gäste diese auf ihrem Schoß und widmeten sich deren körperlichen Reizen, andere schwofften mit ihnen eng umschlungen über das Parkett. Getaucht in ein rotes Licht, schien dieses Lokal vor erotischer Spannung geradezu zu knistern.

Auf einem Hocker an der verspiegelten Bar saß Gertrud, gekleidet in ein lässig fallendes, mit funkelnden Steinen besetztes schwarzes Kleid, und verwandelte eine in einer Spitze steckende Zigarette in blauen Dunst. Als sie Elisabeth entdeckte, winkte sie sie zu sich.

»Sind denn nur noch ausländische Gäste da?«, fragte Elisabeth, als ein offensichtlich angetrunkener Mann mit strengem Scheitel auf sie zutrat und sie in englischer Sprache ansprach, kaum, dass sie bei Gertrud angekommen war.

»Zumindest werden es täglich mehr«, antwortete Gertrud, während sie dem aufdringlichen Kerl mit einer Geste bedeutete, sich zu verdrücken. »Sie ist nicht für dich«, rief sie ihm zu und schob, als er es offensichtlich nicht verstand, gleich noch ein »She's not for you« hinterher. Als er immer noch keine Ruhe gab und begann, mit einer Hand durch Elisabeths langes, blondes Haar zu streichen, während die zweite einen Weg unter ihre Bluse suchte, winkte Gertrud zwei bullige Kerle herbei, die ihn ohne zu zögern an den Armen fassten und hinauskomplimentierten. Wenn es um Regeln und Anstand ging, kannte Gertrud kein Pardon, auch wenn sich so manch konservativer Zeitgenosse verwundert die Augen rieb, wenn ausgerechnet sie diese Worte in den Mund nahm. »Meine Mädchen gehen nur ihrer Arbeit nach, genauso wie andere junge Frauen auch«, pflegte Gertrud dann zu sagen. »Sie haben den gleichen Respekt verdient wie jede andere. Wer sich also nicht an unsere Regeln hält, hat in meinem Lokal nichts verloren.«

An Elisabeth liefen zwei südländisch aussehende Männer vorbei und unterhielten sich in einer Sprache, die sie noch nie gehört hatte. »Was sprechen denn die?«, fragte sie.

»Keine Ahnung«, sagte Gertrud. »Ist mir auch egal, solange sie ihr Geld hierlassen und keinen Ärger machen.«

Tatsächlich waren es hauptsächlich Männer aus England, Frankreich und Amerika, die sich in den letzten Monaten vermehrt in den Lokalen Berlins einfanden und mit Geld nur so um sich schmissen. So stand an diesem Abend auf nahezu jedem Tisch eine Flasche Champagner, und immer wieder wurden von den aufreizend gekleideten Bardamen neue herbeigeschafft. Korken knallten, es zischte und sprudelte, doch schien es niemanden zu kümmern, wenn die Hälfte des kostbaren Nasses auf dem Boden landete. Die Inflation, die den eigenen Landsleuten derzeit so sehr zu schaffen machte, dass sie sich häufig selbst das Wichtigste zum Leben nicht mehr leisten konnten, gereichte den ausländischen Gästen zum Vorteil. Ganz Berlin war voll von Ausländern, die hier ihr Geld verprassten. Während immer mehr deutsche Frauen gezwungen waren, für ein Pfund Butter oder einen Beutel Salz ihren Körper zu verkaufen, fielen Ausländer wie Heuschrecken über alles her, was nach Spaß, Luxus und grenzenlosem Genuss aussah.

»Wer ist denn die?«, fragte Elisabeth. Sie hielt nun einen Weißwein in der Hand, den die Frau an der Bar ihr eingeschenkt hatte. Sie verspürte Mitleid mit dem verhuschten, vielleicht vierzehnjährigen Mädchen, das in eine Ecke gedrückt dastand und nicht den Eindruck machte, als hätte sie sich freiwillig in den schwarzen Fummel gezwängt, der von ihren kaum vorhandenen Rundungen mehr preisgab als verbarg.

»Das ist Viola«, erklärte Gertrud. Sie hob ihr Weinglas und ließ es klirrend gegen das von Elisabeth stoßen. »Auf dein Wohl, meine Liebe!«

»Sie arbeitet hier?« Elisabeth nippte an ihrem Glas, doch wollte ihr der Wein an diesem Abend nicht so recht schmecken.

Gertrud nahm einen Zug ihrer Zigarette und nickte. »Es ist ihr erster Abend. Ihre Mutter hat sie mitgebracht. Die arbeitet auch hier.« Sie deutete auf eine blonde, verlebt aussehende Frau um die vierzig, die gerade am Arm eines dickbäuchigen Mannes die Treppe in das obere Stockwerk hinaufstieg.

Elisabeth sah ihre Freundin ungläubig an. »Wo gibt es denn so was, dass eine Mutter ihre eigene Tochter dieser Meute ungehobelter Männer zum Fraß vorwirft?!«

»Wo es so was gibt?« Gertrud blies Elisabeth den Rauch ihrer Zigarette ins Gesicht. »In Berlin gibt es so was, mein liebes

Kind. Und ich möchte wetten, nicht nur hier. Ist gerade eine ganz miese Zeit für die meisten von uns Frauen.«

»Aber eine Mutter, die ihr eigenes Kind …!« Elisabeth wurde von einem Mann abgelenkt, der Viola entdeckt hatte und nun mit lüsternem Blick gezielt auf sie zusteuerte. Die Augen des Mädchens wurde panisch, sie schlang ihre Arme um den Körper und zitterte am ganzen Leib. Als der Mann keine zwei Meter mehr von ihr entfernt war, trat sie die Flucht an, doch wurde sie auf einen Wink von Gertrud hin von einem der Aufpasser am Arm gefasst und an ihren Platz zurückgeschoben. Ein Bündel Geldscheine wechselte den Besitzer, dann fasste der Freier Viola um die Taille und schob sie die Treppe hinauf. Die Beine des Mädchens zitterten so sehr, dass sie kaum die Stufen nehmen konnte. Das jedoch schien ihren Freier nicht weiter zu scheren, denn er trieb sie ungeduldig zur Eile an.

»Aber das kannst du nicht tun, Trude!«, hauchte Elisabeth entsetzt. »Du kannst doch nicht zulassen, dass sich dieser widerliche Kerl an dem unschuldigen Kind vergreift!«

»Das unschuldige Kind ist sechzehn«, erklärte Gertrud unbeeindruckt. »Sie sieht jünger aus, das stimmt. Aber es ist ja auch kein Wunder, dass die jungen Dinger nichts auf den Rippen haben, in der heutigen Zeit. Gott sei Dank finden manche Männer gerade das anziehend.«

»Aber das Mädchen …«, setzte Elisabeth zu weiterem Protest an.

»… hat fünf kleinere Geschwister und einen Vater mit einem Bein, das ihm die Franzosen in Fetzen geschossen haben, und der zu nichts mehr zu gebrauchen ist, außer dass er sich den ganzen Tag mit Schnaps vollllaufen lässt«, vollendete Gertrud ihren Satz. »Viola hat monatelang versucht, eine andere Arbeit zu finden, aber du weißt ja selbst, wie es ist. Also ist sie nun hier. Wenn ich sie abgewiesen hätte, müssten sie und ihre kleinen

Geschwister in absehbarer Zeit an Hunger und Kälte krepieren. Die Mutter allein könnte gar nicht so viel anschaffen gehen, wie sie zum Leben brauchen.« Sie nahm einen letzten Zug und drückte dann ihre Zigarette in einem Aschenbecher aus. »So ist das eben heutzutage. Im Grunde können wir doch froh sein, dass es die ausländischen Männer hierhertreibt. Ohne sie würde es für viele Frauen und deren Familien noch viel finsterer aussehen.«

»Das ist zynisch«, krächzte Elisabeth, deren Hals vom eingeatmeten Rauch kratzte. Um ihre Kehle zu befeuchten, leerte sie das Weinglas in einem Zug. Sie fühlte sich durch Viola an das Mädchen Henrike aus der Duisburger Zechensiedlung erinnert, das nach dem Krieg in einem ähnlichen Dilemma gesteckt hatte. Nur dass es in ihrem Fall Elisabeths Vater gewesen war, der sie in seine Villa brachte, um sich mit ihr zu vergnügen. Elisabeth schämte sich noch heute dafür, nicht schon viel früher etwas gegen dieses schändliche Verhalten unternommen zu haben.

»*Das*, meine Liebe, ist kein Zynismus, sondern die verdammte Inflation«, korrigierte Gertrud. »Sie lässt uns alle zu Monstern mutieren.« Sie machte der Barfrau ein Zeichen, Elisabeths Glas noch einmal zu füllen. »Du kannst nur froh sein, dass du anständig schreiben und rechnen und somit meine Bücher führen kannst.«

Elisabeth stand nun vor Empörung der Mund offen. »Heißt das, dass du ansonsten auch mich …?«, schrie sie gegen die plötzlich lauter werdende Jazzband an.

»Nun, die Frage hat sich nicht gestellt, nicht wahr?«, schrie Gertrud zurück. »Da siehst du mal, wie privilegiert du bist, obwohl dein lieber Herr Vater dich nun nicht mehr aushält. Aber eine ordentliche Bildung hat er dir angedeihen lassen, das muss man ihm lassen.«

»Du verlangst jetzt aber nicht, dass ich ihm gegenüber vor Dankbarkeit überströme«, schnappte Elisabeth, die sich zutiefst missverstanden fühlte.

»Nein. Ich wollte lediglich deine Messlatte für Moral ein wenig zurechtrücken«, konterte Gertrud. Sie drapierte die knallrote Federboa neu, die von ihren Schultern zu rutschen drohte. »Aber du bist doch bestimmt nicht hierhergekommen, um mit mir über die guten Sitten zu diskutieren, Elisabeth.« Sie schaute an ihrer Freundin hinab, die in einem schicken beigefarbenen Rock und einer aufwendig gearbeiteten blauen Bluse vor ihr stand. »Du hast dich schick gemacht. Doch wohl kaum für mich.«

»Nein, ich gehe noch zum Essen aus.«

»Mit diesem Kommunisten?«

»Wenn du Fritze meinst …«

»Vor allem meine ich Janno«, unterbrach Gertrud sie mit einem wissenden Lächeln. »Er gefällt dir.«

Elisabeth errötete. Ja, tatsächlich gefiel Janno ihr ausnehmend gut. Und doch war das Gefühl, das sie ihm gegenüber empfand, bei Weitem nicht so intensiv wie das, welches ihr Inneres in Aufruhr versetzte, wenn sie an Karl dachte. Was natürlich völliger Humbug war, denn schließlich lebte Karl weit entfernt in Duisburg und war noch dazu ein einfacher Bergarbeiter und damit weit unter ihrem Stand. Dennoch hatte es von Anfang an etwas gegeben, das sie magisch zu ihm hinzog. Etwas, das sie sich nicht erklären konnte. Obwohl es nun bereits fast drei Jahre her war, dass sie Karl zuletzt gesehen hatte, und sie zudem wusste, dass sie unter den gegebenen Umständen niemals ein Paar sein konnten, schien sie sich mit jedem Moment ihres Lebens mehr nach ihm zu sehnen. »Ich treffe mich mit keinem von ihnen«, teilte sie Gertrud mit. »Und nebenbei bemerkt: Janno ist kein Kommunist, sondern Sozialdemokrat.«

Gertrud machte eine wegwerfende Handbewegung. »Das ist doch alles dieselbe Mischpoke. Und mit wem triffst du dich dann, wenn ich fragen darf?«

»Mit Margarete.«

Gertrud sah sie aus großen Augen an, und mit ihrer Gelassenheit schien es urplötzlich vorbei zu sein. »Margarete ist in Berlin? Meine Margarete? Davon weiß ich ja gar nichts.«

»Ich habe es auch erst heute erfahren«, sagte Elisabeth. »Sie rief heute Mittag aus dem Postamt an, da war sie gerade am Bahnhof Friedrichstraße aus dem Zug gestiegen. Ich bin hier, um dich zu fragen, ob du mich begleiten möchtest.«

»Möchte Margarete es denn?« Gertrud schien ein wenig eingeschnappt, dass Margarete sich nicht auch bei ihr gemeldet hatte.

»Nun sei nicht albern«, seufzte Elisabeth. »Sie sagte, dass sie versucht hat, dich hier zu erreichen, aber dass du nicht ans Telefon gegangen bist. Also hat sie es in deiner Villa versucht und nicht dich, sondern mich am Apparat gehabt. So einfach ist das. Also? Kommst du mit?«

»Hm.« Gertrud schien noch nicht besänftigt. »Warum hat sie mir denn nicht Bescheid geben lassen, dass sie kommt?«

Elisabeth verdrehte seufzend die Augen. »Weil sie dich überraschen wollte.«

»Und wieso kommst dann du hierher und nicht sie? Überraschen können hätte sie mich auch hier.«

»Sie hatte heute Nachmittag noch etwas zu erledigen.« Elisabeth stellte nicht zum ersten Mal fest, dass eine Liebesbeziehung zwischen zwei Frauen keineswegs einfacher zu sein schien als die zwischen Frau und Mann. Manchmal fragte sie sich, ob die Liebe an sich nicht sogar das größte Missverständnis in der Geschichte der Menschheit war. Es gab wohl kaum etwas, das mehr Leid hervorbrachte. »Sei nicht albern, Trude!«, schimpfte sie nun. »Oder hat Margarete vielleicht jemals die weite Anreise von Duisburg nach Berlin wegen einer anderen Person als dir in Kauf genommen? Du weißt doch, dass sie eigentlich nur sehr ungern reist.«

»Dennoch, ich finde, dass …«

Elisabeth schüttelte entnervt den Kopf. »Nun verdirb dir doch nicht selbst die wirklich schöne Überraschung, Trude! Was ist denn bloß in dich gefahren? Also, ich für meinen Teil gehe jetzt. Wenn du willst, kann ich Margarete gern Grüße von dir ausrichten. Das freut sie bestimmt.«

Gertrud schwang sich von ihrem Barhocker. »Das würde dir so passen, du dumme Gans«, knurrte sie ungehalten, doch entging Elisabeth nicht das Augenzwinkern, mit dem sie diese Worte unterstrich. Dann aber verfinsterte sich ihr Blick wieder und sie schimpfte: »Oh, verdammt, Margarete weiß doch, wie sehr ich Überraschungen hasse!«

Elisabeth schenkte dem Murren ihrer Freundin kein Gehör mehr, sah sie doch in diesem Moment den Freier von eben mit einem sichtlich zufriedenen Grinsen auf dem Gesicht die Treppe hinabstolzieren, gleich gefolgt von einer völlig verstört wirkenden Viola. Die aber hatte kaum Gelegenheit, sich von dem gerade Erlebten zu erholen, zählte doch bereits der nächste Mann das passende Geld in die Hände des Aufpassers, ohne dabei seine lüstern glänzenden Augen von ihr abzuwenden.

»Sie wird sich dran gewöhnen«, sagte Gertrud, die Elisabeths Blick gefolgt war.

»Wie kannst du nur so hart sein, Trude!«

»Ich bin nicht hart, Elisabeth, sondern das Leben ist es. Und je eher das junge Ding es begreift, desto besser für sie. Wenn sie gar nicht erst an das große Glück glaubt, kann sie auch nicht immer wieder enttäuscht werden.«

»Aber …«

Gertrud schnitt ihr mit einer Geste das Wort ab. »Du entstammst einer gänzlich anderen Welt, Elisabeth. Ich erkenne wirklich an, dass du dir dein Mitgefühl offensichtlich bewahrt hast. Doch ist die Realität, in der diese Menschen leben, so weit von der deinen entfernt, dass du dir nicht anmaßen solltest, sie auch nur ansatzweise zu verstehen oder gar zu verurteilen. Also rate ich dir, dich um deinen eigenen Kram zu kümmern, bevor dich der Kram der anderen um den Verstand bringt. Ich wundere mich wirklich, wie wenig du nach drei Jahren in Berlin anscheinend gelernt hast.«

Und ich wundere mich, wie man so kaltherzig sein kann wie du, dachte Elisabeth mit einem letzten Blick auf Viola, die nun erneut mit hängenden Schultern die Stufen in die Hölle erklomm. Doch wusste sie gleichzeitig, dass sie ihrer Freundin mit dieser Einschätzung zutiefst unrecht tat. Gertrud war gemeinhin die Erste, die zur Stelle war, wenn Hilfe benötigt wurde. Das hatte sie selbst am eigenen Leib erfahren dürfen. Selbstverständlich aber lag es nicht in Gertruds Macht, die ganze Welt vom Elend zu befreien.

Und nebenbei bemerkt, schalt Elisabeth sich selbst, *was genau machst denn du, außer dich über andere zu empören?* Zutiefst beschämt folgte sie ihrer Freundin zur Tür hinaus, als ihr aufging, dass sie auf diese Frage keine Antwort fand.

* * *

In der langen Schlange, die sich wie an jedem Abend vor einer der zahlreichen Suppenküchen Berlins gebildet hatte, entdeckte Elisabeth im matten Licht der Straßenbeleuchtung die junge Helene, deren Bekanntschaft sie vor etlichen Monaten bei Jannos Freunden Fritze und Lotte gemacht hatte. Bibbernd vor Kälte trat die Siebzehnjährige auf gefrorenen Schneeresten von einem Bein auf das andere, über ihrem löchrigen, viel zu großen Mantel hatte sie eine noch löchrigere Wolldecke um die Schultern drapiert. Ihr Gesicht unter dem blonden Haarkranz war im Laufe der Zeit noch schmaler geworden, ihre Augen lagen in tiefen Höhlen. Mit geröteten Wangen und blau angelaufenen Lippen harrte sie vermutlich schon eine ganze Weile hier aus, um ihre kleine zerbeulte Blechkumme mit einer Kelle wässriger Suppe gefüllt zu bekommen.

In den letzten Wochen waren die Suppenküchen wie Pilze aus dem Boden geschossen, fast schien es, als würde sich Tag für Tag halb Berlin bei ihnen einfinden. Aber vermutlich war sogar das noch untertrieben. Manchmal kam es unter den Wartenden zu Rangeleien, sobald sich abzeichnete, dass die Suppe an diesem Tag nicht für alle reichen würde. Meistens jedoch fehlte den Bedürftigen sogar die Kraft dafür, um einen Becher Suppe oder einen Kanten Brot zu kämpfen. Was sich hier an der Suppenküche einfand, war eine Masse desillusionierter Menschen, die vom Leben inzwischen nicht mehr erhofften, als dass es ihnen wenigstens einen gnädigen Tod bescheren möge.

»Hallo, Helene«, sprach Elisabeth die Zigarettenverkäuferin an, die sie tagsüber häufig mit einem Bauchladen durch die Straßen laufen und ihre Waren anpreisen sah. »Du stehst wohl schon lange an, so verfroren, wie du aussiehst.«

»Oh, Elisabeth, dit ist ja ’ne Freude, dich wiederzusehen«, erwiderte Helene mit vor Kälte klappernden Zähnen, doch sah das sonst so aufgeweckte Mädchen dabei alles andere als glücklich aus. »Hast dich ja so schick jemacht. Wohin jeht’s denn?«

Beschämt wurde sich Elisabeth einmal mehr ihrer exquisiten Garderobe bewusst, die diese junge Frau, die für einen Teller Suppe anstand, als Affront empfinden musste. Genauso wie all die anderen hohlwangigen Menschen, die sie nun aus leeren Augen ansahen. Ein einbeiniger Kriegsversehrter in abgetragener Uniform, der – seinen Beinstumpf auf einer Krücke abgelegt – unmittelbar hinter Helene in der Schlange stand, hielt ihr nun kraftlos seinen Blechnapf entgegen. Seine Lippen formten ein stummes »Bitte«.

Elisabeth schüttelte nach kurzem Zögern den Kopf. Sie wusste, hätte sie diesem Mann Geld in den Napf getan, dann hätte sie es auch bei all den anderen tun müssen. Aufgrund der schieren Masse aber – es mochten gut und gern zweihundert Menschen sein, die hier anstanden – wäre das unmöglich gewesen. Sie schalt sich selbst dafür, dass sie Helene nicht einfach ignoriert hatte, anstatt sie und alle anderen mit einem Lebensstil zu konfrontieren, der von dem ihren so weit entfernt war wie der Mond von der Erde.

Gertrud, die ein paar Meter vorausgelaufen war und erst jetzt bemerkte, dass Elisabeth eine Pause eingelegt hatte, kam zu ihr zurück. Als sich ihre Blicke begegneten, stand ihr das Unverständnis für das Verhalten ihrer Freundin ins Gesicht geschrieben. Schon stellte sich Elisabeth auf eine neuerliche Standpauke ein, als Gertrud den Mund öffnete, doch sagte diese zu ihrer Überraschung: »Guten Abend, Helene. Du siehst krank aus, Kind. Gehe ich recht in der Annahme, dass auch deine Geschäfte dieser Tage nicht so laufen wie gewünscht?«

»Ach, Trude«, antwortete Helene mit matter Stimme, »du weeßt doch, wie et is, heutzutaje. Wo de och hinkiekst, überall Elend, Elend und noch ma' Elend. Selbst Zijaretten wollen sich de Leute nich mehr leisten, und dit will schon wat heißen. Statt se bei mir zu koofen, lesen se die Stummel vonne Straße uff und basteln sich neue. Nee, Trude, ick saje dir, nich mehr lang und et jeht zu Ende mit uns.«

Hatte Elisabeth geglaubt, dass dies das Ende von Helenes kurzer Ansprache sei, so sah sie sich getäuscht, als dem Mädchen nun Tränen in die Augen traten. »Unser Matthias, der hattet nich jeschafft. Jestern Morgen, da lag er tot neben Mutter im Bette. Keene drei Jahre issa alt jeworden. Und unsre Inge, die hat's anne Lunge. Sie wird's och nich mehr lange machen, fürchte ick.«

Während Elisabeth noch unangenehm berührt dastand und nicht wusste, wie sie auf das Gesagte reagieren sollte, zeigte Gertrud Initiative. »Wenn du willst, dann komm ab morgen Mittag in *Trudes Perle*«, schlug sie Helene vor. »Ich gebe dir Arbeit.«

Elisabeth reagierte empört. »Aber Trude, das kann nicht dein Ernst sein! Nun soll auch noch Helene …?!«

»Und bring deinen Bauchladen mit, so was fehlt uns nämlich noch«, ergänzte Gertrud, ohne auf den Protest ihrer Freundin zu achten. »Du kannst bei uns Zigaretten verkaufen, die Amerikaner sind ganz wild drauf. Du nimmst ihnen mindestens das Doppelte vom normalen Preis ab, die merken das nicht mal. Und sag deiner Mutter, dass der Doktor morgen früh kommt, um nach der kleinen Inge zu sehen. Wenn es nötig ist, kommt das Kind ins Spital. Die Kosten übernehme ich.«

»Is … is dit deen Ernst, Trude?« Helene starrte Gertrud an wie eine Erscheinung.

»Bin ich ein Märchenbuch? Hätte ich früher gewusst, wie elend es dir geht … Ich dachte, ihr kommt über die Runden, du und die Deinen. Na ja, das Vergangene können wir nun nicht mehr ändern. Also, Helene: morgen Mittag! So, und nun ist mir kalt, Elisabeth, lass uns endlich weitergehen.«

Elisabeth nickte Helene zu, die immer noch dastand wie vom Donner gerührt. »Mach's gut, Helene, wir sehen uns.«

»D-danke«, stammelte das Mädchen. »Danke, dass du stehen jeblieben bist. Ohne dich …«

»Ist gut, Helene, ist gut.« Elisabeth fühlte sich nicht wohl mit diesem Dank. Denn was, bitte schön, hatte sie denn schon dafür getan, dass es Helene und deren Familie bald besser gehen würde? Was hatte sie bislang überhaupt in ihrem Leben getan, dass es irgendjemandem besser ging?

Ihr Blick fiel auf die Frauen, die hinter den riesigen, dampfenden Töpfen standen und Suppe ausgaben, und auf die ausgezehrten Gestalten, die ihre so lächerliche Menge Suppe voller Dankbarkeit entgegennahmen und stumm zu löffeln begannen. Dann drehte sie sich um und schaute Gertrud hinterher, die sich mit schnellen Schritten entfernte.

Auf ihre Weise taten die Frauen an den Töpfen und auch Gertrud ihr Möglichstes, um dem Elend etwas entgegenzusetzen. Und sie? Was tat sie, außer sich zu empören? Nichts! In welcher Welt hatte sie nur in all den Jahren gelebt, um nicht zu bemerken, was mit den Menschen um sie herum geschah?

Elisabeth verspürte plötzlich eine tiefe innere Leere. Noch nie hatte sie sich derart nutzlos gefühlt wie an diesem Abend.

* * *

»So nachdenklich, Elisabeth?«, fragte Margarete, als sie später ihre Plätze an einem der hübsch eingedeckten Tische im Lokal eingenommen hatten. »Darf ich fragen, an wen du denkst? Es ist doch wohl nicht immer noch dieser Karl, den wir damals in Duisburg …«

»Ach was«, unterbrach Elisabeth sie unwirsch. »Es ist nur …« Sie presste die Lippen aufeinander und sah sich um. Alles in diesem Lokal – die Leuchten, das Geschirr, die Gläser, ja, selbst die Gäste – schien zu glänzen und zu glitzern, ganz egal, wohin man auch schaute. Es war, als wäre hier die Welt stehen geblieben, während sie sich dort draußen in einer so schnellen Spirale abwärts drehte, dass sie alles, was sich nicht wehren konnte, einem todbringenden Strudel gleich mit sich riss.

»Es ist nur was?«, hakte Gertrud nach, als Elisabeth nicht weitersprach. Sie ließ die Speisekarte sinken, deren Menüfolge sie gerade noch vor sich hin gemurmelt hatte, und schaute ihre Freundin prüfend an. »Du warst schon den ganzen Weg hierher so schweigsam. Ist dir Helenes Schicksal auf den Magen geschlagen?«

»Allerdings«, entgegnete Elisabeth patzig. »Vor allem aber schlägt mir angesichts dessen, was da draußen los ist«, sie machte eine raumgreifende Bewegung, »all das hier auf den Magen.«

»Soso«, spottete Gertrud, »das Fräulein Direktorentochter entdeckt wohl gerade ihr soziales Gewissen.«

»Hört, hört, das wäre ja mal ganz etwas Neues«, schloss sich Margarete mit einem süffisanten Lächeln an. »Die wohlbehütete Elisabeth von Wolff bemerkt nach ...« Sie runzelte die Stirn und tat, als würde sie etwas an ihren Fingern abzählen, »... nach nunmehr fast zehn Jahren, dass nicht alle Bürger dieses Landes so sehr vom Krieg profitiert haben wie der Herr Papa.«

»Ja, spottet ihr nur«, murrte Elisabeth. »Aber ich meine es ernst: Es kann ja wohl nicht angehen, dass ich die Einzige bin, die nichts dagegen unternimmt, dass unsere noch so junge Demokratie langsam, aber sicher vor die Hunde geht.«

»Und was gedenkst du dagegen zu tun?«, fragte Margarete neugierig.

Bevor Elisabeth etwas darauf erwidern konnte, gaben sie zunächst beim Kellner ihre Bestellung auf.

»Ich weiß gar nicht, ob ich überhaupt einen Bissen davon hinunterbekomme«, maulte Elisabeth, nachdem er wieder gegangen war. »Die Leute da draußen müssen sich mit einem Teller fahler Suppe begnügen, während ich ...«

»Nun, es ist ihnen nicht geholfen, wenn du deinen Hummer nicht isst«, bemerkte Gertrud. »Nur weil alle anderen darben, müssen wir es noch lange nicht tun. Aber wenn du den armen Menschen wirklich helfen willst, dann ...«

»Ja?«, fragte Elisabeth erwartungsvoll.

»Dann denke dir was aus«, vollendete Gertrud mit einem spöttischen Zug um den Mund ihren Satz.

»Aber ich weiß doch nicht, wie ich ...«, setzte Elisabeth zum Protest an.

»Dann benutz dein Gehirn«, fuhr ihr diesmal Margarete über den Mund. »Oder wer, meinst du, soll dir diesmal vorkauen, was es zu tun gilt?«

Während Elisabeth an diesen Worten noch zu arbeiten hatte, wandten sich Gertrud und Margarete der allgemeinen Lage zu. »Bei uns scheinen die Franzosen nun wirklich ernst zu machen«, berichtete Margarete. »Angeblich rücken ihre Truppen schon vor, um das ganze Ruhrgebiet zu besetzen. Sie haben es auf die Kohle abgesehen, nachdem wir ihrer Ansicht nach nicht genügend geliefert haben.«

»Wenn du mich fragst, dann war der Franzose schon immer darauf aus, das Ruhrgebiet einzuheimsen«, sagte Gertrud. »Dem Premier zum Beispiel, diesem Poincaré, ging es doch nie um etwas anderes. Das mit den angeblich nicht erbrachten Reparationszahlungen ist doch nur ein billiger Vorwand, um endlich das zu bekommen, auf das dieses Franzvolk schon seit Jahrhunderten scharf ist.«

»Hätten wir keinen Krieg angefangen, dann hätten wir diese Probleme nicht«, sah es Margarete nüchtern. »So einfach ist das. Und dann vor dem Krieg noch Unmengen Kriegsanleihen unters Volk zu bringen, in der Annahme, hinterher die Verlierer zur Tilgung verpflichten zu können, war auch nicht besonders intelligent. Von dem ganzen Geld, das damals wie heute frisch gedruckt unters Volk geschmissen wird, weil man nicht mehr weiß, wovon man all die angehäuften Schulden und Verpflichtungen bezahlen soll, mal ganz abgesehen.«

»Und nun auch noch das gnadenlose Einfordern der Reparationszahlungen, das unserer Währung und damit unserem Volk endgültig das Genick brechen wird«, ergänzte Gertrud mit einem Nicken. »Ich möchte wirklich nicht wissen, wohin das noch führt.« Sie hob das Glas, um mit ihren Freundinnen anzustoßen. »Auf unsere Republik!«, brachte sie einen Trinkspruch aus. »Möge sie stark genug sein, um all diese Irrungen und Wirrungen zu überstehen!«

»Und was gedenkst du zu tun, wenn die Franzosen ins Ruhrgebiet einfallen?«, wandte sich Elisabeth, die den Ausführungen ihrer Freundinnen mit einem zunehmend mulmigen Gefühl gelauscht hatte, nach einem beherzten Schluck Wein an Margarete. »Ist es dann nicht gefährlich, sich dort aufzuhalten?«

»Je nachdem, wie sich die Einwohner verhalten, denke ich«, antwortete Margarete. »Womöglich ist es tatsächlich besser, wenn ich zunächst hierbleibe.« Sie zwinkerte Gertrud verschwörerisch zu, die daraufhin erleichtert aufatmete und ihr ein glückliches Lächeln schenkte.

»Und womit ist zu rechnen? Werden die Einwohner Widerstand leisten?« Mit Schaudern erinnerte sich Elisabeth an das Frühjahr des Ruhrkampfes von 1920. Damals waren es die nationalistischen Freikorps gewesen, die versucht hatten, die junge Republik zu stürzen und sich in Berlin an die Macht zu putschen. Infolgedessen war es zu einem landesweiten Generalstreik gekommen, dem sich auch die Arbeiter im Ruhrgebiet anschlossen. Bei den unerbittlichen Kämpfen zwischen der Roten Ruhrarmee und nationalistisch gesinnten Gruppen hatte es viel zu viele Opfer gegeben – aber auch die Gewissheit, dass man im Ruhrgebiet bereit war zu kämpfen, wenn es darum ging, Freiheit und Demokratie zu verteidigen.

»Davon ist wohl auszugehen«, antwortete Margarete. »Wenn es sich die Kumpel schon nicht gefallen lassen, dass sie von deutschen Nationalisten vereinnahmt werden, dann wohl erst recht nicht, dass der Franzose sie ihrer Lebensgrundlagen beraubt. Ich fürchte, wir müssen mit dem Schlimmsten rechnen.«

»Zumal auch unsere Regierung eine Besetzung des Ruhrgebiets sicherlich nicht so ohne Weiteres hinnehmen wird«, ergänzte Gertrud. »Gut möglich, dass sie die Reichswehr mobilisieren.« Sie hob erneut das Glas. »Deshalb lasst uns die Feste feiern, wie sie fallen, ihr Lieben, denn es könnten die letzten sein.«

Elisabeth aber fragte sich voller Sorge, was aus Karl werden würde, sollte es im Ruhrgebiet zu neuerlichen Auseinandersetzungen kommen.

3

Duisburg, Januar 1923

»Die Franzosen! Sie kommen!«

Karl Kembrowski sprang erschrocken von seinem Stuhl auf, als plötzlich die Tür zur Wohnung seiner Eltern aufflog und seine Mutter Luise völlig aufgelöst vor ihm stand. Mit ihr stob eine Woge eiskalter, nach Frost und Schnee riechender Luft herein. Mit dem nächsten Windstoß wirbelten Schneeflocken durch den Raum, der gleichzeitig als Küche und als Wohnraum diente.

»Du bist hier, Karl?«, fragte sie erstaunt, während sie auf der Türschwelle den Schnee von Mantel und Stiefeln klopfte. »Und wo ist deine Schwester?«

»Annemarie ist zur Nachbarin gegangen, um ihr eine Suppe zu kochen.«

»Ach ja, stimmt, das habe ich ihr heute Morgen aufgetragen. Sie ist wirklich geschickt im Kochen für ihre zwölf Jahre. Und die alte Kempen kommt ja nun wirklich nicht mehr allein zurecht.« Sie drückte die Haustür zu, um Wind und Kälte auszusperren. »Stell dir nur vor, Karl, die Franzosen kommen.« Sie ließ sich mit einem Stöhnen auf einen Stuhl sinken und vergrub ihren Kopf in den Händen, ohne das Kopftuch abzunehmen, auf dem nun die Schneeflocken zu kleinen Tropfen schmolzen. Aus irgendeinem Grund wirkte sie völlig erschöpft, obwohl es gerade erst Mittag war.

»Was denn für Franzosen?«, knurrte Karl, der sich nun ebenfalls wieder setzte. Er griff nach einem Becher und schenkte seiner Mutter einen Kaffeeersatz aus Kohlrüben ein. »Hier, nimm den, du zitterst ja am ganzen Leib. Was hältst du dich bei dieser Kälte auch so lange da draußen auf, hömma?« Er schaute seine Mutter, die sich nun am Becher die blau gefrorenen Hände wärmte, mit gerunzelter Stirn an und verstand nicht, warum sie dermaßen außer sich zu sein schien. »Die Franzosen sind seit fast zwei Jahren in Duisburg«, sagte er, »weil sie Angst haben, dass wir sie mit unseren Kohlelieferungen bescheißen. Warum also die Aufregung?«

»Heinz spricht seit Tagen von nichts anderem, als dass es genau so kommen wird«, erwiderte Luise matt. »Aber ich habe ihm immer gesagt, dass er die Leute nicht verrückt machen soll mit seinen düsteren Prophezeiungen.« Sie hob den Blick, der nun voller Sorge war. »Er hat recht behalten, Karl. Er hat verdammt noch mal recht behalten.«

So langsam dämmerte Karl, wovon seine Mutter sprach. Es ging ihr gar nicht um die französischen Besatzer, die seit Mai 1921 Duisburg und Düsseldorf besetzt hielten. Nein, vielmehr ging es ihr wohl um das Gerücht, das bereits seit Ende des letzten Jahres die Runde machte, nämlich dass die Franzosen unzufrieden seien, weil die Deutschen angeblich ihren Reparationsverpflichtungen nur unzureichend nachkamen. Angeblich hatten sie sogar damit gedroht, das ganze Ruhrgebiet zu besetzen, um die gesamte Kohle- und Koksproduktion für sich zu beanspruchen. Karl hatte nie glauben wollen, dass die Franzosen wirklich so weit gehen würden, den Deutschen die wichtigste Lebensader abzudrücken, die ihnen nach dem Krieg noch geblieben war. Und auch jetzt weigerte er sich, diesen Gedanken zuzulassen, denn dazu erschien er ihm viel zu absurd – und vor allem zu bedrohlich.

Er langte nach der Hand seiner Mutter und tätschelte sie. »Nun reg dich mal nicht auf, Mutter, so schlimm wird es schon nicht kommen. Bestimmt schicken sie nur eine weitere Patrouille.« Er lachte rau auf. »Du weißt doch, wie Heinz ist. Der erzählt mal dies und mal das. Er langweilt sich eben, seit er damals den Unfall im Berg hatte und nicht mehr einfahren kann. Der soll seine Märchen besser seinen Kindern erzählen, dann …«

»Nun tu nicht so, als wäre ich senil, Karl!«, schimpfte Luise mit schriller Stimme und entzog ihm unwirsch ihre Hand. »Wenn ich dir sage, dass die Franzosen kommen, dann kommen die Franzosen! Und würdest du dich auch nur ein bisschen für das interessieren, was um dich herum passiert, anstatt immer nur dumpf brütend vor dich hin zu starren und mit deinem angeblich so schweren Schicksal zu hadern, dann wüsstest du längst, dass da draußen«, sie zeigte in Richtung Fenster, vor dem der Schnee in großen Flocken fiel, »gerade ein Truppenaufmarsch stattfindet, der uns alle über kurz oder lang zu verdammten Arbeitssklaven der Franzosen machen wird, wenn wir ihm nichts entgegensetzen!« Sie schloss die Augen und stöhnte laut auf. »Nur gut, dass dein Vater das nicht mehr erleben muss.«

Karl sah zum Bild seines Vaters hinüber, das schwarz gerahmt an der Wand hing. Wie so viele hier in der Zechensiedlung war er vor gut zwei Jahren mit Mitte fünfzig an den Folgen seiner Staublunge gestorben, die ihm die Arbeit unter Tage eingebracht hatte.

Luise zog die Stirn in Falten. »Was machst du eigentlich schon wieder hier? Solltest du nicht bei Clara sein, an deinem freien Tag?«

Karl zuckte mit den Schultern. »Wir haben gestritten. Ich dachte, ich räum mal lieber das Feld, bevor sie wieder einen ihrer Anfälle kriegt.«

Luise funkelte ihn böse an. »Sie ist deine Frau und bekommt dein Kind, Karl. Also hör gefälligst auf, so respektlos von ihr zu reden!«

»Wenn es nach mir ginge, dann …«

Die Mutter ließ so unvermittelt ihre flache Hand auf den Tisch niederfahren, dass Karl erschrocken zusammenfuhr. »Herrgott noch mal, Karl!«, fauchte sie ihn an. »Nun komm mir nicht schon wieder mit der Leier, dass du weder sie noch das Kind gewollt hast, hömma! Das hättest du dir überlegen sollen, bevor du mit ihr …« Sie machte eine wegwerfende Handbewegung. »Ach, was red ich denn! Wer eine Frau schwängern kann, der kann auch Verantwortung für sie und das Kind übernehmen, das ist ja wohl das Mindeste.«

»Clara hat es doch drauf angelegt, schwanger zu werden«, protestierte Karl. »Sie war es doch, die mich …«

Luise schlug erneut die Hand auf den Tisch. »Hör auf damit, Karl! Ihr Kerle versucht doch immer, euch aus allem rauszuwinden. Wenn ein Mann sich nicht im Griff hat, dann sollte er sich von den Frauen fernhalten, so einfach ist das! So, und nun will ich nichts mehr davon hören, dass du das Opfer bist! Geh sofort nach Hause und entschuldige dich bei Clara!«

Vor Wut bebend schüttete Karl den Rest seines Kaffees in sich hinein, dann sprang er auf, griff nach seinem Mantel und stürmte grußlos in den kalten Wintertag hinaus. Er würde einen Teufel tun, zu Clara in die Wohnung zurückzukehren! Seit man ihn genötigt hatte, sie zu heiraten, war er überhaupt nur selten zu Hause. Das Weib würde schon sehen, dass sie sich mit ihrem berechnenden Verhalten keinen Gefallen getan hatte!

Wenn Karl an jene Nacht zurückdachte, in der er Clara auf den Leim gegangen war, dann überkam ihn noch heute die Wut. Rund sechs Monate war das nun her. Es war an einem lauen Sommerabend gewesen, an dem er sich mit ein paar Freunden getroffen und sie sich in der Spelunke um die Ecke mit etlichen Flaschen Bier und Schnaps eingedeckt hatten. Feuchtfröhlich war es zugegangen, während sie im Schrebergarten von Heinz und Hiska Würstchen über dem Lagerfeuer gebraten hatten. Es war ein wahres Fest gewesen, denn schließlich bekamen sie in der heutigen Zeit nicht mehr allzu oft Fleisch zu essen. Karl wollte auch gar nicht wissen, wo Heinz die Würste aufgetrieben hatte. Seit sein Kumpel nicht mehr in den Berg einfuhr, hatte er sich aufs Organisieren verlegt. Es gab praktisch nichts, was Heinz nicht besorgen konnte, und er gab sich immer sehr spendabel. So mancher unterstellte ihm hinter vorgehaltener Hand, fragwürdige Kontakte zu den Besatzern zu pflegen, und gab sich darüber empört. Karl aber war es egal, solange sie nur alle davon profitierten.

Es musste um Mitternacht gewesen sein, als Clara ihn in jener Nacht unter einem Vorwand zu sich nach Hause lockte. Nicht ahnend, wohin die Sache führen würde, war er ihr gefolgt. Ganz standfest war er nicht mehr auf den Beinen gewesen, hatte er die Würste doch mit nicht wenig Alkohol hinuntergespült. In Claras Haus angekommen, hatte sie ihm bedeutet, leise zu sein, um Mutter und Schwester nicht zu wecken, und ihn die Stiege zu ihrer Kammer hinaufgeführt. Oben angekommen, hatte sie nicht lange gezögert, sondern sich mir nichts, dir nichts die Klamotten vom Leib gezogen. Wie, um alles in der Welt, hätte er da noch Widerstand leisten können? Ein Mann war nun mal ein Mann, da war es mit dem Widerstehen eben nicht so einfach, wie es sich seine Mutter offenbar vorstellte.

Die nächste Erinnerung, die er hatte, war die, dass er am nächsten Morgen aufwachte, als plötzlich die Tür zu Claras

Zimmer aufgerissen wurde. Zunächst hatte auf dem Gesicht von Claras Mutter Hedwig das schiere Entsetzen gestanden; dann jedoch hatte plötzlich ein Lächeln ihre Mundwinkel umspielt, und sie hatte wissend genickt. In diesem Moment war ihm aufgegangen, dass er in der Falle saß. Was für eine Niederlage, nachdem er Clara doch so lange Jahre erfolgreich aus dem Weg gegangen war!

Womöglich hätte er die Heirat sogar noch abwenden können, denn so ein Fehltritt kam schließlich jeden Tag und überall vor. Als sie ihm dann aber verkündete, dass sie ein Kind erwarte, war seine Welt, in der er sich noch immer nichts sehnlicher wünschte, als eines Tages mit Enna vor den Traualtar zu treten, endgültig in sich zusammengebrochen. Diese Niedertracht würde er Clara nicht verzeihen. Niemals! Er würde ihr schon zeigen, was es hieß, ihn zu einem solch weitreichenden Schritt zu zwingen!

»Karl, da bist du ja endlich.« Sein Bruder Joris kam ihm mit schnellen, im Schnee knirschenden Schritten entgegen. Offenbar hielt er sich schon länger draußen in der Kälte auf, denn sowohl seine Haare als auch sein Bart und selbst seine Wimpern waren eisverkrustet. »Hat Mutter dir denn nicht Bescheid gegeben?«, keuchte er, während er seinen warmen Atem in die steif gefrorenen Hände blies.

»Doch, allerdings, das hat sie«, antwortete Karl und war sich der Doppeldeutigkeit seiner Worte durchaus bewusst.

»Ja, und? Was sagst du dazu?«

»Wozu?« Noch war Karl viel zu sehr in seine Wut auf Clara verstrickt, als dass er sich auf etwas anderes hätte konzentrieren können.

»Na, dass das Franzosenpack jetzt ernst macht!« Joris zog ihn am Ärmel. »Los, wir müssen dahin! Sofort!«

Karl riss sich los. »Wohin denn, verdammt?! Dreht ihr denn jetzt alle durch?«

Joris deutete auf einen Lkw, dessen Motor in wenigen Metern Entfernung vor sich hin knatterte und aus dessen Auspuff dunkler Rauch entwich. Auf seiner Ladefläche hatten sich bereits so viele Personen versammelt, dass kaum noch ein Platz frei zu sein schien. »Los, Mann, wir fahren nach Essen!«

»Nach Essen?«

»Ja, Mann, nach Essen. Da fallen sie gerade ein, die Franzmänner, mit Hunderten Soldaten. Sogar Panzer haben sie dabei, und am Himmel kreisen Flugzeuge. Fehlt nur noch, dass sie anfangen zu schießen. Scheiße, das können wir doch nicht zulassen!«

»Verfluchter Mist«, knurrte Karl, während er seinem Bruder zum Lkw folgte. Dann war es also wahr, was Mutter behauptet hatte. Gaben diese verdammten Verbrecher denn nie Ruhe? Seine Hände ballten sich in den Jackentaschen zu Fäusten. »Diesmal machen wir euch den Garaus, ihr Franzosenpack, und wenn es das Letzte ist, was wir tun!«

Clara wartete an diesem Tag vergeblich darauf, dass ihr Mann zu ihr zurückkehren würde, und Karl verschwendete keinen Gedanken mehr an sie, sobald er den Lkw bestiegen hatte.

* * *

In strammer Haltung standen sie da, die Gewehre geschultert. Karl vermochte nicht zu überblicken, wie viele französische und auch belgische Soldaten es waren, die sich, einem Spalier gleich, beidseitig der Straße postiert hatten, doch waren es ganz sicher Hunderte, nicht wenige von ihnen dunkler Hautfarbe. Zwischen ihnen fuhr ein Dutzend Panzer nach Essen ein. Flankiert wurden diese von in Reih und Glied auf Pferden daherkommenden Soldaten, von denen der zuvorderst Reitende die Trikolore schwenkte. Über all dem knatterten lärmend und in unregelmäßigen Abständen mehrere Flugzeuge hinweg.

Aus sämtlichen Richtungen kamen Essener Bürger gelaufen, um Zeuge dieses unerwarteten Spektakels zu werden. Mit versteinerten Mienen und zumeist schweigend starrten sie den Invasoren entgegen, von hier und da waren Ausrufe des Entsetzens oder auch Schluchzer zu hören.

»Das ist doch nicht zu fassen«, knurrte Joris mit finsterem Blick. »Na, die trauen sich ja was! Da denkste, der Krieg ist längst vorbei, und dann so was. Kann doch gar nicht sein, dass wir denen nicht genug bezahlt haben. Muss man sich ja nur mal die voll beladenen Schiffe angucken, die jeden Tag in Duisburg-Ruhrort die Häfen Richtung Frankreich verlassen.«

»Das mit den nicht gezahlten Reparationen ist doch nur ein Vorwand«, bemerkte ein Mann, der unmittelbar hinter sie getreten war. Der linke Ärmel seines Mantels hing schlaff herunter, ganz offensichtlich hatte er seinen Arm verloren, vermutlich an der Front. Auch zeigte seine linke Gesichtshälfte unschöne Brandnarben, das linke Ohr war zu einem kläglichen Rest zusammengeschmolzen. Am rechten Arm trug er eine rote Binde, wie sie 1920 die Kämpfer der Roten Ruhrarmee getragen hatten. »Eine Kolonie wollen sie aus uns machen und uns ausbeuten, genauso, wie sie all ihre anderen Kolonien ausbeuten. Schon seit Hunderten von Jahren ist genau das ihr Ziel. Das ist auch der Grund, warum die Amerikaner mit all dem nichts mehr zu tun haben wollen und aus Protest ihre Besatzungstruppen abgezogen haben.« Er deutete auf eine Reihe Soldaten. »Guck sie dir an, wie die Afrikaner strammstehen für ihre Unterdrücker! Als Kanonenfutter werden sie verheizt, die armen Hunde. Eine Schande ist das! Aber genau das ist es, was auch uns blüht, wenn wir jetzt nachgeben.«

»Und die Belgier?«, fragte Joris. »Welches Ziel verfolgen die?«

Der Mann schnaubte verächtlich. »Die sind nichts als willfährige Handlanger.«

»Die Halunken haben die Stadt Essen unter Kriegsrecht gestellt«, wusste ein anderer Mann zu berichten. »Angeblich marschieren sie auch gerade in anderen Städten ein. Bottrop, Dinslaken, Oberhausen … Wie man hört, sind es Tausende Soldaten. Sie kommen aus allen Richtungen und fressen sich wie ein Krebsgeschwür durch die Straßen.«

»Ja«, bestätigte der Einarmige. »Man sagt, sie schicken die Soldaten, um ihre Ingenieure zu schützen.«

»Welche Ingenieure denn?«, fragte Joris.

»Blöde Frage. Natürlich diejenigen, die die Ausbeutung der Kohlengruben überwachen sollen.«

»So viele Soldaten für ein paar Ingenieure?«, wunderte sich Joris.

»So sieht's aus.«

»Das ist doch bescheuert.«

»Das kannste laut sagen, Genosse.«

In Karl brodelte es, und er hatte Mühe, Ruhe zu bewahren. Am liebsten hätte er die Soldaten allesamt in die Luft gesprengt. Für einen Moment meinte er, die Granate bereits in seiner Hand spüren zu können. Mit Schaudern dachte er an all die Toten und Verletzten, die der Aufstand der Roten Ruhrarmee vor drei Jahren mit sich gebracht hatte. Wie froh war er gewesen, als das Schlachten und Morden endlich sein Ende gefunden hatte! Aber wenn es galt, den Bürgern seines Landes Gerechtigkeit widerfahren zu lassen, dann würde er nicht zögern, gegen diese Höllenbrut zu Felde zu ziehen. Zwar verstand er nicht viel von Politik, und schon gar nicht konnte er so klug daherreden wie der Einarmige. Eines aber wusste er ganz sicher: dass das, was hier geschah, nicht rechtens sein konnte. Also galt es, sich zur Wehr zu setzen.

»Was haben die denn nun mit uns vor?«, fragte Joris. Er hatte sich eine Zigarette angesteckt, deren Rauch sich mit dem Dunst seiner Atemluft vermischte. »Glauben die denn, wir machen einfach weiter, als wäre nichts gewesen?«

»Ja, genau das glauben die«, brummte ein bulliger Kerl, der mit zu Fäusten geballten Händen dastand. »Wir sollen für die schuften, Mann. Die Kohle sollen wir für sie aus 'm Berg holen, damit die sie nach Frankreich und Belgien schaffen und verfeuern können.« Er spuckte vor sich auf den Boden. »Aber nicht mit mir, hömma! Nicht mit mir!« Er reckte die linke Faust in Kämpferpose in die Luft.

»Was hört man denn aus Berlin?«, fragte Karl seinen Kumpel Bernd, der neben ihm auf dem Lkw gesessen hatte und von dem er wusste, dass er als Gewerkschafter sein Ohr stets am Geschehen in der Hauptstadt hatte. »Will nicht hoffen, dass die uns schon wieder hängen lassen, so wie 1920 beim Putsch.« Sein Blick war auf den Turm des Rathauses gerichtet, auf dem just in diesem Moment die französische Flagge gehisst wurde. Der Groll in ihm nahm zu.

»Noch nichts«, erklärte Bernd. »Aber es geht das Gerücht, dass Reichskanzler Cuno zum Generalstreik aufrufen wird. Hat ja damals auch ganz gut funktioniert.«

»In Berlin, ja«, knurrte Karl. »Hier im Pott muss schon 'n bisschen mehr passieren, wenn wir die wieder loswerden wollen.«

»Guck mal da!« Joris zeigte auf den torbogenartigen Eingang des Rathauses, dessen Stufen nun mindestens ein Dutzend Männer mit Aktentaschen unter dem Arm hinabstiegen. »Die sehen aus, als würden sie im Rathaus arbeiten. Hat man die etwa nach Hause geschickt, oder was?«

Karl winkte den Umstehenden, ihm zu folgen. Schnellen Schrittes gingen sie auf die Männer in Mantel und Hut zu, die nun gemeinsam in entgegengesetzter Richtung davonliefen. »He«, rief er ihnen hinterher. »Was ist da los, im Rathaus?«

Einer der Männer blieb stehen, während die anderen ihrem Rufen keine Beachtung schenkten. Er setzte seinen Klemmer auf die Nase und musterte Karl abschätzig. »Die Franzosen haben das Rathaus eingenommen und sich aufgeführt wie die neuen Herren«, erklärte er. »Wir haben ihnen zur Kenntnis gegeben, dass wir nicht gewillt sind, ihren Anordnungen Folge zu leisten.« Ohne eine Reaktion abzuwarten, reckte er das Kinn und folgte seinen Kollegen hocherhobenen Hauptes.

»Na, das nenn ich mal Schneid«, nickte Joris anerkennend.

Karl wollte etwas erwidern, wurde jedoch durch einen Tumult auf der anderen Straßenseite abgelenkt. Eine Frau hatte sich den berittenen Soldaten in den Weg gestellt, die Pferde scheuten wiehernd. Einer der Soldaten hatte Mühe, seinen Gaul im Zaum zu halten. »Macht, dass ihr wegkommt, ihr elenden Blutsauger!«, schrie die Frau die Soldaten an. »Habt ihr denn nicht schon genug angerichtet?« Sie zog einen kleinen, dürren Jungen am Kragen seines viel zu engen Mantels zu sich heran. »Seht ihn euch an!«, keifte sie. »Los, seht euch dieses Kind an! Hungrig und krank ist er! Hungrig und krank! Und warum, he? Warum ist das so? Weil ihr«, sie spuckte vor den Pferden aus, »weil ihr uns alles nehmt, was wir zum Leben brauchen! Alles! Was also glaubt ihr, dass ihr noch mehr bekommen könnt, he? Wir haben nichts mehr zu geben. Nichts, versteht ihr?! *Rien!* Seht zu, dass ihr nach Hause kommt, ihr verfluchten Mörder! Los, verschwindet von hier!«

Vom Straßenrand her trat ein Soldat auf sie zu und stieß sie mit dem Kolben seines Gewehrs so unsanft zur Seite, dass sie stürzte und hart auf dem gefrorenen Boden aufschlug. Durch die am Straßenrand versammelte Menge ging ein Raunen und Fluchen, doch griff niemand ein.

Unbeeindruckt von ihrem Schmerzensschrei und dem jämmerlichen Wimmern des Kindes, das neben seiner Mutter in die Knie ging, setzte sich der Tross der Reiter wieder in Gang. Ein paar Personen kamen herbeigeeilt und halfen der Frau, sich aufzurichten. Ein weiterer Schmerzensschrei folgte, dann humpelte sie, gestützt von zwei Frauen, davon. Der kleine Junge folgte ihnen mit hängenden Schultern.

Der Einarmige deutete auf eine Spelunke auf der gegenüberliegenden Straßenseite, und seine Stimme bebte vor Wut, als er sagte: »Seht ihr die Männer, die gerade dort einkehren? Die sind von der Gewerkschaft. Wer von euch ein Interesse daran hat, dass die Franzosen bald wieder verschwinden, geht jetzt mit mir da rein.«

Zwar passte Karl der herrische Ton nicht, den der Einarmige anschlug, auch wenn er offensichtlich einer der Ihren war. Aber er sah ein, dass sie jetzt alle zusammenhalten mussten, wollten sie den Besatzern etwas entgegensetzen. Es konnte also nicht schaden, sich wenigstens mal anzuhören, was die Gewerkschafter zu sagen hatten.

Während der Aufmarsch der alliierten Soldaten kein Ende zu nehmen schien, folgte er dem kleinen Tross, der jetzt die Spelunke ansteuerte.

* * *

Karl fühlte sich unwohl. Zwar gab es ihm ein gutes Gefühl, dem Aufruf der Gewerkschaften zur Demonstration Folge zu leisten und die Menschen um sich herum in trauter Einigkeit zu erleben, doch misstraute er diesem Frieden zutiefst. Gemeinsam mit Hunderten anderen Menschen war er an diesem regnerischen Tag nach Bochum gekommen, um gegen die französische Besatzung zu demonstrieren, die das Rheinland mit jedem Tag, der verging, weiter in den Klammergriff nahm.

Um ihn herum flatterten im frischen Westwind sowohl die Fahnen der Kommunisten als auch die der Nationalisten, die der Sozialdemokraten ebenso wie – was ihn kurz stutzen ließ – die der Bayerischen Volkspartei. Überhaupt schienen heute Vertreter jeder einzelnen politischen Splitterpartei vor Ort zu sein, und war sie noch so unbedeutend. Hinzu kamen Fahnen und Banner von Gewerkschaften, von rechten wie linken Studentenverbindungen und von Sportvereinen. Vereint in ihrer Wut auf die als zutiefst maßlos und ungerecht empfundenen Forderungen der Franzosen zogen all diese Menschen gemeinsam gegen die Besatzer ins Feld.

Nachdem die Regierung in Berlin die Bevölkerung des Ruhrgebiets mit dem Einmarsch der französischen und belgischen Soldaten zum passiven Widerstand gegen die Besatzer aufgerufen hatte, stand hier alles still. Gearbeitet wurde weder in den Fabriken noch in der Verwaltung. Kein Arbeiter fuhr mehr in den Schacht ein, allenthalben erloschen die Hochöfen, und auch der Eisenbahnverkehr kam zum Erliegen.

Ganz flau im Magen wurde Karl, als er neben sich einen grobschlächtigen Mann mit in die Luft gereckter Faust sagen hörte: »Das mit dem Streik ist ja hoffentlich erst der Anfang. Ich kann's gar nicht erwarten, dass es wieder an die Waffen geht und wir den Franzosen mal so richtig zeigen können, wo die Herrenrasse sitzt.«

Herrenrasse! Wer solch ein Vokabular im Munde führte, der war Karl zutiefst zuwider. Dabei schienen diejenigen, die diesen völkischen Phrasen etwas abgewinnen konnten, wie Pilze aus dem Boden zu schießen. Zutiefst gedemütigt von der Niederlage des Weltkriegs und angestachelt durch die in Karls Augen unhaltbare Behauptung, die Linken und nicht zuletzt das jüdische Kapital hätten den deutschen Truppen in den letzten Kriegstagen den Dolch in den Rücken gestoßen und damit den so nahe liegenden Sieg verhindert, schwor man in den rechten Kreisen Rache an den Sozialdemokraten genauso wie an den Alliierten.

Karl spürte eine Hand auf seinem Arm. »Tu es nicht«, raunte Joris ihm zu.

»Was soll ich nicht tun?«

Joris sah ihn beschwörend an. »Ich sehe doch, wie sehr dir die Rede des Völkischen gegen den Strich geht, Karl. Aber vergiss nicht: Wir sind hier, um gegen einen gemeinsamen Feind zu kämpfen, und nicht, um uns gegenseitig den Garaus zu machen.«

»Deutsche vereint im Kampf!«, skandierte in diesem Moment die Menge, als würde sie Karls Zweifel spüren. Wütend reckten die Menschen den französischen Soldaten, die den Zug mit Argwohn beobachteten, die Fäuste entgegen. »Haut ab, ihr Lügner, ihr Mörder! Freiheit den Westfalen!«

»Passiver Widerstand. Pah!«, stieß der Grobschlächtige nun hervor. »Was soll das denn wohl sein, he? Kämpfen wollen wir, wie es sich für echte deutsche Männer gehört! Kämpfen und nicht nur schwadronieren, wie diese feigen Vaterlandsverräter in Berlin es tun.«

»Vereint gegen den Feind!«, schrie ihm Karl wütend und so laut ins Ohr, dass der Mann kurz im Laufen innehielt und sich die Ohrmuschel rieb. Sein Gesicht war wutverzerrt, als er gleich darauf einen Schritt auf Karl zu machte und die rechte Faust zum Schlag hob. »Komm nur her, du rote Zecke, dir werde ich's …!« Der Rest seiner Drohung verhallte in einem plötzlichen Schuss. Der Demonstrationszug stoppte abrupt, für einen längeren Moment herrschte eine ebenso gespannte wie entsetzte Stille; als aber gleich darauf weitere Schüsse folgten, setzten lautes Schreien und Kreischen ein, und die Menschen stoben nach allen Seiten auseinander.

»Was zum Teufel …!« Karl spürte sein Herz hart gegen die Rippen schlagen. Instinktiv lief auch er, die Arme schützend über den Kopf gelegt, in entgegengesetzter Richtung davon. Er vermochte nicht zu sagen, woher die Schüsse kamen, hallten diese doch vielfach von den Mauern um sie herum wider. Gehetzt wie ein Tier auf der Flucht vor seinem Jäger, sah Karl um sich herum Menschen zusammenbrechen und Mütter, die ihre Kinder an sich rissen oder sich schützend über sie warfen, wenn sie in den Schneematsch stürzten. Immer noch mehr Gewehrsalven zerrissen die Luft, die nun von Rauch geschwängert war. Karl rannte um sein Leben, bis es ihm schließlich gelang, sich in einen Hauseingang zu flüchten, dessen Tür von innen aufgerissen worden war.

»Schnell, komm rein!«, forderte eine Frauenstimme ihn auf.

Bevor Karl die beiden Stufen hinaufstolperte, riss er im letzten Moment noch ein Kleinkind an sich, das eine hochschwangere, nach Luft schnappende Frau ihm entgegenstreckte, bevor sie in sich zusammenfiel.

Es waren rund ein Dutzend Menschen, die im Treppenhaus Zuflucht gefunden hatten, als die Tür mit einem Krachen wieder ins Schloss fiel. Irgendwer hatte gegen sie getreten, bevor der Hauseingang zur Zielscheibe der französischen Soldaten werden konnte.

»Das können sie nicht tun«, jammerte eine Frau. »Wir sind doch unbewaffnet. Das können sie nicht tun.«

Doch, dachte Karl, das können sie, diese verdammten Verbrecher. Seine Wut gegen die Besatzer steigerte sich ins Unermessliche.

»Schnell, nach oben!«, hörte er eine Frauenstimme sagen. »Ran an die Gewehre! Zeigen wir es diesen Feiglingen! Unsere tapferen Männer und Frauen sollen nicht umsonst gestorben sein.«

Gewehre? Karl drückte einer wimmernden Frau das schreiende Kind in den Arm und hetzte, zwei Stufen auf einmal nehmend, die hölzerne Treppe hinauf. Er hörte das Blut in seinem

Kopf rauschen, und sein Hirn schien nur noch ein einziges Wort formen zu können: Rache.

Oben angekommen, streckte ihm bereits jemand ein Gewehr entgegen, und er eilte mit der Waffe zum offen stehenden Fenster. Als er jedoch zum Schuss anlegte, musste er feststellen, dass weit und breit kein Soldat mehr zu sehen war, auch hatte das Schießen aufgehört.

»D-das ist ja …«, hauchte eine ältere Frau, die an einem der anderen Fenster stand und hinausschaute. »Wie … wie kann denn das nur sein?«

Auch Karl stand die Überraschung ins Gesicht geschrieben. Er hatte damit gerechnet, von hier oben einem wahren Blutbad beiwohnen zu müssen, doch hatte sich die Menge der Demonstranten zerstreut, und auch die gestürzten, nur zum Teil verletzten Personen hatten sich wieder aufgerappelt und taumelten benommen umher. Lediglich eine Frau saß, umringt von vier weiteren Personen, mitten auf der Straße und hielt einen leblosen Jungen im Arm, dem sie, ein verzweifeltes Wimmern von sich gebend, unablässig über den Kopf strich.

»Was ist mit der Mutter dieses Kindes?«, fragte Karl, als er sich nach ihm endlos erscheinenden Minuten umdrehte und sein Blick auf das Kleinkind fiel, das nun schlafend in einem Sessel lag.

»Sie wird sicherlich bald kommen«, antwortete eine dunkelhaarige Frau von vielleicht Ende zwanzig, die sich völlig ermattet auf den Boden hatte sinken lassen.

»Aber ist sie denn nicht …?« Karl lehnte das Gewehr an die Wand.

»Monika ist vor Schwäche zusammengebrochen, schätze ich«, erklärte eine andere, noch recht junge Frau. »Sie wird gespürt haben, dass ihr Kreislauf nachgab, als sie dir die Kleine gab. Sie ist schwanger. Das alles, der Hunger, die ständige Angst, geht über ihre Kräfte.«

»Du kennst sie?«

»Ja, sie wohnt nebenan. Ich nehme an, dass jemand sie dorthin gebracht hat.«

Karl nickte. Nach wie vor fiel es ihm schwer, einen klaren Gedanken zu fassen, zu sehr hatten ihn die Ereignisse aufgewühlt. »Diese Schweine«, murmelte er. »Diese verdammten Schweine.« Er fragte sich, was aus seinem Bruder geworden war. Aber er konnte wohl davon ausgehen, dass es auch ihm gut ging. Sie würden sich spätestens am Abend in Duisburg wiedersehen.

»Heute Nacht werden wir ein paar Schönheitsreparaturen an den umliegenden Bahnhöfen vornehmen«, sagte die Frau, die auf dem Boden saß, und sie sah Karl aus ihren dunklen Augen herausfordernd an. »Wir können jede Unterstützung gebrauchen.«

»Schönheitsreparaturen?«, hakte Karl nach. »Was heißt das?«

»Wir schrauben die Beschriftungen ab«, grinste die Frau. »Und zwar alle. Bis die Franzmänner gar nicht mehr wissen, wo sie sich befinden. Bist du dabei?«

Karl gefiel die Idee. Je mehr sie den Besatzern das Leben schwer machen konnten, desto besser. »Natürlich bin ich dabei.«

»Ich bin übrigens Leah«, stellte sich die Frau vor.

»Karl«, sagte Karl. »Aus Duisburg.«

»Willkommen, Karl aus Duisburg.«

Später am Tag erfuhr Karl, dass die Franzosen hauptsächlich in die Luft geschossen hatten, um die Demonstranten auseinanderzutreiben. Ein Querschläger aber hatte sich in die Brust des zehnjährigen Jungen gebohrt, dessen Mutter nun nichts weiter blieb, als um ihn zu trauern.

»Ich werde dein Leben rächen, tapferer kleiner Mann«, schwor sich Karl, als er sich in der Nacht mit Leah und drei weiteren Leuten auf den Weg zu den Bahnhöfen und Stellwerken machte. »Wir alle werden dein Leben rächen, das verspreche ich dir.«

* * *

Heinz-Rudolf von Wolff legte die Zeitung nieder und nahm seinen Klemmer von der Nase. Zum wiederholten Male stieß er nach nur einer Tasse Kaffee und einer Scheibe Brot sauer auf, seit Monaten schon machten ihm sein Magen und die Gedärme zu schaffen, sodass er von den üppigen Mahlzeiten, die er aufgetischt bekam, das meiste stehen ließ. Die Geschehnisse der letzten Tage waren nur die Krönung dessen, was ihm in den letzten Jahren widerfahren war. Es waren schreckliche Zeiten, daran gab es nichts zu deuteln.

Dabei hatte es vor drei Jahren so hoffnungsvoll begonnen, als die nationalistischen Freikorps kurz davor gewesen waren, in Berlin die Regierungsgeschäfte zu übernehmen. Mit Freuden hatte er sie in ihrem Ansinnen unterstützt. Doch hatten sich schon damals die Menschen im ganzen Land mittels eines Generalstreiks gegen die Putschisten aufgelehnt, allen voran die in großer Zahl kommunistisch gesinnten Bewohner des Ruhrgebiets, die doch tatsächlich geglaubt hatten, nun endlich habe die Stunde zur Gründung einer Räterepublik geschlagen. Einer Räterepublik, in der der Pöbel das Sagen hatte. Da hörte sich doch wohl alles auf! Nun, nicht nur sie hatten sich getäuscht, sondern leider auch diejenigen – und zu ihnen zählte auch er selbst sich –, die mit einer Gegenbewegung von rechten Nationalisten genau das hatten verhindern und in Deutschland wieder für Zucht und Ordnung hatten sorgen wollen.

Neben all diesem Ärger aber machte Wolff auch die Flucht seiner einzigen Tochter Elisabeth zu schaffen. Bei Nacht und Nebel hatte sie sich zur Zeit des Putsches aus der Villa davongeschlichen und aus unerfindlichen Gründen das junge

Dienstmädchen Henrike, das ihm bis dahin so viel körperliche Freuden beschert hatte, gleich mitgenommen. Seither machte ihm seine Frau Käthe die Hölle heiß. Es verging kein Tag, an dem sie ihn nicht dazu aufforderte, ihre Tochter wieder nach Hause zu holen.

Aber wie, verdammt, sollte das gehen? Nachdem die interalliierte Militärkommission nicht nur ihn, sondern auch seinen Geschäftspartner, Waffenfabrikant Hagen Brodenbeck, in den Tagen des Putsches wegen Waffenschmuggels verhaftet hatte – er wusste bis heute nicht genau, wer sie damals verraten hatte –, hatte er monatelang im Gefängnis gesessen. Was, nebenbei bemerkt, für einen Mann von Stand und Ehre eine wahre Zumutung und zudem höchst peinlich war. Überall hatte er anschließend nach Elisabeth suchen lassen, denn er hatte den Plan, sie mit dem Sohn seines Geschäftspartners Brodenbeck zu verheiraten, keineswegs aufgegeben. Die Spur seiner Tochter aber verlor sich in Berlin, und heute wusste er nicht einmal mehr, ob sie sich überhaupt noch dort aufhielt.

Und nun auch noch das: Seit die Franzosen und die Belgier das Ruhrgebiet besetzt hatten, standen alle Zechen und Halden still. Es war ein einziges Desaster, auch wenn sich die Regierung in Berlin bereit erklärt hatte, wenigstens die Löhne der Arbeiter zu übernehmen, um einer zunehmenden Verarmung der Arbeiterschaft entgegenzuwirken. Unmengen Papiergeld wurden zu diesem Zweck gedruckt und an den Kontrollen der Besatzer vorbei zu den Streikenden geschleust, teils durch Bergwerksstollen, teils durch die Wälder. Auf diese Weise war absehbar, dass die Geldentwertung, die dem Volk zu schaffen machte, noch weiter voranschreiten würde.

Ihm, Heinz-Rudolf von Wolff, wäre es ja ganz egal gewesen, an wen er Koks und Kohle aus seinen Zechen auslieferte, Hauptsache war doch, er bekam ausreichend Geld dafür. Natürlich, seit seiner Verhaftung damals war er auf die Alliierten nicht mehr allzu gut zu sprechen, wer sollte ihm das verübeln? Aber ob es nun die deutschen Öfen waren, die mit seiner Kohle befeuert wurden, oder die französischen, was machte das schon für einen Unterschied, solange sie selbst es in ihrer Villa warm hatten?

Leider schienen die meisten Zechenbetreiber und Industriellen diese Ansicht nicht zu teilen. Vielmehr machten sie sich mit dem Pöbel gemein und verweigerten nun auch ihrerseits die Arbeit. Erst gestern hatten die Franzosen sieben Industrielle verhaftet, so hatte er es soeben in der Zeitung gelesen. Tags zuvor war ein kleiner Junge auf einer der zahlreichen Demonstrationen erschossen worden. Doch schien auch dies alles den Widerstand der Bevölkerung nicht brechen zu können, sondern sogar noch anzuheizen. Es war wirklich in höchstem Maße befremdlich, wie sehr sich in diesen Tagen alle Bevölkerungsschichten, unabhängig von Stand und Klasse und politischer Gesinnung, zu einer einzigen Front gegen die Besatzer zusammenschlossen und sich deren Anordnungen widersetzten.

Sosehr ihm all das auch zuwider war, so musste er doch anerkennen, dass die Aufständischen nichts unversucht ließen, den Besatzern das Leben schwer zu machen. Dabei gingen sie ebenso kreativ wie konsequent vor, das musste er ihnen lassen. Angeblich gab es im gesamten Ruhrgebiet nun kaum noch einen Bahnhof, an dem nicht die Beschriftung fehlte. Zudem hatten die Beamten und Angestellten der Reichsbahn ihren Dienst quittiert und sogar die dienstlichen Unterlagen entwendet, denn diese seien, so wussten die Zeitungen zu berichten, plötzlich unauffindbar. Als Krönung wurden an den Franzosen vorbei diverse Züge in unbesetztes Gebiet gefahren, sodass sie für die Besatzer nicht mehr von Nutzen waren. Manchmal konnte sich angesichts dieser List selbst von Wolff ein schadenfrohes Grinsen nicht verkneifen, obwohl er die Gesamtsituation alles andere als befriedigend fand und beschlossen hatte, mal ein Gespräch mit den Besatzern zu führen. Bestimmt gab es Schnittstellen, an denen man geschäftlich zusammenkommen konnte.

»Nun geh schon voran, du dusseliges Ding!«, hörte er die Stimme seiner Frau in seine Gedanken hinein sagen. »Oder soll ich dir erst Beine machen?«

Er hob den Blick. Zur Tür herein kam das neue Dienstmädchen, das er sich als Ersatz für Henrike ins Haus geholt hatte. Die vierzehnjährige Marianne gefiel ihm nur leidlich, doch war sie immer noch besser als gar keine Gespielin, nachdem ihn Henrike so schändlich hintergangen hatte. Nun trat sie, ein kleines silbernes Tablett mit einem Brief darauf vor sich her tragend, mit gesenktem Kopf auf ihn zu. »Bitte schön, Herr Direktor, dieser Brief wurde soeben für Sie abgegeben.«

Von Wolff schätzte die devote Art, mit der das Mädchen ihm begegnete, und er tätschelte ihr zum Lohn den Hintern. »Du bist ein braves Kind«, raunte er ihr ins Ohr, woraufhin sie noch ein klein wenig mehr in sich zusammenzuschrumpfen schien.

»Was schreibt er denn?«, unterbrach seine Frau ihn mit schriller Stimme. Schon häufiger hatte sie ihn gewarnt, er solle seine Vorliebe für junge Mädchen nicht so offen zur Schau stellen, fürchtete sie doch, genau dies könne ihm eines Tages das Genick brechen. »Wenn du deine fragwürdige Veranlagung unbedingt ausleben musst, dann mache es bitte so, dass niemand daran Anstoß nehmen kann«, pflegte sie ihn zu tadeln. Ansonsten aber schien sie zufrieden damit, dass er sie des Nachts zumeist in Ruhe ließ.

»Wer schreibt was?«, fragte er nun.

»Na, Brodenbeck natürlich«, erwiderte Käthe von Wolff ungeduldig, während sie Marianne wieder zum Raum hinausscheuchte. »Oder siehst du noch einen zweiten Brief?«

»Der Brief ist von Brodenbeck?« Von Wolff musterte den Umschlag. »Tatsächlich.« Er riss ihn auf, griff nach seinem Monokel und begann zu lesen.

»Weiß er endlich, wo sich Elisabeth aufhält?«, fragte seine Frau, während sie nervös an ihrem goldfarbenen Kleid herumzupfte. Auch sie zog sich nun nach der neuesten Mode an, schien sich in den lässig fallenden Kleidern jedoch nicht wirklich wohlzufühlen. Da aber alle anderen Damen der feinen Gesellschaft diesen modernen Schick ebenfalls für sich entdeckt hatten, wollte sie nicht als altbacken daherkommen, wie sie nicht müde wurde zu sagen, sobald sie in einem dieser Fummel mit den ungehörig kurzen Röcken, die zumeist nur bis gerade über die Waden reichten, den Salon betrat.

»Er schreibt nichts von Elisabeth«, erklärte von Wolff, nachdem er den Brief einmal überflogen hatte.

»Ihr Männer seid auch zu gar nichts nutze.«

»Jaja«, erwiderte er abwesend.

»Was will er denn dann, wenn es nicht um unsere Tochter geht?«

»Es geht um Geschäftliches, schreibt er. Er möchte mich in Berlin sehen.«

»In Berlin?«, fragte sie schnippisch. »Wozu denn das? Hat er uns denn nicht schon genug Ärger bereitet?«

Von Wolff ließ den Brief sinken und schaute sie missmutig an. »Ich möchte dich bitten, dich nicht in meine Geschäfte einzumischen, denn davon versteht ihr Frauen bekanntlich nichts.«

»Wer ist denn wegen seiner Geschäfte für Monate im Gefängnis gelandet, du oder ich?«, konterte sie.

»Nun werde mal nicht unverschämt«, knurrte er. »Und jetzt lass mich allein, ich habe nachzudenken.«

»Du hast nachzudenken? Nun, daraus kann ja nichts Gutes entstehen.« Käthe von Wolff rauschte hocherhobenen Hauptes zur Tür hinaus.

Heinz-Rudolf von Wolff seufzte. Käthe wurde wirklich von Tag zu Tag unausstehlicher. Genau genommen war sie eine noch größere Plage als sein ständiges Sodbrennen. Am liebsten hätte er sie davongejagt, doch scheute er den gesellschaftlichen Skandal, den ein solcher Schritt unweigerlich zur Folge hätte. Über die Flucht seiner Tochter hatte man sich schon genug das Maul zerrissen, eine zweite Gelegenheit dazu würde er dieser Meute von Tunichtguten ganz sicher nicht bieten.

Er wandte sich wieder dem Brief zu und fragte sich, was sich der alte Halunke Brodenbeck denn nun schon wieder ausgedacht hatte. In seinem Schreiben blieb er vage, sprach lediglich von großen Möglichkeiten, die diese Staatskrise mit sich bringe. Vermutlich würde er ihm also einen Vorschlag machen, wie sie aus dieser misslichen Situation gemeinsam würden Profit ziehen können. Ärgerlich nur, dass die Besatzer nach wie vor ein Auge auf sie hatten. Es sollte ihn nicht wundern, wenn sie sogar Spitzel auf Brodenbeck und ihn angesetzt hatten. Sie mussten also bei allem, was sie taten, höllisch aufpassen – oder eben mit ihnen wenigstens zum Schein kooperieren.

Es war wirklich eine Schande, dass ihnen die elendigen Volksverräter – Sozialdemokraten und Kommunisten genauso wie die Juden – 1918 den Sieg genommen hatten. Wie schön wäre es gewesen, den Alliierten zu diktieren, was sie zu tun und zu lassen hatten, und ihnen die Last der Kriegsanleihen aufzubürden! Aber die Hoffnung blieb, dass es angesichts der Umstände erneut zum Krieg kommen würde, und spätestens dann würden sie sich endlich das zurückholen können, was ihnen gehörte, und auch darüber hinaus reichlich Profite einfahren.

Von Wolff seufzte erneut, als sein Blick nun auf eine Fotografie von Hugo Stinnes fiel, dem die Zeitung heute einen ganzseitigen Artikel gewidmet hatte. Ganz egal, wie widrig die Umstände auch waren, ob Krieg herrschte oder Inflation, dem Imperium dieses Industriellen schien keine Krise auch nur im Geringsten etwas anhaben zu können. Ganz im Gegenteil schien er aus allem, was er in die Hand nahm, pures Gold zu spinnen. Ob es womöglich an den Spiegeleiern mit Speck lag, die Stinnes angeblich dreimal am Tag aß?

Allein beim Gedanken an diese fette Speise stieß es von Wolff schon wieder bitter auf, und er verbat sich einen weiteren Gedanken an den Mann, den man allgemein den *König an der Ruhr* nannte.

Er legte die Zeitung zusammen, stand vom Tisch auf, ging in die Diele und ließ sich von seinem Butler Charles Winterpaletot, Zylinder und Gehstock reichen. Dann ließ er sich zu seiner Zeche fahren, um nach dem Rechten zu sehen.

Zu seiner Verärgerung aber waren die streikenden Drückeberger auch heute noch nicht an ihren Arbeitsplatz zurückgekehrt. Stattdessen lungerten hier rußverschmierte Gestalten herum, die er noch nie gesehen hatte und deren Sprache er nicht verstand. Anscheinend hatten die Franzosen damit begonnen, ihre eigenen Arbeiter in die Stollen zu schicken.

Von Wolff fluchte. Konnte es denn überhaupt noch schlimmer kommen?

4

Ostfriesland, März 1923

Greetje betrat nach einem Klopfen den Salon und knickste.

»Was gibt es denn?«, fragte Enna ungeduldig. Sie war gerade dabei, einen Brief an ihre Schwester Hiska in Duisburg zu schreiben, und wollte dabei nicht gestört werden. Der kleine Gerke machte nebenan seinen Mittagsschlaf, und es war damit zu rechnen, dass er bald aufwachen und nach ihr rufen würde. Bis dahin aber sollte der Brief beendet sein.

Aus dem Ruhrgebiet hörte man dieser Tage die schauerlichsten Geschichten. Enna machte sich ganz fürchterliche Sorgen, dass ihrer Schwester und deren Familie etwas zugestoßen sein könnte, da es schon Wochen her war, dass sie zum letzten Mal einen Brief von Hiska erhalten hatte. In ihrem Schreiben, das sie gerade formulierte, beschwor sie ihre Schwester daher eindringlich, sich zu melden.

»Ihr Schwager wünscht Sie zu sprechen, gnädige Frau«, antwortete Greetje. »Umgehend.«

»Umgehend?« Enna runzelte verärgert die Stirn. »Ich wüsste wirklich nicht, was so wichtig sein könnte, dass ich seinem

Wunsch nachkomme.« Sie tippte auf das vor ihr liegende Blatt Papier. »Zunächst einmal werde ich diesen Brief beenden.«

»Aber der gnädige Herr hat es sehr dringend gemacht«, jammerte Greetje.

Enna seufzte. »Der gnädige Herr macht es immer dringend. In diesem Fall wird er wohl lernen müssen, sich zu gedulden.«

»Nun, das glaube ich nicht«, meldete sich eine Stimme von der Tür her zu Wort. »Geduld gehört keineswegs zu meinen Tugenden, wie du vielleicht wissen solltest, verehrte Schwägerin.«

Enna wirbelte herum. »Ernfried! Was fällt dir ein, meinen Salon zu betreten, ohne dass ich dich hereingebeten habe!«

»Ich wünsche, dich zu sprechen, das reicht als Grund vollkommen aus.« Ernfried scheuchte Greetje mit einer stummen Geste aus dem Raum.

»Und ich wünsche, einen Brief zu schreiben. Du wirst also warten müssen, bis ich ihn beendet habe.« Ohne ihren Schwager noch weiter zu beachten, wandte sich Enna wieder ihrem Schreiben zu. Sie bemühte sich um innere Gelassenheit, doch spürte sie aufs Unangenehmste Ernfrieds Blicke, die sich in ihren Rücken bohrten und ihr Unbehagen bereiteten. »Wenn du mich jetzt bitte allein lassen würdest«, fügte sie gepresst hinzu, »ich habe zu tun.«

Aus dem Nebenzimmer war nun leise das Gebrabbel von Gerke zu hören. Er war also wach. Solange er aber mit sich selbst zufrieden war, sah Enna keine Veranlassung, sich um den verträumten kleinen Kerl zu kümmern. Gerke liebte es, ab und zu mit sich allein zu sein, und Enna wollte ihm diese wertvollen Momente nicht nehmen.

»Dein Sohn ist wach«, sagte Ernfried. Das Wort Sohn kam ihm dabei wie gewohnt nur widerwillig über die Lippen. Ganz offensichtlich fiel es ihm schwer, dieses Wort auszusprechen, solange er nicht selbst Vater eines Jungen war.

»Ja, das höre ich. Und nun lass mich allein.«

Enna erschrak ganz fürchterlich, als Ernfried mit großen Schritten zu Gerkes Zimmer lief, die Tür aufriss und mit dem nun zutiefst erschrockenen und weinenden Jungen auf dem Arm wieder bei ihr war, noch bevor sie richtig begriffen hatte, was geschah. »Hier«, blaffte Ernfried und drückte ihr den schreienden Jungen in den Arm. »Kümmere dich gefälligst um ihn, anstatt nichtsnutzig herumzusitzen!«

»Sag mal …!« Enna war so empört, dass ihr keine passende Erwiderung einfiel. Sie drückte Gerke an sich und versuchte, ihn zu trösten. »Geh jetzt!«, forderte sie Ernfried erneut auf. »Du hast genug angerichtet.« Als er nur hämisch grinsend dastand, ging es mit ihr durch. »Verschwinde, Ernfried, oder soll ich vielleicht deinem Vater davon berichten, dass du ungefragt meinen Salon betrittst? Oder noch besser: wie du mit dem Erben der Adenas umspringst?«

Das saß. Ernfried zuckte wie unter Peitschenhieben zusammen, auch hatte er seine Gesichtszüge nicht mehr unter Kontrolle. Er starrte sie aus einer Mischung aus Wut und Scham an. Wohl weniger, weil sie seinen Vater erwähnt, als dass sie ihm klargemacht hatte, wer für Odo Adena die wirklich bedeutsame Person in diesem Haus war. Schon früher hatte Ernfried stets darunter gelitten, dass der Vater seinem Sohn Georg den Vorzug gab. Die Hoffnung, wenigstens nach dessen Tod an erster Stelle zu stehen, war mit Gerkes Geburt zerstoben, auch wenn derzeit er es war, der nach Georgs Tod die Geschäfte führte. Sobald Gerke aber alt genug sein würde, so hatte es Odo Adena verfügt, als er sich selbst aus seinen Unternehmen zurückzog und sämtliche Vollmachten auf Ernfried übertrug, würde sich auch das ändern.

»Ich wünsche dich zu sprechen«, presste Ernfried um Beherrschung ringend hervor. »Es geht um deinen Bruder

Janno. Du findest mich im Herrenzimmer.« Noch ehe Enna etwas erwidern konnte, war er zur Tür hinaus.

Janno? Was hatte denn Ernfried mit Janno zu tun? Seit ihrem Aufenthalt damals in Berlin hatte Enna kaum noch etwas von ihrem Bruder gehört. Nachdem die Adenas ihm eine Mitschuld an Georgs Tod gegeben hatten – was natürlich völlig an den Haaren herbeigezogen war –, hatten sie Enna jeden Kontakt zu Janno untersagt. Selbst die Briefe, die er an sie schrieb, fingen sie ab, wie Greetje ihr einmal im Vertrauen berichtet hatte, als Enna sich über sein angebliches Desinteresse beklagte. Lediglich über Hiska erfuhr sie noch, wie es ihm in Berlin erging. Und nun sollte er auf einmal Gegenstand eines Gespräches zwischen ihr und Ernfried sein?

Enna zog an der Glocke, um Greetje zurückzuholen. Gerke hatte sich wieder beruhigt und verlangte nach seinem hölzernen Automobil, das auf dem Boden stand. Also setzte Enna ihn auf den Teppich, und gleich darauf war sein halblautes *Brumm-Brumm* zu hören.

Es klopfte verhalten an der Tür, und Greetje betrat den Raum. Sie schien sichtlich erleichtert, Ernfried nicht mehr hier anzutreffen. »Sie wünschen, gnädige Frau?«

»Sag mal, Greetje, hast du mitbekommen, aus welchem Grund mich mein Schwager zu sprechen wünscht?«

Greetje schüttelte den Kopf. »Nein. Ich bekam nur mit, dass sich Ihr Herr Schwiegervater und Ihr Herr Schwager lautstark gestritten haben. Aber ich konnte nicht verstehen, worum es bei dem Streit ging. Daraufhin – und nachdem Ihr Herr Schwiegervater das Haus in aufgebrachter Stimmung verlassen hatte – hat mich Ihr Schwager kommen lassen, um mir aufzutragen, Sie zu holen.«

»Hm.« Enna konnte sich nicht vorstellen, dass ausgerechnet ihr Bruder Janno ursächlich für einen Streit zwischen den beiden Männern sein sollte, denn welchen Anlass sollte ein seit drei Jahren für sie praktisch nicht mehr existierender Mann dafür bieten? »Ist denn in den letzten Tagen erneut ein Brief meines Bruders angekommen?«, erkundigte sie sich.

»Ein Brief Ihres Bruders?« Greetje schien nicht recht zu verstehen.

»Ja. Aus Berlin.«

»Ach so, von Janno.« Greetje errötete. »Äh … Von dem verehrten Herrn Ulferts, meine ich natürlich«, korrigierte sie sich rasch. »Nein, nicht dass ich wüsste. Aber ich könnte die anderen Dienstboten fragen, vielleicht haben ja die …« Sie zog ihre Stirn in Falten. »Nein, davon hätte ich bestimmt erfahren.«

Enna hob erstaunt die Brauen. »Du hättest davon erfahren? Warum das denn? Heißt das etwa, die Briefe meines Bruders werden unter den Dienstboten diskutiert?«

Die Röte in Greetjes Gesicht vertiefte sich. »Nein. Nein, natürlich nicht«, beeilte sie sich zu sagen. »Es ist nur …« Sie presste die Lippen zusammen.

»Ja?«

»Es ist nur so, dass wir es alle so furchtbar ungerecht finden, dass man Ihnen die Briefe Ihres Herrn Bruder vorenthält.« Sie dämpfte die Stimme. »Wir hatten sogar schon darüber nachgedacht, sie den Herrschaften gar nicht erst zu überlassen, aber …«

Enna wedelte abwehrend mit der Hand. »Nein, das macht ihr nicht. Ich mag mir gar nicht vorstellen, was passiert, wenn das herauskommt.« In der heutigen Zeit konnte es den sicheren Tod bedeuten, wenn man aus einem solchen Grund seine Stelle verlor. Kein Haushalt würde einen in Ungnade gefallenen Dienstboten mehr einstellen, und an anderer Stelle eine neue Arbeit zu finden, war schier unmöglich. Dass aber die Adenas aus einem solchen Grund die Kündigung aussprechen würden, stand außer Zweifel.

Greetje sah sie fragend an. »Darf ich fragen, worum es geht, gnädige Frau? Ist es wegen einem Brief, dass Ihr Schwager Sie sprechen wollte?«

»Ich weiß es nicht«, sagte Enna. »Er sagte nur, es ginge um Janno. Und nun frage ich mich natürlich … Na ja, ich werde wohl oder übel selbst herausfinden müssen, worum es geht.« Vorstellbar war auch, dass Ernfried ihren Bruder lediglich als Vorwand nutzte, um sie zu einem Gespräch zu nötigen. Andererseits: Was konnte es für einen solchen Winkelzug für einen Grund geben?

Enna strich Gerke, der ganz versunken im Spiel war, über das blonde Haar. »Bitte gib dem Kindermädchen Bescheid, dass sie sich um den Jungen kümmert«, trug sie Greetje auf.

Das Dienstmädchen verschwand, und als gleich darauf das Kindermädchen erschien, machte sich Enna auf den Weg zu ihrem Schwager.

Ernfried setzte ein siegesgewisses Lächeln auf, als sie bald darauf das Herrenzimmer betrat. »Na, siehst du, es geht doch«, sagte er gönnerhaft. Er griff nach einer Zigarre und ließ sich Zeit damit, sie anzuschneiden und anzuzünden. Dann ließ er seinen fetten, talgigen Körper in den klobigen, ledernen Sessel sinken. Fast sah es aus, als würden die Massen zu einer Einheit verschmelzen. Sekundenlang paffte Ernfried genüsslich vor sich hin, ohne das Wort an sie zu richten.

»Was ist nun mit Janno?«, fragte Enna ungeduldig, nachdem sie sich, seiner stummen Aufforderung folgend, ebenfalls in einen Sessel gesetzt hatte. »Ist ihm etwas passiert?«

»Passiert?« Ernfried hob eine Braue. »Glaubst du, es würde mich interessieren, wenn ihm etwas passiert wäre?«

Enna ließ sich nicht anmerken, wie erleichtert sie war. Was es auch immer für einen Grund gab, warum ihr Schwager über Janno sprechen wollte, es schien zumindest keinen ernsten

Hintergrund zu haben. »Also? Was willst du dann von mir? Wie du weißt, habe ich keinen Kontakt mehr zu meinem Bruder.«

Ernfried nickte. »Ja, und genau das sollte sich schleunigst ändern.«

Enna sah ihn ungläubig an, dann sagte sie verärgert: »Wenn du glaubst, dass du mich mit wirren Reden verunsichern kannst, dann hast du dich getäuscht.«

Ernfried, der den Rauch seiner Zigarre schon eine ganz Weile im gespitzten Mund behalten hatte, ließ ihn nun durch die Nase entweichen. »Aber, aber«, sagte er, »wer wird denn so misstrauisch sein!«

»Sag, was du zu sagen hast, Ernfried«, sagte Enna ungehalten. »Ich für meinen Teil habe Besseres zu tun, als mich um deine Angelegenheiten zu kümmern.«

»Siehst du, und genau das sehe ich anders.« Ernfried richtete sich stöhnend auf und stützte sich mit seinen Ellbogen auf den Knien ab, wobei sein Bauch die Knöpfe seines Oberhemds zu sprengen drohten. »Ab heute werden nämlich meine Angelegenheiten auch Jannos Angelegenheiten sein. Und du bist diejenige, die genau das ermöglichen wird. Also«, er schnippte die Asche seiner Zigarre in den Ascher, »sind meine Angelegenheiten ab heute auch deine Angelegenheiten. Verstanden?«

»Nein, ich verstehe kein Wort.«

»Natürlich nicht«, erwiderte er, wobei sich sein Mund spöttisch verzog. Er ließ sich wieder zurücksinken, sein Sessel gab ein tiefes, rülpsendes Geräusch von sich. »Georg hat einen Fehler gemacht, den es zu korrigieren gilt.«

»Georg? Einen Fehler?«, fragte Enna verwundert. »Wie das? Er ist seit fast drei Jahren tot.« Doch im selben Moment ging ihr auf, worauf ihr Schwager anspielte. »Du willst Geschäfte mit Janno machen?«

Ernfried grinste. »Kluges Frauchen.« Er machte eine rhetorische Pause, bevor er erklärte: »In diesen schweren Zeiten sollten die Geschäftsleute zusammenhalten, findest du nicht? Auch Janno dürfte inzwischen Schwierigkeiten bekommen, seinen aufstrebenden Lieferdienst gewinnbringend zu betreiben. Also möchte ich ihm ein klein wenig, sagen wir mal, unter die Arme greifen.«

Unter die Arme greifen. In Enna schrillten sämtliche Alarmglocken, doch ließ sie sich ihre Verunsicherung nicht anmerken. Zumindest so lange nicht, wie sie nicht wusste, was genau Ernfried im Schilde führte. »Und welche Rolle fällt mir deiner Ansicht nach dabei zu?«, fragte sie.

»Du wirst ihn davon überzeugen, dass es eine gute Idee ist, mit mir Geschäfte zu machen. Auf mich nämlich wird er nach allem, was geschehen ist, wohl kaum hören.« Er schnippte erneut die Asche seiner Zigarre ab. »Georg war ein Idiot, die Verträge mit Janno einfach so in den Wind zu schießen. Es war in höchstem Maße unprofessionell. Dieser Meinung war ich übrigens schon damals. Leider aber hatte ich keine Möglichkeit mehr, es ihm zu sagen.«

»Du hättest es längst ändern können«, erwiderte Enna. »Warum erst jetzt?«

»Ich hätte es längst geändert, wenn mein verehrter Vater nicht all die Jahre dagegen gewesen wäre.«

»Und nun ist er es nicht mehr?«

»Doch. Aber er hatte meinen Argumenten, dass eine solche Vereinbarung gerade in heutiger Zeit nicht an persönlichen Motiven scheitern dürfe, nichts entgegenzusetzen. Und außerdem bin ich jetzt der Chef, nachdem er sich zurückgezogen hat. Leider mischt er sich trotzdem immer wieder ein.« Ernfried machte eine Pause, in der er auf einen unbestimmten Punkt an der mit Stuck verzierten Decke starrte. »Die Geschäfte laufen schlecht«, fuhr er schließlich fort. »Auch bei uns. Die

Leute haben kein Geld mehr; und selbst wenn sie welches haben, ist es schon am nächsten Tag kaum noch etwas wert. Sie kaufen entsprechend weniger ein, sind vorsichtig geworden. Zudem sind sie, gerade in den Städten, häufig ja schon froh, überhaupt noch etwas zu essen kaufen zu können. Und nun kommt auch noch die Besetzung des Ruhrgebiets hinzu, was die Situation der Menschen ganz sicher nicht zum Besseren wendet. Nun ja …«

»Das alles ist mir bekannt«, kürzte Enna seine Ausführungen ungeduldig ab. »Aber was hat das mit Janno zu tun?«

»Das sagte ich doch: Wir Geschäftsleute müssen zusammenhalten.«

Enna sah ihn aus schmalen Augen misstrauisch an. »Was hast du vor, Ernfried?«

Ihr Schwager seufzte. »Nun, Enna, von Geschäften verstehst du wirklich nichts, es würde also keinen Sinn ergeben, dir diesbezüglich irgendetwas zu erläutern.« Aufstöhnend wuchtete er seinen fetten Körper aus dem Sessel und trat näher an sie heran, woraufhin sie unwillkürlich zurückwich. »Wir beide fahren sehr bald nach Berlin, meine liebe Enna. Noch heute rufst du deinen Bruder an und bittest ihn um einen Termin. Selbstverständlich wirst du die richtigen Worte finden, um ihn davon zu überzeugen, uns zu empfangen.«

»N-nach Berlin?«, stammelte Enna. Das alles kam ein bisschen plötzlich, wie sie fand. »Aber das ist eine so schrecklich lange Reise für Ger… für Georg, und ich …«

»Nun, dann ist es ja gut, dass Georg hierbleibt.«

»W-was?«

»Ich habe bereits mit meiner Mutter gesprochen. Sie wird ihn unter ihre Fittiche nehmen, solange du weg bist.«

»A-aber …« Enna war so schockiert, dass es ihr die Sprache verschlug. Sie verspürte plötzlich eine schreckliche Angst um ihren Sohn. Ging es womöglich gar nicht ums Geschäft, sondern einzig und allein darum, ihr das Kind zu entfremden – oder gar wegzunehmen? »Wie … Ich meine, für wie lange fahren wir denn nach Berlin?«, krächzte sie.

Ernfried, der ihre Panik nicht nur zu bemerken, sondern auch zu genießen schien, sagte: »Nun, so lange, wie es nötig sein wird, deinen Bruder von einer Zusammenarbeit zu überzeugen. Je klüger du dich dabei anstellst, desto schneller wirst du wieder bei deinem Sohn sein.«

Als sie zum Protest ansetzte, unterband er diesen mit einer Geste. »Was auch immer dir einfällt, dich gegen diesen Plan zu stellen, Enna, ich rate dir dringend, es zu unterlassen. Du würdest damit allenfalls deinem Sohn schaden. Und das möchtest du doch nicht, oder?«

Diese Aussage bedurfte keiner weiteren Erklärung. Enna wusste, dass sie Gerke nie wiedersehen würde, wenn sie nicht das tat, was die Adenas von ihr verlangten.

Die einzige Hoffnung, die ihr blieb, war, dass Gerke noch hier sein würde, wenn sie aus Berlin zurückkehrte.

* * *

Misstrauisch sah Ubbo dem Mann entgegen, der sich seinem Hof näherte. Gekleidet war er in einen piekfeinen Mantel mit Pelzkragen, auf dem Kopf trug er eine Melone. In seiner rechten Hand hielt er einen Gehstock, den er jedoch nicht als solchen nutzte. Vielmehr schwang der Stock im Takt seines forschen Schrittes mal vor, mal zurück. Alles an ihm wirkte adrett – bis auf seine schwarzen Schuhe mit den ebenfalls schwarzen Gamaschen, die mit Schlammspritzern überzogen waren.

Es war Odo Adena. Begleitet wurde er von zwei dürren, schäbig daherkommenden Gestalten, einem Mann und einer Frau.

»Was wollen denn die hier?«, brummte Ubbo, woraufhin auch sein Vater und seine Frau aufschauten und einen Blick aus dem Fenster warfen. Gerade hatten sie ihr Mittagsmahl beendet und Nienke räumte das Geschirr vom Tisch in den Spülstein, während die Männer auf der Eckbank am Küchentisch saßen und sich ihre Pfeife stopften.

»Guck an, der olle Adena«, brummte Arjen Ulferts mit einem Blick aus dem Fenster. Er legte seine Pfeife beiseite, Ubbo tat es ihm gleich. Die Gemütlichkeit war dahin. »Der führt bestimmt nichts Gutes im Schilde. Noch nie hat ein Adena etwas Gutes im Schilde geführt.« Er gab Clivia, die gerade ihre Finger in die Zuckerdose steckte und dann abschleckte, einen spielerischen Klaps auf die Finger, dann sagte er zu Wiebeke: »Ihr beide geht dann besser mal raus. Er wird wohl kaum gekommen sein, um seine Enkelin zu sehen.«

Wiebeke nickte, dann hob sie Clivia vom Stuhl. »Komm«, sagte sie, als die Lippen des kleinen Mädchens zu beben begannen und sie ihre Arme nach dem Großvater ausstreckte, »du kannst mir helfen, den Pferden Hafer zu geben. Bestimmt haben auch sie Hunger.« Sofort begannen die Augen der Kleinen zu leuchten, und sie hüpfte hinter ihrer Tante her zur Tür hinaus.

Auf einen Wink ihres Mannes hin wischte Nienke sich die Hände an ihrer Schürze ab und ging zur Haustür, um sie für die Besucher zu öffnen. »Herr Direktor Adena, das ist ja eine Überraschung! Darf ich Sie auf eine Tasse Tee hereinbitten?«, hörte Ubbo sie im nächsten Moment sagen, wobei tatsächlich eine gewisse Fröhlichkeit in ihrer Stimme mitschwang. Er bewunderte sie zutiefst dafür, dass sie sich selbst so unerfreulichen Gestalten wie dem ollen Adena gegenüber noch höflich und zuvorkommend geben konnte.

Gleich darauf betraten die drei Ankömmlinge die Küche. Ohne sich zu ihr umzusehen, zog Odo Adena seinen Mantel aus und drückte ihn Nienke in die Hand, als handele es sich bei ihr um seine Dienstbotin. Auch Melone und Gehstock reichte er ihr in gleicher Weise. Seine Begleiter aber behielten ihre löchrigen Mäntel an.

Am liebsten hätte Ubbo diesen arroganten Fatzke direkt des Hofes verwiesen. Leider aber war er gezwungen, seinen Ärger hinunterzuschlucken, wollte er nicht riskieren, bei dem Eigentümer in Ungnade zu fallen. Er begnügte sich daher mit einem knappen »Moin«.

»Setz dich, Odo.« Arjen wies Adena und seinen beiden Begleitern einen Platz zu.

Ubbo grinste still in sich hinein, wusste er doch, dass Odo Adena es hasste, von seinem Vater immer noch geduzt zu werden. Doch kannten sich die beiden schon, seit sie Kinder gewesen waren, und sein Vater sah nicht ein, warum er plötzlich zum Sie umschwenken sollte, ganz egal, in welchem Verhältnis sie zueinander auch stehen mochten. »Wie geht es Enna?«, fragte er.

»Gut«, lautete die knappe Antwort, und es wurde deutlich, dass Adena nicht über seine Schwiegertochter zu sprechen gedachte.

Nienke schürte das Feuer des Herdes und stellte einen Kessel mit Wasser darauf. »Ich bin gleich wieder da«, sagte sie entschuldigend, als nun eines ihrer Babys im Nebenzimmer zu schreien begann. »Ich fürchte, da hat jemand Hunger.«

»Wie ich hörte, bist du Vater von Zwillingen geworden«, meinte Adena an Ubbo gewandt, als Nienke zur Tür hinaus war. »Gratuliere.«

Ubbo nickte kaum merklich. »Aber deswegen sind Sie nicht hier, schätze ich.« Sein Blick wanderte zu den beiden Gestalten, die sich ihm gegenüber auf der Eckbank aneinanderkauerten, als müssten sie sich gegenseitig wärmen. Sie mochten um die vierzig Jahre alt sein, doch konnte das auch täuschen. Ihre Gesichter wirkten grau und ausgezehrt, und die Kleidung, die sie trugen, war dermaßen zu groß, dass man meinen konnte, sie seien in sie hineingeschrumpft. Das dunkle Haar der Frau, das sie zu einem Knoten gesteckt trug, wies erste graue Strähnen auf. Das Haar ihres Begleiters war so kurz geschoren, dass man Schwierigkeiten hatte, überhaupt eine Farbe zu erkennen, doch schien auch dieses bereits ergraut zu sein. Die Gesichtshaut der beiden war wächsern, die Wangen eingefallen, und ihre Augen lagen in tiefen Höhlen, wie Ubbo es schon bei so vielen hungernden Menschen gesehen hatte. Ganz offensichtlich ging es den beiden nicht gut. Doch warum brachte Adena sie ausgerechnet zu ihnen?

»Das sind Sergej und Ludmilla«, stellte Adena, dem Ubbos kritischer Blick nicht entgangen zu sein schien, sie nun vor.

»Russen?«, knurrte Arjen wenig begeistert. »Woher hast du denn die? Und vor allem: Warum bringst du sie zu uns?«

Adenas Antwort ging im Pfeifen des Teekessels unter. Rasch sprang Ubbo auf, um ihn vom Herd zu ziehen. Er tat Teeblätter in eine Kanne aus Blech und schüttete das heiße Wasser darüber. Dann stellte er die Kanne und ein paar tönerne Becher auf den Tisch und setzte sich wieder.

»Wie ich sehe, hat dich deine Frau zur braven Bäuerin erzogen«, bemerkte Adena spöttisch, dann lachte er brüllend über seinen eigenen Scherz.

Ubbo ignorierte diese Bemerkung. Er war froh, seiner Frau, die mit dem Haushalt, den Kindern und den Kühen mehr als ausreichend beschäftigt war, ab und zu ein wenig Arbeit abnehmen zu können. Seit er mitbekommen hatte, unter welchen Qualen sie die Zwillinge zur Welt gebracht und sich dennoch nie beklagt hatte, empfand er höchsten Respekt für das, was Frauen tagaus, tagein leisteten. »Also, was sollen die beiden hier?«

»Sie werden für euch arbeiten.«

»Was?« Ubbo und Arjen warfen sich einen schnellen Blick zu, dann schüttelte Ubbo den Kopf. »Wir brauchen niemanden. Schon gar keine dahergelaufenen Russen.«

»Das ist mir egal«, entgegnete Adena. »Sie brauchen Arbeit und ihr gebt ihnen welche. So einfach ist das.« Er schaute zur mit Balken durchzogenen Decke hinauf. »Zimmer habt ihr genug, daran dürfte es nicht scheitern. Und wenn ihr sie nicht im Haus haben wollt, dann bringt sie meinetwegen im Stall bei den Tieren unter, wie auch immer. Sicher ist aber, dass sie hierbleiben, ob ihr sie wollt oder nicht.« Seine Augen verengten sich zu schmalen Schlitzen, als er nun Arjens Blick einfing. »Früher hattest du etliche Hände mehr, die für dich gearbeitet haben. Als der Krieg ausbrach, hast du behauptet, dass du auf keine von ihnen verzichten kannst. Nicht auf die von Janno, nicht auf die von Feiko oder von dem Lütten. Wie hieß er noch gleich?«

»Johannes«, brummte Ubbo. Er sah, wie sich die Hände seines Vaters unter dem Tisch zu Fäusten ballten, und er versetzte ihm zur Warnung einen leichten Tritt vors Schienbein. Hoch und heilig hatten sie sich geschworen, dass sie sich Adena gegenüber niemals die Blöße geben würden, sich von seinen gezielt gesetzten Spitzen provozieren zu lassen, fiel es auch noch so schwer.

»Hinzu kommt natürlich der schmerzvolle Tod deiner lieben Frau Talea«, versetzte Adena einen weiteren Stich. »Und ist nicht auch Hiska durchgebrannt? Von Enna, diesem durchtriebenen Luder, mal ganz zu schweigen. Die haben nun leider wir am Hals.« Den Blick voller Selbstgefälligkeit lehnte er sich zurück, hakte die Daumen in den Taschen seiner Weste unter und streckte den fülligen Bauch raus. »Wie ihr seht, meine ich es nur gut mit euch. Ein wenig Dankbarkeit wäre also durchaus angebracht, findet ihr nicht?« Provozierend sah er von einem zum anderen.

»Danke«, brummte Ubbo, und nach einem weiteren Tritt vors Schienbein tat es sein Vater ihm gleich. Ubbo schenkte Tee ein, den jedoch niemand anrührte.

»Na, seht ihr, dann sind wir uns ja einig.« Odo Adena grinste zufrieden. Er klopfte auf den Tisch, dann erhob er sich. »Gut«, wandte er sich an Sergej und Ludmilla, »dann wäre das ja geklärt. Wie sagt man?«

»Danke«, flüsterten die beiden mit gesenkten Köpfen.

»Sie sprechen Deutsch?«, fragte Ubbo.

»Leidlich. Aber zur Not tut es auch ein Tritt in den Allerwertesten, wenn sie nicht parieren.« Adena lachte grölend.

Als jedoch im nächsten Moment die Tür aufflog, blieb ihm das Lachen im Halse stecken, und er starrte voller Abscheu auf die Tür. Clivia war wie ein Wirbelwind hereingestürmt. Ohne auf die Besucher zu achten, stürmte das Mädchen auf Arjen zu und streckte ihm mit vor Stolz blitzenden Augen ihre kleine verdreckte Hand entgegen. »Guck mal, Opa«, strahlte sie, »Via Schecke.«

Arjen, der sich offensichtlich schnell von seinem Schrecken erholte, nahm Clivia die Schnecke vorsichtig aus der Hand. »Oh, die ist ja wirklich sehr hübsch«, lobte er den Fund seiner Enkelin. »Ist die für mich?«

Clivia nickte so eifrig, dass ihre dunklen Ringellocken auf und ab wippten.

»Wenn mich nicht alles täuscht, dann ist dies Ennas kleiner Bastard. Hier also hält sie sich versteckt«, knurrte Odo Adena, gerade als Wiebeke mit schuldbewusster Miene zur Tür hereinkam. Bei Adenas Anblick schien sie zu Stein zu erstarren. Anscheinend hatte sie gehofft, er sei bereits wieder gegangen.

Der Patriarch aber nahm keine Notiz von ihr, sondern stierte ohne Unterlass auf das kleine Mädchen. Auch Clivia schien nun zu dämmern, dass ihr dieser Mann, an den sie vermutlich keinerlei Erinnerung mehr hatte, nicht wohlgesinnt war. Rasch verkroch sie sich hinter Arjens Rücken.

»Es ist kein Geheimnis, dass Clivia bei uns untergekommen ist«, knurrte Arjen. »Und nun starr sie nicht so an, Odo, du machst ihr ja Angst! Wenn ich mich recht erinnere, wolltest du gerade gehen.«

»Interessant. Wirklich äußerst interessant.« Adenas verschlagenes Grinsen, das diesen Worten folgte, und der Blick, mit dem er Clivia musterte, gefiel Ubbo ganz und gar nicht. Gott sei Dank aber verzichtete Adena auf eine weitere Erwiderung, sondern sagte nur: »Wenn ich dann bitte Mantel, Hut und Gehstock haben dürfte.« Er streckte fordernd den Arm aus.

Wiebeke beeilte sich, ihm alles zu bringen.

»Ich empfehle mich«, grüßte Adena zum Abschied und tippte dabei an seine Melone. Bevor er zur Tür hinausging, drehte er sich noch einmal um und sagte mit einem unergründlichen Blick auf Clivia erneut: »Interessant. Wirklich äußerst interessant.«

»W-was meinte er denn damit?«, stammelte Wiebeke, als Adena gegangen war.

»Viel interessanter ist, was du dir dabei gedacht hast, das Kind hier hereinzulassen«, schimpfte Arjen. »Bist du denn von Sinnen?«

»Ich … ich habe sie doch nur für einen kurzen Moment aus den Augen gelassen«, jammerte Wiebeke. »Und schon war sie weg. Es war wirklich nur ein kurzer Augenblick, Vater!«

Inzwischen war auch Nienke wieder in die Küche zurückgekehrt, auf dem Arm hielt sie den kleinen Reelf, der jämmerlich vor sich hin wimmerte. »Ich glaube, er hat Luft im Bauch«, murmelte sie, während sie dem Säugling den Rücken klopfte. »Was ist denn nur geschehen, dass du so erbost bist, Vater?« Doch anstatt ihn anzusehen, starrte sie auf Sergej und Ludmilla. Der Mann saß mit gesenktem Blick auf der Bank und machte den Eindruck, als würde er sich lieber in Luft auflösen. Die Frau hingegen musterte den kleinen Reelf so eingehend, dass Nienke ihn instinktiv an sich zu pressen schien. »Ist schönes Kind«, wisperte die Frau mit einem traurigen Lächeln. »Du gut auf es aufpassen.«

»Was denn wohl sonst?«, knurrte Ubbo. Er erklärte seiner Frau in kurzen Worten, was geschehen war. Dann deutete er auf die beiden Russen. »Die beiden, sie heißen Sergej und Ludmilla, bleiben hier. Anordnung vom ollen Adena.«

»Wozu denn?«, fragte Nienke perplex.

»Sie werden uns zur Hand gehen.« Eigentlich war Ubbo ganz froh, zwei helfende Hände zu bekommen, denn zu tun gab es auf dem Hof wirklich reichlich. Leider nur sahen die beiden nicht so aus, als könnte man ihnen viel zumuten. Eher erweckten sie den Eindruck, als würden sie unter der geringsten Last in tausend Stücke zerbrechen.

»Zur Hand gehen.« Nienke nickte verhalten. »Nun denn.« Sie drückte Wiebeke den kleinen Reelf in den Arm. »Immer schön klopfen, damit er aufstoßen kann«, trug sie ihr auf.

Zu Ubbos Überraschung ahmte nun auch Ludmilla ein sanftes Klopfen auf den Rücken nach, begleitet von einem Lächeln voller Wärme und Güte. Kannte sie sich mit Kindern aus? Auch das konnte ihnen von Nutzen sein.

Nienke ging zum Herd, ließ den deftigen Eintopf noch einmal aufkochen und füllte etwas davon in zwei Schalen, die sie mitsamt zwei Löffeln und zwei dicken Scheiben Brot vor Sergej und Ludmilla auf den Tisch stellte. »Ihr seht hungrig aus«, sagte sie mit einem freundlichen Lächeln. »Bitte, esst so viel, wir ihr wollt. Bei uns muss niemand Hunger leiden.«

Ubbo wusste nicht zu sagen, ob die beiden auch nur ein Wort von dem verstanden hatten, was Nienke ihnen sagte. Doch meinte er, noch nie im Leben zwei Menschen so erstaunt und gleichzeitig so dankbar gesehen zu haben.

»Los, nun esst schon!«, lachte Nienke, und sie nickte ihnen aufmunternd zu, als die beiden noch immer nur dasaßen, ohne ihre Löffel in die Hand zu nehmen.

Zunächst zögernd, dann aber immer schneller schlangen Sergej und Ludmilla ihren Eintopf und das Brot in sich hinein, und es dauerte nicht lange, bis ihre blassen Gesichter wieder ein wenig Farbe bekamen.

»Na, seht ihr, es geht doch«, lachte Nienke, und erstmals verzogen sich auch die Münder der Russen zu einem Lächeln.

»Meckt wohl«, sagte Clivia keck, als die beiden noch eine zweite Schale Eintopf verdrückten, und alle in der Küche lachten wie befreit auf.

Ubbos Herz aber strömte einmal mehr über vor Dankbarkeit für die Frau, die Gott ihm geschenkt hatte.

* * *

Marika hielt sich stöhnend den Bauch, der inzwischen beachtlich an Umfang zugenommen hatte. Allerdings würde sie ihn noch mehrere Monate mit sich herumtragen müssen, sodass zu befürchten stand, dass das zu tragende Gewicht bis zur Geburt ihres vierten Kindes ein noch deutlich größeres werden würde. Ein Umstand, der dazu angetan war, ihr Angst zu machen, befürchtete sie doch, dass sie nicht in der Lage sein würde, diese Last bis zum Ende zu erdulden.

Umso unerträglicher war es für sie, dass sich ihre Töchter Anna und Marlene nun lautstark zu streiten begannen. Als daraufhin auch noch die kleine Frieda in ihrem Stubenwagen zu weinen anfing, zog sie an der Glocke. Was zu viel war, war zu viel! Wenn nicht sofort das Kindermädchen kam, um sie von diesem Krawall zu erlösen, würde sie vermutlich durchdrehen. Dabei war es ihr ganz egal, ob Ernfried sie maßregeln würde, wenn er davon erfuhr, war er doch der Ansicht, dass sie sich – mangels anderer Aufgaben, wie er nicht müde wurde zu behaupten – um die Erziehung ihrer Töchter vornehmlich selbst zu kümmern habe; auch wenn ihm das Schicksal der Mädchen ansonsten reichlich egal war.

»Ist Ihnen nicht gut, gnädige Frau?« Das Kindermädchen, das wenig später den Raum betrat, schaute sie besorgt an. »Sie sehen sehr blass aus.«

»Schaffen Sie mir die Kinder vom Hals, aber ein bisschen plötzlich!«, keuchte Marika, die auf einmal das Gefühl hatte, nicht mehr atmen zu können.

»Natürlich, gnädige Frau. Kann ich sonst noch etwas für Sie tun?«

Lass mich einfach nur in Ruhe, dachte Marika, doch schüttelte sie lediglich den Kopf.

Als es um sie herum wenige Minuten später angenehm ruhig war, ließ sich Marika schwer atmend in einen Sessel sinken. Seit Wochen schon war ihr nicht nur ständig übel, sondern auch schwindlig. Zudem waren ihre Beine und nicht zuletzt ihre Füße derart geschwollen, dass sie die Schmerzen beim Laufen kaum noch ertrug. Ja, diese Schwangerschaft war wahrlich eine Tortur.

Noch schlimmer aber war es, in der Ehe mit Ernfried gefangen zu sein.

Als ihr Vater sie vor knapp vier Jahren nötigte, den jüngeren der Adena-Brüder zu heiraten, hatte sie dies zwar als Zumutung empfunden, denn schließlich war sie bis zu diesem Zeitpunkt davon ausgegangen, dass sie die Ehe mit dem attraktiven Georg eingehen würde. Nur äußerst unwillig hatte sie sich in ihr Schicksal gefügt, doch war sie dennoch davon überzeugt gewesen, ihren farblosen Gatten mit ihrer burschikosen und selbstbewussten Art ohne Mühen auf seinen Platz verweisen zu können.

Dass sich aber der ebenso träge wie langweilige Ernfried nach Georgs Tod zu einem unerbittlichen Tyrannen aufschwingen würde, hatte sie nicht vorausgesehen. Hätte sie es geahnt, dann hätte sie sich so manche Provokation ganz sicher verkniffen. So aber trichterte Ernfried ihr Tag und Nacht durch verbale und körperliche Züchtigung den Respekt ein, den sie ihm gegenüber stets hatte vermissen lassen.

Sie wusste schon nicht mehr zu zählen, wie oft sie ihre Eltern um Hilfe angefleht hatte. Vergebens. Vielmehr hatten die ihr jedes Mal unmissverständlich zu verstehen gegeben, dass sie sich den Wünschen ihres Mannes zu fügen habe, ganz egal, was auch immer er von ihr verlange.

»Eine Ehe ist kein Kaffeekränzchen«, pflegte ihre Mutter zu sagen. »Sie verlangt gerade uns Frauen sehr viel ab. Aber es ist nun mal, wie es ist, Marika. Je eher du dich damit abfindest, desto besser.«

Und ihr Vater argumentierte: »Seit eurer Hochzeit gedeihen die Geschäftsbeziehungen zwischen uns und den Adenas ganz prächtig. Ganz sicher gehe ich nicht das Risiko ein, dass sich daran etwas ändert, nur weil du dir die absurden Ideen der Frauenrechtlerinnen zu eigen machst, mein liebes Kind.«

Nach diesen Besuchen kehrte Marika stets zutiefst verzweifelt nach Hause zurück und fragte sich, ob es irgendwo auf der Welt wohl einen Menschen gab, der sich noch einsamer fühlte als sie.

Marika seufzte schwer, als ihr Blick nun auf die gerahmte Schwarz-Weiß-Fotografie fiel, die anlässlich ihrer Hochzeit aufgenommen worden war und die ihren Platz auf dem Kaminsims gefunden hatte. Schon auf ihr zeigte sie sich alles andere als glücklich. Das Zusammenleben mit Ernfried aber geriet mit jedem verdammten Tag, der verging, ein wenig mehr zur Hölle, nicht nur für sie, sondern auch für ihre drei Töchter. Immer wenn sie glaubte, es könne nicht schlimmer kommen, fiel

Ernfried eine noch abscheulichere Form ein, sie und die Kinder zu drangsalieren.

Marika selbst hatte Kinder noch nie besonders gut leiden können, sodass es ihr immer noch schwerfiel, für ihre Töchter tiefe Gefühle zu entwickeln. Und doch traf sie die Lieblosigkeit, mit der Ernfried die Mädchen behandelte, bis ins Mark. Ganz egal, was sie auch unternahm, um Anna, Marlene und Frieda vor seinen unberechenbaren Launen und seinem Zorn zu beschützen, es reichte nie aus, ihnen auch nur ansatzweise das Gefühl von Sicherheit und Geborgenheit zu vermitteln. Vor allem Anna gelang es nicht, ihrem Vater irgendetwas recht zu machen.

Natürlich wusste Marika, dass sie selbst nicht ganz unschuldig an diesem Umstand war. Hätte sie Georg und Ernfried gegenüber damals nicht bewusst gelogen, indem sie behauptete, das Ungeborene sei Georgs Kind, würde Anna heute ganz sicher weniger unter den Schikanen ihres Vaters zu leiden haben.

Marika zog einen Hocker heran, um ihre Beine auf ihm ablegen zu können. Sie fühlten sich so schwer an, dass sie ihre Hände zu Hilfe nahm, um sie hochzuwuchten. Schon diese kleine Bewegung strengte sie derart an, dass ihr der Schweiß ausbrach und sie wie ein Fisch auf dem Trockenen nach Luft schnappte. Und doch tat es gut, für die folgenden Stunden einfach nur sein zu dürfen.

Es war bereits spät am Abend, als Ernfried nach Hause zurückkehrte. Da er ihr verboten hatte, zu Bett zu gehen, bevor er wieder da war, hatte Marika Stunde um Stunde im Salon gesessen und auf ihn gewartet. Vom langen Sitzen tat ihr jeder Knochen weh und jeder Muskel. Das Kind in ihr traktierte sie so heftig mit Tritten, dass es ihr unmöglich war, ein wenig Ruhe zu finden, zudem war ihr immer noch speiübel. Sie fühlte sich erbärmlich.

Dennoch versuchte sie ein Lächeln, als Ernfried den Raum betrat. »Da bist du ja«, begrüßte sie ihn betont fröhlich. »Hattest du einen angenehmen Tag?«

»Ganz sicher keinen so angenehmen wie du, vermute ich«, ätzte er, während er sie so vorwurfsvoll musterte, dass sie unwillkürlich den Kopf einzog. Er schien nicht eben wenig Alkohol zu sich genommen zu haben, denn seine Aussprache geriet lallend.

»Wie man mir zutrug, warst du einmal mehr zu faul, dich um unsere Kinder zu kümmern«, fuhr er fort. Er trat ein paar Schritte auf sie zu, dann machte er eine auffordernde Geste. »Los, steh auf, wenn ich mit dir rede! Ist das vielleicht die Art, wie man seinem fleißig arbeitenden Ehemann Respekt zollt?«

Marika erhob sich schwerfällig, und kaum, dass sie stand, geriet sie ins Taumeln. Auch überkam sie ein Würgereiz, als eine Welle alkoholgetränkten Atems zu ihr herüberschwappte.

»Wie ich sehe, ist dir vom vielen Nichtstun schon ganz schwindlig«, blaffte Ernfried. »Na, dir werde ich beibringen, was die Pflichten einer Ehefrau sind!« Er fasste sie grob am Arm und zog sie hinter sich her die Treppe hoch.

In der Nacht schreckte Marika schmerzgeplagt aus einem unruhigen Schlaf hoch. Sie spürte ihren geschundenen Körper an jeder einzelnen Stelle. Vorsichtig befingerte sie die fürchterlich brennenden Striemen auf ihrer Wange, dann ihr geschwollenes Auge. Es tat so scheußlich weh, dass sie unwillkürlich zu wimmern begann.

Für eine Weile lauschte sie dem Schnarchen ihres verhassten Ehemanns, und sie fragte sich wieder und wieder, wofür es sich noch lohnte zu leben. Sie dachte an ihre kleinen Mädchen, bei deren Erziehung sie so kläglich versagte. Sie waren dazu verdammt, ohne Liebe aufzuwachsen, weil sie das Pech hatten, nicht nur einen gewalttätigen Vater, sondern auch eine Mutter zu haben, die sie weder ausreichend lieben noch beschützen konnte.

Marikas Hand wanderte zu ihrem Bauch, doch spürte sie keinerlei Bewegung, und eine nie gekannte Panik stieg in ihr hoch. Wie nur würde Ernfried reagieren, wenn sie das Kind tot auf die Welt brachte? Sie war sich sicher, dass er sie zu Tode prügeln würde, zumal, wenn es diesmal ein Junge war.

Der Panik, die ihren Körper aufs Unangenehmste erbeben und sie wie eine Ertrinkende nach Luft schnappen ließ, folgte so unerwartet eine ebenso unheimliche wie friedliche Stille, dass sie diese zunächst nur zu träumen glaubte.

Doch plötzlich war da dieses Geräusch, das tief aus ihrem Innern kam. Es war, als hörte sie eine sanfte, engelsgleiche Musik, die ihren Geist mehr und mehr einzulullen begann, bis dieser frei und ohne jede Schwere zu schweben schien.

Und da war diese Stimme, die ihr ganz sachte zuflüsterte, was jetzt zu tun sei, damit sie endlich die Ruhe fand, nach der sie sich so sehr sehnte.

Also stand Marika auf und stieg wenig später in einer Leichtigkeit, die ihr schon lange fremd geworden war, die Treppe zum Dachboden hinauf.

* * *

Es war ein veritabler Skandal. Hatte Ernfried gehofft, dass man dem Tod seiner Frau in diesen schwierigen Zeiten nicht allzu viel Beachtung schenken würde, so sah er sich getäuscht. Nach der Trauerfeier an ihrem Grab stehend, wagte er kaum mehr, den Blick zu heben, aus lauter Angst, in den Augen der Trauergäste jene Verachtung zu sehen, die sie ihn ohne jede Scham spüren ließen. In eben diesem Moment fing er den Blick der Bürgermeistergattin ein. Hätte sie ihm einen Dolch zwischen die Rippen gejagt, hätte ihre Botschaft kaum deutlicher ausfallen können.

Ähnlich anklagende Blicke mussten auch seine und nicht zuletzt Marikas Eltern über sich ergehen lassen, denen man zum Vorwurf machte, das Unglück ihrer Tochter nicht erkannt oder aber sogar ignoriert zu haben. Hinzu kam das kaum unterdrückte Getuschel, das an diesem nasskalten Tag aus allen Richtungen des Friedhofs zu vernehmen war. »Den Prozess sollte man der ganzen Mischpoke machen« oder »Wer weiß, ob er sie nicht sogar selbst am Balken aufgeknüpft hat« waren dabei noch die harmloseren Bemerkungen, die er gezwungen war, sich anzuhören. Ganz Ostfriesland zerriss sich offenbar das Maul über die Adenas, nachdem selbst in den Zeitungen spekuliert worden war, wer oder was die noch so junge Marika Adena in den Tod getrieben haben könnte, sei diese doch schließlich zeitlebens als äußerst lebenslustige Frau bekannt gewesen. Und woher, so fragte man sich, hatte Marika all die Wunden und Blutergüsse, die man angeblich an ihrem Körper gefunden hatte? Vom Strick herrühren könnten sie doch wohl kaum.

Zu Ernfrieds Bedauern hatte es sich nicht vermeiden lassen, dass die Wahrheit ans Licht kam. Nachdem die Haushälterin Marika an jenem Morgen am Balken aufgeknüpft auf dem Dachboden gefunden und daraufhin kreischend das ganze Haus zusammengeschrien hatte, war Ernfried nichts anderes übrig geblieben, als ihr die Kündigung anzudrohen, sollte sie darüber in der Öffentlichkeit sprechen. Doch natürlich war es für eine solche Ermahnung zu diesem Zeitpunkt längst zu spät gewesen, da bereits der ganze Haushalt über die Umstände des Todes Bescheid wusste. Ernfried konnte sich lebhaft vorstellen, wie seine Bediensteten losgezogen waren, um die Nachricht jedem angedeihen zu lassen, dem sie begegneten.

Vielleicht, so dachte er, hätten die Menschen über Marikas Freitod eher hinweggesehen, wenn sie nicht guter Hoffnung gewesen wäre. Nun aber schien man sich allgemein einig darüber zu sein, dass es um den Gemütszustand einer schwangeren Frau äußerst schlimm bestellt sein müsse, wenn sie nicht nur ihrem eigenen, sondern auch dem Leben ihres ungeborenen Kindes freiwillig ein Ende bereitete – zumal es ja auch noch drei weitere Kinder gab, die erzogen und versorgt werden wollten.

Je mehr Ernfried darüber nachdachte, was Marika ihm angetan hatte, desto größer wurde seine Wut auf sie. Was hatte sie sich nur dabei gedacht, ihn und seine Familie derart zu demütigen und bloßzustellen?! Und wie konnte sie sich einfach so herausnehmen, auch noch seinen Sohn mit in den Tod zu nehmen?! »Leider hat auch der kleine Junge nicht überlebt«, klangen ihm wieder und wieder die Worte des Arztes in den Ohren. *Der kleine Junge, der kleine Junge, der kleine Junge.* Wie, so fragte sich Ernfried, hatte ihm das Schicksal nur so übel mitspielen können?

Der Pastor sprach die letzten Worte des »Vater unser«, dann trat er auf Ernfried zu und gab ihm die Hand. »Möge Gott der sündigen Seele Ihrer Gattin gnädig sein«, sagte er, wobei sein Tonfall keinen Zweifel daran ließ, dass er Marika längst in der Hölle wähnte. Und seinem strafenden Blick nach zu urteilen, hätte er Ernfried am liebsten direkt hinterhergeschickt.

»Wo Mama?«, hörte Ernfried seine Tochter Marlene an der Hand seiner Mutter fragen.

»Ach, mein liebes Kind«, seufzte Undine Adena, und sie tupfte sich mit dem Taschentuch die tränennassen Augen. »Komm mit mir, Marlenchen, wir gehen jetzt einen Kuchen essen, magst du?«

»Wo Mama?«, wiederholte die Kleine. Sie schaute sich um, doch als sie ihre Mutter unter all den fremden Leuten nicht fand, begannen ihre Lippen zu beben, dann brach sie in Tränen aus. Sofort eilten diverse Leute auf Marlene zu, um sie zu trösten, nicht jedoch, ohne Ernfried mit Blicken und Gesten mindestens die Pest an den Leib zu wünschen.

Als Ernfried klar wurde, dass keiner der zahlreichen Trauergäste zu ihm kommen würde, um zu kondolieren, und es zudem noch wie aus Eimern zu regnen begann, reckte er das Kinn und lief schnurstracks aufs Gemeindehaus zu, in dem es Tee und Kuchen geben würde. Am liebsten hätte er sich vor diesem Spießrutenlauf gedrückt, doch hatte ihm sein Vater unmissverständlich zu verstehen gegeben, dass er ihn ungespitzt in den Boden rammen würde, sollte er nicht Manns genug sein, diese Tortur durchzustehen.

* * *

Enna fühlte keinerlei Mitleid mit ihrem Schwager, als er ganz allein in der Ecke des Gemeindehauses stand und ihn keiner der Trauergäste zu beachten schien. Selbst seine Kinder weigerten sich, zu ihm zu gehen, sondern hielten sich lieber an ihre Großeltern, die sie üppig mit Kuchen fütterten, wenn sie danach verlangten.

Die Abwehr der Kinder war nicht verwunderlich, denn schließlich hatte Ernfried seit ihrer Geburt alles dafür getan, dass sie Angst vor ihm hatten. Viel lieber tobten Anna und Marlene nun unter Aufsicht des Kindermädchens mit Gerke durch den Raum, und alle ließen sie gewähren, auch wenn sich eine solche Ausgelassenheit angesichts der Situation eigentlich nicht geziemte. Doch würden es die Kinder in Zukunft ohne ihre Mutter nicht noch schwer genug haben?

Zu befürchten stand, dass sich Ernfried durch das ablehnende Verhalten der Menschen und seiner Kinder keineswegs entmutigt, sondern in die Ecke gedrängt fühlte. Enna wollte sich gar nicht ausmalen, was das für seine Töchter bedeuten mochte, wenn sie mit ihm allein waren. Zu ihrer Erleichterung aber hatten sich ihre Schwiegereltern dazu bereit erklärt, die

Mädchen zunächst einmal bei sich in der Villa aufzunehmen. Es war den Kindern zu wünschen, dass sie es dauerhaft bei dieser Regelung belassen würden, und Enna nahm sich vor, alles dafür zu tun, sie dahingehend zu beeinflussen. Je länger die drei Mädchen dem Einfluss ihres Vaters entzogen wurden und unter der liebevollen Obhut ihrer Großeltern blieben, desto besser. Zudem würde sich der kleine Gerke ganz sicher freuen, ein paar Spielkameraden im Haus zu haben.

»Enna, was für ein unendlich trauriger Anlass, dich endlich mal wieder persönlich zu treffen«, riss Nienke sie aus ihren Gedanken. »Dennoch freue ich mich sehr, dich zu sehen.«

»Nienke.« Enna hatte ihre Schwägerin unter der Masse der Leute bislang gar nicht wahrgenommen. »Wie schön, dass du gekommen bist.« Sie schaute sich nach ihrem Bruder um, und für einen kurzen Moment hegte sie gar die Hoffnung, dass Clivia hier sei. Was selbstverständlich nicht der Fall war. Sie schluckte ihre Enttäuschung hinunter und fragte: »Wie geht es meiner Kleinen?«

»Oh, sie ist wohlauf«, sagte Nienke mit einem Strahlen, dann dämpfte sie ihre Stimme, als sie hinzufügte: »Sie hat zwei neue Freunde gefunden. Das russische Ehepaar, das bei uns untergekommen ist, du weißt schon. Es verwöhnt Clivia über allen Maßen, genauso wie die Zwillinge. Die beiden haben ein Händchen für Kinder, das muss man schon sagen.« Nienke lachte. »Dein Vater ist schon ganz eifersüchtig auf die beiden, weil Clivia nun auch ihnen ihre Gunst schenkt. Dabei steht ihr Großvater bei der Lütten doch nach wie vor an erster Stelle.«

»Aber was denn für ein russisches Ehepaar?«, fragte Enna verblüfft.

»Na, Sergej und Ludmilla natürlich.« Nienke sah sie prüfend an. »Hat dir dein Schwiegervater denn nicht von ihnen erzählt?«

»Mein Schwiegervater?« Enna sah zu Odo Adena hinüber, der jetzt hitzig mit dem Bürgermeister diskutierte. Den Wortfetzen, die zu ihr herüberschallten, war zu entnehmen, dass Odo seinen Sohn gegen Anfeindungen des Bürgermeisters in Schutz nahm. »Ich weiß nichts von irgendwelchen Russen«, bekräftigte sie.

»Schade«, erwiderte Nienke. »Ich hatte gehofft, dass du mir etwas zu den Hintergründen sagen könntest.«

»Zu welchen Hintergründen denn?«

Nienke berichtete ihr, wie es sich zugetragen hatte, dass die Russen nun bei ihnen wohnten und arbeiteten. »Und du weißt davon wirklich nichts?«, fragte sie abschließend.

»Nein. Es ist das erste Mal, dass ich davon höre.« Enna wurde ganz mulmig zumute. Was trieb denn ihren Schwiegervater dazu, ausgerechnet zwei ausgemergelte Russen bei ihrer Familie unterzubringen, damit sie für sie arbeiteten? Da stimmte doch was nicht! Schließlich gab es genügend arbeitslose Deutsche, die nach einer Anstellung geradezu lechzten. »Ist … ist denn Ubbo gar nicht hier?«, wechselte sie das Thema. »Und die Zwillinge? Ich hätte sie so gern einmal kennengelernt.«

Nienke warf einen Blick zu Ernfried hinüber, der ihnen jedoch keinerlei Beachtung schenkte, sondern am anderen Ende des Raums dumpf vor sich hin brütete. Sie sagte mit gesenkter Stimme: »Ubbo hat gemeint, dass es besser ist, wenn er nicht zur Beerdigung kommt, weil er ansonsten wohl nicht anders könnte, als Ernfried die Zähne einzuschlagen. Du hast keine Vorstellung davon, wie wütend er wurde, als man ihm von Marikas Unglück erzählte. Vor allem aber macht er sich Sorgen um die drei Mädchen.«

»Nun, da geht es ihm wie uns allen«, gab Enna ihrem Bruder recht.

»Was die Zwillinge angeht, so wollte ich ihnen die Strapazen eines solchen Tages nicht zumuten«, erklärte Nienke. »Aber die beiden entwickeln sich ganz prächtig, da kannst du gewiss sein.«

»Das freut mich für euch.« Enna verspürte einen gewissen Neid in sich aufsteigen. Welches Glück ihrem Bruder und seiner kleinen Familie beschieden war, wohingegen ihr eigenes Leben in seiner Trostlosigkeit bereits zu Ende zu sein schien, bevor es überhaupt richtig begonnen hatte. In den Nächten lag sie oft wach und dachte darüber nach, wie ihr Leben wohl verlaufen wäre, wenn es ihr vergönnt gewesen wäre, mit Jean-Pierre und Clivia als Familie zusammenzuleben. Schlief sie dann wieder ein, tauchten die von ihr gemalten Bilder häufig in ihren Träumen auf. Umso leidvoller fühlte es sich an, wenn sie am Morgen in der Realität erwachte.

»Ich werde mich mal wieder auf den Weg machen«, sagte Nienke. »Gott sei Dank kümmert sich nun Ludmilla um die Kühe, sonst hätte ich gar nicht zur Beerdigung kommen können.«

Enna nahm ihre Schwägerin in den Arm und drückte sie. »Bitte richte allen auf dem Hof meine Grüße aus.« Sie schluckte schwer. »Und bitte drücke meine Kleine und sag ihr, dass ihre Mama sie sehr, sehr lieb hat.«

»Das werde ich tun«, versprach Nienke. »Und pass bitte auf dich auf, Enna.«

»Natürlich, das werde ich.« Es klang hoffnungsfroher, als Enna zumute war. »Warte, ich begleite dich nach draußen«, schloss sie sich ihrer Schwägerin an, als diese zur Tür strebte. »Es ist stickig hier drin, und ich kann ein wenig frische Luft gut gebrauchen.«

Die beiden Frauen bahnten sich einen Weg durch die Menge. Als sie an Undine Adena vorbeikamen, hörte Enna diese zu einer ihr unbekannten Frau sagen: »Selbstverständlich braucht Ernfried eine neue Frau, genauso wie die Mädchen eine Mutter brauchen, da sind Odo und ich uns völlig einig. Was läge also näher, als dass Ernfried und Enna heiraten, sobald sie aus Berlin zurück sind?«

Enna gefror bei diesen Worten das Blut in den Adern, und sie schnappte entsetzt nach Luft. Auch Nienke war sämtliche Farbe aus dem Gesicht gewichen, als sie ihre Schwägerin nun aus schreckensgeweiteten Augen ansah.

5

Berlin, März 1923

»Er ist wahrlich ein famoser Redner.« Heinz-Rudolf von Wolff nickte anerkennend, während er sich eine Zigarre anzündete und zu paffen begann. »Und er kommt bei den Damen gut an.« Ebenso abschätzend wie beeindruckt beobachtete er den wenig elegant gekleideten und ungelenk wirkenden jungen Mann mit dem seltsamen Schnauzer, der nach seiner mit Inbrunst gehaltenen Rede umringt war von den Damen der feinen Berliner Gesellschaft. Hier im edlen Berliner Klub, unter Bankiers, Professoren und Offizieren, wirkte der eher schmächtige Mann seltsam fehl am Platz, fast wie ein Fremdkörper; und doch wurde er nach seinem engagierten Auftritt geradezu hofiert von den erlesen gekleideten Gattinnen der Adligen und Industriellen. Soeben reichte ihm Helene Bechstein, die Ehefrau des Pianoforte-Fabrikanten, ein Glas Champagner, das er mit einer galanten Verbeugung entgegennahm. »Gerade, dass die Weiber ihn nicht auch noch mit einem Löffel füttern«, grinste er.

»Mir scheint, dass diese Damen mütterliche Gefühle für ihn entwickeln«, erwiderte Hagen Brodenbeck, auch er genussvoll an einer Zigarre ziehend, mit einem süffisanten Lächeln. »Aber das, was er zu sagen hat, gefällt mir. Er formuliert nationales Gedankengut in einer Art und Weise, dass es die reinste Freude ist. Ja, ich muss schon sagen, dieser junge Mann verfügt nicht nur über Talent, sondern auch über jede Menge Schneid, spricht er doch unumwunden das an, woran unser stolzes Land krankt, seit man ihm mit dem verbrecherischen Vertrag von Versailles die Würde genommen hat.«

»Wie ich hörte, pflegt er gute Kontakte zu General Ludendorff«, bemerkte von Wolff. »Gemeinsam könnte es ihnen tatsächlich gelingen, dieses Land von den Parasiten zu befreien, die es in den Klauen halten, von den kommunistischen ebenso wie von den jüdischen.« Er nahm sein mit einem edlen Weinbrand gefülltes Glas in die Hand und prostete seinem Geschäftspartner zu, obwohl das ihn zunehmend plagende Sodbrennen einen solchen Genuss eigentlich verbot. Aber in einer solch feinen Gesellschaft galt es, in jedweder Beziehung seinen Mann zu stehen, und zudem handelte es sich um einen ganz ausgezeichneten Tropfen, auf den er nur äußerst ungern verzichtet hätte. »Ich danke Ihnen, dass Sie mich hierher einluden, Herr Brodenbeck. Bitte richten Sie Herrn Hitler beizeiten aus, dass auch ich gern bereit bin, ihn und seine Partei finanziell zu unterstützen.«

Nun hob auch Brodenbeck sein Glas. »Das freut mich zu hören. Angesichts der unsäglichen Verhältnisse, die in unserem Land herrschen, ist es an der Zeit, andere Saiten aufzuziehen. Hitler hat ganz recht, wenn er sagt, dass es unsere Pflicht ist, das deutsche Volk, das ausgezehrt ist von Hunger und Not, zu ernähren und ihm zu Wohlstand zu verhelfen. Dazu bedarf es eben jener grundlegenden Änderungen, wie sie die NSDAP in ihrem wohldurchdachten Programm formuliert hat. Allem voran gilt es, unserem stolzen Land nach all der Schmach, die es erdulden musste, wieder zu der Größe zu verhelfen, die ihm zusteht. Die Rückführung der Kolonien und der Ostgebiete erscheint mir dafür angemessen.« Er beugte sich zu von Wolff hinüber und senkte die Stimme. »Ich weiß nicht, wie es Ihnen geht, verehrter von Wolff, aber ich für meinen Teil hätte nicht wenig Lust, die Sache ein wenig«, er malte mit dem Arm eine Spirale in die Luft, »anzukurbeln.«

»Und wie stellen Sie sich das vor?« Von Wolff hatte sich schon gedacht, dass Brodenbeck ihn nicht nur wegen des Vortrags von diesem Hitler nach Berlin hatte kommen lassen. Er bemerkte, wie sich sein Herzschlag beschleunigte. Würde die Tatenlosigkeit, zu der er seit der Besetzung des Ruhrgebiets verurteilt war, nun endlich ein Ende haben?

Brodenbeck lehnte sich zurück und rekelte sich genüsslich in seinem ledernen Sessel. »Nun«, sagte er und mit einem arglistigen Lächeln auf dem Gesicht, »ich frage mich, ob Sie nicht Kontakt zu Albert Leo Schlageter aufnehmen sollten.«

Von Wolff zog die Stirn in Falten. »Albert Leo Schlageter? Nie gehört. Wer soll das sein?«

»Ein junger Soldat, der sich nach dem Krieg als Mitglied unterschiedlicher Freikorps verdient gemacht hat. Sehr überzeugt von unserer Sache, sehr engagiert. Ein wahrer Nationalist, dem es zudem nicht an Schneid fehlt.«

»Und wie genau könnte er uns behilflich sein?« Von Wolff verstand nicht, worauf sein Gegenüber hinauswollte.

Brodenbeck schaute sich im Saal um, wohl um sicherzustellen, dass niemand sie belauschte. Die meisten der Anwesenden aber scharten sich nun um das Büfett, das soeben für eröffnet erklärt worden war. Unter ihnen auch Adolf Hitler, der sich weiterhin von Helene Bechstein umgarnen ließ. »Schlageter hat im letzten Jahr hier in Berlin ein Unternehmen für Im- und Export gegründet.«

»Im- und Export? Aber was …?«

Brodenbeck legte ihm eine Hand auf den Arm, klopfte sich mit der anderen Hand auf die Brust und lächelte wissend.

Von Wolff verstand. Er nickte. Es ging also um Waffen. Sofort stiegen Zweifel in ihm auf, denn ihm war durchaus bewusst, dass sie sich – nicht zuletzt, da sie bei den Franzosen wegen ebensolcher Geschäfte zutiefst in Ungnade gefallen waren – auf äußerst unsicherem Terrain bewegten.

»Sie machen sich ins Hemd?«, fragte Brodenbeck, der seinen Gesichtsausdruck anscheinend richtig gedeutet hatte. Er hob spöttisch die Augenbrauen. »Wirklich, mein guter von Wolff? Sind Sie ein solcher Waschlappen? Das wäre in der Tat bedauerlich.«

»N-nein«, beeilte sich von Wolff zu sagen, der diese Provokation keinesfalls auf sich sitzen lassen wollte. Er lachte gekünstelt auf. »Sie können gewiss sein, mein lieber Brodenbeck, dass es mich im Gegenteil bereits sehr in den Fingern juckt, endlich wieder tätig zu werden. Sie sagten, dieser Schlageter sei in Berlin?«

»Nein. Derzeit befindet er sich meines Wissens in Essen.«

»In Essen?«, fragte von Wolff perplex. »Wie das?«

»Genaues weiß auch ich nicht«, gab Brodenbeck zu. Dann grinste er breit. »Aber ich könnte mir vorstellen, dass er dem Franzosenpack ganz schön das Leben schwer macht.«

Jetzt verstand von Wolff auch, warum Brodenbeck ihn dazu auserkoren hatte, Kontakt zu Schlageter aufzunehmen. »Nun gut«, sagte er nach einem Räuspern, »dann werde ich mich also gleich nach meiner Rückkehr mit ihm in Verbindung setzen. Aber wird er nicht misstrauisch sein?«

»Ich werde dafür sorgen, dass er entsprechend instruiert ist«, antwortete Brodenbeck. »Ich habe da so meine Kontakte.«

Von Wolff hob erneut sein Glas und prostete Brodenbeck zu. »Nun denn«, sagte er. Ganz wohl war ihm bei der Sache nicht, aber ganz sicher wollte er seinem Bruder im Geiste gegenüber nicht als Zauderer oder gar als Feigling dastehen.

»Nun denn«, tat Brodenbeck es ihm mit einem verschwörerischen Augenzwinkern gleich.

»Wie geht es Ihrem verehrten Herrn Sohn?«, wechselte von Wolff nach ein paar Minuten nachdenklichen Schweigens das Thema, auch wenn er wusste, dass er sich damit auf dünnes Eis begab. Er war sehr erleichtert gewesen, als ihn Anfang des Jahres die Einladung Brodenbecks erreichte, nach Berlin zu kommen und mit ihm gemeinsam an dieser Veranstaltung teilzunehmen, zeigte diese Geste doch, dass Brodenbeck ihm wegen des schändlichen Fehlverhaltens seiner Tochter Elisabeth nicht mehr gram war. »Ich hatte angenommen, dass der gute Eberhard uns an diesem Abend mit seiner Gesellschaft beehren würde.«

Für einen Augenblick legte sich ein Schatten auf das Gesicht des Waffenfabrikanten, und von Wolff befürchtete schon, sich zu weit vorgewagt zu haben. Dann jedoch prostete Brodenbeck ihm erneut zu und sagte: »Ja, auch ich hatte angenommen, dass es Eberhard zusagen würde, uns zu begleiten, spricht er von Hitler doch in den höchsten Tönen, seit er ihn im letzten Sommer im Nationalklub erleben durfte und sogar die Gelegenheit hatte, mit ihm ein paar Worte zu wechseln. Tatsächlich war er es, der meine Aufmerksamkeit auf diesen forschen Burschen lenkte.« Er nippte an seinem Weinbrand und seufzte. »Nun, verehrter Herr von Wolff, ganz sicher aber erzähle ich Ihnen nichts Neues, wenn ich sage, dass Berlin jungen Menschen in der heutigen Zeit derart viel Zerstreuung bietet, dass es nicht untertrieben ist zu behaupten, sie hätten die Qual der Wahl. Es sind in erster Linie die Tanzlokale, in die es Eberhard derzeit treibt. Vor allem eine Tänzerin ist es, die den jungen Männern den Kopf verdreht, eine gewisse Anita Berber.«

»Oh, ich hörte von ihr«, sagte von Wolff mit einem gewissen Unbehagen. »Aber ist sie nicht … nun ja …« Er räusperte sich verlegen. »Gehört sie nicht zu den Frauen, die man gemeinhin als lasterhaft bezeichnen würde?« Angeblich trug diese junge Dame häufig nichts als ihren Pelzmantel und eine Perlenkette am Leib, und das in aller Öffentlichkeit. Doch bei einer solchen Ungeheuerlichkeit konnte es sich doch um nichts anderes handeln als um ein Gerücht!

Brodenbeck lachte rau auf. »Durchaus, mein lieber von Wolff, durchaus. Lasterhaft, ja, genau das ist die Berber wohl. Es heißt, sie unterscheidet bei ihren zahlreichen Liebschaften nicht einmal zwischen Mann und Frau. Aber Eberhard ist jung, und mir soll es recht sein, wenn er sich die Hörner abstößt, bevor er sich bindet. Ein wenig Spaß gehört schließlich zum Junggesellendasein dazu, nicht wahr?«

Von Wolff nickte stumm. Er fühlte sein schlechtes Gewissen aufsteigen, denn schließlich war es einzig dem unmöglichen Verhalten seiner Tochter Elisabeth geschuldet, dass sich der junge Brodenbeck noch nicht den Freuden des Ehelebens hingeben durfte. Ihm war zu Ohren gekommen, dass sich die jungen Leute in Berlin nicht nur über Gebühr amüsierten, sondern sich darüber hinaus dem übermäßigen Genuss von Alkohol und Drogen hingaben. Nicht wenige von ihnen verloren dadurch angeblich die Kontrolle über ihr Leben. Er hoffte inständig, dass dies auf Brodenbecks patenten Sohn nicht zutraf. Ihm wurde ganz schwindlig, als ihm plötzlich aufging, dass auch Elisabeth längst zu denjenigen gehören konnte, über die er sich gerade gedanklich mokierte. Denn schließlich hatte er keine Ahnung, was aus ihr geworden war, nachdem sie sich vor rund drei Jahren auf so schändliche Weise aus dem Staub gemacht hatte. Ja, dachte er, es war wirklich an der Zeit, dass man in diesem Land wieder für Zucht und Ordnung sorgte, bevor sämtliche junge Frauen dem Laster anheimfielen. Umso beruhigender war es zu wissen, dass es Männer wie diesen Hitler gab, die sich Ehre und Anstand auf die Fahnen geschrieben hatten.

»Was hielten Sie davon, wenn wir nun das Lokal wechseln, mein lieber von Wolff?«, unterbrach Brodenbeck seine Gedanken. »Nicht weit von hier gibt es ein Etablissement, das gerade ziemlich en vogue ist. Ein Freund hat mich darauf aufmerksam gemacht. Es ist vor allem bei Männern sehr beliebt, wenn Sie verstehen, was ich meine.« Er beugte sich in von Wolffs Richtung und fügte mit gedämpfter Stimme hinzu: »Angeblich sind es nicht nur gestandene Weibsbilder, die dort anzutreffen sind, sondern auch junge Dinger, kaum den Kinderschuhen entwachsen.« Er seufzte theatralisch, zwinkerte seinem Gegenüber jedoch gleichzeitig verschwörerisch zu. »Zu traurig, wozu die blutjungen Mädchen in diesen schwierigen Zeiten gezwungen sind, sich herzugeben, nicht wahr?«

Von Wolff verspürte ein plötzliches Pochen in seinen Lenden. Junge Dinger, kaum den Kinderschuhen entwachsen! Fast hätte er sich an dem Rauch seiner Zigarre verschluckt. Er warf Brodenbeck einen verstohlenen Blick zu. Woher wusste dieser Mann von seinen Vorlieben? Oder war es nur Zufall, dass er ihn ausgerechnet auf die jungen Mädchen aufmerksam machte?

Brodenbeck erhob sich aus seinem ledernen Sessel. »Nun, von Wolff, was sagen Sie zu meinem Vorschlag, mich dorthin zu begleiten? Ich für meinen Teil würde mir dieses Etablissement und seine … Bediensteten ganz gern mal ein wenig genauer ansehen.« Er legte seinen Kopf in den Nacken und lachte schallend auf. »Schließlich möchte ich vor meinem Freund nicht dumm dastehen, wenn er mich das nächste Mal darauf anspricht. Ich kann es nämlich nicht sonderlich gut leiden, wenn mir jemand an Wissen und Erfahrung voraus ist, ganz gleich, auf welchem Gebiet.«

Von Wolff nickte und folgte seinem Geschäftspartner schweigend hinaus. Vom anderen Ende des Saals drang das Gelächter einer Schar Damen zu ihm herüber, allem Anschein nach amüsierten sich diese köstlich über einen gelungenen Scherz von Adolf Hitler. Ja, dieser junge Bursche war tatsächlich ein interessanter Zeitgenosse, mit dem es sich lohnen würde, näheren Kontakt zu pflegen. Doch blieb dafür später noch genügend Zeit. Zunächst würde er sich gemeinsam mit seinem Freund Brodenbeck anderen Freuden widmen. Der Abend nahm einen noch besseren Verlauf als erwartet.

* * *

Wutschnaubend und am ganzen Leib zitternd kam Fritze in den Raum gestürzt. Er knallte einen Stapel Zettel auf den Tisch, nestelte eine zerknickte Schachtel aus der Hemdtasche, klopfte eine Zigarette heraus und zündete sie an. Ein paarmal stieß er nach hektischen Zügen den Rauch durch Mund und Nase aus, bevor er sagte: »Sie hofieren diesen Kerl wie einen Kaiser. Er ist gefährlich, verdammt, aber keiner von diesen Einfaltspinseln will es sehen.« Er schlug mit der Faust auf den Tisch. »Keiner, verdammt! Stattdessen scharwenzeln sie um ihn herum wie ums goldene Kalb.«

»Nun reg dich ab«, versuchte seine Freundin Lotte, die gleich nach ihm hereingekommen war, ihn zu beruhigen. »Du misst diesem lächerlichen Knilch viel zu viel Bedeutung bei. Niemand, der bei Verstand ist, wird wirklich auf ihn hereinfallen. Adolf Hitler dient ihrem Amüsement, nichts weiter.« Auch sie nahm sich nun eine Zigarette und ließ sich von Gertrud, die mit übergeschlagenen Beinen in einem Sessel vor ihrem Schreibtisch saß, Feuer geben.

Fritze wirbelte zu ihr herum und sah sie zornesfunkelnd an. »Und ich sage dir, dass er gefährlich ist, Lotte! Hitler schwingt genau die Reden, die die Deutschnationalen hören wollen, er faselt von einem Großdeutschland und von der Rückgabe der Kolonien. Aus seinem Hass gegen Kommunisten, Juden und Zigeuner macht er keinen Hehl, spricht gar davon, dass deutsches Blut reingehalten werden muss. Und du behauptest allen Ernstes, sein Gerede sei bedeutungslos? Lässt man ihn gewähren, dann wird er eines Tages zweifelsohne noch zu ganz anderen Mitteln …«

»Genug jetzt!«, fuhr Gertrud ihm in die Parade. »Mit deinem Zorn ist keinem geholfen, Fritze. Ich denke, Lotte hat recht. Dieser Hitler ist eine Eintagsfliege. Schon bald wird niemand mehr seinen Namen kennen. Wir sollten ihm und seinem Geschwafel also nicht mehr Bedeutung zumessen, als ihm zusteht.« Sie stand auf, ging an die hölzerne Bar, die früher mal eine Seemannstruhe gewesen war und nun aufgebockt auf einem Tisch stand, und füllte drei Gläser mit Kognak. »Hier«, reichte sie Fritze ein Glas, »der wird dir guttun. Und jetzt setzt euch hin, damit wir alles in Ruhe besprechen können.«

Die Gruppe derjenigen, die Fritze und Lotte und mit ihnen dem politischen Gedankengut der kommunistischen Partei KPD nahestanden, trafen sich seit wenigen Wochen regelmäßig in Gertruds Büro, das an den Gastraum von *Trudes Perle* grenzte. Noch schienen sie hier sicher zu sein und in Ruhe diskutieren und arbeiten zu können, auch wenn niemand sagen konnte, wie lange noch, lauerten die Verräter doch an jeder Ecke. Die Stimmung im Land wurde immer angespannter, weder auf den Straßen noch in den einschlägigen Lokalen, in denen sie sich sonst zu treffen pflegten, war es noch sicher. Immer wieder kam es zu Rangeleien und Schlägereien zwischen rechten und linken Gruppierungen, auf beiden Seiten waren nicht nur Verletzte, sondern auch Tote zu beklagen. Zwar stand man dieser Tage vereint im Kampf gegen die Besatzer im Ruhrgebiet, doch führte dies nicht dazu, dass die Gräben zwischen den Vertretern unterschiedlicher politischer Überzeugungen zugeschüttet wurden. Ganz im Gegenteil trieben Hunger und Verzweiflung täglich mehr Menschen auf die Straße, die auf der Suche waren nach einem Schuldigen für ihr Elend und nicht zögerten, diesen mit brutaler Gewalt niederzumachen, wenn sie glaubten, ihn gefunden zu haben.

»Ihr täuscht euch«, presste Fritze hervor, nachdem er sein Glas in einem Zug geleert hatte und es sich von Gertrud noch einmal auffüllen ließ. Er verzichtete darauf, sich zu setzen, während Lotte in einem der mit goldbraunem Polster überzogenen Sessel Platz nahm. »Die Zahl seiner Anhänger nimmt zu. Es gibt nicht wenige, die es gutheißen, dass die Schergen seiner Sturmabteilung marodierend durch die Straßen Münchens ziehen und wahllos auf harmlose Bürger einprügeln. Viele wünschen sich solche Trupps auch für Berlin, wovor Gott uns bewahren möge.«

»Angesichts ihrer Misere wünschen sich die Deutschen einen starken Mann, der ihr Leben wieder ins Lot bringt«, gab Lotte ihm recht. »Nicht nur in München, sondern überall im Land. Aber sieh dir diesen Kobold doch an«, schränkte sie sogleich ein, »er ist eine Witzfigur, keiner, den die Mehrheit des deutschen Volkes als Führer akzeptieren würde.« Sie verdrehte die Augen. »Jemanden, der sich selbst als Führer bezeichnet, kann man doch gar nicht ernst nehmen.«

»Mir schien, dass ihn heute Abend im Klub nahezu jeder ernst genommen hat, als er seine zugegebenermaßen recht feurige Rede zum Besten gab.« Fritze verzog angewidert das Gesicht. »Sie hingen doch förmlich an seinen Lippen, die Herren Direktoren und Offiziere. Von den anwesenden Damen gar nicht zu reden, die ihn beim anschließenden Empfang gar nicht genug umschmeicheln konnten.«

»Ich habe euch davor gewarnt, dorthin zu gehen«, sagte Gertrud. »Es war völlig klar, dass euch das, was dieser Herr zu sagen hat, nicht behagen würde. Und – ganz nebenbei bemerkt – seid ihr ein großes Risiko eingegangen. Was, wenn euch jemand erkannt hätte?«

Lotte schaute zu Fritze hinüber, den sie an diesem Abend zum ersten Mal in einem Frack sah. Dieser brachte, das musste sie widerwillig zugeben, seine schlanke und muskulöse Gestalt auf eine erotisch anziehende Art zur Geltung. Über dem steifen Kragen wirkte sein scharf geschnittenes Gesicht, das umrahmt war von dunklen Locken, geradezu aristokratisch. Sie freute sich schon darauf, ihm später beim Entkleiden behilflich zu sein.

Nur mit Mühe gelang es ihr, ihren Blick von ihm zu wenden, schließlich aber stand sie auf und betrachtete sich selbst im mannshohen Spiegel, der Gertruds Schreibtisch gegenüber an der Wand hing. Auch ihr stand das smaragdgrüne, in moderner Schlichtheit geschnittene Kleid ausnehmend gut, dazu der glitzernde Reif mit den aufgesteckten Federn im dunklen, zu einem Bob geschnittenen Haar und die eleganten, hochhackigen Schuhe … Sie lachte kopfschüttelnd auf. »Wie hätte uns denn in diesem eleganten Fummel jemand erkennen sollen? Elisabeth hat uns so fein ausstaffiert, dass uns selbst unsere Mütter nicht erkannt hätten, wären sie vor Ort gewesen.«

»Du starrst dich so verliebt im Spiegel an, als hättest du plötzlich Spaß an diesem widerwärtigen Pomp«, knurrte Fritze abfällig, während er sich die Fliege vom Kragen riss.

Lotte fühlte sich ertappt, doch versuchte sie, dies zu überspielen, indem sie den Reif aus dem Haar zog und ihn scheinbar achtlos auf einen Sessel warf. »Mach dich doch nicht lächerlich«, entgegnete sie eine Spur zu schnippisch, während sie ihre Finger ordnend durchs Haar gleiten ließ. »Was wohl sollte ausgerechnet ich an solch unbequemem Tand finden?« An Gertrud gewandt sagte sie: »Man muss seinen Feind kennen, um ihn einschätzen und vernichten zu können. Deshalb sind wir in den Klub gegangen. Leider Gottes aber schienen Fritze und ich tatsächlich die Einzigen zu sein, die das, was Hitler zu sagen hatte, in höchstem Maße abstoßend fanden.«

»Und was sind das für Zettel?« Gertrud deutete auf den Stapel, den Fritze auf dem Tisch abgelegt hatte.

Fritze schnaubte verächtlich. »Du kannst mit ihnen den Kamin anfeuern. Es ist das von der NSDAP aufgestellte 25-Punkte-Programm. Hitler ließ es im Klub verteilen. Diesen Stapel habe ich entwendet, damit dieser gedankliche Unrat nicht unters Volk gerät. Ein Tropfen auf den heißen Stein, ich weiß, aber immerhin gibt es mir das Gefühl, diesem Schwachsinn Paroli geboten zu haben, wenn auch nur im Kleinen.« Nach einer rhetorischen Pause sagte er: »Apropos Paroli: In den nächsten Tagen machen Lotte und ich uns auf den Weg ins Ruhrgebiet. Unsere Genossen können im Kampf gegen die Besatzer und, wie mir scheint, auch gegen nationalistische Saboteure, die einen neuerlichen Krieg heraufbeschwören wollen, jede Unterstützung gebrauchen.«

Gertrud schaute ihn sorgenvoll an. »Ist in den letzten Jahren denn nicht schon genug Blut vergossen worden?«

»Es geht nicht um Blut, es geht um passiven Widerstand«, klärte Lotte sie auf. »Wir müssen es den Franzosen so schwer wie möglich machen, die Produktion und ihre Lieferketten aufrechtzuerhalten. Sie sollen erkennen, dass es sich bei der Besetzung um einen schwerwiegenden Fehler handelt.«

»Aber wird im Ruhrgebiet nicht sowieso schon alles bestreikt, was irgendwie bestreikt werden kann?«, fragte Gertrud. »So zumindest liest man es in den Zeitungen. Und auch Janno berichtete von einem Brief, in dem Karl genau das schilderte.«

»Ja, das stimmt«, bestätigte Fritze. »Nachdem die Regierung zum Generalstreik aufgerufen und sich gleichzeitig bereit erklärt hat, die Gehälter der Arbeiter und Angestellten auf unbestimmte Zeit zu übernehmen, steht im Ruhrgebiet alles still. Natürlich treiben die Franzosen die Ausbeutung der Kohleminen dennoch voran, setzen dafür eigene Leute ein. Auch konfiszieren sie alles an Gerät und Maschinen, was nicht rechtzeitig beiseitegeschafft werden konnte. Unsere Aufgabe muss es jetzt sein, sie in ihren Abläufen zu stören, wo immer es möglich ist.«

»Aber was konkret könnt ihr dabei ausrichten, die ihr im Ruhrgebiet doch völlig fremd seid?«, gab Gertrud sich nicht zufrieden.

»Das sehen wir dann«, lautete Fritzes knappe Antwort.

Für eine Weile herrschte Stille im Raum, jeder hing seinen Gedanken nach. Zu hören waren lediglich die gedämpft zu ihnen herüberschwappenden Geräusche aus dem Gastraum: Jazzmusik, Grölen, Lachen, Gläserklirren.

Fritze fuhr sich mehrfach müde übers Gesicht, während der Rauch einer Zigarette seinen Kopf umhüllte. Sie alle hatten daran geglaubt, dass es nach dem Krieg endlich wieder bergauf gehen würde, dass Ruhe einkehrte und sie endlich in Frieden würden leben können. So viele Hoffnungen hatten sie in die junge Republik gesetzt, beinahe ebenso viele waren enttäuscht worden. Da verwunderte es zwar nicht, dass sich die Menschen das extremistische Gedankengut eines dahergelaufenen Österreichers zu eigen machten; doch konnte es wirklich der Wunsch der Deutschen sein, sich dem Joch eines diktatorischen Systems zu unterwerfen, nun, da eine funktionierende Demokratie zum Greifen nah war?

»Unsere Aufgabe ist es zu verhindern, dass der rechte Mob im Ruhrgebiet die Oberhand gewinnt«, sagte Fritze schließlich. »Wir müssen den Menschen aufzeigen, dass das Wohl der Bürger nicht durch eine neuerliche Diktatur oder ein fehlgeleitetes Vielparteiensystem, sondern ausschließlich durch eine Räterepublik sichergestellt werden kann.«

»Ich möchte tanzen«, sagte Lotte.

»Was?«

Lotte hob trotzig das Kinn. »Bevor wir morgen nach Duisburg fahren, möchte ich tanzen. Die ganze Nacht hindurch.« Sie sah Fritze aus großen Augen an. »Mit dir.«

Noch bevor Fritze etwas erwidern konnte, erhob sich Gertrud aus ihrem Sessel und schob ihn zur Tür. »Ich finde, das ist eine sehr gute Idee. Ihr seid jung, also amüsiert euch. Nichts anderes sollte eure Aufgabe sein.«

Fritze war viel zu erschöpft, um zu protestieren, also gab er sich widerstandslos geschlagen. Als er, Lotte an der Hand haltend, gleich darauf die Tür zum Gastraum öffnete, schlugen ihnen sowohl eine Wand aus Alkoholdunst, Zigarettenrauch und schwerem Parfüm als auch die unmelodisch anmutenden Klänge des Jazzorchesters entgegen.

Lotte winkte Helene zu, die sich mit ihrem Bauchladen im gegenüberliegenden Teil des Gastraums aufhielt und Zigaretten feilbot. Helene winkte strahlend zurück. Nach den Monaten des Darbens hatte sie mit ihrer Arbeit in *Trudes Perle* das große Los gezogen, sie sah schon viel gesünder aus. Zwar musste sie sich hier regelmäßig gegen den einen oder anderen Grapscher eines aufdringlichen Herren zur Wehr setzen, doch war das allemal besser, als Hunger zu leiden oder gar in der winterlichen Kälte zu erfrieren. Zudem war Helene gewiss nicht auf den Mund gefallen, sodass es ihr auf eine ebenso charmante wie nachdrückliche Weise gelang, von den Herren den Respekt einzufordern, von dem andere hier anwesende Frauen nur träumen konnten.

Während sie sich von Fritze in sanftem Rhythmus über die Tanzfläche führen ließ, machte sich Lotte ein Bild von den Gästen, die an diesem Abend hier verkehrten. Zumeist schienen es Ausländer zu sein, denn unter den Gesprächsfetzen, die sie aufschnappte, waren kaum deutschsprachige auszumachen. Was nicht verwunderte, konnten sich doch angesichts der in raschem Tempo fortschreitenden Inflation immer weniger ihrer

Landsleute den Luxus eines Besuches in diesem Etablissement leisten.

Ihr Blick blieb an zwei Herren mittleren Alters hängen. Zwischen ihnen eingeklemmt saß ein bedauernswertes blutjunges Geschöpf, das mit stumpfem Blick vor sich hin starrte, während die Münder und Hände der Männer ihren noch wenig entwickelten Körper erkundeten. Einer der Männer kam Lotte bekannt vor. Sie meinte, ihm schon mal irgendwo begegnet zu sein, doch gelang es ihr nicht, ihn einzuordnen.

Zutiefst angewidert wandte sie ihren Blick ab. Sie wusste, dass vielen Frauen und Mädchen kaum eine andere Wahl blieb, als ihren Körper zu verkaufen, und doch sträubte sich alles in ihr dagegen, dies zu akzeptieren. Leider aber sah sie sich nicht in der Lage, etwas gegen diese Missstände zu unternehmen. Denn ganz bestimmt hätte sie sich dadurch, dass sie an diesem Ort oder auch anderswo dagegen aufbegehrte, nicht gerade beliebt gemacht. Vielmehr stand zu vermuten, dass selbst die bedauernswerten Geschöpfe es ihr verübeln würden, wenn sie ihnen die einzige Einkommensquelle nahm, die ihnen und ihren Familien in diesen schwierigen Zeiten das Überleben sicherte.

Es sind immer die Frauen, die am meisten unter den Missständen zu leiden haben, die von Männern in ihrer Gier nach Geld und Macht herbeigeführt werden, dachte Lotte. Noch während dieser Gedanke in ihrem Kopf Gestalt annahm, bemerkte sie aus dem Augenwinkel, dass neue Gäste zur Tür hereinkamen. Sie hob den Blick und erkannte Elisabeth und Margarete, die sich über irgendetwas köstlich zu amüsieren schienen. Gerade wollte Lotte die beiden auf sich aufmerksam machen, als Elisabeths Gesichtszüge plötzlich erstarrten. Gleichzeitig sprang einer der Männer, die gerade noch das blutjunge Ding betatscht hatten, wie angestochen von der knallroten Bank auf, streckte seinen Arm nach der Tür aus und rief: »Elisabeth?!«

* * *

Elisabeth und Margarete waren völlig außer Atem, als sie sich endlich sicher waren, von niemandem verfolgt zu werden. Keuchend und vom Regen völlig durchnässt lehnten sich die beiden Frauen mit dem Rücken an die innenliegende Mauer eines Torbogens, kaum noch wissend, wohin es sie in den letzten Minuten verschlagen hatte. Getrieben von der Panik, die Häscher Heinz-Rudolf von Wolffs könnten ihnen dicht auf den Fersen sein, waren sie aus dem Lokal gestürzt. Kreuz und quer hatte die Angst sie durch die Gassen des Viertels getrieben, sie über Unrat stolpern und torkelnden Nachtschwärmern ausweichen lassen.

Umso erstaunter waren sie, als sie sich jetzt an dem Mietshaus wiederfanden, in dem sowohl Janno als auch Edith vor rund einem halben Jahr Quartier bezogen hatten. Ihre Wohnungen waren bei Weitem nicht mehr so schäbig wie ihre vorherigen, waren Janno und Edith durch ihren Lieferdienst doch zu bescheidenem Wohlstand gekommen.

Nachdem Elisabeth in Berlin heimisch geworden war, hatte sie nicht nur mit Margarete und Gertrud Freundschaft geschlossen, sondern auch mit Janno und Edith. Auch mit Fritze und Lotte verstand sie sich gut, doch war sie mit ihnen wegen ihrer politischen Ansichten schon häufiger in Streit geraten. Zwar vermochte sich Elisabeth viel eher mit den kommunistischen als mit den nationalistischen Ideen anzufreunden, doch waren ihr Fritze und Lotte in ihrer Haltung oft zu kompromisslos oder – wie Margarete sich auszudrücken pflegte – zu verbohrt. Erst neulich war es an einem ihrer gemeinsamen Abende zu hitzigen Diskussionen gekommen, die schließlich damit endeten, dass Margarete aufstand und sagte: »Auch Demokratie will gelernt sein, Fritze. Wer nicht bereit ist, andere Meinungen als die eigene zu akzeptieren oder wenigstens zu tolerieren, der hat von ihr noch nicht viel verstanden, ganz egal ob links oder rechts. Komm, Elisabeth, wir gehen! Bei Gertrud bekommen wir bestimmt noch einen Schaumwein kredenzt.«

»Glaubst du … wir sind ihm entkommen?«, keuchte Margarete nun, die Hände in die stechenden Seiten gepresst.

»Ja, ich glaube schon«, stieß Elisabeth gequält hervor, während sie ihre rechte Hand auf die brennende Brust drückte. Sie konnte sich nicht erinnern, wann sie zum letzten Mal derart schnell gerannt war. »Weißt du«, fügte sie mit einem plötzlich aufkeimenden Kichern hinzu, »gegen meinen Vater sind wir beide die reinsten Olympioniken.«

Jetzt kicherte auch Margarete, und gleich darauf brachen sie beide in schallendes Gelächter aus. Zweifelsohne entsprang dies mehr der Erleichterung, Elisabeths Vater einmal mehr ein Schnippchen geschlagen zu haben, als dass ihnen wirklich heiter zumute war.

»Und du bist dir sicher, dass er uns überhaupt verfolgt hat?«, fragte Margarete dann.

»Äh … nein.« Wieder prusteten die Frauen los, bevor Elisabeth sagte: »Es ist wirklich kaum vorstellbar, dass mein Vater höchstpersönlich die Verfolgung aufnimmt, dazu ist er viel zu behäbig. Viel eher schickt er jemanden, der es tut. Aber sicher ist sicher, findest du nicht?« Verstohlen lugte sie um die Ecke und ließ ihren Blick die vereinsamte und zudem kaum beleuchtete Straße entlanggleiten, doch außer ein paar streunenden Katzen, die den Unrat nach Fressbarem durchwühlten, war niemand zu sehen.

»Ob er in der *Perle* auf dich gewartet hat?«, fragte Margarete.

Elisabeths Kichern erstarb, und sie bemerkte plötzlich, wie schrecklich kalt ihr war. Sie sollten schleunigst sehen, dass sie ins Warme kamen. Aber konnten sie wirklich mitten in der Nacht bei Janno oder Edith an die Tür klopfen? »Nein«, sagte sie mit klappernden Zähnen. »Ich bin mir sicher, dass es Zufall war, ihn dort anzutreffen. Schließlich wussten wir doch selbst nicht, dass wir heute Abend dort einkehren würden.«

Margarete nickte. »Stimmt. Eigentlich hatte ich mich mit Gertrud in ihrer Villa verabredet.« Sie runzelte die Stirn. »Trotzdem vermag ich nicht so recht an Zufall zu glauben. Eher ist davon auszugehen, dass er nie aufgegeben hat, nach dir zu suchen. Ich kenne deinen Vater seit etlichen Jahren, und es würde nicht zu ihm passen, sich einen solchen Affront gefallen zu lassen, noch dazu von seiner eigenen Tochter.«

Ein Schatten legte sich auf Elisabeths Gesicht. »Nein, Margarete, bei dem Besuch in der *Perle* ging es nicht um mich«, sagte sie düster. »Ich weiß nicht, ob du es bemerkt hast, aber er war nicht allein.«

»Er hatte dieses junge Ding im Arm«, nickte Margarete, »diese Viola. Aber …«

»Das meine ich nicht«, unterbrach Elisabeth ihre Freundin schnell, denn es war ihr zutiefst zuwider, an die abartigen Vorlieben ihres Vaters auch nur einen Gedanken zu verschwenden. Schlimm genug, dass sie es damals so lange Zeit mitangesehen hatte, wie er sich über ihr Dienstmädchen Henrike hermachte, statt dass sie dem Mädchen rechtzeitig zu Hilfe gekommen wäre. »Hast du denn nicht den Mann bemerkt, der an der Seite meines Vaters saß? Wenn eines kein Zufall war, dann ganz sicher, dass genau diese beiden zusammen dort waren.«

»Welcher Mann soll denn das gewesen sein?«

»Hagen Brodenbeck«, klärte Elisabeth ihre Freundin mit rauer Stimme auf. Sie schlang die Arme um ihren nassen Körper. Die Kälte war wirklich kaum zu ertragen, als nun auch noch eine frische Windböe durch den Torbogen stob und sie mit weiterer Feuchtigkeit benetzte.

Margarete sah sie aus großen Augen an. »Brodenbeck? Ist das nicht der, dessen Sohn du hättest heiraten sollen?«

»Ja, genau. Eberhard«, sagte Elisabeth angewidert. »Womöglich war er sogar dabei, aber es ging alles so schnell, dass ich nicht darauf geachtet habe.«

»Sie verstehen sich also immer noch«, bemerkte Margarete nachdenklich.

»Ja, sieht ganz danach aus«, erwiderte Elisabeth bedauernd. »Nach meiner skandalösen Flucht aus Duisburg hatte ich eigentlich angenommen – nein, hatte ich gehofft –, dass sich die Brodenbecks von unserer Familie abwenden. Leider aber scheint das nicht der Fall zu sein. Daher ist anzunehmen, dass mein Vater mich erst recht zu einer Ehe mit Eberhard zwingen würde, sollte ich ihm in die Finger fallen.« Sie ballte ihre Hände zu Fäusten. »Ja«, sagte sie bitter, »ganz bestimmt würde er Freude daran haben, mich für das büßen zu lassen, was ich ihm und dem angeblich so guten Ruf unserer Familie angetan habe.«

»Viel eher sollte er sich darüber Gedanken machen, was er dir mit dieser Heirat angetan hätte«, schimpfte Margarete. Auch ihre Zähne klapperten nun vor Kälte. »Wir … sollten bei Janno klopfen, bevor wir uns hier noch den Tod holen, meinst du nicht?«

Es dauerte nicht lange, bis sie das dritte Stockwerk des Mietshauses erklommen hatten und Janno die Tür öffnete. Er sah sie erstaunt an. Es erleichterte Elisabeth zu sehen, dass er offensichtlich noch nicht im Bett gewesen war, denn er trug weder sein Nachtgewand noch wirkte er zerzaust. »Was ist denn mit euch geschehen?« Er musterte sie misstrauisch. »Seid ihr betrunken, dass ihr zu dieser späten Stunde an meine Tür klopft? Und warum seid ihr so nass?«

»D-dürfen w-wir r-reinkommen?«, bat Elisabeth bibbernd, wobei sie nicht einzuschätzen vermochte, ob ihr Zittern ausschließlich von der Kälte herrührte oder auch davon, dass Jannos Anblick ihr Herz höherschlagen ließ.

»Ach so, ja, natürlich. Bitte entschuldigt.« Er trat einen Schritt zurück und ließ sie eintreten. »Aber was, um alles in der Welt, treibt euch um diese Uhrzeit hierher?«

»Mein Vater«, antwortete Elisabeth, und sogleich überkam sie schon wieder ein Kichern. Die Situation war aber auch wirklich zu absurd.

»Verstehe ich nicht.«

»Das erklären wir dir bei einer Tasse Tee, in Ordnung?« Elisabeth wollte jetzt nur noch möglichst schnell ins Warme.

Janno führte sie in die nur karg möblierte Wohnstube, in der eine angenehme Wärme herrschte. Er deutete auf den Kohleofen, in dem ein paar Stücke Presskohle vor sich hin glommen. »Ich glaube, ich lege noch mal welche nach, bevor die Glut versiegt. Und ihr solltet euch dringend der nassen Kleider entledigen.«

»Äh …« Elisabeth und Margarete sahen sich verlegen an.

»Ach so. Hm.« Janno schmiss rasch ein paar Presslinge in den Ofen. »Edith kann euch sicherlich aushelfen. Ich gehe mal rasch zu ihr hinauf.«

»Aber sie schläft doch sicher schon«, rief Margarete hinter ihm her.

Janno erwiderte nichts darauf, und schon im nächsten Moment fiel die Wohnungstür hinter ihm ins Schloss. Als er wieder zurückkam, hatte er nicht nur einen Stapel Kleidung dabei, sondern auch Edith, die sich an diesem Abend ganz offensichtlich noch nicht schlafen gelegt hatte. Elisabeth musste sich eingestehen, dass es sie beruhigte, dass Janno und Edith ihre Abende – und noch viel mehr ihre Nächte – trotz der räumlichen Nähe, die sie verband, anscheinend nicht gemeinsam verbrachten. Es war nicht zu übersehen, dass Edith ein Auge auf ihren Kompagnon geworfen hatte, doch schien dies nach wie vor nicht auf Gegenseitigkeit zu beruhen. Auch wenn Elisabeth gar nicht hätte sagen können, ob sie tatsächlich in Janno verliebt war oder nicht, so gefiel ihr die Vorstellung, dass er statt ihrer eine andere Frau im Arm halten könnte, überhaupt nicht.

»Nun bin ich aber gespannt, was ihr zu erzählen habt«, sagte Edith, nachdem sich Elisabeth und Margarete in Jannos Schlafraum umgezogen und ihre nassen Kleider über eine provisorisch durch den Raum gespannte Wäscheleine gehängt hatten. »Janno faselte irgendwas von deinem Vater, vor dem ihr auf der Flucht seid, Elisabeth. Ist das wahr? Hat er dich gefunden?«

»Ja, er war als Gast in *Trudes Perle*, als wir dorthin kamen. Aber ich glaube nicht, dass er wegen mir dort war. Dennoch weiß er jetzt, dass ich in Berlin bin, und er wird mit Sicherheit alles daransetzen, mich aufzuspüren.« Indem Elisabeth diese Worte aussprach, wurde ihr plötzlich angst und bange, und sie begann einmal mehr zu zittern. Dankend nahm sie einen Becher Tee entgegen, den Janno ihr reichte. Sie nippte daran, aber er war noch zu heiß. Dennoch war es wohltuend, die vor Kälte steifen Hände an dem Becher wärmen zu können.

»Das ist nicht gut«, lautete Ediths ebenso knappe wie treffende Erwiderung.

»Das ist gar nicht gut«, bestätigte Janno mit sorgenvoller Miene. »Wenn er weiß, in welchem Viertel du dich bewegst, wirst du ihm auf Dauer nicht entrinnen können, wenn er es darauf anlegt, dich zu finden.«

Elisabeth nickte kaum merklich, als sie plötzlich die Tragweite dieser Worte begriff. Drei Jahre lang hatte sie sich so frei gefühlt, dass sie der Enge, die ihr Innerstes plötzlich wie ein Schraubstock zusammenzupressen schien, umso intensiver gewahr wurde. Selbst das Atmen fiel ihr jetzt schwer. Rasch nahm sie einen Schluck Tee, um die Panik hinunterzuspülen, die sie zu übermannen drohte. »Verdammt!«, zischte sie, als der Tee ihre Zunge verbrühte.

»Achtung, der Tee ist heiß«, sagte Janno eher tadelnd als entschuldigend. Dann jedoch erkundigte er sich hörbar besorgt: »Tut es sehr weh?«

»Schon gut, meine Schuld«, lispelte Elisabeth. Unter anderen Umständen hätte sie sich sicherlich über Jannos Fürsorge gefreut, nun aber war sie viel zu sehr mit ihrer Angst beschäftigt, als dass sie seinen Worten allzu viel Bedeutung beigemessen hätte.

»Da … da ist noch was«, sagte Margarete zögerlich und bedachte Edith mit einem eindringlichen Blick. »Elisabeths Vater … Er war nicht allein, als wir ihn trafen.«

»Nicht allein?« Musterte Edith ihre Freundinnen auf diese Bemerkung hin zunächst noch neugierig, so schlich sich, als sie sah, wie die beiden ihrem Blick auswichen, nach und nach Besorgnis in ihre Miene. »Er war aber nicht …« Sie räusperte sich, als ihr kurzzeitig die Stimme versagte. »Es … es war mein Vater, der bei ihm war?«

»Ja.«

»Hm.«

Edith schien nun eine ganze Weile in sich hineinzuspüren, dann aber reckte sie ihr Kinn und sagte mit fester Stimme: »Sie machen also nach wie vor gemeinsam Geschäfte, mein Vater und der werte Herr von Wolff. Allem Anschein nach gehören sie nicht zu denen, die aus Niederlagen lernen. Aber nun ja, sie waren schon immer ohne Skrupel, also sollte man sich darüber wohl nicht wundern. Dass ihr sie ausgerechnet in *Trudes Perle* angetroffen habt, passt ganz gut ins Bild, das ich von den beiden habe.«

»Das klingt recht abgeklärt«, stellte Margarete fest. »Du fürchtest also nicht, dein Vater könnte dir Ärger bereiten?«

Edith schüttelte den Kopf. »Nein. Genau genommen weiß er doch nicht einmal, dass wir«, sie deutete auf ihre Freundinnen und dann auf sich selbst, »miteinander verkehren. Nein, ich für meinen Teil fühle mich nicht bedroht.« Sie zog die Stirn in Falten. »Meine Sorge gilt einzig und allein Elisabeth.«

Margarete nickte zustimmend. »Ja, das sehe ich genauso. Janno hat recht, wenn er sagt, dass du dich hier im Viertel – und ich fürchte, das gilt für ganz Berlin – von nun an nicht mehr frei bewegen kannst, Elisabeth.«

»Aber …« Elisabeth schluckte schwer, und ihre Augen füllten sich mit Tränen. »Aber wohin soll ich denn gehen? Wenn ich nicht in Berlin bleiben kann und auch nicht in Duisburg … Was soll denn dann aus mir werden?« Sie fühlte sich plötzlich sehr allein und so elend wie noch nie in ihrem Leben. Als sie sich der ganzen Tragweite des Geschehens bewusst wurde, schlug sie die Hände vors Gesicht und ließ ihren Tränen freien Lauf.

* * *

Jacob Semmering war in den letzten Monaten sehr gealtert. Es mochte ein gutes halbes Jahr her sein, dass Janno ihn zum letzten Mal gesehen hatte, doch schien der Mann, der ihm vor drei Jahren eine Anstellung als Lieferant gab und ihm dadurch den Aufbau einer eigenen Existenz ermöglichte, nur noch ein Schatten seiner selbst zu sein. Das Gesicht fahl und grau, die früher so lebhaften Augen hinter den runden Brillengläsern stumpf, der Körper dürr und von einer Steifheit in den Bewegungen, wie Janno sie von dem früher stets so agilen Mann nicht kannte.

Bei seiner Ankunft in Semmerings Büro war Janno erschrocken gewesen, seinen ehemaligen Chef in einem solchen Zustand anzutreffen. Zwar fühlte auch er selbst sich nach der durchwachten Nacht, in der sie nach einem Weg aus Elisabeths Dilemma gesucht hatten, nicht eben munter, doch bot sein Gegenüber einen geradezu erbärmlichen Anblick. Jetzt saßen sie sich am Schreibtisch gegenüber und pafften jeder eine Zigarre, die Semmering als seine »Restbestände für besondere Anlässe« bezeichnet hatte. Umso geehrter fühlte sich Janno, dass er ihm eine von ihnen kredenzte.

»Ach, warum sollte ich es leugnen?«, seufzte Semmering, als Janno sich vorsichtig nach seinem Befinden erkundigte. »Es sind die Umstände, die mir zu schaffen machen. Krank bin ich nicht, noch nicht, doch zehren die Folgen der Inflation mehr an mir, als ich es mir über lange Zeit eingestehen wollte.« Er deutete auf die Aktenordner, die fein säuberlich aufgereiht und beschriftet hinter seinem Schreibtisch im Regal standen. »Diese Ordner sind voller Leichen«, erklärte er. »Karteileichen, wenn du verstehst, was ich meine. Es sind rund sechzig Prozent meiner Kunden, die mir innerhalb der letzten sechs Monate weggebrochen sind.« Er hob den Blick und sagte ohne jeden Vorwurf in der Stimme: »Einige scheinen auch zu dir abgewandert zu sein, wie mir zu Ohren kam.«

»Deswegen bin ich hier«, erwiderte Janno nicht ohne schlechtes Gewissen. Er hasste sich selbst dafür, seinem ehemaligen Arbeitgeber etliche Kunden abspenstig gemacht und damit eine Mitschuld an Semmerings Verzweiflung zu haben. »Natürlich war es nicht richtig von mir, dir ins Handwerk zu pfuschen«, sagte er. »Genau genommen war es sogar recht niederträchtig, aber …«

»Du musst dich nicht bei mir entschuldigen«, fiel Semmering ihm ins Wort. »Jeder von uns muss sehen, wo er bleibt in diesen schwierigen Zeiten.«

»Nein«, entfuhr es Janno schärfer als beabsichtigt. »Es war nicht richtig von mir, und dazu stehe ich. Auch bin ich nicht gekommen, damit du mir Absolution erteilst, denn die hätte ich nicht verdient. Aber vielleicht tröstet es dich zu hören, dass es auch mir mit den von dir abspenstig gemachten Kunden nicht gut ergangen ist.«

»Das, mein lieber Janno, tröstet mich keineswegs«, erwiderte Semmering. »Vielmehr lässt es mich befürchten, dass die Zeiten noch schlimmer sind, als ich angenommen hatte, halte ich dich und Edith doch für äußerst begabte Geschäftsleute.« Er sah Janno für einen längeren Augenblick an, dann fragte er: »Wie viele?«

»Mehr als siebzig Prozent von denen, die ich von dir … nun ja … übernommen habe«, antwortete Janno. »Edith hat mir erst heute Morgen die neuen Zahlen vorgelegt, und wir haben gemeinsam überlegt, was jetzt zu tun ist.« Er nahm einen Zug seiner Zigarre und schaute dann nachdenklich dem Rauch hinterher. »Deswegen bin ich hier.«

Semmering lächelte traurig. »Du erwartest aber nicht von mir, dass ich dir meine verbliebenen Kunden auch noch überlasse?«

»Selbstverständlich nicht«, beruhigte Janno ihn. »Vielmehr komme ich mit einem Vorschlag …. Hm … Besser gesagt, mit einem … Angebot.« Er machte eine wegwerfende Handbewegung. »Ach, egal. Bezeichne es, wie du willst. Die Idee dazu stammt von Edith, aber mich hat sie rasch überzeugt.«

In Semmerings dunklen Augen leuchtete Interesse auf. »Edith war schon immer eine kluge Frau, auf deren Meinung ich stets viel Wert gelegt habe. Was ist das für ein Vorschlag?«

»Wir sollten uns zusammentun«, erklärte Janno. »Zumindest so lange, wie die Krise noch andauert, was, wie zu befürchten steht, noch lange sein wird, wenn von unserer Regierung nicht endlich gegengesteuert wird. Sie drucken immerzu Geld und Geld und noch mehr Geld, um die Stimmung im Volk nicht kippen zu lassen.«

»Was, nebenbei bemerkt, schon längst in stärkerer Ausprägung als jetzt geschehen wäre, hätten die Franzosen nicht das Ruhrgebiet eingenommen«, relativierte Semmering. »Gegen diesen gemeinsamen Feind aber stehen die Deutschen Seit an

Seit, Kommunisten neben Nationalisten, Industrielle neben Arbeitern.«

»Ja, so ist es wohl«, stimmte Janno ihm zu. »Aber wie lange noch? Niemand weiß, wohin uns die Inflation noch führen wird. Wenn du mich fragst, dann ist das, was wir gerade erleben, erst der Anfang. In den nächsten Wochen und Monaten wird sie uns davongaloppieren, das ist mal sicher. Erst heute habe ich für drei Eier fast tausendvierhundert Mark bezahlt und neunhundert für ein Pfund Brot. Das ist absurd!«

Semmering nickte zustimmend. »Ja, das ist absurd. Was genau meint Edith also damit, wir sollten uns zusammentun?«

»Wir haben eine Landkarte genommen und auf ihr all unsere Fuhren abgesteckt, die wir in den letzten Wochen gefahren sind, wobei wir die gekündigten schon gestrichen haben. Wir gehen davon aus, dass wir etliche davon mit deinen Fuhren zusammenlegen könnten, um die Sache noch effektiver zu gestalten.«

Semmering nickte erneut. »Gut möglich.«

»Unser Vorschlag ist es daher, einen gemeinsamen Fuhrenplan auszuarbeiten, in dem wir sowohl unsere als auch eure Kunden berücksichtigen. Anschließend ließe sich berechnen, wie hoch dadurch die Einsparungen wären. Die Einnahmen, die wir durch die gemeinsamen Fuhren erzielen, würden anschließend durch zwei geteilt.« Janno machte eine Pause, dann fuhr er fort: »Ein solches Vorgehen hätte zudem den Vorteil, dass wir uns nicht länger gegenseitig unterbieten müssten, um an Aufträge zu gelangen, denn das ständige Preisgeschachere gereicht uns beiden eher zum Nachteil, fürchte ich.«

Für ein paar Minuten herrschte Stille im Raum, denn Janno ließ Semmering gern die Zeit, über diesen Vorschlag nachzudenken. Weder er noch sein Gegenüber waren es gewöhnt, sich mit dem jeweiligen Konkurrenten zu arrangieren, und es gab viel, was bei einer solchen Vereinbarung bedacht werden musste. Je länger Janno aber darüber nachsann, desto vernünftiger schien ihm Ediths Vorschlag zu sein.

Semmering nahm schließlich eine Tageszeitung in die Hand und wedelte für einen kurzen Moment mit ihr in der Luft herum, bevor er sie wieder sinken ließ. »Heute ist in der Journaille von drei Lieferanten die Rede, die im Raum Berlin das Handtuch geschmissen haben. Insgesamt dürfte es inzwischen ein gutes Dutzend sein, wobei ganz sicher nicht jede gescheiterte Firma in der Zeitung überhaupt Erwähnung findet. Ganz bestimmt haben unsere beiden Firmen einen etwas längeren Atem, letztlich aber sehen wir alle dem gleichen Schicksal entgegen, fürchte ich.«

»Also stimmst du unserem Vorschlag zu?«, fragte Janno, der sich nicht sicher war, ob es das war, was Semmering ihm mit seinen Ausführungen zu verstehen geben wollte.

»Ja, ich halte es für eine wirklich gute Lösung.« Semmerings Gesichtsausdruck wirkte auf Janno nun schon viel hoffnungsfroher. »Richte Edith bitte meinen Dank dafür aus.«

»Nun, das wirst du dann ja selbst machen können, wenn wir uns sehen, um alles Weitere zu besprechen«, erwiderte Janno. »Wäre es dir recht, Edith und ich würden uns schon morgen hier einfinden?«

»Mehr als recht sogar. Je früher, desto besser«, freute sich Semmering, doch meinte Janno, auch einen gewissen Zweifel in seinem Blick zu sehen. Semmering deutete auf eine Flasche Kognak. »Darauf sollten wir anstoßen, findest du nicht?«

»Ja, nur lass uns das morgen gemeinsam mit Edith machen.« Janno zwinkerte ihm zu. »Auch sie steht einem guten Schluck ab und zu nämlich keineswegs ablehnend gegenüber. Außerdem«, sagte er nach einem Blick auf die Uhr an der Wand, »muss ich gehen. Es gibt noch viel vorzubereiten, wenn unser morgiges Treffen von Erfolg gekrönt sein soll, und damit möchte ich

Edith ungern allein lassen.« *Zudem muss ich dafür sorgen, dass Elisabeth ein sicheres Zuhause findet, wenigstens für die nächsten Monate,* fügte er in Gedanken hinzu. Auf dem Weg hierher war ihm diesbezüglich eine Idee gekommen, nur stand zu befürchten, dass Elisabeth von ihr nicht begeistert sein würde. Letztlich aber würde sie wohl einsehen müssen, dass ihr keine andere Wahl blieb.

Semmering begleitete Janno zu dessen Automobil. »Du hast es weit gebracht, Janno«, sagte er anerkennend und lief einmal um den Lieferwagen mit der Aufschrift *Janulf & Partner* herum. »Du bist ein guter Geschäftsmann, das muss man dir lassen.«

Janno lachte. »Nein, Jacob, der Geschäftsmann bei uns ist Edith. Im Gegensatz zu mir kann sie wirklich gut mit Zahlen umgehen. Ich bin eher für das Visionäre und das Organisatorische zuständig.«

»Ihr wärt auch privat ein hübsches Paar«, bemerkte Semmering augenzwinkernd, doch nicht ohne einen gewissen Ernst in den Augen. »Und sie hat unübersehbar Interesse an dir. Ich möchte wirklich mal wissen, Janno, was dich davon abhält, sie …«

Janno winkte mit einer Geste ab. »Ich glaube nicht, dass das hier hingehört«, sagte er ein wenig zu schroff, als sich nun nicht Ediths, sondern Margots Gesicht vor sein inneres Auge schob. Erst am Tag zuvor hatten sie sich gesehen, weil auch Margots Familie zunehmend unter dem Wegbrechen der Aufträge zu leiden hatte und Margots Eltern ihn gebeten hatten, mit ihnen gemeinsam nach Lösungen zu suchen. Janno war nicht verborgen geblieben, dass sich auch die Kehlmanns eine Liaison zwischen ihm und ihrer Tochter wünschen würden. Je mehr sich Margot aber dessen bewusst wurde, desto mehr schien sie sich von ihm zurückzuziehen.

Er seufzte innerlich. Das Beste würde es wohl sein, Margot aus seinem Kopf und vor allem aus seinem Herzen zu streichen, doch leider wollte ihm das nicht gelingen. Ganz im Gegenteil schien die Sehnsucht nach ihr von Tag zu Tag noch anzuwachsen, was ihm nicht selten schlechte Laune bescherte.

Janno wurde aus seinen Gedanken gerissen, als nun ein Mann zu ihnen trat, von dem er sich gewünscht hätte, ihn nicht anzutreffen. Horst Bracken. Schon als er selbst noch für Semmering arbeitete, hatte Janno diesen stämmigen, stets auf Krawall gebürsteten Kollegen mit der Boxernase nicht leiden können. Hinzu kam, dass Horst der alleinstehenden Edith damals ebenso unverhohlen wie plump den Hof gemacht hatte, ohne ihre Ablehnung auch nur annähernd akzeptieren zu wollen. Im Stillen hatte Janno gehofft, dass Semmering ihn längst entlassen hatte. Das jedoch schien nicht der Fall zu sein.

»Janno Ulferts. Was treibt dich hierher?«, sprach Horst ihn wenig freundlich an. »Suchst doch hoffentlich keine Arbeit, denn für dich gibt es hier keine.« Er nahm einen dünnen Holzstab aus dem Mund, auf dem er herumgekaut hatte, und spuckte vor Janno aus.

»Habe ich nicht nötig«, erwiderte Janno knapp. Er wartete darauf, dass Jacob den Mann in seine Schranken verwies, der aber schwieg. »War's das?«, schob er deshalb noch hinterher.

»Nein.« Horst grinste hämisch. »Sag Edith einen lieben Gruß von mir. Könnte sein, ich komme sie in den nächsten Tagen mal besuchen.«

Janno war der drohende Unterton in Horsts Worten keineswegs entgangen, und er spürte Wut in sich aufsteigen. Zu seiner Verwunderung stand Semmering immer noch schweigend und mit gesenktem Kopf da. »Ich fürchte, darauf legt Edith keinerlei Wert«, sagte er. »Also halte dich von ihr fern.«

»Sonst was, he?«

»Das siehst du ja dann.«

Janno rechnete damit, dass Horst jetzt seine Faust ausfahren würde, und er hielt sich bereit, zurückzuschlagen, doch lachte sein ehemaliger Kollege nur kurz auf, grinste Semmering frech an und ging dann wieder seiner Wege.

»Ich verstehe nicht, warum er immer noch für dich arbeitet«, sagte Janno zu Semmering. »Du hättest ihm längst kündigen sollen, so unverschämt, wie er sich gibt. Fahrer findest du doch allemal genug, da bist du auf ihn nicht angewiesen.«

»Er … äh … er macht seine Arbeit gut«, druckste Semmering herum.

Janno musterte seinen ehemaligen Chef aus schmalen Augen. »Was ist los, Jacob?«

»Nichts, Janno, nichts«, antwortete Semmering überhastet und fuchtelte dabei mit den Händen herum. »Es ist alles in Ordnung. Wirklich.«

Janno sah ihn streng an. »Nichts ist in Ordnung, Jacob, mach mir doch nichts vor! Also noch mal: Was ist hier los?«

Bevor er zu einer Antwort ansetzte, überprüfte Semmering rasch, ob sich Horst noch irgendwo in ihrer Nähe herumtrieb. Der aber hielt sich in einer der Garagen auf und belud einen der Lieferwagen. »Es ist nur so, dass er sich mit den Deutschnationalen herumtreibt«, erklärte er.

»Das passt zu ihm«, konstatierte Janno. »Aber was hat das mit dir zu tun?«

»Nun«, berichtete Semmering zögernd, »gestern hatten wir eine größere Lieferung für eine Veranstaltung, die hier in Berlin stattfinden sollte. Ich hatte keine Ahnung, worum genau es dabei gehen sollte, als ich den Auftrag annahm. Ich habe mich nur gewundert, dass Horst darauf bestand, dass unbedingt er es sein sollte, der diese Fuhre übernimmt. Normalerweise besteht er darauf, abends nicht mehr fahren zu müssen.« Semmering schüttelte seufzend den Kopf, sprach jedoch nicht weiter.

»Und nun weißt du, warum er darauf bestand?«, hakte Janno nach.

»Ja. Es waren Anhänger der NSDAP, die dort nationalistische und …« Semmering holte tief Luft, »wohl auch antisemitische Reden geschwungen haben.« Als Mann jüdischen Glaubens ließ ihn das ganz offensichtlich nicht unberührt.

»Anhänger der NSDAP?« Janno zog die Stirn kraus. Er wusste, dass Fritze und Lotte alles andere als gut auf diese antidemokratische Partei zu sprechen waren. »Ich habe von ihnen gehört. Burschen mit einer üblen Gesinnung sind das, wie mir scheint. Ihre Schlägertrupps verbreiten in den Straßen Münchens Angst und Schrecken. Dennoch sollte man ihr Krakeelen nicht so ernst nehmen, letztlich sind sie doch nur ein versprengter Haufen von Nichtsnutzen. Und ist die Partei nicht zudem längst verboten?«

»Noch nicht überall im Land«, erklärte Semmering. »Außerdem sind sie nicht unter diesem Kürzel aufgetreten. Auf jeden Fall hat mir Horst heute brühwarm und voller Enthusiasmus von der Rede dieses Adolf Hitler berichtet, der die Partei führt. Horst bekam leuchtende Augen, als er davon sprach. Als er dann schon im Gehen begriffen war, drehte er sich noch einmal um und sagte: *Nicht mehr lange, und wir werden sie alle vernichten, die Kommunisten genauso wie die Juden.* Dann hat er die Faust gehoben und ausgerufen: *Nieder mit der Republik! Nieder mit den Juden!*«

Janno, der bemerkte, wie sehr Semmering dieses Vorkommnis mitnahm, klopfte ihm auf die Schulter. »Du wirst sehen, dass das nur eine Phase ist, die genauso schnell vorbeigeht, wie sie aufgeflammt ist. Aber natürlich verstehe ich, dass du dich durch solche Worte betroffen fühlst. Du solltest Horst unmissverständlich klarmachen, dass du derlei Reden nicht duldest, will er nicht riskieren, dass du ihn rausschmeißt.«

»Ja, du hast recht, das sollte ich«, sagte Semmering mit leiser Stimme, aber es klang wenig überzeugend. Er war ein friedliebender Mann, jede Art der Auseinandersetzung, zumal, wenn sie mit Gewalt ausgetragen wurde, war ihm zuwider. Janno nahm an, dass er sich vor Horsts Fäusten fürchtete, was er ihm nicht verdenken konnte, denn körperlich würde er dem kraftstrotzenden Hünen gewiss nicht gewachsen sein.

»Soll ich mir Horst mal vorknöpfen?«, fragte Janno. »Mir scheint, dass es jemanden braucht, der ihn an seinen Platz verweist.«

Semmering schüttelte den Kopf. »Nein, Janno, das halte ich für keine gute Idee. Man sollte ihn so wenig wie möglich provozieren.« Er zögerte kurz, bevor er bedrückt hinzufügte: »Schon um Ediths Willen.«

»Edith?« Janno sah ihn misstrauisch an. »Nimmst du seine Drohungen gegen sie etwa ernst?«

Semmering zuckte lahm mit den Schultern. »Ich fürchte fast, wir müssen sie ernst nehmen, Janno. Horst hat sie sich noch immer nicht aus dem Kopf geschlagen. Und vorhin habe ich zufällig mitbekommen, wie er einem Kollegen voller Stolz berichtete, dass er nun endlich wisse, aus welchem Stall Edith komme, und dass man aus diesem Wissen bestimmt etwas machen könne.«

Janno sah alarmiert zu den Garagen hinüber. Horst war nach wie vor mit dem Beladen eines Lieferwagens beschäftigt, linste aber immer wieder zu ihnen herüber. »Was glaubt er denn, woher sie kommt?«

»Es … es klingt wirklich ein wenig lächerlich«, sagte Semmering zögernd. »Aber angeblich, so behauptet er, sei Edith die verstoßene Tochter des Berliner Waffenfabrikanten Brodenbeck.«

Janno schluckte schwer. Wie nur hatte dieser Hurensohn das herausbekommen?! »Das … das ist doch …« Er schloss für einen Moment die Augen. »Verdammter Mist!«, stieß er dann halblaut hervor.

Semmering starrte ihn entgeistert an. »Dann stimmt es also?«

Janno nickte. »Ja, es stimmt. Edith ist Brodenbecks Tochter. Aber ich wüsste nicht, was Horst diese Information nutzen sollte.« Er sagte es hoffnungsfroher, als ihm zumute war.

»Das weiß ich auch nicht, Janno, aber anscheinend hat er eine Idee. Zumal …«

»Zumal?«

»… wohl auch Brodenbeck gestern auf der Veranstaltung der Nationalisten war«, erklärte Semmering. »Angeblich, so verriet Horst seinem Kollegen, sei Ediths Vater ein glühender Verfechter völkischen Gedankenguts, und genau das werde er, also Horst, sich zunutze machen.«

Janno hatte zwar keine Vorstellung, wie genau ein solcher Schachzug aussehen könnte, damit Edith sich von ihm auf die Weise beeindruckt zeigte, wie Horst es sich anscheinend vorstellte. Dennoch beschlich ihn ein ungutes Gefühl. Schließlich war diesen verrohten Nationalisten jede Schandtat zuzutrauen, wie sie tagtäglich auf den Straßen Deutschlands unter Beweis stellten. *Dieser Brodenbeck kommt uns eindeutig zu nah*, dachte er. Erst in der letzten Nacht war sein Name in Zusammenhang mit Elisabeths Vater gefallen, und nur wenige Stunden später wurde er, Janno, schon wieder mit ihm konfrontiert. Fast war es, als wolle das Schicksal eine Warnung aussprechen.

»Vielleicht sollte Edith dich morgen lieber nicht hierher begleiten«, gab Semmering zu bedenken.

»Ich fürchte, dass du sie nicht davon abhalten kannst«, tat Janno seine Zweifel kund. Er konnte sich nicht vorstellen, dass sich Edith von Horsts Warnung beeindrucken ließ, auch wenn man sie ihr noch so eindringlich vortrug. »Sie hat ihren eigenen Kopf, weißt du?«

Semmering nickte. »Ja, das weiß ich. Dennoch ist sie immer noch eine Frau. Natürlich ist sie einem Mann wie Horst geistig haushoch überlegen. Aber wir beide wissen, dass es nicht Horsts Art ist, mit dem Verstand zu argumentieren.«

»Ich werde Edith von diesem Gespräch berichten«, versprach Janno. »Letztlich kann nur sie selbst entscheiden, wie sie sich verhält.«

»Ja, natürlich«, seufzte Semmering. »Aber immerhin hat sie eine Wahl.«

»Gut.« Janno zog seine Taschenuhr hervor und warf einen Blick darauf. »So, jetzt muss ich aber wirklich los. Mach's gut, Jacob. Wir sehen uns morgen. Mit oder ohne Edith, das werden wir sehen.« Er schwang sich in seinen Wagen und fuhr davon, ohne zu bemerken, dass Horst nun schnurstracks und mit finsterem Gesichtsausdruck auf Semmering zugelaufen kam.

6

Duisburg, März 1923

»Clara, bitte! Karl wird sich zu gegebener Zeit schon daran gewöhnen, Ehemann und Vater zu sein. Nun hör doch bitte auf zu heulen!« Hiska seufzte, während sie die Hemden ihres Mannes im Waschbottich ordentlich durchwalkte. Den zweiten Tag in Folge befasste sie sich mit der Wäsche ihrer Familie, ihre Hände waren bereits ganz wund. Früher hatte sie Claras Mutter Hedwig diese Arbeit überlassen, die in der Zechensiedlung eine kleine Wäscherei betrieb. Seit sie aber mit dem Geld, das Heinz normalerweise als Portier der Krupp-Werke in Essen verdiente, das wegen des Generalstreiks derzeit aber von der Regierung gezahlt wurde, mit jedem Tag weniger kaufen konnten, kümmerte sich Hiska schweren Herzens wieder selbst um diese lästige und zeitaufwendige Pflicht.

»Aber Karl kommt kaum noch nach Hause, Hiska«, jammerte Clara. Sie saß breitbeinig auf einem Küchenstuhl und hielt sich stöhnend den schweren Bauch. »Immerzu treibt er sich mit den Streikenden herum, und ich kann dir nicht mal sagen, wo genau, denn er sagt es mir nicht. Und wenn er mal da ist, dann beachtet er mich kaum. Womöglich hat er gar eine

Liebschaft, von der ich nichts weiß. Dabei gebe ich mir doch so viel Mühe, ihm eine gute Ehefrau zu sein.«

Eine Ehefrau, die er nie wollte, dachte Hiska, doch sah sie keinen Sinn darin, dies laut auszusprechen. Schließlich wusste Clara selbst, was sie mit ihrer Hinterlist angerichtet hatte, und jetzt erhielt sie die Quittung dafür. Zwar hätte auch Hiska sich nicht vorstellen können, dass der normalerweise so anständige Karl ausgerechnet zu seiner schwangeren Frau derart abweisend sein würde, doch konnte sie es ihm andererseits auch nicht verdenken.

»Willi, hör auf, deine Schwester an den Haaren zu ziehen!«, wies sie ihren Jüngsten zurecht, der gerade einmal laufen konnte, aber bereits genau raushatte, wie er seine um ein Jahr ältere Schwester Ilse triezen konnte, wenn sie ihm seinen Willen nicht ließ. Sie nahm Ilse, die zu weinen begonnen hatte, auf den Arm und tröstete sie. Über den blonden Schopf des Kindes hinweg sah sie lächelnd zu ihrem ältesten Sohn hinüber. Der Dreieinhalbjährige saß still in einer Ecke und schaute sich ein Bilderbuch an, das ihm Karls Mutter Luise geschenkt hatte. Feiko Johannes, den alle in der Siedlung nur Johannes nannten, war ein sehr stilles, stets zufriedenes Kind, was ihn wohltuend von seinen jüngeren Geschwistern unterschied. Heinz war der Ansicht, dass Hiska den Jungen zu sehr verzärtelte, und sie wusste, dass er recht hatte. Vermutlich tat sie es aus ihrem schlechten Gewissen heraus, weil sie sich während der Schwangerschaft nicht nur einmal gewünscht hatte, ihn wegmachen zu können, war er doch das Produkt einer Vergewaltigung, die sie, gerade einmal sechzehn Jahre alt, durch ihren späteren Schwager Georg Adena hatte erleiden müssen.

»Aber wie soll ich denn mit dem Kind zurechtkommen, wenn ich durch meinen Mann keinerlei Unterstützung erfahre?«, jammerte Clara weiter, während sie sich eine Strähne ihres rotblonden Haars hinters Ohr strich. »Sieh mal, wie gut du es hast, Hiska, mit einem treusorgenden Mann und drei wundervollen Kindern. Und was habe ich?«

Hiska setzte Ilse, die sich wieder beruhigt hatte, auf einen Stuhl und drückte ihr die schon recht abgegriffene Stoffpuppe in die Hand, die einst Karls Schwester Annemarie gehört hatte und die Ilse abgöttisch liebte. »Das wird schon werden«, versuchte sie wider besseres Wissen, Clara zu beruhigen. »Noch ist euer Kind ja nicht einmal auf der Welt. Bestimmt wird Karl ein genauso guter Vater wie Heinz, wenn er es erst mal in den Armen hält.« Sie wischte sich mit dem Unterarm den Schweiß von der Stirn und nahm einen Schluck Wasser. Dann wrang sie die Hemden aus und hängte sie über die durch die Küche gespannte Leine. Als Nächstes schnappte sie sich Johannes' mehrfach verlängerte und geflickte Hose, tauchte sie ins Wasser und begann, sie übers Waschbrett zu schrubben.

»Könntest du mal den Eintopf umrühren?«, bat sie Clara. »Nicht, dass der mir noch anbrennt. Zwar haben wir im Sommer aus unserem Schrebergarten eine gute Ernte eingeholt, doch so langsam gehen auch bei uns die Vorräte zur Neige. Und wer weiß schon, wie lange man in den Krämerläden überhaupt noch was bekommt. Frau Paluschke hat ihren Laden schon aufgegeben. Weil sie die Preise gar nicht so schnell anpassen kann, wie das Geld der Leute nichts mehr wert ist, sagt sie.«

Clara wuchtete stöhnend ihren Körper vom Stuhl, wobei sie sich mit einer Hand auf der Tischkante abstützte. Kaum, dass sie in der Aufrechten war, presste sie ihre Hände in die Hüften und watschelte wie eine Ente zum Herd.

»Ach, und leg auch noch ein paar Briketts nach«, sagte Hiska, »nicht, dass die Glut erlischt.«

Clara bereitete es sichtlich Mühe, sich zu bücken. Ungelenk ging sie breitbeinig in die Knie, doch machte sie dies ausnahmsweise, ohne zu klagen. Plötzlich aber schrie sie spitz auf, und schon im nächsten Moment ergoss sich zwischen ihren Beinen ein Schwall Flüssigkeit. Clara war so erschrocken, dass sie sich nun gänzlich auf den Boden setzte und zu schluchzen begann. »Was ist das, Hiska?!«, wimmerte sie. »Was ... was passiert mit mir?«

Während es den Kindern die Sprache verschlagen hatte und sie mit großen Augen auf die Szenerie starrten, eilte Hiska zu Clara, ging neben ihr in die Hocke und streichelte ihr den Rücken. »Es ist die Fruchtblase, sie ist geplatzt«, erklärte sie mit ruhiger Stimme, obwohl sie innerlich in Aufruhr war. Musste das denn ausgerechnet jetzt und noch dazu in ihrer Wohnung passieren? Als hätte sie nicht schon genug Scherereien, musste sie sich jetzt auch noch wohl oder übel um die Gebärende kümmern. »Lauf zu Hedwig, Johannes!«, trug sie ihrem Ältesten auf. »Sag ihr, dass sie alles vorbereiten soll, weil Clara ihr Kind bekommt. Ich bringe Clara nach Hause, wo wir ...« Sie stutzte, als in diesem Moment die Tür aufging und ein Schwall Kälte zu ihnen hereinwehte. Im nächsten Moment schon betrat Karls Schwester Annemarie den Raum. Das Mädchen blieb verdattert stehen, als sie die beiden Frauen inmitten einer Lache gelblicher Flüssigkeit am Boden sitzen sah.

»Oh, Annemarie, gut, dass du kommst«, sagte Hiska erleichtert. »Geh bitte zu Hedwig rüber und sag ihr, dass Claras Fruchtblase geplatzt ist und sie alles für die Geburt vorbereiten soll.« Hastig hielt sie ihren Sohn zurück, der nun an ihr vorbeistob. »Du musst jetzt nicht mehr zu Hedwig gehen, Johannes. Jetzt ist Annemarie da und ...«

»Ich will aber«, verkündete der sonst so sanfte Junge trotzig. »Du hast gesagt, dass ich ...«

»Jaja, das ist richtig, Johannes, aber ...« Hiska hielt mitten im Satz inne, als hinter Annemarie nun eine weitere Person den Raum betrat. Es war eine vornehm gekleidete Frau mit einem vielleicht zweijährigen Jungen an der Hand. Zunächst glaubte Hiska an eine Halluzination, dann aber hauchte sie: »Enna?«

* * *

Es war bereits dunkel, als Karl an diesem Abend nach Hause kam. Ein anstrengender Tag lag hinter ihm, hatte er doch gemeinsam mit Joris versucht herauszufinden, was es mit den Sabotageakten auf sich hatte, die seit einigen Wochen gegen Brücken, Straßen und Bahnschienen des Ruhrgebiets verübt wurden. Ganz offensichtlich sollte es den Franzosen auf diese Weise zusätzlich erschwert werden, Güter und Gerät außer Landes zu schaffen; jedoch kam dieses Vorgehen bei der Bevölkerung zumeist nicht gut an, provozierte es doch vermehrt Racheakte der Besatzer, wie Inhaftierungen und Folter. Auf beiden Seiten lagen die Nerven blank, da brauchte es zum passiven Widerstand nicht auch noch einen aktiven.

»Diese verdammten Nationalisten!«, fluchte Karl, als er die Tür zu seiner Wohnung aufstieß. Ihm war völlig klar, dass es den Völkischen mit den Sabotageakten, bei denen nicht selten Menschen zu Schaden kamen, in erster Linie darum ging, einen neuerlichen Krieg zu provozieren. Das aber musste um jeden Preis verhindert werden, denn wenn sie eines nicht gebrauchen konnten, dann war es noch mehr Leid und noch mehr Tod. Natürlich musste man die Besatzer in die Schranken weisen und sie zum Rückzug bewegen, das stand außer Frage. Dafür aber das Leben von Menschen aufs Spiel zu setzen … Nein, damit musste nun endgültig Schluss sein! Also würden sie auch in den kommenden Tagen nach denen suchen, die das zu verantworten hatten.

»Karl, da bist du ja endlich!« Zu seiner Überraschung war Hiska aus seiner Schlafstube getreten und lief ihm mit ausgestreckten Armen und einem Strahlen auf dem Gesicht entgegen. »Stell dir vor, du hast einen gesunden Sohn! Ich gratuliere von Herzen!«

»Was?« Karl war in Gedanken immer noch bei den Ereignissen des Tages, und so brauchte es eine Weile, bis er den Sinn von Hiskas Worten begriff. »Einen … einen Sohn, sagst du?«

»Ja, und der Kleine ist putzmunter. Es war eine unkomplizierte Geburt, die Hebamme ist bereits wieder gegangen, weil ein weiteres Kind nach ihr verlangte, aber sie schaut später noch einmal rein. Wir haben inzwischen alles in Ordnung gebracht, und Mutter und Kind ruhen sich aus.«

»So.« Karl wartete darauf, dass diese Nachricht ein wie auch immer geartetes Gefühl in ihm auslöste, doch blieb alles taub.

»Karl! Bitte!« Hiska fasste ihn am Arm und sah ihn beschwörend an. »Clara hat dir einen Sohn geschenkt. Einen Sohn, Karl! Nun komm schon mit und schau ihn dir an, er ist ganz entzückend.«

Karl war zu müde, um zu widersprechen. Alles, was er wollte, war seine Ruhe. Aber so, wie es aussah, würde er die wohl so schnell nicht bekommen. »Also gut, wenn's unbedingt sein muss«, knurrte er. Ehe er sich's anders überlegen konnte, ging er mit großen Schritten auf die Schlafstube zu. Als er bereits die Klinke in der Hand hielt, hörte er Hiska rufen: »Ach ja, da ist noch was! Du solltest wissen, dass …«

Es war zu spät. Kaum, dass Karl den Raum betreten hatte, prallte er auch schon wieder zurück. Er japste auf und schloss die Augen. Es musste die Müdigkeit sein, die ihm einen Streich spielte. »Ganz ruhig«, beschwor er sich stumm. »Ganz ruhig, Karl, es ist nur Clara, die dir ein Kind geboren hat. Es ist nicht Enna.« Der Stich, den ihn bei dieser bitteren Erkenntnis traf, durchbohrte sein Herz wie ein glühendes Messer. Enna! Verdammt, es sollte Enna sein, die sein Kind gebar, und keine andere! Aber wie grausam konnte das Schicksal sein, ihm in dieser Situation einen solchen Streich zu spielen?!

»Karl?«, hörte er nun auch noch Ennas Stimme sagen. »Karl? Ist alles in Ordnung?«

»Karl«, erklang gleich darauf die erschöpfte Stimme seiner Frau. »Karl, da bist du ja endlich! Schau, Karl, wir haben einen Sohn!«

»Enna?!« Karl starrte ins Halbdunkel des Zimmers hinein, und so langsam dämmerte ihm, dass er keineswegs halluzinierte, sondern die Frau, in die er sich während des Kriegs unsterblich verliebt hatte, tatsächlich neben dem Bett seiner Angetrauten stand und ihn mit unergründlichem Blick musterte. »Aber … Ich verstehe nicht …«

»Karl, wie schön, dich zu sehen.« Enna kam mit ausgestreckten Händen auf ihn zu, ähnlich der Geste, mit der auch Hiska ihn begrüßt hatte. »Ich gratuliere herzlich zur Geburt deines Sohnes.«

»Ja.«

»Schau mal, Karl, hier ist er! Dein Sohn!«, unternahm Clara einen weiteren verzweifelten Versuch, seine Aufmerksamkeit auf sich und das Neugeborene zu lenken.

Karl hörte die nun schon nicht mehr sehr fröhliche Stimme seiner Frau, doch gelang es ihm nicht, seinen Blick von Enna loszureißen. So lange hatte er darauf gewartet, sie wiederzusehen, so oft beim Anblick von Hiska, die ihrer Schwester äußerlich und auch vom Wesen her so ähnlich war, schmerzende Stiche verspürt. Und jetzt stand Enna plötzlich einfach da, unverhofft und … wunderschön. »Du siehst sehr elegant aus«, sagte er mit rauer Stimme. »Aber auch ein wenig abgespannt. Wie … wie geht es dir, Enna?«

Ihm entging nicht, dass sich bei dieser Frage ein Schatten auf Ennas Gesicht legte, doch sagte sie, als Clara nun zu weinen begann: »Geh jetzt zu deiner Frau, Karl. Du findest mich bei Hiska, wenn du mich brauchst.«

Ich brauche dich! Jetzt und für immer!, wollte Karl ausrufen, doch alles, was er hervorbrachte, war ein Räuspern, gefolgt von einem stummen Nicken. Dann wandte er sich Clara und dem Kind zu und hörte, wie Enna die Tür hinter sich schloss.

* * *

»Du bist *was*?!« Hiska riss die Augen auf und starrte ihre Schwester entsetzt an.

»Geflüchtet«, bestätigte Enna das, was sie gerade schon einmal gesagt hatte.

»Geflüchtet«, wiederholte die Nachbarin Gisela, Ennas Freundin aus Kriegstagen, dumpf. »Das klingt nach Komplikationen.« Nachdenklich rührte sie in dem dünnen, lediglich mit Kartoffeln und Steckrüben bestückten Eintopf auf ihrem Teller, den Hiska auf den Tisch gebracht hatte. Nach all der Anstrengung – sie hatte die Kinder gehütet, als Hiska und Enna mit der Gebärenden beschäftigt gewesen waren – hatten sie sich einen guten Happen redlich verdient. »So wie ich dich kenne, muss es einen triftigen Grund dafür geben, dass du alles stehen und liegen lässt, denn ich habe dich als sehr verantwortungsvoll kennengelernt.«

»Bei der Familie Adena braucht es nicht viel Fantasie, um sich vorzustellen, was sie an Enna verbrochen haben könnten«, sagte Hiska, und es war ihrer Stimme anzumerken, wie sehr sie schon jetzt ihren Zorn zügeln musste, obwohl sie die ganze Wahrheit noch gar nicht kannte.

Gisela musterte Enna prüfend. »Am finanziellen Mangel kann es jedenfalls nicht liegen, wenn ich dich so ansehe. Dein ganzer teurer Fummel entspricht der neuesten Mode – soweit ich das überhaupt beurteilen kann. Aber besonders glücklich siehst du dennoch nicht aus. Und dünn bist du geworden.« Sie lächelte Gerke zu, der auf dem Schoß seiner Mutter saß und angelegentlich an einem Kanten Brot knabberte, dann runzelte sie die Stirn. »Warum hast du denn nur eines deiner Kinder mitgebracht? Ich hätte ja zu gern auch deine Tochter kennengelernt. Was macht sie denn, die kleine ... Clivia? Das ist doch ihr Name, oder?«

Das war zu viel! Hatte Enna alle Fragen und Bemerkungen, die an sie gerichtet wurden, bislang stoisch über sich ergehen lassen und auch beantwortet, so brachen sich bei der Erwähnung ihrer Tochter sämtliche Emotionen Bahn, die sie für eine so lange Zeit hatte unterdrücken müssen. Von heftigen Weinkrämpfen geschüttelt, brach sie zusammen. Der kleine Gerke war von diesem unerwarteten Ausbruch so erschüttert, dass er sein Brot fallen ließ und ebenfalls zu weinen begann.

»Ich bin sofort zurück«, hörte sie Hiska sagen, die gleich darauf den schluchzenden Gerke und ihre eigenen drei Kinder nach draußen scheuchte. Wenige Minuten später kam sie zurück. »Ich habe Luise und Annemarie gebeten, auf die Bande achtzugeben«, verkündete sie und setzte sich wieder an den Tisch. »So, Enna, und jetzt erzähl! Was ist in Ostfriesland vorgefallen, dass selbst du, die sonst alles zu ertragen bereit ist, die Flucht ergriffen hast?«

Enna brauchte ein paar Minuten, bis der Tränenfluss so weit versiegt war, dass sie sich zu sprechen in der Lage sah. Doch kaum, dass sie vorsichtig die ersten Worte geformt hatte, flog nach einem kurzen, heftigen Klopfen die Tür auf und Karl trat ein. »Ich ... ich wollte Enna noch mal richtig begrüßen«, stammelte er ungewohnt verlegen. Als er Enna jedoch derart in Tränen aufgelöst am Tisch sitzen sah, umwölkte sich seine Stirn. »Was ist passiert?« Er ballte die Hände zu Fäusten. »Wenn dir jemand was angetan hat, dann ... dann ...!«

»Setz dich«, forderte Gisela ihn auf. »Und halte gefälligst so lange die Klappe, bis Enna fertig erzählt hast. Wenn du das nicht hinkriegst, kannste dich gleich wieder vom Acker machen.«

»Wo ist Heinz?«, fragte Karl dennoch.

»Hat sich an den Krupp-Werken in Essen der Nachtwache der Streikenden angeschlossen«, lautete Hiskas Antwort. »Willst du was essen?«

»Ja.«

Hiska stand auf und holte eine weitere tönerne Schüssel aus der Vitrine. »Was ist mit Clara?«, fragte sie, während sie ihm von dem Eintopf auftat und ihm ein Bier hinstellte. »Sind sie und das Kind versorgt?«

»Sie schlafen.« Über diese wenig erschöpfende Auskunft hinaus schien Karl sich zu seinen Familienverhältnissen nicht äußern zu wollen. Vermutlich musste er sich erst noch an die neuen Umstände gewöhnen, dachte Enna.

»Und was sagst du zu dem kleinen … Äh … Wie soll er denn eigentlich heißen?«, erkundigte Gisela sich.

»Mir egal«, brummte Karl. »Darüber soll Clara entscheiden.«

»Karl, du solltest wirklich …«

»Lass gut sein, Hiska«, unterbrach Karl sie schroff. Heißhungrig schaufelte er ein paar Löffel Eintopf in sich hinein. »Hieß es nicht, dass Enna was zu erzählen hat?«, schmatzte er. »Also, lassen wir sie reden.«

Während die anderen miteinander sprachen, spürte Enna unablässig Karls Blick auf sich ruhen. Aber zu ihrem eigenen Erstaunen fühlte sie sich dadurch nicht beschämt, sondern vielmehr geborgen. Es war ein gutes Gefühl und ein so intensives noch dazu, als könne ihr niemand mehr etwas Böses antun, wenn er in ihrer Nähe war. Seltsam. Bislang hatte sie Ähnliches nur empfunden, wenn Jean-Pierre sie in den Armen hielt.

Verwirrt von diesen Empfindungen zog Enna sich noch weiter in sich zurück. Sicher war es lediglich ihrer so ausweglos erscheinenden Situation geschuldet, dass sie sich derart zu einem starken Mann hingezogen fühlte. Mit Karl selbst hatte das bestimmt nichts zu tun. Außerdem war er ein verheirateter

Mann, den seine Frau erst vor wenigen Stunden zum stolzen Vater eines Sohnes gemacht hatte. Es galt also, sich derlei Gedanken tunlichst aus dem Kopf zu schlagen.

Nun hat Clara also doch noch das bekommen, was sie immer wollte, schoss es Enna durch den Kopf, und sofort schämte sie sich dafür. Clara hatte jedes Recht darauf, mit Karl glücklich zu sein. Nur weil ihr selbst ein solches Glück nicht vergönnt war, war es nicht richtig, es anderen zu missgönnen. Außerdem hatte sie doch früher nie mehr als Freundschaft für Karl empfunden. Auch als sie sich vor drei Jahren zufällig in Berlin trafen, hatte die Begegnung mit ihm keinerlei romantische Gefühle in ihr ausgelöst. Was also trieb sie ausgerechnet zu diesem Zeitpunkt dazu, sich ihm näher zu fühlen als jemals zuvor? Noch dazu zu einem Zeitpunkt, in dem ihr Leben verfahrener nicht hätte sein können. Hatte sie jetzt völlig den Verstand verloren?

»Enna?«

»Was?«

»Ich fragte, ob du in deinem Bericht fortfahren möchtest«, sagte Hiska sanft. Sie stand auf und füllte Petroleum in die Lampe über dem Tisch, deren Licht zu erlöschen drohte. »Oder ist es dir vielleicht gar nicht recht, dass wir dir alle drei zuhören?«

»Doch.« Enna hob den Kopf, und ihr Blick verfing sich sekundenlang in dem von Karl. Sie spürte, wie sie errötete. Rasch griff sie nach ihrem spitzenbesetzten Taschentuch und tupfte sich die Tränen von den Wangen. »Doch, doch«, näselte sie verlegen. »Natürlich dürfen alle erfahren, was mich hertrieb. Es wird mir wohler sein, wenn ihr um meine Situation wisst.«

Also begann sie zu erzählen. Zuerst stockend, dann jedoch immer flüssiger. Von ihrer ungewollten Schwangerschaft, von Georg, der ihr das Leben zur Hölle machte, und von ihren Beweggründen, auch nach seinem Tod bei den Adenas zu bleiben. In dieser Ausführlichkeit hatte sie noch nie über ihr

Schicksal gesprochen, und sie spürte, dass ihr diese Offenheit guttat.

»Dieses Schwein«, presste Karl wutentbrannt zwischen den Zähnen hervor, als sie eine kurze Pause machte und einen Schluck Bier aus der Flasche nahm, die Hiska ihr hingestellt hatte. »Was für ein Glück für ihn, dass er bereits den Löffel abgegeben hat. Ich hätte ansonsten gern dafür gesorgt, dass er es tut.«

»Aber das alles ist nun schon so lange Zeit her«, ignorierte Hiska ihn. »Du hast den Adenas den ersehnten Erben geboren, Enna. Sie müssen darüber überglücklich sein. Wer oder was hat dich also zur Flucht veranlasst, noch dazu mit dem Kind?«

»Du erinnerst dich an Marika?«, fragte Enna.

»Ja, natürlich«, antwortete Hiska. »Eine eitle, unausstehliche Person, die sich stets für was Besseres hielt. Sie hat dann Georgs Bruder Ernfried geheiratet, nicht wahr? Was ist mit ihr?«

»Sie hat sich umgebracht. Man fand sie aufgeknüpft auf dem Dachboden ihres Hauses.«

»Was?!« Hiska wurde blass und schlug sich die Hände vor den Mund. »Oh mein Gott, ich wünschte, ich hätte nicht so despektierlich von ihr gesprochen. Wann … wann war denn das? Du hast gar nichts davon geschrieben.«

»Es ist jetzt rund drei Wochen her. Ich habe nichts geschrieben, weil …« Enna schloss für einen Moment die Augen, dann erzählte sie, was sich nach Marikas Tod im Hause Adena zugetragen hatte. »Ernfried ist ein furchtbarer Tyrann«, sagte sie schließlich mit leiser Stimme. »Marika war, so eigenwillig sie auch daherkam, eine starke Frau, aber er hat sie gebrochen. Du hättest sie in den letzten Wochen ihres Lebens nicht wiedererkannt, Hiska. Sie liebte ihre drei Mädchen, denke ich, aber sie konnte sie nicht vor ihrem Vater beschützen. Sie konnte ja nicht einmal sich selbst vor ihm schützen, und es gab niemanden, der ihr zur Hilfe kam. Letztlich hat sie wohl keinen anderen

Ausweg mehr gesehen, als ihrem Leben und dem ihres ungeborenen Sohnes ein Ende zu setzen.«

Im Raum herrschte für lange Minuten entsetztes Schweigen.

»Aber du«, hauchte Hiska schließlich, als ahnte sie, dass dies noch nicht das Ende der Geschichte war. »Was hat das alles damit zu tun, dass du jetzt hier bist?«

Enna fiel es schwer, das Grauen, das sie in den Wochen nach der Beerdigung durchlebt hatte, zu verbergen. Doch wollte sie ihre Schwester und ihre treuen Freunde nicht schon wieder mit ihren Tränen belasten, also schluckte sie sie tapfer hinunter und sagte: »Meine Schwiegereltern … Sie … Sie bestehen darauf, dass Ernfried und ich heiraten.«

Hiska und Gisela schnappten nach Luft, während Karl so hastig aufsprang, dass sein Stuhl krachend zu Boden fiel. »Niemals!«, schrie er mit in die Höhe gerecktem Arm so laut, als wollte er eine feindliche Armee in die Flucht schlagen. »Niemals werde ich zulassen, dass du in die Hände dieses … dieses …« Es schien ihm keine angemessene Bezeichnung für Ernfried einzufallen, stattdessen traktierte er nun mit seinen Fäusten alles, was ihnen in den Weg kam. »Er wird mich kennenlernen, wenn er dir oder dem Jungen auch nur einen Schritt zu nahe kommt!«

Enna hatte Karl noch nie so außer sich gesehen, doch genau wie die beiden anderen Frauen ließ sie ihn gewähren, bis er sich nach etlichen Minuten von selbst wieder beruhigte. Genau genommen schrie er ja lediglich das aus sich heraus, was sie alle fühlten, und allein dadurch – und durch seine körperliche Kraft, die er so eindrucksvoll zur Schau stellte – gab er Enna das Gefühl von Sicherheit, das sie schon so lange Jahre vermisste.

»Was … was ist mit Clivia?«, fragte Hiska, nachdem Karl sein Pulver verschossen hatte und nun mit finsterer Miene aus dem Fenster in die dunkle Nacht hinausstarrte. »Warum hast du sie nicht mitgebracht? Ist sie denn bei Ubbo und Nienke jetzt noch sicher?«

Damit sprach Hiska den wunden Punkt an, der Enna seit ihrer Abreise aus Ostfriesland am meisten zu schaffen machte. Immer wieder versuchte sie sich einzureden, dass das Kind in der Obhut von Ubbo und Nienke in Sicherheit sei, doch hatte sie schreckliche Angst um sie. Natürlich hatte auch sie darüber nachgedacht, Clivia mit hierherzubringen. Doch war ihre Abreise aus der Adena'schen Villa so überstürzt erfolgt, dass sie beschloss, keine Umwege mehr zu wagen. Was, wenn ihre Schwiegereltern ihr und Gerkes Verschwinden vor der Zeit entdeckt hätten? Anzunehmen war doch, dass sie sie dann als Allerersteses auf dem heimischen Hof vermuteten und dort nach ihr suchen würden. Für Ubbo und Nienke hätte eine solche Mitwisserschaft ein nicht unerhebliches Risiko bedeutet und sie womöglich sogar die Existenz gekostet. Nun aber, da auch die beiden keinerlei Ahnung hatten, wo sich Enna und Gerke aufhielten, bestand immerhin die Möglichkeit, dass man sie in Ruhe ließ – wenn auch nur eine geringe, wie Enna sich eingestehen musste. Also blieb lediglich die Hoffnung, dass die Adenas ein Einsehen haben würden.

Enna teilte ihre Gedanken mit den anderen. Die aber wirkten ebenso wenig überzeugt, wie sie es in ihrem Inneren war. »Nun ja«, sprach sie vor allem sich selbst mit unendlich müder Stimme Mut zu, »bestimmt wird sich alles zum Guten wenden, meint ihr nicht?«

Die anderen nickten, doch überwogen in ihren Augen Zweifel und Sorge.

* * *

Enna steckte den Brief in einen Umschlag. Sie würde ihn Annemarie mitgeben, die angekündigt hatte, an diesem Karsamstag noch zur Poststelle zu gehen. Seit einer Woche war Enna nun in Duisburg, lebte bei Gisela, die sie freundlich aufgenommen hatte, und es war an der Zeit, Ubbo und Nienke über ihren Verbleib zu informieren, denn sie machten sich gewiss schon Sorgen. Außerdem wurde Enna das beunruhigende Gefühl nicht los, dass irgendetwas mit Clivia nicht stimmte. Vielleicht entsprang diese innere Unruhe auch nur ihrer Angst, die Adenas könnten sich das Kind zunutze machen, um sie unter Druck zu setzen. Zwar hatte sie ihren Schwiegereltern nie mitgeteilt, wohin sie ihre Tochter gebracht hatte, auch hatte man allen in der Villa verboten, das Kind jemals wieder zu erwähnen. Dennoch war es sicherlich auch für die Adenas kein Geheimnis geblieben, dass Clivia auf dem Hof ihres Großvaters Zuflucht gefunden hatte – und Enna schwante, dass genau das nun für sie alle zum Problem werden würde.

Immer wieder schalt sie sich dafür, Clivia nicht mit nach Duisburg genommen zu haben, denn hier, bei ihren Freunden, wären sie alle in Sicherheit. Nicht einmal der Einfluss der Adenas würde ausreichen, sie hier zu finden, zumal die Adenas von Ennas Vergangenheit, die sie während des Kriegs für eine ganze Zeit hierher verschlagen hatte, kaum Kenntnis hatten. In der Nacht lag Enna oft wach und fragte sich, wie sie es bewerkstelligen konnte, Clivia einfach nachzuholen. Doch würde sie mit einer solchen Aktion, wie auch immer diese geartet war, nicht erst recht alle in Gefahr bringen? Anzunehmen war, dass die Adenas ein genaues Auge darauf hatten, was dieser Tage auf dem Hof der Ulferts vor sich ging. Welchen Weg also könnte es für Enna geben, unbemerkt dorthin und auch wieder vom Hof fort zu gelangen?

Enna wiegte den Brief in der Hand. Schon dieses Schreiben barg ein gewisses Risiko, doch musste sie es um Clivias und auch um Ubbos willen eingehen.

Sie griff nach einem Mantel, den sie sich von Luise geliehen hatte, und zog ihn über das schlichte Kleid, das Hiska ihr zur Verfügung stellte, auch schlang sie sich ein Tuch um den Kopf.

Endlich, so dachte sie, fiel sie unter all den einfach gekleideten Leuten nicht mehr auf wie ein bunter Vogel. Und endlich fühlte sie sich wieder so frei, wie sie es einst gewesen war. Nie hatte sie nach den Reichtümern gestrebt, die ihr im Hause Adena zuteilwurden. Nie war es ihr Wunsch gewesen, sich durch teure Kleidung über die einfachen Arbeiter zu stellen, über die rechtschaffenen Leute, die sich Tag um Tag den Buckel krumm schufteten, um sich und ihre Kinder mehr schlecht als recht über die Runden zu bringen.

Umso wohler fühlte sie sich, als sie nun vor die Haustür trat und ihren Blick die Straße hinabgleiten ließ, auf der sich Matsch, Kohlenstaub und Regen in einer unansehnlichen Allianz vereinigten. Von gar nicht weit her dröhnte das dumpfe Hämmern und Klopfen der Zeche zu ihr herüber, ein Geräusch, das ihr zu Kriegszeiten das Gefühl von Heimat gegeben hatte, auch wenn hier in Duisburg alles so ganz anders war als in Ostfriesland. Es fehlte die Weite genauso wie das saftige Grün der Wiesen, das Blau der See bei Sonnenschein genauso wie das Kreischen der von einer steifen Brise getragenen Möwen – und vor allem fehlte die frische Luft.

Hier in der Zechensiedlung gab es nur Abstufungen von Grau und Schwarz, und selbst das, was sich ursprünglich einer frischen Farbe erfreute, wurde gemeinhin verdeckt von einer Schicht Kohlenstaub. Hinzu kamen die Fabrikschlote, die rund um die Uhr dunklen, teils übel riechenden Rauch ausstießen, der einem nicht selten das Atmen schwer machte und in den Augen brannte. Und doch waren die Bewohner der Zechensiedlung unter ihrer vom harten Alltag gestählten Schale stets von einer solchen Herzlichkeit gewesen, dass Enna trotz aller Widrigkeiten, die der Krieg mit sich brachte, kaum einmal das Gefühl von Einsamkeit verspürt hatte. Und genauso erging es ihr jetzt, da sie zurückgekehrt war und wieder zu fühlen begann, was es hieß, Freunde zu haben, auf die man sich selbst in größter Not verlassen konnte.

Enna lief die verrußten, rot geklinkerten Mauern der Reihenhaussiedlung entlang, immer darauf achtend, dass sie durch nichts die Aufmerksamkeit der hier überall patrouillierenden französischen und belgischen Soldaten auf sich zog. Vorsichtshalber schlang sie ihr Tuch noch ein wenig enger um den Kopf, als könnte dieses sie vor einer Kontrolle schützen. Nur allzu laut hallten Karls Berichte in ihr nach, die deutlich machten, dass die Situation in den besetzten Gebieten von Tag zu Tag explosiver wurde.

Vor allem waren es Sabotageakte der Nationalisten, die die Besatzer misstrauisch und übellaunig werden ließen. Vermehrt kam es in der letzten Zeit zur Sprengung von Brücken und Bahnstrecken sowie zu Anschlägen gegen die Besatzungstruppen. Wie Karl berichtete, verdankten sie dieses Vorgehen in erster Linie einer gewissen *Organisation Heinz*, der ein Sabotagetrupp von Eisenbahnern und Sprengexperten zugeordnet war. Mit angeblicher Rückendeckung des Reichswehrministeriums war zudem eine Gruppe rund um einen Nationalisten mit Namen Albert Leo Schlageter damit betraut, die Abwehr französischer Spitzeltätigkeit zu organisieren, wobei es wiederholt zu Entführungen und sogar Maßnahmen der Selbstjustiz kam. Inwieweit diese Aktionen tatsächlich von höchster Stelle toleriert oder gar legalisiert waren, ließ sich nicht mit Bestimmtheit sagen; sicher war nur, dass die Besatzer mit aller Härte auf sie reagierten und es zu zahlreichen Festnahmen und immer wieder auch zu Todesfällen kam.

Erleichtert, von niemandem behelligt worden zu sein, klopfte Enna an Luises Tür, die ihr gleich darauf zu ihrer Überraschung von Karl geöffnet wurde.

»Enna«, sagte er mit einem Lächeln, »wie schön, dich zu sehen.« Er ließ sie eintreten. Am Tisch im Haus seiner Mutter saßen zwei Personen, ein Mann und eine Frau, die ihr bekannt vorkamen, die sie jedoch nicht gleich zuzuordnen vermochte. Ihrer Kleidung nach zu urteilen kamen sie nicht von hier. Als die Frau ihr nun freundlich entgegenlächelte und aufsprang, um sie zu begrüßen, fiel es ihr wie Schuppen von den Augen. Natürlich, sie hatte sie bei jenem schicksalhaften Besuch in Berlin kennengelernt, nachdem Georg ums Leben gekommen war!

»Lotte«, rief sie erfreut, und sie umarmte die Bekannten ihres Bruders Janno herzlich. Fritze, der sitzen geblieben war und sie mit einem breiten Grinsen ansah, schüttelte sie die Hand. »Wo kommt denn ihr so plötzlich her?«

»Das Gleiche könnten wir dich fragen«, sagte Fritze, dessen Kopf eingehüllt war in eine blaue Wolke Zigarettendunst. »Janno hat gar nichts davon gesagt, dass du ins Ruhrgebiet zurückgekehrt bist. Wir hatten angenommen, dass du …«

»Lass gut sein, Fritze«, stoppte Lotte ihren Freund, als sie sah, dass Ennas Strahlen plötzlich wie weggewischt war und sich auf ihrer Stirn Sorgenfalten zeigten. »Was für eine Freude, dich hier anzutreffen«, strahlte sie.

»Ja, mich freut es auch, aber …«

»Fritze und Lotte wollen unseren Kampf unterstützen«, erklärte Karl auf Ennas fragenden Blick hin. Er klopfte Fritze die Schulter. »Auf uns Kommunisten ist eben Verlass, wenn es darum geht, Seit an Seit für die gerechte Sache einzustehen.«

»Ganz recht, Karl!«, pflichtete Fritze ihm bei. »Kein Weg ist uns zu weit, um unsere Kräfte zu bündeln. Es wäre doch gelacht, wenn wir es nicht schafften, diese französischen Parasiten in ihre Schranken zu verweisen! Ihr von der Roten Ruhrarmee habt uns Berliner damals beim Putsch der Nationalisten nicht hängen lassen, nun unterstützen wir euch im Kampf gegen den Feind. Das ist doch Ehrensache.« Fritze reckte die linke Faust in die Höhe. »Proletarier aller Länder, vereinigt euch!«

Enna nickte, auch wenn ihr nicht ganz klar war, worin eine solche Unterstützung konkret bestehen konnte. »Ich habe hier einen Brief«, besann sie sich auf ihr Anliegen. »Annemarie hatte mir angeboten, ihn mit zur Poststelle zu nehmen.«

»Leg ihn auf den Tisch«, sagte Karl. »Annemarie wird ihn finden, wenn sie zurückkommt. Sie ist mit den Kindern draußen.«

Enna nickte. »Ja. Sie hat angeboten, sich um Gerke und Hiskas Kinder zu kümmern.« Als sie Karls Blick wahrnahm, der auf ihr ruhte und der ihr Herz aus unerfindlichem Grund höherschlagen ließ, fügte sie stammelnd hinzu: »D-der Brief ist der Grund, warum ich hier bin.« Und um ganz sicherzugehen, dass niemand hier und vor allem nicht Karl auf falsche Gedanken kam, fragte sie: »Wie … geht es denn Clara und dem kleinen Dietrich?« Nachdem Karl sich nicht dazu geäußert hatte, welchen Namen der Junge tragen sollte, hatte Clara beschlossen, ihn nach Karls älterem Bruder zu benennen, der seit dem Krieg als vermisst galt. Vermutlich, um ihrem Mann damit ihre Verbundenheit zu zeigen, doch hatte auch diese Geste bei Karl lediglich zu einem teilnahmslosen Schulterzucken geführt.

Inzwischen hatte Enna von Gisela erfahren, wie es zu der Verbindung zwischen Karl und Clara gekommen war. Zwar verstand Enna nun besser, warum sich Karl so abweisend gab, doch stand er nun einmal in der Verantwortung, und ganz sicher wollte sie nicht diejenige sein, die ihn davon abhielt, diese auch wahrzunehmen. Zumindest redete sie sich das seit Tagen ein, um gar nicht erst in Versuchung zu geraten, Karls Werben nachzugeben, nur um dann einmal mehr unglücklich zu werden.

Karls Blick wurde abweisend. »Gut geht es ihnen.« Er räusperte sich, dann sagte er zu Fritze und Lotte: »Wir sollten uns auf den Weg machen. Heinz und Joris erwarten uns in Essen.«

»Ihr fahrt nach Essen?«, wunderte sich Enna.

»Ja«, bestätigte Lotte. Sie leerte den Becher, der vor ihr stand, dann erhob sie sich von ihrem Stuhl. »Warum kommst du nicht mit, Enna? Je mehr Leute den Franzosen zeigen, dass sie hier nicht willkommen sind, desto besser.«

»Worum geht es denn genau?«, fragte Enna verunsichert. Sie hatte keine Erfahrung damit, sich im Widerstand zu engagieren. Andererseits wäre sie sich schäbig vorgekommen, ihre Freunde, die ihr so viel Gutes taten, in einer für sie so schwierigen Situation im Stich zu lassen.

»Wir versammeln uns an der Automobilhalle der Krupp-Werke«, erklärte Karl. »Das Franzosenpack will Lastwagen beschlagnahmen.« Er grinste. »Die meisten aber wurden klammheimlich sowieso schon abtransportiert.«

»Und ihr wollt den Abtransport der verbliebenen verhindern?«

»Natürlich, sie gehören schließlich uns«, knurrte Fritze. Auch er stand nun bereits in einen Mantel gekleidet vor der Tür und zog sich den Schirm seiner Mütze tiefer in die Stirn.

»Enna?«, fragte Karl, und alles in seinem Blick war ein einziges Flehen.

Das allein hätte für Enna Grund genug sein müssen, sich ihnen nicht anzuschließen, doch strebte alles in ihr danach, ihn nicht zu enttäuschen. Also nickte sie, woraufhin ein über das ganze Gesicht strahlender Karl ihren Arm nahm und sie mit sich fortzog.

* * *

Noch nie hatte Enna so viele Menschen an einem Ort gesehen. Dicht gedrängt standen die in dunkle Farben gekleideten Arbeiter auf einem riesigen Werksgelände, auf dem von überall her ein metallisches Hämmern und Stanzen wie auch in unregelmäßigen Abständen ein lang gezogenes Zischen zu hören waren. Durch mächtige Fabriktore war immer wieder das plötzliche Auflodern von Feuer zu sehen, so als würden im Innern der Gebäude Drachen hausen. Überragt wurden die imposanten Werkshallen der Krupp-Gussstahlfabrik von zahllosen Schornsteinen, aus denen dunkle Rauchschwaden aufstiegen und vom frischen Westwind in Fetzen gerissen und davongetragen wurden. Es roch nach Verkohltem, feuchter Hitze und Schweiß.

»Sie haben Arbeiter aus Frankreich und Belgien herbeigeschafft, die die Produktion am Laufen halten«, knurrte Karl ungehalten, während sie sich mit Schieben und Drängen einen Weg durch die Massen bahnten. Er hielt Ennas Arm so fest umklammert, als hätte er Angst, sie könne in der Menge verloren gehen und von ihr auf Nimmerwiedersehen verschluckt werden. »Aber heute zeigen wir diesen Banditen einmal mehr, dass sie es nicht schaffen werden, das, was uns gehört, außer Landes zu bringen.« Er winkte Joris und Heinz zu, die am verabredeten Punkt vor der Automobilhalle auf sie warteten.

Heinz schien einen seiner schlechten Tage zu haben, dachte Enna, als sie näher kamen. Sein bleiches, von einer tiefen Narbe gezeichnetes Gesicht war schweißüberströmt, auch fuhr seine Hand immer wieder sein offensichtlich schmerzendes Bein hinab. Hiska hatte schon gesagt, dass ihrem Mann das nasskalte Wetter zu schaffen machte. An Tagen wie diesen triezten ihn seine kaputten Knochen oft so sehr, dass er vor Schmerzen nicht mehr ein noch aus wusste. Enna bewunderte ihn sehr dafür, dass ihm der Widerstand gegen die Besatzer dennoch wichtig genug war, dass er sich selbst nach bereits absolvierter Mahnwache in der Nacht hier mit ihnen einfand. Und sie bewunderte ihre Schwester, die trotz seiner Gebrechen treu zu ihm stand und ihm so manche Arbeit abnahm, obwohl sie mit Kindern und Haushalt bereits mehr als ausgelastet war.

»Nieder mit den Besatzern!«, schrie ein Mann mit Gewerkschaftsfahne in der Hand lautstark und direkt an Ennas Ohr, gerade als sie das Wort an Heinz richten wollte, und sofort stimmte ein ganzer Chor mit ein. Das machte es unmöglich, auch nur sein eigenes Wort zu verstehen, also lächelte sie Heinz lediglich aufmunternd zu. Der hob den Daumen, wohl um zu bekunden, dass er ihre Anwesenheit wertschätzte, verzog aber im nächsten Moment bereits wieder von Schmerzen gequält das Gesicht.

»Da in der Halle sind sie, um die Lastkraftwagen zu konfiszieren! Ein wirklich armseliger Haufen Nichtsnutze ist das«, hörte Enna einen Mann schreien, der auf einem aus Paletten aufgetürmten Podest stand und auf diese Art die Menge überschauen konnte. »Jetzt zeigen wir ihnen mit allem, was uns zur Verfügung steht, wer hier der Herr im Hause ist!«

Lauter Jubel brach aus. Enna reckte den Hals, doch war alles, was sie sah, ein Meer aus Mützen und in die Höhe gereckten Armen. »Nieder mit den Besatzern!«, gellte es erneut unisono aus mehreren Hundert Mündern, und Ennas Körper durchfuhr ein erregtes Kribbeln. Jetzt verstand sie, was es hieß, in Gemeinschaft beisammenzustehen und dem Feind zu trotzen. Sie wusste, wenn sie jetzt aufseiten der versprengten Gruppe Franzosen stünde, die sich nun einen Weg aus der Halle zu bahnen versuchte, von den Arbeitern jedoch bedrängt wurde, würde ihr angst und bange sein.

Kaum hatte sie diesen Gedanken gefasst, als plötzlich aufgeregtes Rufen zu hören war, und schon im nächsten Moment folgten Schüsse. Viele Schüsse.

Um sie herum geriet die Menge in Aufruhr, die Protestrufe wurden abgelöst von entsetzten Schreien und aufkommender

Panik. Keiner wusste genau zu sagen, woher die Schüsse kamen, und so rannte und taumelte alles in unterschiedliche Richtungen, ungeachtet dessen, wer oder was ihm unter die Füße geriet. Enna stand, wie von einer plötzlichen Lähmung übermannt, stocksteif da.

»Komm«, schrie Karl ihr ins Ohr, »wir müssen weg hier! Sofort!«

Noch ehe Enna sich's versah, zog er sie am Arm mit sich fort, und sie ließ es geschehen. Aus den Augenwinkeln bemerkte sie Fritze und Lotte, die nun, immer noch die rote Fahne der Kommunisten schwenkend, genau wie alle anderen um ihr Leben rannten.

Heinz!, schoss es ihr durch den Kopf. *Er kann nicht flüchten! Sie werden ihn erschießen!*

Erfüllt von grenzenloser Angst um ihren Schwager begann sie zu schreien, doch gelang es ihr nicht, einen zusammenhängenden Satz zu artikulieren. Nach wie vor stolperte sie hinter Karl her, der sie im Klammergriff hielt und einem Strom panischer Menschen in eine unbestimmte Richtung folgte. Alles um sie herum schien sich plötzlich zu drehen, die Fabrikhallen und Schornsteine auf sie einzustürzen. Ihre Lungen brannten so sehr, als triebe jemand ein glühendes Messer durch sie hindurch. Schließlich wusste Enna nicht einmal mehr zu sagen, ob es ihre eigenen Schreie waren, die ihr in den Ohren gellten, oder die von anderen Flüchtenden, aber es spielte auch keine Rolle. *Weg hier, nur weg!*

Eine gefühlte Ewigkeit war vergangen, als Karl sich hinter einer Mauer auf den Boden warf und sie mit sich riss. Nach einem dumpfen Aufprall blieben sie liegen, die Hände auf die Brust gepresst und nach Atem schnappend. »Es ist vorbei«, keuchte Karl schließlich. »Hier sind wir sicher.« Er rappelte sich auf und lehnte sich, das Gesicht mit offenem Mund gen

Himmel gereckt, gegen eine Mauer. »Ist … ist alles in Ordnung mit dir, Enna?«

»Ja, es ist alles in Ordnung.« Sie schleppte sich auf allen vieren zu ihm, setzte sich zu seinen Füßen und verbarg ihr Gesicht in den Armen. »Was … was ist mit den anderen?«, fragte sie. »Heinz … Er kann nicht flüchten. Haben sie ihn …?« Sie brachte das letzte Wort nicht über ihre Lippen.

»Ich weiß es nicht«, sagte Karl. »Aber mach dir keine Sorgen, Enna, ganz sicher hat er sich zu helfen gewusst.«

»Wir hätten ihn mitnehmen müssen.«

»Nein.«

»Nein?« Enna schaute empört auf. »Ist es denn nicht das, was Freunde tun?«

»Wir haben eine Absprache«, erklärte Karl. Er reichte ihr die Hand, und sie ließ sich von ihm in die Senkrechte ziehen. »Er weiß um seine Lage. Er hat uns untersagt, auf ihn Rücksicht zu nehmen, sollte es zu einer solchen Situation kommen. Richtig eingebläut hat er es uns.«

»Oh.«

»Ja.« Karl lachte rau auf. »Und glaub mir, er würde es uns und sich nie verzeihen, wenn uns etwas zustieße, nur weil wir versucht haben, ihn zu retten. Wir haben ihm gesagt, dass er zu Hause bleiben soll, aber davon wollte er nichts wissen. Er weiß, was er tut, Enna, und er ist bereit, die Konsequenzen zu tragen, ganz egal, was auch passiert. Wenn es einen wahren Helden gibt, dann ist es Heinz.«

Enna war sich nicht ganz so sicher, ob sie Heinz' Verhalten als Heldentat bezeichnen sollte. Schließlich war er nicht allein auf der Welt, sondern trug Verantwortung für Frau und drei Kinder. Aber dies war ganz sicher nicht der Zeitpunkt, darüber zu diskutieren. Vielmehr galt es jetzt herauszufinden, wie es ihm und den anderen ergangen war.

* * *

Es dauerte bis in den Abend hinein, bis auch der Letzte von ihnen – in diesem Fall war es Joris – wieder in der Siedlung ankam. Stunde um Stunde hatten Enna und Karl gebangt, und mit jedem der Nachbarn, der unversehrt heimkehrte, war ihr Herz ein wenig leichter geworden. Vor allem aber hatte Enna ihre Erleichterung kaum auszudrücken vermocht, als sie – einer sich schnell verbreitenden Nachricht folgend – Hiskas Wohnung betraten und sie Heinz am Tisch sitzend und eine Suppe löffelnd vorgefunden hatten. »Ich habe mich bei den Latrinen versteckt«, berichtete er gelassen. »Gesucht hat da keiner nach mir. Also bin ich, als die Franzosen wieder weg waren, einfach zum Tor hinausmarschiert. Irgendwer hat mich mit seinem Automobil an der Straße aufgelesen und nach Hause gebracht.«

Während er dies berichtete, hatte Ennas Blick auf Hiska geruht, doch runzelte die nur ein paarmal die Stirn, sagte aber nichts. Enna hielt es für sehr wahrscheinlich, dass ihre Schwester ihrem Mann gehörig den Marsch blasen würde, wenn die beiden später allein waren.

»Dreizehn Tote hat es gegeben«, wusste Joris zu berichten, als sie alle – Karl und Enna sowie Fritze, Lotte, Joris und Heinz – schließlich um den Küchentisch herumsaßen und sich von Hiska mit Bier und dünner Suppe versorgen ließen. Die Kinder schliefen längst in ihren Betten, und Enna war Luise und Annemarie zutiefst dankbar, dass sie sich wie selbstverständlich auch um Gerke kümmerten, der die beiden sofort in sein Herz geschlossen hatte. »Ich habe gemeinsam mit anderen dafür gesorgt, dass ihre Familien unterrichtet werden«, fuhr Joris fort. »Dreizehn Tote und unzählige Verletzte sind ein hoher Preis für ein paar Lastwagen, findet ihr nicht?«

Ja, das war es allerdings, musste Enna ihm recht geben, doch fühlte sie sich viel zu erschöpft, um noch einen Kommentar abzugeben.

»Diese Schlachten müssen nun mal geschlagen und Opfer gebracht werden, damit sich etwas zum Besseren wendet«, lautete Fritzes Kommentar, doch erntete er dafür lediglich von Lotte ein lahmes Nicken, während ihn alle anderen befremdet ansahen. Natürlich hatte er damit nicht ganz unrecht, dachte Enna, denn schließlich würde alles andere einer weiteren Kapitulation vor dem Feind gleichkommen. Doch war man im großen und unübersichtlichen Berlin tatsächlich schon so verroht, dass man um Menschenleben nicht mehr trauerte?

»Ach, da … da ist noch was«, sagte Hiska ein wenig zu laut, als jetzt auch Karl zu einer Erwiderung ansetzte. Offenbar wollte sie von der ganzen Angelegenheit nichts mehr hören. Sie zog einen Brief aus der Schürzentasche und reichte ihn ihrer Schwester. »Er … ist von Ubbo.«

»Von Ubbo? Für mich?« In einer bösen Vorahnung zog sich alles in Enna schmerzhaft zusammen. »Aber er … er weiß doch gar nicht, dass ich hier bin.«

»Er wird es vermutet haben«, meinte Hiska. Auch sie wirkte besorgt. »Was schreibt er denn?«

Enna öffnete den Brief mit zittrigen Fingern und begann zu lesen. Im nächsten Moment glaubte sie, das Herz würde ihr aus dem Leib gerissen, und sie japste nach Luft schnappend auf.

»Um Gottes willen, Enna, was ist denn los?« Unter den alarmierten Blicken aller Anwesenden riss Hiska ihr den Brief aus der Hand. »Oh mein Gott!«, krächzte sie gleich darauf, und ihre Augen füllten sich mit Tränen.

»Sag schon, was ist los?« Als auch Hiska sich offenbar nicht in der Lage sah zu antworten, nahm Karl den Brief an sich und las, zunächst murmelnd, dann laut und mit Grabesstimme: »*Wir beten dafür, dass dich dieser Brief noch rechtzeitig erreicht, liebe Enna. Die Adenas haben Clivia entführt. Wir wissen nicht, wie das geschehen konnte, und wir haben keine Ahnung, wo sie sie versteckt halten. Sie erwarten deine und Gerkes Rückkehr bis zum Ostermontag, ansonsten, so sagen sie, wirst du dein Kind nie wiedersehen.*«

7

Ostfriesland, April 1923

»Bitte, kommen Sie herein«, sagte Nienke, während Ubbo sich mit zwei ledernen Koffern in der Hand an ihr vorbeidrängte und die Treppe hinaufstapfte. Sie musterte die Frau in den eleganten Kleidern, die Ubbo soeben vom Bahnhof abgeholt hatte, möglichst unauffällig. Sie hatte ein wirklich hübsches Gesicht, auch wenn sie müde und abgeschlagen aussah. Ihre Kleidung schien noch ein wenig eleganter zu sein als die Garderobe, die Enna gemeinhin trug.

Nienke war bislang nicht vielen Menschen aus der Stadt begegnet und noch nie jemandem aus Berlin. Sie fragte sich, wie es sich wohl anfühlen mochte, mit so vielen Menschen auf einem Haufen zu leben, und es erschien ihr nicht besonders erstrebenswert. Allerdings gab es in ihr auch eine gewisse Neugier auf das bunte Treiben der Hauptstadt, das sie lediglich aus Zeitungsberichten kannte und das sie immer wieder staunen ließ. Wenn sie also die Gelegenheit bekäme, für ein paar Tage dorthin zu reisen, dann würde sie es sicherlich tun. So aber musste sie sich zunächst mit Erzählungen derjenigen begnügen, die Berlin am eigenen Leibe erfahren hatten. Insofern konnte es mit der Frau, die nun vor ihr stand und sich verunsichert umschaute, vielleicht ganz interessant werden. Angeblich, so hatte Janno geschrieben, sei sie äußerst lebenslustig und gesellig. Nun, so sah sie in diesem Moment nicht gerade aus, aber was nicht war, konnte ja noch werden.

»Danke schön«, sagte Elisabeth. Sie trat in den Hausflur, und Nienke lotste sie in die Küche. Erfahrungsgemäß konnten Menschen eine deftige Mahlzeit gut gebrauchen, wenn sie eine längere Reise hinter sich hatten, und Berlin war wirklich verdammt weit weg.

»Haben Sie Hunger?«, fragte Nienke daher. Sie nahm der Frau Mantel und Glockenhut ab und hängte diese an einen Haken im Flur. »Ich habe einen Eintopf auf dem Herd und … oje …« Plötzlich war es ihr peinlich, einer so eleganten Frau lediglich so etwas Schlichtes wie einen Eintopf anbieten zu können.

»Eintopf klingt wunderbar«, sagte Elisabeth, der Nienkes Verunsicherung anscheinend nicht entgangen war, und zum ersten Mal erschien ein Lächeln auf ihrem von blonden, kinnlangen Locken umrahmten Gesicht, das sie noch viel schöner aussehen ließ. »Janno hat so sehr von der ländlichen Küche geschwärmt, dass ich schon ganz gespannt darauf bin, Ihren Eintopf zu kosten.« Sie sah sich in der geräumigen Küche um und nickte anerkennend. »Richtig schön gemütlich haben Sie es hier. Und so viel Platz! Davon können die meisten Menschen in Berlin nur träumen.«

»Na ja, der Wohnraum in Berlin wird ja schon ein wenig eleganter sein als unser Hof«, wandte Nienke ein. Erstmals seit langer Zeit sah sie sich bewusst in ihrer geräumigen Küche um, in der sich – von der landwirtschaftlichen Arbeit einmal abgesehen – gemeinhin der größte Teil des bäuerlichen Familienlebens abspielte. Inmitten des mehr als drei Meter hohen Raums standen auf dem mit schwarzen, weißen und rostroten Kacheln gefliesten Boden ein langer, mit Flecken und Kerben übersäter Holztisch sowie um ihn herum zehn schlichte Stühle. Auf dem ausladenden gusseisernen Ofen, über dem diverse Töpfe, Pfannen und Kochbesteck hingen, köchelte der Eintopf vor sich hin und erfüllte die Küche mit einem würzigen Duft. Darüber hinaus gab es etliche, teils deckenhohe Vitrinen und Bauernschränke, in denen alles verstaut war, was man in einem bäuerlichen Haushalt brauchte, von Schnüren für die *updrögt Bohntjes* bis hin zum feinen Geschirr, das ausschließlich bei feierlichen Anlässen zum Einsatz kam. Auf dem Absatz des mächtigen, blau-weiß gefliesten Kachelofens, der diesem Raum die Wärme gab, rekelten sich zwei Katzen, und vor einem offen stehenden Sprossenfenster blähte sich eine hauchdünne Gardine im Wind.

Elisabeth, die ihren Blicken gefolgt war, wirkte zunächst erstaunt, dann sagte sie: »Ich entnehme Ihren Worten, dass Sie noch nie in Berlin waren?«

Nienkes Gesicht überzog eine sanfte Röte, und sie kam sich plötzlich sehr provinziell und unerfahren vor. »Das ist richtig, ja.«

»Das dachte ich mir«, nickte Elisabeth, doch klang es keineswegs abwertend. »Sie wären erstaunt, wie viel unsagbares Elend es in dieser Stadt gibt. Viele Wohnungen haben es nicht verdient, überhaupt als solche bezeichnet zu werden. Vielmehr sind es feuchte und vergammelte dunkle Löcher, in denen die Menschen nicht selten zu sechst oder gar zu acht vor sich hin vegetieren. Je schneller die Geldentwertung voranschreitet, desto elender geht es ihnen, nicht wenige sterben an Hunger. Aber Janno wird Ihnen ja sicherlich davon berichtet haben. Er selbst hat eine solche Familie, die nach dem Krieg ohne einen Ernährer dastand, vor dem sicheren Tod bewahrt.«

»Ich habe Janno nie kennengelernt«, stellte Nienke richtig, die angesichts der Schilderung zutiefst erschüttert war. Konnte es solche Verhältnisse wirklich geben? In einer großen Stadt, in der es eigentlich doch alles gab? »Er war schon nicht mehr hier, als ich Ubbo traf.«

»Ach so, das wusste ich nicht.« Elisabeths Stirn umwölkte sich. »Ja, so ist das wohl in diesen seltsamen Zeiten. Der Krieg hat so viele Familien auseinandergerissen, dass es ein Graus ist.«

Da musste Nienke ihr recht geben. Ganz sicher war die Familie Ulferts, deren Mitglieder sich nach dem Krieg in alles Himmelsrichtungen zerstreut hatten, kein Einzelfall, und auch in ihrer eigenen Familie hatte er schmerzliche Opfer gefordert. Genau wie bei den Ulferts waren auch zwei ihrer Brüder nicht mehr vom Schlachtfeld heimgekehrt, zwei weitere hatten Anfang 1919 auf einem Schiff nach Amerika angeheuert. Bis heute hatten sie nichts mehr von ihnen gehört, wussten noch nicht einmal, ob sie jemals dort angekommen waren.

»Umso dankbarer bin ich Ihnen«, fuhr Elisabeth fort, »dass Sie mich hier aufnehmen, obwohl Sie mich ja gar nicht kennen. Das ist in der heutigen Zeit, da viele Menschen es mehr schlecht als recht schaffen, auch nur ihre eigene Familie zu ernähren, wahrlich nicht selbstverständlich.«

»Janno bat uns zu helfen, also helfen wir«, knurrte Ubbo, der gerade zur Tür hereinkam. Auf jedem Arm trug er einen der Zwillinge. »Ich glaube, auch diese beiden Gesellen haben Hunger«, bemerkte er.

»Oh, die sind ja niedlich«, reagierte Elisabeth entzückt. »Es sind Zwillinge, nicht wahr? Wie heißen sie denn?«

Ubbo schaukelte mit dem linken Arm. »Das hier ist Siemtje«, sagte er. »Und das hier«, er schaukelte mit dem rechten, »ist Reelf.« Wie auf Kommando fingen die beiden nun fröhlich an zu glucksen. Elisabeth nahm Siemtjes kleine Hand in die ihre. »Und ich bin Elisabeth«, stellte sie sich den Kindern vor. »Ein Name, der natürlich viel langweiliger ist als die Eurigen. Aber bestimmt werden wir dennoch gute Freunde.«

»Oh, da kommen auch Arjen und Sergej«, stellte Nienke mit einem Blick aus dem Fenster fest. Sie reckte den Hals. »Hm. Wiebeke und Ludmilla sind nicht bei ihnen.« Sie bemerkte selbst, dass ihre Stimme auf einmal viel dünner klang als noch zuvor, und auch Elisabeth schien es nicht entgangen zu sein, denn sie schaute sie nun prüfend an. Also riss sich Nienke zusammen und sagte betont kraftvoll: »Ich denke, dass wir gemeinsam das Abendessen zu uns nehmen sollten, wenn auch Wiebeke und Ludmilla zurück sind.« Sie streckte ihre Arme nach den Zwillingen aus. »So bleibt mir auch Zeit, mich zunächst um diese beiden zu kümmern. Ich hoffe, Sie halten noch ein paar Minuten durch, Elisabeth?«, fragte sie.

»Natürlich, gar kein Problem.«

»Gut«, sagte Ubbo. Er übergab die Kinder an seine Frau. Gleich darauf trat auch er ans Fenster, vor dem ein wahres Blütenmeer aus Schneeglöckchen, Krokussen und Osterglocken den Frühling einläutete. Doch hatte er für diese Pracht derzeit ganz sicher keinen Blick. »Möchte mal wissen, wo Wiebeke und Ludmilla so lange bleiben. Sie müssten doch längst zurück sein.« Nur wenig später rief er aufgeregt: »Oh, da hinten kommen sie ja! Dann … äh … tja …« Er warf Nienke, die nun stocksteif dastand, einen unsicheren Blick zu. Dann kratzte er sich an der Stirn und schien nach den richtigen Worten zu suchen. »Dann … äh … können sich ja die beiden um das Eindecken des Tisches kümmern.«

»Lass uns erst mal hören, was sie zu sagen haben, Ubbo«, presste Nienke mit heiserer Stimme hervor. Sie wusste, dass auch ihr Mann eigentlich genau das hatte sagen wollen, sich vor Elisabeth jedoch davor gescheut hatte. Ihr wurde auf einmal ganz schlecht vor Aufregung, und sie legte die Zwillinge auf eine große, mehrfach gefaltete Decke, die vor dem Kachelofen auf dem Boden lag. Es dauerte nicht lange, bis sich eine der Katzen zu den Kleinen legte, was diese sich klaglos gefallen ließen.

Welche Nachrichten würden Wiebeke und Ludmilla bringen?

* * *

Plötzlich schien eine Anspannung im Raum zu liegen, die Elisabeth sich nicht erklären konnte. Es war, als würde die Temperatur um etliche Grad sinken, und tatsächlich schlug Nienke nun die Arme um ihren Oberkörper, als würde sie frieren. Hatte sie womöglich Angst vor den beiden Männern, die gerade die Küche betraten?

»Moin«, brummte der Ältere, ohne ihr die Hand zu reichen. »Arjen Ulferts. Sie müssen die aus Berlin sein.«

»Ja, das ist richtig. Ich bin Elisabeth, eine Freundin von Janno. Ursprünglich komme ich aber nicht aus Berlin, sondern aus Duisburg.« Sie sah den Mann lächelnd an, der aber senkte nur rasch den Blick und brummte irgendetwas Unverständliches vor sich hin. Erstmals hatte sie das Gefühl, hier nicht erwünscht zu sein. Janno hatte ihr berichtet, dass er und sein Vater im Unfrieden auseinandergegangen seien und seither keinerlei Kontakt mehr pflegten. Gut möglich also, dass Arjen Ulferts ihre Anwesenheit nicht guthieß. Aber, dachte sie, da musste noch mehr sein, machte er auf sie doch eher einen in sich gekehrten, ja zutiefst bedrückten Eindruck denn einen zornigen.

Der zweite Mann, der den Namen Sergej trug, hatte sie beim Hereinkommen lediglich stumm gemustert und machte sich nun am Herd zu schaffen, indem er ein paar Holzscheite nachlegte. Niemand sagte ein Wort. Selbst die Zwillinge hatten zu glucksen aufgehört und waren, die Katze in ihrer Mitte, auf der Decke eingeschlafen. »Also«, bot Elisabeth aus reiner Verlegenheit an, »wenn Sie mir sagen, wie ich helfen kann, fasse ich gern mit an.«

»Natürlich … ähm … später«, antwortete Nienke zerstreut. Ihre Anspannung schien sich noch zu steigern, als nun zwei Frauen die Küche betraten. »Und?«, fragte sie die beiden, wobei ihre Augen etwas Flehendes bekamen.

Die Jüngere schüttelte den Kopf, während die andere »Njet« sagte. Beide sahen äußerst betreten drein. Oder gar besorgt?

»Verdammt«, brummte Ubbo, und Arjen schlug mit der Faust auf den Tisch.

»Und ihr?«, fragte die Jüngere. Dann ging sie auf Elisabeth zu und reichte ihr die Hand. »Moin, ich bin Wiebeke.« Sie deutete auf die Frau in ihrer Begleitung. »Und das ist Ludmilla.«

»Nichts«, brummte Arjen im nächsten Moment.

Wiebeke nickte mit traurigem Blick. »Aber irgendwo muss das Kind doch sein.«

»Ich werde sie alle umbringen«, knurrte Arjen. Wie zur Unterstreichung seiner Worte wanderte sein Blick nun zu einer an der Wand lehnenden Jagdflinte hinüber. »Die ganze Bagage. Wenn sie dem Kind was angetan haben, dann … Clivia sollte doch längst zurück sein.« Er presste die Lippen aufeinander und schwieg, aber Elisabeth entging nicht, dass Tränen in seinen Augen schimmerten. Was, zur Hölle, war hier los?

»Wir … sollten essen«, sagte Nienke nun, und sie begann hektisch damit, Geschirr und Besteck aus der Vitrine zu räumen. »Es nützt niemandem was, wenn wir verhungern, am allerwenigsten Enna und Clivia.« Sie reichte das Geschirr an Wiebeke weiter, die es auf dem Tisch verteilte.

Enna und Clivia. Elisabeth erinnerte sich noch gut an Jannos Schwester und deren entzückende Tochter mit der goldbraunen Haut, die sie 1920 in Berlin kennengelernt hatte. Und sie erinnerte sich daran, dass sie furchtbar eifersüchtig auf Enna gewesen war, weil Karl damals nur Augen für sie hatte. Natürlich war es von ihr, Elisabeth, absurd gewesen, anzunehmen, dass aus ihr und Karl jemals etwas werden könnte, denn dazu lebten sie in viel zu unterschiedlichen Welten. Dennoch … Elisabeth schnaubte kaum hörbar und verbat sich jeden weiteren Gedanken an den Bergarbeiter. Es war schon schlimm genug, dass er sie regelmäßig in ihren nächtlichen Träumen verfolgte, da wollte sie sich mit ihm nicht auch noch am Tag befassen – zumal sie weiß Gott andere Sorgen hatte.

Dem Verhalten der hier Anwesenden nach zu urteilen, schienen Enna und Clivia in Schwierigkeiten zu sein. *Wenn sie dem Kind was angetan haben, dann …*, echote Arjens Bemerkung in Elisabeths Kopf. Das klang nicht gut. Gar nicht gut. Aber warum, um alles in der Welt, sollte irgendwer Ennas Kind etwas antun?

»Was ist mit Jesko und Eske?«, fragte Nienke. »Kommen sie nicht zum Essen?« Sie machte sich nicht die Mühe, Elisabeth zu erklären, um wen es sich bei den beiden handelte.

»Nein, sie kümmern sich um die Aussaat«, antwortete Ubbo. »Ich habe Eske heute Morgen gesagt, dass sie sich was zu essen mit aufs Feld nehmen sollen.«

Wenige Minuten später saßen sie alle um den Tisch herum und begannen schweigend, den Eintopf zu löffeln. »Es schmeckt köstlich«, sagte Elisabeth schließlich in die angespannte Stille hinein. Sie gab sich einen Ruck und fuhr zögernd fort: »Ich … kenne Enna und Clivia. Ich habe sie vor drei Jahren in Berlin kennengelernt. Ich weiß zwar nicht, was los ist, aber mir scheint, sie … äh … stecken in Schwierigkeiten. Das … täte mir wirklich sehr leid.«

Sie war sich sicher, einen Fehler gemacht zu haben, als sich jetzt alle Blicke auf sie richteten. Von Traurigkeit über Neugier bis hin zu Misstrauen meinte sie, alle Gefühle in den Augen ihrer Tischnachbarn wahrnehmen zu können.

»Na gut«, brummte Ubbo nach einem schnellen Blickwechsel mit Nienke und seinem Vater, »Sie werden es ja sowieso erfahren.« Er ließ seinen Löffel klirrend auf den Tisch fallen. »Clivia ist entführt worden.«

Elisabeth fühlte ihren Herzschlag für einen Moment aussetzen. »Ent-führt?«, stammelte sie ungläubig. »Aber wer sollte denn ein Kind entführen? Geht es um Geld?«

»Pah!«, spie Arjen Ulferts aus. »Für euch Stadtleute dreht sich immer alles nur um Geld!« Er funkelte sie aus zornigen Augen an.

»Ent-Entschuldigung, so war es nicht gemeint«, erwiderte Elisabeth kleinlaut. »Ich versuche doch nur … zu verstehen.«

»Erzähl du es ihr«, forderte Ubbo seine Frau nach einer längeren Pause auf.

Also erzählte Nienke Elisabeth, was sich seit Georgs Tod bei den Adenas zugetragen hatte. Sie endete zunächst damit, dass die Familie Enna hatte zwingen wollen, ihren verwitweten Schwager Ernfried zu heiraten, wobei sie es nicht unterließ, sich wenig schmeichelhaft über dessen Charaktereigenschaften auszulassen. Auch verschwieg sie nicht, dass Enna daraufhin Hals über Kopf und ohne ihrer aller Wissen mit ihrem Sohn die Reise nach Duisburg angetreten hatte, um Zuflucht bei ihrer Schwester Hiska zu suchen.

Und bei Karl, schoss es Elisabeth durch den Kopf, doch behielt sie diesen Gedanken, der ihr einen schmerzhaften Stich ins Herz versetzte, für sich. »Wie furchtbar«, murmelte sie stattdessen bestürzt. »Die Schwiegereltern haben Enna gezwungen, das Kind wegzugeben? Und dann auch noch, diesen … diesen Unhold zu heiraten, anstatt ihn, nach allem, was passiert ist, zu enterben und in die Wüste zu jagen? So … so unmenschlich kann doch niemand sein.«

»Doch, die Adenas können das«, meldete sich Arjen Ulferts zu Wort. »Und nun haben sie uns Clivia wieder weggeholt. Einfach so aus dem Garten haben sie sie geholt. Wir dachten zuerst, das Kind wäre weggelaufen. Aber dann …« Er presste die Lippen zusammen und schwieg mit tränennassen Augen.

»Aber dann?«, fragte Elisabeth leise.

»Dann kam Odo Adena, also Ennas Schwiegervater, höchstpersönlich hier vorbei und hat uns mit einem überheblichen Grinsen auf dem Gesicht gesagt, dass sie Clivia geholt haben«, erklärte Nienke. »Und dass Enna ihre Tochter nie wiedersehen würde, wenn sie und Gerke nicht bis Ostermontag wieder bei ihnen wären. Nun versuchen wir natürlich auf allen möglichen Wegen herauszufinden, wo genau Clivia ist, aber bislang ohne Erfolg.«

Elisabeth war fassungslos, und plötzlich kam ihr das Problem, das sie mit ihrem Vater hatte, schon gar nicht mehr so groß vor, auch wenn es ähnlicher Natur war, denn schließlich wollte man auch sie zu einer Heirat zwingen. Auch war sie froh, dass sie sich ihren eigenen Kummer bislang nicht hatte anmerken lassen. Es wäre ihr unter diesen Umständen geradezu schändlich erschienen, ihre Gastgeber mit ihren Gefühlen noch zusätzlich zu belasten. Einer inneren Eingebung folgend, hatte sie seit ihrer Ankunft sowohl die Trauer um ihre Wahlheimat Berlin wie auch die lähmende Angst, ihr Vater könne sie doch noch ausfindig machen und sie zu einer Ehe mit Eberhard Brodenbeck zwingen, geschickt überspielt.

Alles in allem war sie wirklich dankbar, jetzt bei den Ulferts sein zu können. Nachdem sie sich für gut zwei Wochen in Gertruds Villa versteckt gehalten hatte, hatte sie einsehen müssen, dass dies keine dauerhafte Lösung sein konnte. Denn was nützte einem das bunte Treiben der Hauptstadt, das sie stets so sehr genossen hatte, wenn sie das Haus nicht mehr verlassen konnte?

Letztlich waren es Janno und Edith gewesen, die sie davon überzeugten, dass sie wenigstens für ein paar Wochen Unterschlupf in Ostfriesland suchen solle. »Es ist davon auszugehen, dass dein Vater irgendwann aufgibt«, hatte Janno gesagt. »Womöglich hat er – oder Brodenbeck selbst – sogar schon von den Heiratsplänen Abstand genommen, doch sollten wir es nicht darauf ankommen lassen. Bei meinem Bruder Ubbo vermutet er dich ganz bestimmt nicht, weiß er doch nicht einmal, dass wir uns kennen.«

»Es kann ja nicht so schwierig sein, herauszufinden, ob Eberhard nach wie vor gedenkt, dich zu heiraten, denn schließlich sind seit deiner Flucht bereits drei Jahre vergangen«, hatte Edith ergänzt. »Gut möglich also, dass er längst verheiratet ist.« Auf Elisabeths zweifelnden Blick hin hatte sie hinzugefügt: »Ich bin auch eine Brodenbeck, vergiss das nicht. Zwar kümmere ich mich schon seit etlichen Jahren nicht mehr um die Angelegenheiten meiner Familie, dennoch finde ich gewiss Mittel und Wege, um an entsprechende Informationen zu kommen.«

Elisabeth wusste, dass Edith sie lediglich hatte beruhigen wollen, denn ganz bestimmt hätten sie davon erfahren, wenn Eberhard geheiratet hätte. Die Brodenbecks waren in Berlin eine viel zu bedeutende Familie, als dass solch eine Nachricht nicht in der Zeitung gestanden und die Runde gemacht hätte.

Aber das alles geriet angesichts der Probleme, die ihre Gastgeber gerade hatten, zur Randnotiz.

»Und was ist mit Enna?«, fragte sie. »Ist sie zurückgekehrt?«

»Ja«, antwortete Ubbo. »Ich hab die beiden gestern vom Bahnhof abgeholt. Sie war«, er schluckte schwer, »nun ja, sie war sehr tapfer. Ich hab ihr gesagt, dass wir die Sache bestimmt anders gelöst kriegen und dass sie deswegen nicht zu den Adenas zurückgehen muss. Aber sie hat gesagt, dass sie keine andere Möglichkeit sieht, um Clivia zu beschützen. Also hab ich sie zu der Villa gefahren. Seitdem …« Er hob resigniert die Schultern. »Nichts mehr. Obwohl die Adenas uns gesagt haben, dass wir Clivia wiederkriegen, wenn Enna zurück ist.«

Auch Elisabeth wusste nun nichts mehr zu sagen, und so herrschte bis zum Ende des Mittagessens ein bedrückendes Schweigen am Tisch. »Ich … könnte Janno Bescheid geben«, bot Elisabeth nach längerem Nachdenken schließlich an. »Er ist recht gut darin, Probleme zu lösen.«

»Wüsste nicht, was der uns in Berlin nützen kann«, brummte Arjen Ulferts, und es war ihm anzumerken, dass ihm die Tatsache, dass das Thema nun auf seinen zweitältesten Sohn kam, nicht behagte.

»Das sehen wir ja dann«, fuhr ihm Ubbo dazwischen, noch bevor sein Vater einen weiteren Satz formulieren konnte. »Schaden kann es jedenfalls nicht. Und Enna ist schließlich auch Jannos Schwester. Ihr Glück und das ihrer Kinder sollte ihm also am Herzen liegen.«

Elisabeth nickte. »Das tut es ganz bestimmt.« Sie schaute fragend in die Runde. »Also schreibe ich ihm einen Brief?«

»Ich sehe nicht, was das nützen soll«, wiederholte Arjen Ulferts, aber alle anderen nickten.

* * *

Enna betrachtete sich im Spiegel. Immer noch hoffte sie, aus diesem Albtraum zu erwachen, der sie seit nunmehr einer Woche fest in seinen Fängen hielt. Doch sooft sie sich auch in den Arm kniff: Es blieb dabei, dass sie hier stand, gekleidet in ein schlichtes, wenn auch elegantes eierschalenfarbenes Kleid und einen dazu passenden Hut, und mit Sicherheit die mutloseste und auch furchtsamste Braut war, die man in Ostfriesland je gesehen hatte. Hatte sie an ihrem Hochzeitstag mit Georg noch geglaubt, es könne für sie nicht schlimmer kommen, so sah sie sich jetzt eines Besseren belehrt. Hatte sie denn für ihren Fehltritt nicht längst genug büßen müssen? Musste der liebe Gott sie denn erneut auf den Scheiterhaufen führen?

Seit ihrer Rückkehr in die Villa der Adenas hatte Enna kaum noch geschlafen, war höchstens mal vor Erschöpfung eingenickt, und so hatte ihre Zofe an diesem Morgen eine ganze Weile gebraucht, um die dunklen Ringe unter ihren Augen erfolgreich mit Cremes und Puder zu übertünchen. Wie ein Gespenst aber sah sie dennoch aus. Wie schade, dass auch dies Ernfried nicht davon abhalten würde, sie zur Frau zu nehmen.

Immer wieder wanderten ihre Gedanken zu der armen Marika, die sich keinen anderen Ausweg mehr hatte vorstellen können, als sich und ihrem Kind das Leben zu nehmen, um der Ehehölle mit Ernfried zu entkommen. Wie also mochte es Enna ergehen, wenn sie in wenigen Stunden Ernfrieds Frau war? Kaum vorstellbar, dass er sie pfleglicher behandeln würde als Marika. Vielmehr war wohl davon auszugehen, dass er ihr all das heimzuzahlen gedachte, was er glaubte, dass Georg und sie ihm in früheren Tagen angetan hätten. Ganz sicher aber würde er nach dem Tod seines ungeborenen Sohnes darauf bestehen, dass sie ihm einen Stammhalter gebar. Allein bei der Vorstellung, was sie dafür ab der heutigen Nacht im Ehebett würde erleiden müssen, wurde Enna speiübel.

Sollte sie in absehbarer Zeit tatsächlich einen Sohn gebären, dachte Enna, dann würde Ernfried ganz sicher nicht zögern, diesen zum rechtmäßigen Erben der Adenas zu erklären. Vielleicht, so hoffte sie, würde er danach keinen Wert mehr darauf legen, dass sie ihr Leben an seiner Seite verbrachte, und ganz sicher würde er keinen Wert mehr darauf legen, dass Gerke ihm mit seiner Anwesenheit jeden Tag vor Augen führte, wer der eigentliche Erbe des beachtlichen Vermögens war.

Enna malte sich schon jetzt aus, wie sie ihre beiden Kinder nehmen und mit ihnen ein neues Leben beginnen würde – auch wenn sie tief in ihrem Innern wusste, dass dieser Tag wahrscheinlich nie kommen würde. Keinesfalls würden die Adenas zulassen, dass der Ruf ihrer Familie weiteren Schaden nahm. Und nichts anderes wäre zu erwarten, wenn Enna auf Nimmerwiedersehen verschwände.

Sie zuckte zusammen, als nun die Tür aufging und ihre Schwiegermutter hereinkam. Sie trat auf Enna zu und sagte: »Dreh dich mal, Kind, damit ich dich begutachten kann.«

Enna kam sich vor wie eine Kuh bei der Fleischbeschau, als sie sich nun langsam einmal um sich selbst drehte, während Undine Adena sie kritisch beäugte und hier und da an ihrem Kleid herumzupfte.

»Na, siehst du, das sieht ja ganz passabel aus«, stellte die Schwiegermutter schließlich fest, schickte jedoch sogleich einen Tadel hinterher: »Du bist zu dürr, Enna. Ich erwarte von dir, dass du mehr isst. Es ist schließlich allgemein bekannt, dass zu dünne Frauen keine gesunden Kinder gebären.«

Als Ennas Blick nun auf die offen stehende Zimmertür fiel, drängte alles in ihr danach, die Röcke zu schürzen und, so schnell ihre Beine sie trugen, hinauszulaufen. Raus in die Freiheit, raus ins Leben, egal wohin – einfach nur raus! Zwar hatten die Adenas sie in der letzten Woche keineswegs in diesem Zimmer gefangen gehalten; schließlich hatten sie genau gewusst, dass Enna keinen weiteren Fluchtversuch unternehmen würde, solange sie nicht wusste, was mit Clivia geschehen war. Im Stillen hatte Enna gehofft, dass ihre Schwiegereltern das Kind hier in der Villa versteckt hielten, das aber war nicht der Fall.

»Es würde uns gerade noch fehlen, dass dieser Bastard unser ehrenwertes Zuhause besudelt«, hatte Odo Adena gebrummt, als sie gleich nach ihrer Ankunft bat, Clivia sehen zu dürfen. »Natürlich ist sie nicht hier, das wäre ja noch schöner. Wo kämen wir denn da hin, unter uns die Hottentotten zu beherbergen!«

»Dann ist sie jetzt wieder bei meinem Vater?«, hatte Enna vorsichtig gefragt.

Es war ein zutiefst grausames Lachen ihres Schwiegervaters gewesen, das daraufhin folgte, und Undine Adena hatte mit spitzer Stimme geflötet: »Selbstverständlich bekommt deine Familie den Bastard erst wieder zu sehen, wenn du Ernfrieds rechtmäßige Ehefrau bist. Oder hast du etwa geglaubt, dass wir uns von dir noch einmal zum Gespött der ganzen Nachbarschaft machen lassen? Es war in den letzten Tagen wahrlich schwer genug, die Leute davon zu überzeugen, dass du mit Gerke lediglich für ein paar Tage zu einer Verwandten gefahren bist. Kein Wort haben sie uns geglaubt, kein Wort!« Ein hinterlistiges Lächeln war auf ihrem Gesicht erschienen, als sie hinzufügte: »Aber wenn du in der nächsten Woche mit Ernfried vorm Traualtar stehst, werden sie eines Besseren belehrt werden, Enna. Selbstverständlich wirst du allen erzählen, wie glücklich du bist. Und dann wird hoffentlich auch dieses unselige Gerede ein Ende haben, Ernfried habe seine Frau in den Tod getrieben.«

»Aber jeder weiß, dass es so war«, hatte Enna leise gemurmelt. Leider nicht leise genug, denn bereits im nächsten Moment hatte sie die heiße Hand ihrer Schwiegermutter schmerzhaft auf ihrer Wange gespürt. Gleich darauf war Undines Zeigefinger mahnend in die Höhe geschnellt. »Und wehe, du wagst es, irgendwem gegenüber auch nur ein Wort davon verlauten zu lassen, man habe dich zu dieser Ehe gezwungen, oder auch nur ansatzweise einen unglücklichen Eindruck zu machen. Du wirst lächeln, Enna, hörst du? Immer schön lächeln! Ich brauche dir wohl nicht zu sagen, was ansonsten passiert.«

Seither hatte Enna versucht, sich in das Unvermeidliche zu fügen, doch war es ihr nicht einmal in Ansätzen gelungen, sich die Angelegenheit schönzureden.

»In einer Stunde ist es so weit«, hörte Enna ihre Schwiegermutter sagen. »Es wird Zeit, dass wir uns zur Kirche aufmachen. Der Kutscher wartet bereits.« Auch dieses Mal hob sie mahnend ihren Finger. »Und du vergisst nicht zu lächeln, sobald du dieses Haus verlässt, Enna!«

»Natürlich wird sie lächeln«, war Ernfrieds Stimme von der Tür her zu vernehmen, und prompt zog sich Ennas Inneres zu einem Eisklumpen zusammen. Noch sehr gut erinnerte sie sich an die letzten Tage, in denen er sie bei jeder sich bietenden Gelegenheit in ungebührlicher Weise bedrängt hatte. »Schon sehr bald werden wir Mann und Frau sein, liebe Enna«, pflegte er ihr dann ins Ohr zu raunen. »Das wird ein Spaß, meinst du nicht?«

Nun, da sie im Brautkleid vor ihm stand, machte Ernfried eine unbestimmte Handbewegung und sagte: »Lässt du uns bitte allein, Mutter, ich habe Enna noch etwas zu sagen, bevor wir zur Kirche fahren.«

Undine Adena zwinkerte ihm wissend zu. »Natürlich, Ernfried, das ist dein gutes Recht.« Sie rauschte mit knisternden Röcken zur Tür hinaus.

Enna hielt die Luft an und spürte, wie ihr ganzer Körper sich verkrampfte, als Ernfried nun auf sie zutrat. Seine rechte Hand wanderte zu ihrer Taille. »Dreh dich mit dem Rücken zu mir und schließe die Augen«, sagte er in einem Tonfall, der ihr eiskalte Schauer über den Rücken jagte. Enna konnte nicht verhindern, dass sie nun am ganzen Leib zitterte, doch wagte sie nicht, ihm zu widersprechen.

»So ist es brav«, säuselte er dicht an ihrem Ohr. Irgendetwas klimperte, und kurz darauf spürte Enna Ernfrieds wurstige Finger und dann etwas Kaltes an ihrem Hals. Sie zuckte zusammen.

»Du kannst die Augen wieder öffnen«, sagte er.

Ennas Hand griff instinktiv nach dem Rubin-Collier, das nun auf ihrem Dekolleté ruhte – was Ernfried zum Anlass nahm, das Gleiche zu tun. Er legte seine Hand auf die ihre. »Du erinnerst dich sicherlich, dass auch Marika es zu unserer Hochzeit getragen hat«, sagte er. »Ich wünsche mir, dass du unserem Familienschmuck mehr Ehre machst als sie. Können wir uns darauf einigen?« Ganz langsam löste er seine Hand von ihrer und ließ seine Finger ihren Körper hinabgleiten.

Enna schnappte nach Luft, als er über ihre Brust strich und diese gleich darauf mit so festem Griff umfasste, dass es schmerzte. »Können wir uns darauf einigen, Enna?!«, wiederholte er, nur bebte seine Stimme nun vor Erregung – und unterdrückter Aggression.

Er nahm die linke Hand hinzu und bearbeitete ihre zweite Brust. »Ich erwarte eine Antwort auf meine Frage, Enna, und ich wiederhole sie nur noch ein einziges Mal: Können wir uns darauf einigen?«

Enna gelang es nur mit viel Mühe, ihre Tränen zurückzuhalten. Auf gar keinem Fall wollte sie ihrem Schwager, der in wenigen Stunden ihr Mann sein würde, die Genugtuung geben, ihr Angst zu machen. Was natürlich ein völlig sinnloses Unterfangen war, da ihr Körper längst von einem nicht mehr kontrollierbaren Zittern geschüttelt wurde. »Ja«, sagte sie rasch.

»Ja, was?«, ließ er sie nicht von der Leine.

»J-ja. Darauf können wir uns einigen.« Enna hasste sich für ihre Schwäche, doch ging es bei dieser Farce um nichts weniger als ihr Kind. Was also hätte sie anderes tun sollen?

Ernfried griff noch fester zu, und Enna tat unwillkürlich einen Schmerzensschrei.

»J-ja, mein Liebster«, zischte Ernfried. »Los, sag es!«

»Ja, mein Liebster«, presste Enna hervor.

»Na, siehst du, es geht doch.« Er zog seine Hände zurück, auch wenn ihm anzumerken war, dass er dies nur widerwillig tat. Dann strich er seinen Frack glatt und sagte heiser: »Alles Weitere später, Enna. Ich hoffe, du freust dich auf das, was dich erwartet. Und vergiss ja nicht zu lächeln, hörst du?«

Als Enna nur nickte, hob er mit wutverzerrter Miene die Hand, als würde er zum Schlag ausholen. »Wie heißt das?«

»Ja, mein Liebster«, sagte Enna schnell.

»So ist es brav.« Ernfried fasste sie hart an der Hand und zog sie hinter sich her zur Tür hinaus.

* * *

Die Kirche war über und über mit Blumen geschmückt, und der Organist bot anscheinend alles auf, was seine Orgel an Volumen hergab. Als Ubbo und Nienke Arm in Arm und gefolgt von Arjen und Wiebeke die Kirche betraten, waren sie froh, auf einer für sie reservierten Bank in den vorderen Reihen Platz nehmen zu können, denn die Besucherbänke waren bereits bis auf den letzten Platz belegt. Selbst auf der Empore drängten sich die Leute in dichter Meute und schauten neugierig über die in einem graublauen Farbton gestrichene Brüstung. Offenbar wollte niemand aus dem näheren Umkreis dieses Ereignis, um das es im Vorfeld Gerüchte geradezu gehagelt hatte, verpassen.

Selbstverständlich wären die Ulferts der Trauung lieber ferngeblieben, denn keiner von ihnen verspürte auch nur die geringste Lust, dabei zuzusehen, wie Enna eine Ehe einging, die – und da waren sich alle in der Familie einig – unweigerlich in einer Katastrophe enden musste. Zu ihrem Leidwesen aber hatte Odo Adena sie alle dazu verpflichtet, anwesend zu sein, denn was, so hatte er gesagt, würde es für einen Eindruck machen, wenn ausgerechnet die Familie der glücklichen Braut der Hochzeit fernblieb? Selbst Sergej und Ludmilla sowie Jesko und Eske wünschte der olle Adena unter den Kirchenbesuchern zu sehen. Lediglich Elisabeth war es also gestattet, auf dem Hof zu bleiben, denn von ihrem Besuch hatten die Adenas keine Kenntnis – und das sollte, wenn es nach den Ulferts ging, auch tunlichst so bleiben.

Nienke und Ubbo grüßten nach links und nach rechts und versuchten, gute Miene zum bösen Spiel zu machen, so wie es ihnen die Adenas angetragen hatten, doch wollte ihnen dies unter deren Argusaugen nur mehr schlecht als recht gelingen. »Dieses Theater glaubt uns doch sowieso keiner«, flüsterte Nienke ihrem Mann zu. »Guck dir die Leute doch an, wie sie danach lechzen, dass es zu einem neuerlichen Skandal für die Adenas kommt.«

»Für Enna wünsche ich mir beinahe, dass es ihr gelingt, einen Skandal heraufzubeschwören«, wisperte Ubbo zurück. Sie waren an ihrer Bank angekommen und ließen sich einer nach dem anderen hineingleiten.

»Das wird sie nicht tun, wenn ihr das Leben ihres Kindes lieb ist«, erwiderte Nienke mit einem unterdrückten Seufzen, als sie sicher war, dass sie niemand belauschte. »Und das kann ich als Mutter nur allzu gut verstehen. Die Adenas sind Monster, sie würden nicht eine Sekunde zögern, sich an einem wehrlosen Kind zu vergreifen.« Sofort blutete ihr beim Gedanken an Clivia wieder das Herz. Wie mochte es dem Kind ergangen sein? Würde ihr Martyrium heute Abend endlich ein Ende finden? *Sie würden nicht eine Sekunde zögern, sich an einem wehrlosen Kind zu vergreifen*, schossen ihr ihre eigenen Worte noch einmal durch den Kopf, und ihr wurde so flau im Magen, dass sie für einen Moment schwindelte. Sie stöhnte auf. Was, wenn Clivia schon gar nicht mehr lebte?

»Ist alles in Ordnung mit dir?«, fragte Ubbo besorgt.

»Ja, ich …« Der Rest ihrer Antwort ging unter, brandete doch in diesem Moment die Orgel so laut auf, dass sie hätte schreien müssen, um sich verständlich zu machen.

Um Nienke herum erhoben sich nun die Kirchgänger von ihren Plätzen, und sie tat es ihnen gleich. Mit einer tiefen Traurigkeit schaute sie auf ihre Schwägerin Enna, die nun am Arm von Odo Adena den Gang entlangschritt, während Ernfried mit einem triumphierenden Lächeln auf dem Gesicht vor dem Altar darauf wartete, seine Braut in Empfang zu nehmen. Enna bemühte sich sichtlich um ein Lächeln, doch wirkte dies auf ihrem sorgsam geschminkten, aber dennoch erschreckend bleichen Gesicht wie eingemeißelt. Bis auf die Orgelklänge war es so still in der Kirche, dass man hätte meinen können, hier fände keine Hochzeit, sondern eine Beerdigung statt.

»Der Blitz soll ihn beim Scheißen treffen«, hörte Nienke neben sich ihren Schwiegervater sagen. Ihr Kopf wirbelte zu ihm herum. Erstaunt nahm sie wahr, dass Arjens Augen, die er auf Ernfried gerichtet hatte, voller Hass waren. Doch noch etwas anderes war in ihnen zu lesen: Schuld. Ob sich der Bauer beim Anblick seiner unglücklichen Tochter bewusst gemacht hatte, dass auch er seinen Anteil zu dieser Situation beigetragen hatte, indem er die schwangere Enna vor vier Jahren von zu Hause forttrieb und sie ihrem Schicksal überließ?

Enna war bei ihrem Bräutigam angekommen, und der Pastor begann mit der Zeremonie. »Sollte diese Ehe nicht aus freien Stücken geschlossen werden oder ein anderer Grund gegen sie sprechen, dann möge dies jetzt geäußert werden«, hörte Nienke ihn wenige Minuten später sagen. *Dieser Heuchler!* Nienke war sich sicher, dass er genauso gut wie alle anderen in dieser Kirche wusste, dass mindestens ein Dutzend Gründe gegen diese Eheschließung sprachen; aber genau wie die Besucher war auch er nicht gewillt, die Adenas öffentlich anzuprangern.

»Ernfried Paul Odo Adena«, wandte sich der Pastor nun an den Bräutigam, »willst du die hier anwesende Enna Talea Adena, geborene Ulferts, zu deiner Frau nehmen, sie lieben und ehren, in guten wie in schlechten Zeiten, bis dass der Tod euch scheidet, so antworte mit Ja.«

Ernfried öffnete den Mund, doch noch bevor er etwas sagen konnte, zerriss ein Schuss die Luft. Anstatt eines Ja entwich dem Mund des Bräutigams ein Röcheln und Gurgeln, dann ein Schwall Blut. Gleich darauf klappte er zusammen und sackte, mit einem Ausdruck des Erstaunens in den weit aufgerissenen Augen, zu Boden.

* * *

Enna saß wie paralysiert in einer der beiden vorderen Kirchenbänke. Um sie herum herrschte ein heilloser Tumult, doch nahm sie die Geräusche, das Schreien und Wimmern nur gedämpft wahr. Auch schien sich über ihre Augen eine Art Nebel gelegt zu haben, denn sie vermochte alles nur schemenhaft zu erkennen. Also hielt sie ihren Blick starr auf ihr weißes Kleid gerichtet, ohne tatsächlich zu erfassen, dass es von oben bis unten mit Blut besudelt war. Irgendwer hielt ihre Hand und redete besänftigend auf sie ein, doch hätte sie nicht zu sagen vermocht, wer es war. *Ich werde mein Kind nie wiedersehen*, schoss es ihr unablässig durch den Kopf. *Sie werden mir die Schuld geben, und ich werde mein Kind nie wiedersehen.*

Erst ein spitzer, von Entsetzen geschwängerter Schrei ihrer Schwiegermutter brachte Enna wieder ins Hier und Jetzt zurück. »W-was ist denn?«, fragte sie verwirrt und schaute in die Richtung, aus der der Schrei gekommen war.

Mit vor den Mund geschlagener Hand stand Undine Adena vor der Kanzel und schien völlig aufgelöst. Was verständlich war, da man gerade ihren Sohn vor ihren Augen erschossen hatte. Jedoch war nicht anzunehmen, dass es sich bei ihrem jetzigen Schrei um eine weitere Reaktion auf dieses Ereignis handelte, zumal sie nicht auf den nach wie vor zu ihren Füßen am Boden liegenden Ernfried starrte, sondern auf einen Zettel, den sie in ihrer rechten Hand hielt. »Nein«, schrie sie jetzt, »nein, nein, nein!« Nur dieses eine Wort, doch schüttelte sie dabei unablässig den Kopf. »Nein, nein, nein!«

Es war niemand da, der ihr Einhalt gebot oder sie zu beruhigen versuchte. Eher hatte es den Eindruck, dass sich alle Anwesenden nun absichtlich noch weiter von ihr entfernten. Offenbar legte niemand Wert darauf, der unbeliebten

Fabrikantengattin besondere Zuwendung zuteilwerden zu lassen.

Ein paar Männer schälten sich aus der Menge heraus. Endlich legten sie auf Geheiß des Dorfpolizisten Ernfrieds blutüberströmten Leichnam auf eine Bahre und schickten sich an, ihn in einen Nebenraum zu verfrachten. Selbst in diesem Moment aber blieb Undine Adenas Blick auf den Zettel in ihrer Hand geheftet.

»Ich möchte wirklich mal wissen, was da draufsteht«, sagte die Stimme neben Enna, die sie als die ihrer Schwägerin Nienke erkannte. »So, wie sie reagiert, muss es etwas Entsetzliches sein.« Kaum, dass sie dies ausgesprochen hatte, schreckte Nienke hoch und legte beschützend den Arm um Enna. Undine Adena hatte sich von einem Moment auf den anderen aus ihrer Starre gelöst und kam nun mit fuchtelnden Armen und zornesfunkelnden Augen auf sie zugestürzt.

»Du!«, schrie die Schwiegermutter mit schriller Stimme und wedelte unkontrolliert mit dem Zettel in der Luft herum. »Das haben wir alles nur dir zu verdanken, du berechnendes Miststück! Meine geliebten Söhne hast du in den Tod getrieben, erst Georg, dann Ernfried!« Sie wollte ihre Krallen nach Enna ausfahren, doch stellten sich ihr nicht nur Nienke, sondern jetzt auch Ubbo und Arjen schützend entgegen. »Und jetzt willst du dich auch noch an meinem Mann vergreifen?!«, keifte sie unbeirrt weiter, wobei sie wie von Sinnen mit den Fäusten auf Ubbos Brust eintrommelte. »Verflucht seist du, Hexe! Verflucht, verflucht, verflucht! In der Hölle sollst du schmoren mitsamt deinem verdammten Bastard!« Von Sekunde zu Sekunde gerierte sie sich mehr wie ein waidwundes Tier, das sich in seinem Schmerz nicht anders zu helfen wusste, als wahllos um sich zu treten.

Schließlich war es Arjen, der ihr eine so schallende Ohrschelle versetzte, dass ihr Kopf zur Seite flog. Ihr Schreien verstummte und sie starrte Arjen verdattert an. Anstatt ihn jedoch zur Rechenschaft zu ziehen, wie es Enna zunächst befürchtet hatte, schien dieser Schlag sie aus der Hysterie heraus und in ihre Trauer zurückkatapultiert zu haben, denn sie japste nun wie eine Ertrinkende und sank wimmernd in die Knie.

»Wo ist denn nur Odo?«, hörte Enna eine dunkle Stimme fragen. »Wäre gut, er kümmerte sich um sein hysterisches Weib.«

»Das dürfte ihm schwerfallen«, erwiderte Ubbo. Er hatte Undine Adena den Zettel aus der Hand genommen, auf dem, wie Enna erkennen konnte, eine handschriftliche Notiz stand.

»Was ist denn mit ihm?«, fragte Nienke.

»Anscheinend befindet er sich in den Händen eines Entführers.«

»Was?« Enna wusste nicht einmal, ob sie diese Frage laut ausgesprochen hatte. In ihrem Kopf wirbelten die Gedanken so bunt durcheinander, dass sie keinen von ihnen mehr wirklich zu fassen kriegte.

Um sie herum herrschte plötzlich Totenstille, denn alle Anwesenden starrten Ubbo gebannt an. Lediglich Undine Adena kniete weiterhin auf dem Boden. Sie wiegte sich hin und her, ihr Körper von Schluchzern geschüttelt.

»Entführt?«, fragte Nienke. »Aber … musste Ernfried deswegen sterben? Ich verstehe das nicht.« Sie nahm ihrem Mann die Notiz aus der Hand und runzelte die Stirn. »Es geht ja um Clivia.«

Ennas Herz tat einen solchen Sprung, dass sie für einen Moment glaubte, es würde endgültig zu schlagen aufhören. Mit zittrigen Händen griff sie nach der Notiz, die in ungelenker Schrift geschrieben war. *Ich habe deinen Mann in der Gewalt*, las sie. *Du siehst ihn erst wieder, wenn Clivia und Gerke bei ihrer Mutter sind. Wagt es ja nicht, noch einmal gegen Enna oder ihre*

Kinder zu opponieren, denn dann schicke ich euch auf direktem Weg zu euren missratenen Söhnen in die Hölle.

* * *

Am Horizont zeichnete sich bereits die Dämmerung ab, als Enna – immer noch in ihr blutverschmiertes Brautkleid gekleidet – an diesem Abend zum ersten Mal seit Jahren wieder den elterlichen Hof betrat. An jeder Hand hielt sie eines ihrer Kinder, und doch ließ die Angst sie nicht los. So lange schon hatte sie genau diesen Moment herbeigesehnt, doch hatte er sich in ihren Träumen um so viel leichter angefühlt, dass es ihr schwerfiel, ihn zu genießen. Zu tief saß die Angst, dass dieses Glück nur von kurzer Dauer sein würde, denn schließlich war noch nicht abzusehen, wie sich die Dinge weiter entwickeln würden. Die Beamten der Schutzpolizei jedenfalls hatten nach der Befragung etlicher Zeugen keinen Zweifel daran gelassen, dass sie Enna für die Drahtzieherin des Komplotts, wie sie es nannten, hielten. Schließlich sei sie diejenige, die am meisten vom Tod ihres Bräutigams profitiere, und das in vielfältiger Hinsicht. So habe sie sich durch den Mord nicht nur ihres ungeliebten Bräutigams entledigt, sondern sich und ihrem Sohn Georg auch das Adena-Erbe gesichert. Ihren Einwand, dass weder sie noch eines ihrer Kinder gedenke, dieses Erbe jemals anzutreten, hatten die Beamten mit einem ungläubigen Schnauben vom Tisch gewischt. Allem Anschein nach passte es nicht in ihre Vorstellungswelt, dass sich irgendwer freiwillig gegen ein solches Vermögen entscheiden könnte. Auch war Enna durchaus bewusst, dass ihre Schwiegereltern so lange keine Ruhe geben würden, bis der Mörder ihres Sohnes gefasst und am Galgen aufgeknüpft war. Die Bürde, derer sich Enna durch Ernfrieds Tod hatte entledigen können, war also lediglich durch eine anders geartete, für sie und ihre Kinder kaum minder gefährliche ersetzt worden. Hinzu kam, dass Clivia einen zutiefst verstörten Eindruck machte, seit sie plötzlich und wie aus dem Nichts in die Kirche gekommen war. Obwohl man bemüht gewesen war herauszufinden, wer das Kind vor der Kirche abgesetzt hatte, war es bislang nicht gelungen, eine brauchbare Zeugenaussage dazu einzuholen. Offenbar hatte man sich den Tumult der Stunde zunutze gemacht, um mit dem Kind aufzutauchen, es abzuladen und unerkannt wieder zu verschwinden. Gleich darauf war auch Odo Adena wieder in Erscheinung getreten – nur um wenig später mit dem Finger auf Enna zu zeigen und sie eines Komplotts zu beschuldigen, der zum Mord an seinem Sohn geführt habe.

Während sich Clivia mit einem tränenerstickten Schrei der Erleichterung auf ihren Großvater stürzte, sobald sie ihn in der Küche entdeckt hatte, verharrte Enna zögernd auf der Schwelle. Zwar hatte Ubbo, der den ganzen Tag an ihrer Seite geblieben war, ihr mehrfach bestätigt, dass ihr Vater sie willkommen heißen würde, doch war sie sich nicht sicher, ob dies auch stimmte, denn schließlich wog der Ärger, der am heutigen Tage ihretwegen für die gesamte Familie entstanden war, noch um einiges schwerer als alles, was in der Vergangenheit zu Verdruss geführt hatte.

»Komm rein, Enna«, knurrte ihr Vater, als er ihr Zögern bemerkte, dann jedoch wandte er sich direkt wieder seiner Enkelin zu, die sich nun an ihn kuschelte und schon im nächsten Moment eingeschlafen war.

Auch den kleinen Gerke, den Enna auf den Arm genommen hatte, übermannte nun der Schlaf.

»Komm, ich lege ihn ins Bett«, sagte Nienke und nahm ihr Gerke ab, wofür Enna zutiefst dankbar war. »Ich richte dann auch sogleich dein Zimmer her, du musst ja völlig erschöpft sein. Ludmilla«, forderte sie die Russin auf, die damit beschäftigt war, ein Huhn auszunehmen, »nimmst du bitte Clivia und bringst sie nach oben?« Ohne eine Erwiderung abzuwarten, ging sie mit Gerke auf dem Arm davon.

Enna beäugte Ludmilla misstrauisch, als die wenig später ihre Arme ausstreckte und sich die schlafende Clivia von ihrem Vater reichen ließ. Die Russin war ihr nicht geheuer, wirkte sie nach dem ersten Eindruck doch recht mürrisch auf sie. Als Ludmilla das Kind nun aber auf dem Arm hielt und ihm liebevoll über die vom Schlaf gerötete Wange strich, schien eine Wandlung mit ihr vorzugehen. Ihr Blick, mit dem sie Clivia musterte, war ein so sanfter und liebevoller, dass Enna plötzlich ganz warm ums Herz wurde. Clivia schlug für einen kurzen Moment die Augen auf, und beim Anblick Ludmillas schlich sich ein so wohliges Lächeln auf ihr Gesicht, dass Enna keinerlei Zweifel mehr an der Gutmütigkeit der Russin hegte.

»Nun starre sie doch nicht so zweifelnd an«, wisperte Wiebeke ihr zu. »Ludmilla wirkt häufig traurig, manchmal auch wütend, ja. Aber sie ist ein wahrer Schatz im Umgang mit den Kindern.«

»Warum ist sie so traurig?«, erkundigte sich Enna. »Sie hat es doch gut bei euch.«

Wiebeke zuckte seufzend mit den Schultern. »Wir wissen es nicht. Sie möchte nicht darüber reden, bricht in Tränen aus, wenn man sie auf ihre Vergangenheit anspricht. Ich glaube, die beiden haben Schreckliches erlebt.«

Enna sah Ludmilla hinterher, die nun mit Clivia auf dem Arm die knarrenden Stufen der Holztreppe hinaufstapfte. »Wie wir alle«, murmelte sie.

»Nun setz dich zu Vater an den Tisch«, sagte Wiebeke. »Ich richte dir etwas zu essen. Weißt du, wo Ubbo abgeblieben ist? Auch er hat noch nichts gegessen.«

»Er hat mich hierher begleitet, wollte aber noch nach den Tieren sehen«, antwortete Enna. Sie entledigte sich ihres

Mantels – und erschrak. »Hast … hast du vielleicht ein anderes Kleid für mich?«, stammelte sie.

Wiebeke lachte auf, doch klang es keineswegs fröhlich. »Ach herrje, natürlich. Komm mit, ich …«

»Du kannst gern eines von meinen bekommen«, meldete sich eine Stimme zu Wort. Enna drehte sich um. Zunächst wusste sie nicht, wohin sie die Frau, die ihr bekannt vorkam, stecken sollte, dann jedoch ging ihr plötzlich ein Licht auf. »Elisabeth! Was … was machst du denn hier?« Ihr Blick glitt an der schlanken Gestalt der Frau hinab. Das schlichte, in Braun- und Grautönen gehaltene Gewand, das sie trug, wollte so gar nicht zu dem Bild der eleganten Dame passen, die sie vor drei Jahren in Berlin kennengelernt hatte. »Bist du jetzt unter die Bäuerinnen gegangen?« Sie sah sich zögerlich um und fragte: »Ist denn Janno auch hier?«

»Nein, Janno ist nicht hier.« Elisabeth seufzte. »Das … ist eine lange Geschichte. Ich denke, Wiebeke hat recht, du solltest jetzt erst mal etwas essen. Und außerdem«, fügte sie mit einem weiteren Seufzer hinzu, »ist die Geschichte, die mir über deine Hochzeit zu Ohren kam, ganz sicher um einiges interessanter.« Sie zwinkerte Enna zu. »Und im Ergebnis macht sie dein Leben hoffentlich angenehmer.«

Erstmals seit der fehlgeschlagenen Trauung durchströmte nach diesen Worten auch Enna ein Gefühl der Erleichterung. Hatte sie die Ereignisse des Tages bislang vor allem mit Blut, Schreien und Angst in Verbindung gebracht und sich nicht einmal über das Wiederauftauchen ihres Kindes richtig freuen können, so wurde ihr in diesem Moment klar, dass sie frei war. Frei! Dieses Gefühl war so überwältigend, dass ihr schwindelte.

»Ist alles in Ordnung?«, fragte Elisabeth besorgt.

»Ja. Ja, es ist nur …« In Enna brachen nun alle Dämme, und endlich flossen all die Tränen, die sie über so lange Zeit zurückgehalten hatte.

Als sie zu taumeln begann, war Wiebeke mit einem Sprung bei ihr. Sie umfasste entschlossen ihren Arm und führte sie zum Tisch. »So«, sagte sie und drückte sie auf den Stuhl neben ihrem Vater, »Kleid hin oder her, jetzt isst du erst mal was, damit du wieder zu Kräften kommst. Alles andere kann warten.« Sie stutzte, als plötzlich ein kräftiges Klopfen an der Haustür erklang. Alle in der Küche sahen sich alarmiert an, keiner von ihnen schien noch Besuch zu erwarten. Enna, immer noch verloren in ihrem Weinkrampf, sackte das Herz in die Hose. Würde man sie womöglich abholen und ins Gefängnis sperren?

Als ihr Vater Wiebeke auffordernd zunickte, lief die mit angespannter Miene zur Haustür, um sie zu öffnen.

Enna wartete darauf, dass jemand etwas sagte, aus dem sie entnehmen konnte, wer zu dieser Stunde Einlass begehrte, doch blieb an der Tür alles ruhig. Gleich darauf aber kam Wiebeke wieder zurück, gefolgt von einem Mann.

Ennas Herz begann schneller zu schlagen, als sie erkannte, um wen es sich bei ihm handelte. »Janno«, hauchte sie, ebenso erleichtert wie ergriffen.

* * *

»Warst du's?«, war das Erste, was Arjen Ulferts zu Janno sagte, als er seinen Sohn zur Tür hereinkommen sah. Keine Begrüßung, kein Anzeichen dafür, ob er sich freute oder nicht, ihn nach so vielen Jahren wiederzusehen. Nur diese eine Frage.

»Aber Vater!« Enna schaute ihn aus tränennassen und verquollenen Augen bestürzt an. Im Gegensatz zu Janno schien sie zu begreifen, worauf er anspielte. »Warum sollte denn ausgerechnet Janno …?«

»Ihr wolltet doch, dass er das Problem löst, wenn ich mich recht entsinne.«

»Aber Vater!«

»Was, zur Hölle, ist geschehen?«, ignorierte Janno die Frage seines Vaters, schon allein, um ihm nicht zu zeigen, wie sehr ihn dessen wenig freundliche Begrüßung getroffen hatte. Vor allem aber war er über Ennas verheultes Gesicht und noch mehr über ihr blutiges Kleid zutiefst erschrocken. »Du siehst aus, als hättest du ein Schwein geschlachtet«, versuchte er einen Scherz, doch geschah auch dies aus der Befangenheit heraus, die er verspürte. Lange hatte er nach Erhalt von Ubbos Brief mit sich gerungen, ob er tatsächlich nach Hause zurückkehren und seiner Schwester zu Hilfe eilen sollte. Zu lange, wie er beim Anblick von Ennas blutigem Kleid zu ahnen begann – auch wenn er keinerlei Vorstellung davon gehabt hatte, wie seine Hilfe aussehen könnte, denn schließlich schien ihre Situation eine nahezu ausweglose zu sein.

»Nicht sie, sondern jemand anderes hat ein Schwein geschlachtet«, schloss sich Ubbo dem fragwürdigen Humor seines Bruders an. »Eines mit zwei Beinen. Nur leider wissen wir nicht, wer es war, und somit können wir ihm auch nicht unseren Dank aussprechen.« Er war durch den Verbindungsgang, der direkt vom Stall in den Wohntrakt führte, in die Küche getreten. Nun ging er auf Janno zu, und die Brüder nahmen sich sichtlich bewegt in den Arm und klopften sich gegenseitig den Rücken. »Du bist spät dran«, sagte er dann, doch klang es eher erschöpft als vorwurfsvoll.

»Vielleicht klärt mich jetzt endlich mal jemand auf, was eigentlich geschehen ist?«, erkundigte sich Janno nach einem weiteren besorgten Blick auf seine Schwester.

»Komm, setz dich, Janno«, forderte Wiebeke ihn auf, während sie einen riesigen dampfenden Topf in der Mitte des Tisches platzierte. »Du hast sicherlich Hunger.« *Es riecht wie früher*, überkamen Janno die Erinnerungen, und prompt wurde ihm schmerzlich die Abwesenheit seiner Mutter bewusst. Viel zu lange Zeit hatte er nicht einmal gewusst, dass sie im Winter 1919 den Folgen der Spanischen Grippe erlegen war.

Ohne sich bei seinem Vater rückzuversichern, dass er damit einverstanden war, nahm Janno auf einem der Stühle Platz und ließ sich von Wiebeke Gemüse und Kartoffeln sowie eine ordentliche Scheibe gebratenen Schinken auf den Teller legen. Hungrig begann er zu essen. Erst als er nach mehreren Bissen wieder aufblickte, entdeckte er Elisabeth, die wie verloren im Raum stand und ihn mit unergründlichem Blick musterte. »Oh, hallo, Elisabeth«, begrüßte er sie. »Mir war in all der Aufregung ganz entfallen, dass ja auch du hier zu Besuch bist. Ich … äh … hoffe, dass du dich gut eingelebt hast?« Als ihm nach einem Blick auf die nun wieder weinende Enna aufging, dass dies wohl nicht der richtige Zeitpunkt war, um eine solche Frage zu stellen, lachte er peinlich berührt auf. »Na ja, es sind nicht gerade die Umstände, die man sich wünscht, aber …«

»Lass gut sein, Janno«, erwiderte Elisabeth gedehnt. »Ja, ich bin von deiner Familie gut aufgenommen worden. Danke der Nachfrage.« Ihr Tonfall geriet ungewohnt schnippisch, und Janno fragte sich, was er nun schon wieder falsch gemacht hatte. Rasch wandte er sich wieder seinem Essen zu. Wer nicht redete, der konnte auch nichts Verkehrtes sagen.

»Ernfried ist tot«, erklärte Ubbo, als in der Küche plötzlich eine unangenehme Stille entstand. »Mit einem sauberen Schuss mitten ins Herz hat man ihn erlegt. Genau in dem Augenblick, als er unserer Schwester das Jawort geben wollte.«

Janno blieb vor lauter Schreck ein Bissen Schinken im Hals stecken, und er wurde daraufhin von einem fürchterlichen Hustenkrampf geschüttelt. »Du machst Witze«, krächzte er, kaum, dass seine Stimme es wieder erlaubte.

»Eine wahre Heldentat, das muss man schon sagen«, brummte Arjen Ulferts. »Leider eine, die uns viel Ärger einbringen wird, fürchte ich.«

»Und du hast mir eine solche Tat zugetraut?«, entgegnete Janno mit Entsetzen in der Stimme, als er nun begriff, was die Begrüßungsworte seines Vaters zu bedeuten hatten. Er ließ das Besteck neben seinen Teller sinken. »Du hast mir zugetraut, dass ich einen Mord begehe?«

»Nein, hat er nicht«, kam Ubbo einer Antwort seines Vaters zuvor.

»Hab ich doch«, widersprach Arjen Ulferts. Er schnaubte.

»Aber ich …«

»Dann hättste endlich mal was Vernünftiges zuwege gebracht«, fiel sein Vater Janno ins Wort. »Und nu iss! Ist ein langer Weg von Berlin hierher, das macht hungrig.«

Janno schluckte schwer, als ihm die Tränen in die Augen schossen. Erst jetzt bemerkte er, wie sehr ihm der Zwist mit seinem Vater all die Jahre auf der Seele gelegen hatte. Und ihm ging auf, dass es auch seinem Vater nicht anders ergangen war, denn hätte er sich ansonsten zu diesen Worten hinreißen lassen? Wer diesen griesgrämigen, oft aufbrausenden Mann kannte, der wusste, dass diese Worte quasi das Höchste der Gefühle waren, die er sich imstande sah, auszudrücken.

Ergriffen von diesem Moment schwiegen Vater und Sohn minutenlang, ohne sich auch nur einmal in die Augen zu sehen. Denn hätten sie es getan, dann hätten sie bei dem jeweils anderen ein solches Maß an Rührung entdeckt, dass es für jeden Mann, der etwas auf sich hielt, zutiefst unwürdig gewesen wäre.

8

Berlin, Mai 1923

Nach einer anstrengenden Nacht, in der sie sich gegen so manchen aufdringlichen Kerl hatte zur Wehr setzen müssen, stieg Helene todmüde und mit schleppenden Schritten die ausgetretenen Treppenstufen zu der Wohnung hinauf, in der sie mit ihrer Mutter und ihren Geschwistern lebte. Nach dem Tod des kleinen Matthias und zwei weiteren Geschwistern, die bereits vor etlichen Jahren gestorben waren, waren sie nun noch zu fünft.

Ihre Wohnung in den Hinterhöfen an der Ackerstraße war ein ebenso enges wie dunkles und stinkendes Loch, in das selbst an den schönsten Sommertagen kein einziger Lichtstrahl fiel. Um die Behausungen in den Berliner Hinterhöfen, in denen der Schimmel ebenso gut gedieh wie Ratten und Ungeziefer, machte selbst die Sonne einen großen Bogen. Doch war es der einzige Ort, den Helene als ihr Zuhause kannte. Nachdem ihr Vater sterbenskrank aus der Kriegsgefangenschaft heimgekehrt und der Mutter noch ein weiteres Kind gemacht hatte, aber schon kurz darauf gestorben war, erging es ihrer Familie noch schlechter als zuvor.

Zwar war ihr Vater ein veritabler Nichtsnutz gewesen, doch immerhin hatte er gemeinsam mit seinen ältesten Kindern Otto und Helene, die er zum Arbeiten geschickt hatte, sobald sie das Schulalter erreicht hatten, dafür gesorgt, dass es meistens etwas zu beißen gab. Nach seinem Tod im Jahr 1920 aber waren Helene und Otto allein für das Wohl ihrer Familie zuständig; wobei Otto sich zum Arbeiten schon immer zu schade gewesen war, hatte er doch gleich nach dem Krieg im Alter von nur fünfzehn Jahren beschlossen, als Politiker bei den Sozialdemokraten groß rauszukommen. Die aber hatten ihn offensichtlich bislang nicht gebrauchen können – was ihn in so tiefe Trübsal stürzte, dass er sich erst recht zu keiner anderen Arbeit in der Lage sah. Also sorgten lediglich Helenes magere Einkünfte aus dem Zigarettenverkauf dafür, dass die Familie mehr schlecht als recht über die Runden kam.

Helene grüßte einen Schlafburschen, der schlaftrunken aus der Wohnung der Nachbarn gestolpert kam und sich nun vermutlich an die Straße stellte, um sich als Tagelöhner zu verdingen. Noch eine Treppe, dann war sie im fünften Stock des Mietshauses angekommen. Kaum, dass sie die Tür zu ihrer Wohnung geöffnet hatte, schallte ihr auch schon eine lallende Stimme entgegen.

»Na endlich, Lenchen, wo bleibste denn so lange?! Na los, nun rückse schon raus, die Knete!«

»Nix da!«, widersprach Helene ihrem Bruder Otto, der ganz offensichtlich schon wieder betrunken war. Seit der Abfuhr der Sozialdemokraten war er nicht nur der Trübsal, sondern auch dem Suff verfallen. Mit einem Seufzer der Erleichterung entledigte sie sich ihres Bauchladens, dessen Gurte ihr nach der langen Nacht schmerzhaft in die Schultern schnitten. »Dit Jeld kricht Mutter, damit se davon wat zu essen koofen kann.«

»Dit wird och Zeit, dat de endlich kommst.« Helenes Mutter, gehüllt in ein zerschlissenes Kleid aus grobem Wollstoff und eine ebenso löchrige wie fleckige Schürze, trat aus dem Raum, der ihnen allen als Schlafzimmer diente. Ihre langen blonden Haare klebten strähnig am Kopf, ihre Augen lagen in dunklen Höhlen, ihr Körper sowie auch ihr Gesicht wirkten mit jedem Tag, der verging, ausgezehrter. Hinter ihr war das laute Gebrüll der immer noch kränkelnden Inge zu hören, das jedoch dadurch gedämpft wurde, dass sie die Tür hinter sich schloss. »Wie viel isset diesma?« Sie riss Helene den grob gewebten Geldbeutel aus der Hand und zählte die Scheine. »Na ja, für Brot und 'n paar Eier wird's schon reichen, wenn ick jetzt gleich zum Bäcker jeh. Bestimmt stehen die Leute da schon Schlange. Bin jespannt, was se heute für Preise uffrufen. Sie werden mit jedem Tag unverschämter.« Sie machte Anstalten, das mehrere Handbreit dicke Geldbündel in ihrer Schürze verschwinden zu lassen, doch war nun Otto aufgesprungen und riss es ihr aus der Hand.

Noch ehe die Mutter sich's versah, hatte er die Hälfte des Bündels in die Tasche seiner löchrigen Hose gestopft und polterte gleich darauf in schnellen Sprüngen die Treppe hinunter. Um das Gezeter, das seine Mutter nun anstimmte, scherte er sich nicht. »Dit ist een verdammter Nichtsnutz«, schimpfte die. »Jenau wie sein Vater eener war! Nüscht als Unglück bringen die Männer über unsere Familie, nüscht als Unglück!« Sie hob die Hand wie zum Schlag. »Na, der soll mir mal na' Hause kommen, dann setztet wat! Und zu essen krichta och nüscht, dit wäre ja noch schöner.« Sie stopfte den Rest des Geldes in die Schürze. »So, jetzt muss ick aber los, sonst jibt's nüscht mehr zu koofen. Morgen kommste jefälligst früher nach Hause, Lenchen, dat ick noch ausreichend Zeit hab, wat zu essen zu besorjen. Dit kann nich angehen, dat de dich so lange da draußen rumtreibst. Sobald ick zurück bin, siehste zu, dat de mit deim Bauchladen wieder uffe Straße kommst, nich dat dir noch jemand anderes dein Revier abjagt. Schlafen kannste später.« Gleich darauf verhallten auch ihre Schritte auf der Treppe.

Helene ließ sich auf einen Stuhl sinken und vergrub ihren Kopf in den Armen. Sie hoffte, dass ihre Mutter nicht so bald zurück sein würde, denn dann hatte sie ein wenig Zeit für sich. Im Zimmer nebenan herrschte Ruhe, offensichtlich waren die fünfjährige Inge und der achtjährige Wolfgang wieder eingeschlafen. Gut möglich, dass Inges unregelmäßig auftretender Husten sie alle in der Nacht wach gehalten hatte. Zwar hatte die Medizin, die ihr Gertruds Doktor verschrieben hatte, gut angeschlagen und der Husten war nur noch ein Überbleibsel, doch konnte er, wenn er zur Unzeit kam, für sie alle verdammt lästig werden.

Auch Helene hätte sich jetzt gern aufs Ohr gelegt, nur für ein paar Stunden. Ganz sicher aber würde das dem Geschäft abträglich sein, da hatte ihre Mutter schon recht. Wie sehr wünschte sie sich, Otto würde endlich zu Verstand kommen und sich eine Arbeit suchen. Leider aber ließ Mutter ihm alles durchgehen. Ihre Drohungen, die sie gegen ihn ausstieß, verpufften genauso schnell, wie sie sie ausgesprochen hatte. Womöglich weil sie nicht die Kraft aufbrachte, immer wieder gegen ihn aufzubegehren.

Vielleicht aber auch, weil sie sich darauf verließ, dass Helene für sie alle sorgte.

Aber damit würde bald Schluss sein.

Als Helene merkte, dass ihr die Augen zufielen und sie in den Schlaf hinabsank, richtete sie sich wieder auf. Ihre Hand griff nach einer Zigarettenschachtel, die zwischen all den anderen im Bauchladen lag und sich dort als nichts Besonderes ausnahm. Einzig sie selbst wusste, dass es nicht so war, doch nie würde jemand anderes davon erfahren.

Sie öffnete die Schachtel und strich über die Dollarscheine, die sie darin aufbewahrte. Nach jeder Schicht, die sie schob, zwackte sie sich ein paar von ihnen ab, und sie hatte auf diese Weise bereits einen kleinen Schatz angespart, der es ihr eines guten Tages ermöglichen würde, sich aus dem ganzen Elend hier zu befreien.

Ein melancholisches Lächeln umspielte ihre Mundwinkel, als Richards Gesicht vor ihrem inneren Auge auftauchte. Er war Amerikaner und verkehrte regelmäßig in *Trudes Perle.* Von den meisten anderen Männern aber unterschied er sich dadurch, dass er stets höflich war und seine Hände bei sich behalten konnte, selbst wenn sich eines der leicht bekleideten Mädchen an ihm vorbeischob. Noch nie hatte Helene ihn mit einem der Mädchen auf eines der Zimmer gehen sehen, auch führte er sie nur äußerst selten zum Tanz. Mit seinem scharf geschnittenen Gesicht, dem akkurat gestutzten blonden Haar und den von langen Wimpern umrahmten tiefblauen Augen gehörte er ohne Zweifel zum attraktiveren Teil des männlichen Geschlechts, denn das, was sich sonst in *Trudes Perle* blicken ließ, war nicht selten zum Weglaufen. Nicht nur einmal hatte Helene sich beglückwünscht, dort nicht als Animierdame tätig sein zu müssen; sich diesen Kerlen gegenüber gefällig zu geben, hätte ihr zutiefst widerstrebt. Vermutlich wäre es ihr in diesem Fall genauso ergangen wie der armen Viola, die sie von Kindesbeinen an kannte und die trotz der schwierigen Verhältnisse, in denen sie aufwuchs, stets ein fröhliches Kind gewesen war. Bis zu dem Zeitpunkt, als der Krieg ihr und ihren Geschwistern den Vater nahm und die Umstände zunächst ihre Mutter und dann auch sie dazu zwangen, ihren Körper zu verkaufen. Mit jedem Abend, an dem sie fremden und zumeist feisten alten Männern zu Willen war, hatten ihre früher so strahlenden Augen ein wenig mehr ihres Glanzes verloren. Inzwischen blickten sie so stumpf in die Welt wie ein mattes Blatt Papier.

Eines Tages, es mochte vier, fünf Wochen her sein, war Richard auf Helene zugetreten und hatte sie um eine einzelne

Zigarette gebeten. Also hatte sie ihm eine verkauft. Er war auch dann noch bei ihr stehen geblieben, als er längst bezahlt hatte – in Dollar, wie so viele seiner Landsleute. Er hatte sie in ein Gespräch verwickelt und sie auf ihrem Weg durch die Bar, wie er *Trudes Perle* zu bezeichnen pflegte, auf Schritt und Tritt begleitet. Hier und da hatte man ihm ein Blättchen Kokain abgekauft, die er zu Dutzenden in seinen Hosentaschen mitführte. »Nur ein kleiner Nebenverdienst«, hatte er ihr auf ihren fragenden Blick hin anvertraut. Sein Deutsch war gut, wenn auch von einem starken amerikanischen Akzent gefärbt. Er erzählte ihr von seinem Leben in Amerika, von seiner Farm, von der unendlichen Weite der Landschaft und von seiner Familie. Und davon, wie sehr sie, Helene, ihn bezaubert hatte.

Seither kam er an fast jedem Abend. Inzwischen kaufte er stets mehrere Zigaretten auf einmal. Die Dollar, die sie von ihm bekam, ließ sie, genau wie einige andere, in der Schachtel verschwinden. War die Schachtel voll, dann tat sie die Scheine in eine größere. Diese wiederum hatte ihren Platz im Hohlraum einer alten Mauer gefunden, die zu einem eingefallenen Gebäude ganz in der Nähe von *Trudes Perle* gehörte. Jeden Tag lief sie dort vorbei, um sicherzugehen, dass sie noch da war.

Mochte auch die Mark mit jedem Tag an Wert verlieren, so focht das den Wert des Dollars nicht an, wie Helene es sich von Richard hatte erklären lassen. Also würde sie schon bald über ein kleines Vermögen verfügen.

Manchmal verspürte Helene ein schlechtes Gewissen, dass sie ihrer Familie diese Einnahmen verschwieg. Andererseits war doch ausnahmslos sie es, die sich Tag für Tag und Nacht für Nacht für alle den Buckel krummschuftete, also stand ihr dieser Anteil auch zu, wie sie fand. Und wenn sie eines guten Tages an Richards Seite den Dampfer nach Amerika bestieg, so wie er es ihr unlängst versprochen hatte, mussten sowieso alle gucken, wie sie ohne sie zurechtkamen.

Beim Gedanken an ihre strahlende Zukunft in Amerika hatte Helene zu neuer Kraft gefunden, und so rappelte sie sich auf und machte sich daran, ein wenig Ordnung in ihren Bauchladen zu bringen. Selbstverständlich gehörte der nicht ihr, denn woher hätte sie für eine solche Anschaffung das Geld nehmen sollen?! Nein, sie brachte die Zigaretten im Auftrag eines Tabakwarenhändlers namens Herbert Hüter unters Volk, der dafür den größten Anteil der Einnahmen einstrich und ihr einen kläglichen Rest ließ. Er wusste nichts von den stibitzten Dollarnoten, und so sollte es auch bleiben. Helene war der Ansicht, dass er schon genug davon profitierte, dass sie nun in *Trudes Perle* tätig war, denn seither hatten sich ihre Einnahmen vervielfacht, und das hatte er ausschließlich ihr zu verdanken. Also gab es keinerlei Grund für Herbert, sich zu beschweren, oder?

Helene hob den Kopf, als ihre Mutter zurückkam und sichtlich zufrieden zwei Laibe Brot, sechs Eier und einen Beutel Salz auf den Tisch legte. »Heute ham wa Glück«, sagte sie. »Normalerweise sind die Meiers schon früh am Morgen da und koofen allet wech. Seit sie hierherjezogen sind, gucken alle annan inne Röhre. Eene Frechheit is dit! Zwölf Mäuler haben die zu stopfen. Zwölf! Haste dit jewusst?«

»Türlich«, murmelte Helene, denn schließlich beschwerte sich ihre Mutter nicht zum ersten Mal über sie.

»Überhaupt weeß doch keener, wie dit jehen soll mit all die Menschen, die in diesen Zeiten vom Land nach Berlin ziehen. Und denn ausjerechnet zu uns inne Plumpe, wo hier doch sowieso schon keener wat zu beißen hat. Möcht wirklich mal wissen, wat die hier alle wollen.«

»Arbeit«, sagte Helene, obwohl sie wusste, dass ihre Mutter ihr gar nicht zuhörte. »Sie suchen Arbeit.«

»Zwölf Mäuler! Dit muss man sich ma' vorstellen! Zwölf!« Die Mutter zog die Stirn in Falten. »Na ja, nun ja nur noch elf. Aber dit macht et och nich besser.«

Helene sah erschrocken auf. »Es ist jemand jestorben?«

»Ja, der Vater. Hatte jestern 'n Arbeitsunfall inne Fabrik, sagt man. Dit is sicher och der Grund, warum von denen heute noch keener beim Bäcker war.«

»Oh mein Gott.« Helene schluckte schwer. Wenn eine Familie in der heutigen Zeit ihren Ernährer verlor, dann kam das einem Todesurteil auch für alle anderen gleich.

»Hielt sich ja immer für wat Besseret, die Meier«, fuhr ihre Mutter fort. »Aber nun wird se och kieken müssen, wo se bleibt. Sollt mich nich wundern, wenn sie und ihre Töchter bald mit ausjestrecktem Been anne Straße stehn.«

Ja, genau das war auch Helenes Gedanke gewesen. Erst kürzlich hatte sie Fritze sagen hören, dass man der Elendsprostitution, die sich in Berlin wie ein Krebsgeschwür ausbreite, den Kampf ansagen müsse.

Elendsprostitution. Noch nie zuvor hatte Helene diesen Begriff gehört, aber sie musste zugeben, dass es genau das war. Vor allem waren es Frauen, die von Armut und Hunger zuhauf auf die Straße getrieben wurden. Doch kamen auch immer mehr Männer hinzu, vor allem ehemalige Soldaten, die heute obdachlos waren. Viele von ihnen seien dem Kokain verfallen, sagte Fritze. Angeblich hatte man es ihnen bereits in den Schützengräben verabreicht, um sie anzustacheln und sie das Elend des Kriegs vergessen zu lassen. Heute seien es vor allem Militärärzte und ehemalige Soldaten, die einen florierenden Schwarzmarkt am Laufen hielten und ihnen das Zeug verkauften. Fritze meinte, man werde vom Kokain rasch süchtig, wenn man einmal davon probiert habe. Viele aber könnten sich auf Dauer den Nachschub für ihren Kokolores, wie sie ihren

Rausch nannten, nicht mehr leisten und taten deshalb wie von Sinnen alles, um ihn erneut erleben zu dürfen.

Helene konnte die Wirkung, die Kokain auf die Menschen hatte, jeden Abend in *Trudes Perle* beobachten, wo es von den Gästen reichlich konsumiert wurde. Gertrud meinte, dass das weiße Pulver, das sie durch die Nase einsogen, die Gäste glücklich mache und dazu animiere, ausgelassen zu feiern und viel zu essen und zu trinken. Gefährlich sah das alles wirklich nicht aus, eher nach viel Spaß. Allerdings hatte Gertrud auch gesagt, Helene solle gefälligst ihre Finger von dem Zeug lassen, wenn sie ihre Arbeit behalten wolle. Also hatte Helene sich zurückgehalten, auch wenn sie es nur allzu gern einmal ausprobiert hätte.

Sie schmunzelte bei dem Gedanken, dass es trotz Gertruds Ermahnung schon bald so weit sein würde, denn Richard hatte angeboten, ihr etwas von dem Kokain übrig zu lassen, das er in *Trudes Perle* verkaufte. Gertrud musste davon ja nichts wissen. Was Fritze behauptete, sei alles Quatsch, hatte Richard ihr erklärt. Wenn man das Kokain nicht zu oft nehme, könne es keinen Schaden anrichten, und sie solle daher ruhig die Gelegenheit ergreifen, der bitteren Realität ab und zu für ein paar Stunden zu entfliehen. »Du wirst sehen«, waren seine Worte gewesen, »es ist wie Magie, wie ein Flug ins Paradies.«

Ein Flug ins Paradies! Helene freute sich schon sehr darauf. Und wenn sie sowieso mit Richard nach Amerika ging, dann konnte ihr Gertruds Warnung doch auch egal sein, oder?

»Wat sitzte hier denn immer noch rum?! Und wat grinste so blöd?«, hörte Helene ihre Mutter schimpfen. »Sieh zu, dat de uffe Straße kommst!«

Helene nickte nur stumm und band sich ihren Bauchladen um. *Wenn Mutter wüsste*, dachte sie. Nicht mehr lange, und sie würde gemeinsam mit Richard auf dem Weg nach Amerika sein. Und dann konnten ihr nicht nur *Trudes Perle*, sondern auch der vermaledeite Bauchladen und das ganze Elend hier für den Rest ihrer Tage gestohlen bleiben.

Denn dann würde auch sie endlich glücklich sein.

* * *

Es war keine Veranstaltung, wie Horst sie gemeinhin besuchte, war sie doch fernab von dem, was er sich leisten konnte. Und ganz sicher hätte man ihn auch nicht hineingelassen in diesen prächtigen Saal des Hotels Adlon, schließlich trug er bei Weitem nicht einen solch eleganten Fummel wie die Leute, die hier wie selbstverständlich verkehrten.

Für diesen Abend aber hatte er einen kühnen Plan gefasst und nach einer Möglichkeit gesucht, wie er diesen umsetzen konnte, ohne dass er Gefahr lief, dass man ihn von diesem Ort entfernte. Über einen Bekannten, der ihm noch einen Gefallen schuldete, war ihm das gelungen – mit dem Ergebnis, dass er nun in den Frack eines Kellners gezwängt an der Champagnertheke stand und ständig an der vermaledeiten Fliege zerrte, die für seinen kräftigen Hals zu eng war und ihm die Luft abschnürte. Hinzu kam die Hitze, die mit jeder Minute unerträglicher wurde. Je ausgelassener sich die Gäste dieser Feier gaben, desto mehr schienen sie ihre Körpertemperatur an die Umgebung abzugeben und den Saal in einen Schwitzkasten zu verwandeln.

Horst nutzte jede Gelegenheit, sich im Saal umzuschauen, war er doch nur wegen eines ganz bestimmten Mannes hier: Hagen Brodenbeck. Bislang aber war der noch nicht erschienen. Dabei dürfte die Versammlung der Rechtsnationalen, für die Brodenbeck angemeldet gewesen war und die nur ein paar Häuser weiter stattfand, längst vorbei sein. Nur allzu gern hätte auch Horst sie besucht, doch hätte er dort vermutlich kaum die Gelegenheit zu einem Gespräch bekommen.

Horst nahm in jede Hand eine Champagnerflasche und ging mit ihnen in die Mitte des Saals. Um ihn herum herrschte das pure Chaos, und er hatte Mühe, sich seinen Weg durch die Menge zu bahnen. Angestachelt von Alkohol und Kokain alberten, kreischten und tanzten die zumeist jungen Menschen um ihn herum, als gäbe es kein Morgen. Die mit allerlei Perlen und Tand besetzten Kleider der Damen funkelten mit den riesigen Kristallleuchtern um die Wette, während sie und auch die Männer zum Takt der ungestümen Musik ihre Beine in zuckenden Bewegungen in alle Richtungen warfen. Charleston hieß dieser neue Tanz, der in Berlin derzeit in Mode war und seinen Siegeszug durch alle Nachtclubs angetreten hatte.

Wenn es nach Horst gegangen wäre, dann hätte man ihn verboten. Vor allem Frauen stand es seiner Ansicht nach nicht zu, sich derart gehen zu lassen, wirkten sie durch ihn doch auf eine abstoßende Weise frivol. Hinzu kam, dass die für diesen Abend engagierten Musiker allesamt dunkler Hautfarbe waren, dies aber kaum einen der Gäste zu scheren schien. Ganz im Gegenteil schäkerten die weiblichen Gäste sogar mit diesen Männern, während sie einen so strammen deutschen Burschen wie ihn zu übersehen schienen. Es war wirklich an der Zeit, dass man vonseiten der Politik und der Justiz etwas gegen diesen Verfall von Sitte und Anstand unternahm, doch bedurfte es dafür selbstverständlich eines ganz anderen politischen Systems als des derzeitigen dieser durch und durch verkommenen Republik.

»Huuuuiiii, da kommt ja der Mann, der uns das Prickeln lehrt«, gurrte eine junge, äußerst attraktive Frau mit Federn und Flitter am Haarreif ihm ins Ohr. Sie legte ihm den rechten Zeigefinger unters Kinn und scharwenzelte mit aufreizendem Hüftschwung um ihn herum, wobei sie mit ihrer linken Hand unablässig über ihr orangerotes Kleid fuhr und die Rundungen ihres Körpers nachzeichnete. »Komm, schenk mir reichlich nach, mein Süßer«, gurrte sie und griff nach einem der mit Champagner gefüllten Kristallschalen, die, zu einer Pyramide aufgetürmt, inmitten des Saals standen und im Licht eines Kristalllüsters goldene Funken zu sprühen schienen. Noch ehe er sich's versah, hatte sie die Schale in einem Zug geleert, formte mit ihren grellrot geschminkten Lippen einen Kussmund und hielt es ihm hin. »Nachschenken, Schätzchen. Bitte«, forderte sie ihn auf, wobei sie das letzte Wort unnatürlich in die Länge zog und es zu einem Büüüüüüüüüte geriet.

Verwirrt und erregt zugleich von diesem ungehörigen Auftritt der Frau, hätte Horst sie am liebsten unsanft beiseitegestoßen, doch hätte ihn das unweigerlich um die Möglichkeit gebracht, mit Brodenbeck zu sprechen, denn vermutlich hätte man ihn schneller des Saales verwiesen, als dass er auch nur ein Wort der Entschuldigung hätte herausbringen können. Ja, dachte er bitter, so war es eben mit den gesellschaftlichen Unterschieden: Wer ganz unten im Glied stand, bekam ohne Unterlass die Tritte der Oberen ins Gesicht und hatte diese klaglos zu ertragen.

Horst war erleichtert, als die Frau nun am Arm eines arrogant daherkommenden Schnösels davonschritt. Also trat er auf ein dreistufiges Podest und ließ den Champagner aus beiden Flaschen in das obere Glas der Pyramide rieseln, woraufhin es überlief und sich sein Inhalt in Wellen über die darunterstehenden Gläser verteilte – oder sich auf den Boden ergoss. Angesichts dieser ungeheuerlichen Verschwendung geriet Horsts Blut schon wieder in Wallung, und er sah sich erneut in der Situation, seine aufkeimende Wut herunterschlucken zu müssen.

Aber in nicht allzu ferner Zukunft würde auch seine Zeit kommen, daran glaubte er ganz fest. Spätestens wenn die Deutschnationalen der NSDAP und andere Völkische die Macht übernahmen, würde sich für die einfachen Bürger wie ihn alles zum Besseren wenden, während man die nichtsnutzigen Verschwender, wie sie hier im Saal zu Hunderten anzutreffen waren, in ihre Schranken wies – allen voran das verfluchte jüdische Kapital, das in erster Linie für Hunger und Elend in diesem Land verantwortlich zeichnete.

Horst freute sich schon heute darauf, denn es war höchste Zeit, sich dieser Parasiten zu entledigen.

Bevor er vom Podest wieder hinunterstieg, nutzte Horst seine erhöhte Position, um seinen Blick über die Menge schweifen zu lassen. Die Stimmung wurde immer ausgelassener, der Geräuschpegel immer höher. Auf der Bühne tanzte nun eine halb nackte dunkelhäutige Frau im Baströckchen und mit schlenkernden Bewegungen zur Musik, und die Leute kamen gar nicht mehr heraus aus dem Applaudieren. Sobald einer der anwesenden Männer es wagte, auch nur seine Hand nach der Frau auszustrecken, bekam er von ihr ein paar auf die Finger und das Publikum lachte.

Horst hatte Mühe, seinen Blick von diesem Spektakel abzuwenden, das ihn wider Willen in seinen Bann zog. Plötzlich jedoch war all das vergessen, als er unter den Gästen, eingehüllt in eine Wolke aus blauem Dunst, das Gesicht von Hagen Brodenbeck entdeckte. Endlich!

Aufgeregt stieg Horst von dem Podest und überlegte, was nun zu tun sei. Ganz sicher würde ein Direktor Brodenbeck nicht freiwillig seine Zeit damit verplempern, sich mit einem dahergelaufenen Kellner zu unterhalten. Also würde Horst einen Weg finden müssen, schon mit den ersten Worten, die er an Brodenbeck richtete, dessen ganze Aufmerksamkeit auf sich zu ziehen. Außerdem galt es, den richtigen Moment abzupassen, denn solange Brodenbeck von anderen Zigarre paffenden und Kognak trinkenden Herren umringt war, würde ein solcher Versuch kaum fruchten.

Horst beschloss, sich in Brodenbecks Nähe herumzudrücken, um ihn nicht aus den Augen zu verlieren. Rasch lief er zur Theke, füllte ein Dutzend Gläser mit Champagner, stellte sie auf ein Tablett und balancierte dieses durch die Menge. Für eine ganze Weile machte Brodenbeck keine Anstalten, seine Position zu verlassen. Seine Augen mit einem unergründlichen Ausdruck auf die schwarze Tänzerin geheftet, schien er von dem, was ansonsten um ihn herum passierte, nicht allzu viel mitzubekommen.

Die Gelegenheit, auf die Horst gehofft hatte, ergab sich jedoch schneller als gedacht. Orchester und Tänzerin legten eine Pause ein, und so kam auch in Brodenbeck wieder Bewegung. Er steuerte den Balkon an, auf dem sich an diesem lauen Frühlingsabend so mancher Gast an der ungewöhnlich milden Luft ergötzte.

Horst folgte ihm unauffällig mit seinem Tablett, auf dem nur noch zwei Gläser standen, da sich ständig Gäste an ihnen bedienten und das meistens, ohne ihn überhaupt wahrzunehmen oder sich gar für die Erfrischung zu bedanken.

»Herr Direktor Brodenbeck«, diente sich Horst dem Waffenfabrikanten an, als der sich an die Brüstung stellte und auf das bunte Treiben der angrenzenden Chaussee hinuntersah. »Darf es noch ein Glas Champagner sein?«

Brodenbecks Gesicht zeigte einen erzürnten Ausdruck, als er sich nun zu Horst umdrehte. Ganz offensichtlich missfiel es ihm, mir nichts, dir nichts von einem Lakaien angesprochen zu werden.

Damit hatte Horst gerechnet, also fügte er rasch hinzu: »Ich bin ein guter Bekannter Ihrer Tochter Edith. Ich dachte, es interessiert Sie vielleicht, wie es ihr und ihren Kindern geht.«

* * *

»Na, Jüngelchen, was treibste dich hier auf der Straße rum?« Der Mann mit der Boxernase, der unweit von Gustavs Zuhause an eine Mauer gelehnt dastand, während unablässig Pferdefuhrwerke an ihm vorbeirumpelten, nahm einen letzten Zug seiner Zigarette und schnippte den noch glühenden Stummel auf das Pflaster, wo er sogleich unter die Räder eines Automobils geriet und erlosch. Dann schlenderte er, die Hände in den Taschen seiner schwarzen Manchesterhose vergraben, über den Bürgersteig auf Gustav zu. »Hm, warst wohl für die Mutti einkaufen, wa?«, sagte er nach einem Blick in den Korb, in dem ein Laib Brot, zwei Köpfe Kohl und ein paar Eier sowie ein Stück Kernseife lagen. »Was kriegste denn dafür?«

»Wie bitte?« Gustav verstand nicht, worauf der stämmige Mann, dem er in Gedanken den Namen Plattnase gab und der ihm zutiefst suspekt war, hinauswollte. Rasch schlug er das Leinentuch, das er achtlos in den Korb geknautscht hatte, über die Einkäufe, für die er so lange angestanden und ganze Bündel Geld bezahlt hatte. Ihm wurde ganz flau im Magen bei dem Gedanken, dass dieser Mann sie ihm womöglich abluchsen wollte.

»Wie bitte?«, äffte der Stämmige ihn nach. »Gehörst wohl zu den gut erzogenen Rotzlöffeln, wa, Gustav?«

Gustavs Misstrauen wuchs. Woher kannte der Kerl seinen Namen? Er versuchte, an ihm vorbeizuhuschen, doch versperrte ihm Plattnase prompt den Weg. »Ich hab dich was gefragt, Jüngelchen. Was du dafür kriegst, will ich wissen.«

»W-wofür?«, stotterte Gustav.

»Dafür, dass du für deine Mutter einkaufen gehst.«

Gustav war so überrascht von dieser Frage, dass ihm keine passende Antwort einfiel.

»Nix kriegste, hab ich recht?«

Gustav nickte.

»Hm. Das dachte ich mir. Aber du bist doch ein kräftiger Bursche, das sieht man dir an. Keiner von diesen Schwächlingen, die ganz krumm gewachsen sind und zu nix taugen.« Der Mann umfasste mit der Hand Gustavs Oberarm und drückte so fest zu, dass es schmerzte, dann nickte er anerkennend. »Alle Achtung. Bist ein strammer Bursche, auf den das Vaterland stolz sein kann, Gustav.«

Gustav nickte erneut, jetzt schon ein wenig entschiedener. *Ein strammer Bursche, auf den das Vaterland stolz sein kann.* So was Nettes hatte noch nie jemand zu ihm gesagt. Er reckte das Kinn und schob die Brust noch ein wenig mehr raus. *Ein strammer Bursche.*

»Bring die Einkäufe zu deiner Mutter hoch, und dann kommste wieder runter.« Plattnase hatte ein paar Geldscheine hervorgeholt und wedelte mit ihnen in der Luft herum, in der linken Hand hielt er einen Brief. »Meinste, du kriegst das hin, gegen ein paar Scheine einen Brief abzuliefern?«

Gustav starrte gebannt auf das Geld. Noch nie hatte er eigenes besessen. »Kriegt … kriegt man dafür einen Karamellbonbon?«, fragte er mit belegter Stimme. Er erinnerte sich noch gut an den Geschmack der Bonbons, die im Krämerladen so verführerisch in einem Glas präsentiert wurden, und ihm lief das Wasser im Mund zusammen. Früher, als das Geschäft der Mutter zu florieren begann, hatten er und seine Schwester Marie schon mal einen Karamellbonbon kredenzt bekommen. Seit es aber täglich schlechter wurde mit dem Geldverdienen, hatte es keins mehr gegeben.

»Einen?« Der Mann lachte grölend auf. »Eine ganze Handvoll kriegste dafür. Und nun lauf und bring die Einkäufe zu deiner Mutter! Aber sag ihr nichts von deinem Botengang, hörst du!«

Botengang! Wie wichtig das klang! Dennoch zog Gustav misstrauisch die Stirn in Falten. »Aber warum denn nicht?«

Der Mann beugte sich zu ihm hinab und raunte ihm ins Ohr: »Glaubst du nicht, sie würde es dir verbieten? Oder dir sogar das Geld wegnehmen? Ist ein hübsches Sümmchen, das könnte sie auch für andere Dinge ganz gut gebrauchen.«

»Hm.« Gustav überlegte. Ja, musste er zugeben, da konnte was dran sein. Schließlich wurde seine Mutter nicht müde zu betonen, dass ihr Geld nicht mehr ausreiche, um sich Dinge kaufen zu können, die nicht unbedingt notwendig waren. Und dass sie sich bald nicht einmal mehr ein Brot würden leisten können, wenn es mit der Inflation so weiterging. Ganz sicher aber würde sie unter diesen Umständen nicht erlauben, dass ihr Sohn für sein Geld Karamellbonbons kaufte, das stand fest.

»Und? Hab ich recht?«, fragte Plattnase.

Gustav nickte.

»Gut. Dann geh jetzt. Ich warte hier auf dich.« Er trat einen Schritt beiseite, um ihn passieren zu lassen.

Es dauerte nur wenige Minuten, bis Gustav wieder unten auf der Straße stand. Den ganzen Weg die Treppen hinauf und hinunter hatte er gebetet, dass Plattnase noch da sein möge, wenn er zurückkam. Nicht auszuschließen, dass der Mann einen anderen Jungen fand, der den Botengang für ihn erledigte, wenn er zu lange auf sich warten ließ. Denn ganz bestimmt würde sich keiner der Nachbarsburschen eine solche Gelegenheit entgehen lassen. Er atmete erleichtert auf, als der Mann immer noch an dem Platz stand, an dem er ihn verlassen hatte.

»Hast du's deiner Mutter verraten?«

Gustav schüttelte den Kopf.

»Ganz sicher nicht?«

»Sie ist gar nicht zu Hause.«

»Gut.« Plattnase hielt Gustav den Brief hin, dann teilte er den Stapel Scheine in zwei Hälften und gab ihm eine davon. Gustav ließ beides rasch in seinen Hosentaschen verschwinden, bevor noch irgendwer darauf aufmerksam werden konnte.

»Den Rest kriegste, wenn ich weiß, dass der Brief angekommen ist und du mir die Antwort bringst.«

Gustav warf einen Blick auf den Umschlag, dann nickte er.

»Du weißt, wo das ist?«

»Ja.« Gustav schielte verstohlen auf den zweiten Stapel Scheine, den der Mann nun wieder in seiner Hosentasche verschwinden ließ. Es kostete ihn Überwindung, denn er wollte ihn auf gar keinen Fall verärgern, aber schließlich fragte er: »Und wann bekomme ich den da?«

Plattnase deutete auf eine Spelunke, keine fünfzig Meter entfernt. »Komm dorthin, wenn alles erledigt ist. Aber beeil dich, ich will nicht ewig auf dich warten.«

»Ist gut.«

So schnell ihn seine Füße trugen, rannte Gustav los. Er bahnte sich einen Weg zwischen den Passanten hindurch und wich beim Überqueren zahlreicher Straßen geschickt Automobilen und Pferdefuhrwerken aus. Hier und da nahm er eine Abkürzung durch schmale Gassen und dunkle Höfe, sprang über Holz- und Brikettstapel und wüste Schuttansammlungen, schlug Haken um Haken, dabei immer auf der Hut, dass ihm niemand zu nahe kam und die Scheine in seinen Taschen entdeckte. In Berlin, so hatte unlängst seine Mutter gesagt, kam es jetzt immer häufiger zu Überfällen von Verzweifelten, und nicht selten wurde jemandem für eine kleine Summe Geld oder auch nur einen Laib Brot ein Messer zwischen die Rippen gestoßen. Wo Armut, Hunger und Krankheit alltägliche Begleiter waren, ging es ums nackte Überleben, und ein Menschenleben zählte nicht mehr viel.

Keuchend und mit schweißnassem Körper blieb Gustav schließlich vor einem mit schmiedeeisernem Bogen überspannten Tor stehen. Er verglich den Schriftzug mit dem Adressaten auf dem Brief und nickte. *Waffenfabrik H. Brodenbeck & Sohn.* Ja, hier war er richtig. Jetzt musste er nur noch den Herrn

Direktor finden, denn Plattnase hatte ihm eingeschärft, den Brief nur diesem feinen Herrn persönlich anzuvertrauen, der ihn bereits dringlichst erwarte.

Gustav durchschritt das Tor und sah sich um. Rund um die aus ockergelbem Stein erbauten, akkurat nebeneinander angeordneten Fabrikhallen, aus deren Schloten schwarzer Rauch beinahe senkrecht in den frühlingsblauen Himmel aufstieg, herrschte geschäftiges Treiben. Lastwagen, Loren und Handkarren sowie Fahrräder wuselten durcheinander, ebenso Männer und Frauen, die versuchten, sich über den ohrenbetäubenden Lärm hinweg zu verständigen. Keine fünfzig Meter von ihm entfernt keuchte und zischte eine Dampflok durch eines der Fabriktore hinaus, zog mehrere mit Kanonenrohren und hölzernen Kisten beladene Waggons hinter sich her. Auf den Kisten stand in knallroter Farbe *Achtung, explosiv!*.

»He, junger Mann, wohin des Weges?«, rief eine näselnde Stimme Gustav zu, als er ein paar Schritte nach vorn tat. »Kinder haben hier nichts zu suchen. Mach, dass du verschwindest, Bursche!«

Erschrocken drehte Gustav sich um. Gleich neben dem Tor stand ein hölzerner Verschlag, dem er bislang keinerlei Bedeutung beigemessen hatte. Aus diesem Verschlag heraus sah ihn durch eine Aussparung hindurch ein Mann mit dunklem Haar und geschwungenem Schnäuzer aus unangenehm stechenden Augen an.

Am liebsten hätte Gustav sofort Fersengeld gegeben, beschlich ihn doch bei diesem Anblick ein mulmiges Gefühl. Dann aber dachte er an die Scheine, die ihm Plattnase noch schuldete, und er fasste sich ein Herz. Umständlich zog er den Brief aus seiner Hosentasche und reichte ihn dem Mann. »Bitte schön, der Herr«, sagte er. »Der Herr Direktor erwartet mich.«

Der Mann schien zunächst verdutzt, dann jedoch lachte er brüllend auf, ohne auch nur einen Blick auf den Umschlag geworfen zu haben. »Soso, der Herr Direktor erwartet dich also. Na, das sind mir ja schöne Geschichten.« Er beugte sich nun mit dem Oberkörper aus dem Verschlag heraus. »Ja, glaubst du denn, dass wir jeden Dreikäsehoch so mir nichts, dir nichts zum Herrn Direktor vorlassen, nur damit …«

»Der Junge hat jedes Recht, genau das zu glauben«, donnerte nun hinter Gustav eine herrische Stimme, und schon im nächsten Moment zuckte der Dunkelhaarige zurück, stand stramm und schlug die Hacken zusammen. »Herr … Herr Direktor«, stieß er mit sich überschlagender Stimme hervor und erging sich in einer Reihe von Bücklingen, »ich bitte untertänigst …«

»Halten Sie den Mund, Sie elender Lurch!«, stauchte ihn der Hinzugekommene zusammen, den Gustav jetzt ebenso ängstlich wie ehrfurchtsvoll beäugte. Er hoffte inständig, nichts falsch gemacht zu haben, denn auf gar keinen Fall wollte er das Missfallen dieses in einen schwarzen Anzug gekleideten, Respekt einflößenden Herrn erregen. Mit gesenktem Kopf stapfte er nun nervös von einem Fuß auf den anderen, nicht wissend, wohin er seinen Blick richten sollte.

»Geben Sie mir den Brief!«, forderte der Direktor den Hanswurst im Verschlag auf, die Stimme so scharf wie die Schneide eines gut gewetzten Messers. »Und zwar ein bisschen plötzlich!«

»Jawohl, Herr Direktor. Selbstverständlich, Herr Direktor.« Dem Mann stand nun der Schweiß auf der Stirn, und seine Finger zitterten, als er den Brief herausreichte.

»So, dann komm mal mit«, forderte der Direktor Gustav auf.

»I-ich?« Gustav sah sich um, doch konnte er niemand anderen entdecken. Plötzlich schienen sich alle, die gerade noch um ihn herumgewuselt waren, aus dem Staub gemacht zu haben.

»Natürlich du. Wie ist dein Name?«

»Gustav, Herr Direktor. Gustav Wiemers.« Vorsichtshalber machte auch er nun eine Verbeugung.

»Gustav Wiemers, soso.« Der Direktor räusperte sich. »Na, dann … äh … bist du auf jeden Fall der Richtige.«

Doch warum nur schaute er ihn jetzt so seltsam an, fragte Gustav sich, und in seiner Kehle machte sich ein so dicker Kloß breit, dass er glaubte, kaum noch atmen zu können.

»Komm mit, Gustav!« Ohne sich noch weiter um den völlig aufgelösten Mann im Verschlag zu kümmern, bahnte sich der Direktor mit ausladenden Schritten einen Weg durch die Menge, die sich vor ihm wie von Zauberhand zu teilen schien, sobald man seiner gewahr wurde.

Gustav folgte dem massigen Mann, der ein mehrstöckiges Gebäude ansteuerte, auf dem Fuße, immer darum bemüht, sich so klein wie möglich zu machen und niemandes Aufmerksamkeit zu erregen. Was, wie ihm schnell klar wurde, ein völlig widersinniger Wunsch war, denn natürlich starrten ihm alle Fabrikarbeiter hinterher, als seien ihm plötzlich Flügel gewachsen oder ähnlich Wundersames mit ihm geschehen. Es kam wohl nicht allzu häufig vor, dass man den Direktor in Begleitung eines kleinen, im Verhältnis recht schäbig gekleideten Jungen sah.

* * *

Das also war sein Enkelsohn. Hagen Brodenbeck musterte den Jungen, der bei ihm im Büro saß und sich wie ausgehungert ein Stück Sandkuchen nach dem anderen in den Mund stopfte. Auch trank er bereits die dritte Tasse heiße Schokolade, um seine Lippen herum hatte sich ein brauner Rand gebildet. Offenbar war dies ein Genuss, der ihm sonst verwehrt blieb.

Der wuchtige braune Ledersessel, der sich im weitläufigen Büro normalerweise recht bescheiden ausnahm, schien Gustav geradezu zu verschlucken. Der Junge selbst wirkte zart und zerbrechlich und ein wenig klein für sein Alter. Andererseits machte er einen durchaus zähen Eindruck, wie viele der Kinder, die in den Armenvierteln Berlins gelernt hatten zu überleben. Der Junge trug sein Haar deutlich zu lang für Brodenbecks Geschmack, denn es war weder im Nacken noch über den Ohren ausrasiert. Die blonden Locken gaben seinem Gesicht etwas Weiches, fast Engelhaftes, was eines strammen deutschen Jungen unwürdig war. Aber das war nichts, was man nicht ändern konnte.

Die Ähnlichkeit des Jungen mit seiner Mutter war unverkennbar, und es versetzte Brodenbeck einen Stich ins Herz, nach so langer Zeit auf diese Art an seine Tochter erinnert zu werden. Jedoch rief er sich sogleich selbst zur Ordnung, denn Gefühlsduselei war nichts, was er für sich selbst akzeptiert hätte. Ganz offensichtlich ahnte Gustav nicht einmal, wen er hier vor sich hatte, was im Umkehrschluss hieß, dass Edith ihm nichts von ihrer Familie erzählt, ja nicht einmal ihren Geburtsnamen verraten hatte. Sie hatte vor Jahren die Entscheidung getroffen, mit diesem Nichtsnutz von Kommunisten durchzubrennen, und seither keinerlei Anstalten gemacht, zu ihrem Vater Kontakt aufzunehmen. Warum also sollte er ihr nachtrauern?

Gustav hatte ein weiteres Stück Kuchen verschlungen und rieb sich den Bauch. »Vielen Dank, Herr Direktor«, sagte er höflich, »das war sehr lecker.«

»Du bekommst wohl nicht sehr oft Kuchen zu essen«, erwiderte Brodenbeck.

Das Gesicht des Jungen bekam einen traurigen Zug. »Nicht mehr«, verriet er. »Als das Geld noch etwas wert war, hat meine Mutter ab und zu mal einen gebacken. Aber das ist schon eine Weile her.«

»Dein Vater bringt wohl nicht viel Geld nach Hause?« Natürlich wusste Brodenbeck, dass Ediths nichtsnutziger Ehemann, Martin Wiemers, seit dem Krieg als vermisst galt, denn schließlich hatte er seine Informationsquellen, doch konnte es nicht schaden, noch ein wenig mehr aus dem Jungen herauszubekommen, als er von diesem zutiefst unsympathischen, aber offenbar linientreuen Kerl namens Horst Bracken sowie auch aus anderen Quellen bereits erfahren hatte.

»Ich habe keinen Vater«, antwortete der Junge. »Er ist im Krieg geblieben.«

»Soso. Dann verdient deine Mutter wohl ihr eigenes Geld?«

Gustav nickte. »Sie hat einen Lieferdienst. Für Obst und Gemüse und so. Aber in der letzten Zeit läuft es nicht mehr so gut, sagt sie. Weil die Leute kein Geld mehr haben und Lebensmittel immer teurer werden.«

»Das ist wohl auch der Grund, warum du jetzt Botengänge ausführst.«

Der Junge senkte den Kopf und biss sich auf die Lippen. Er wirkte plötzlich verunsichert.

Brodenbeck zeigte sich überrascht. »Sie weiß nichts davon?«

Gustav schüttelte den Kopf. »Nein.«

Genau das war es, was Brodenbeck hatte hören wollen. Zwar hatte Bracken ihm versichert, dass es so sei, aber primitiven Burschen wie ihm konnte man gemeinhin nicht über den Weg trauen. Er beugte sich zu dem Jungen vor und raunte ihm unter vorgehaltener Hand zu: »Und weißt du was, Gustav? Das ist auch gut so. Es wäre ja noch schöner, wenn die Frauen immerzu wüssten, was wir Männer tun und lassen, nicht wahr?«

Gustav schien sich dessen nicht ganz sicher zu sein, denn sein Nicken kam nur zögerlich. Also legte Brodenbeck noch eine Schippe drauf: »Erst wenn ein Mann ein Geheimnis hat, ist er ein richtiger Mann. Und du willst doch ein richtiger Mann sein, Gustav, nicht wahr?

Das auf diese Frage folgende Nicken erfolgte bereits ein wenig schneller, aber es war noch nicht so überzeugend, dass Brodenbeck hätte zufrieden sein können. Wenn er den Jungen für sich gewann, dann musste er absolut sichergehen, dass Edith nichts von ihrer Bekanntschaft erfuhr. Zumindest vorerst nicht. Den richtigen Zeitpunkt dafür würde er, Hagen Brodenbeck, beizeiten bestimmen, und niemand sonst. Ja, er brauchte Zeit, den Jungen nach seiner Façon zu formen, denn ganz gewiss hatte Edith ihn nicht zu einem Nationalisten erzogen. Genau das aber war es, was dieses Land zurzeit am dringendsten benötigte: stramme junge Burschen, denen das gesunde Gedeihen ihres Vaterlands am Herzen lag und die es zu alter Stärke und Stolz zurückführten. Und außerdem war Brodenbeck bewusst, dass, sollte ihr Sohn sich zu den Völkischen hingezogen fühlen, er Edith damit bis ins Mark treffen würde – genauso wie sie ihn, ihren Vater, mit ihrer Flucht von zu Hause und ihrer Eheschließung mit dem Kommunisten bis ins Mark getroffen hatte.

Bis Gustav aber so weit war, musste Brodenbeck sich darauf verlassen können, dass der Junge den Mund hielt, seiner Mutter und auch allen anderen gegenüber. Gut, genau genommen war er noch ein Kind, es würde noch einige Jahre dauern, bis man ihn zum Militär oder gar zu Hitlers Sturmabteilung schicken konnte. Doch musste sein junges Alter nicht von Nachteil sein, denn schließlich war er aufgrund dessen noch umso besser formbar, wenn man es nur richtig anfing.

»Was hältst du davon, wenn du von nun an regelmäßig als Laufbursche für mich tätig bist?«, unternahm Brodenbeck den nächsten Schritt. Er lächelte. »Selbstverständlich bekommst du dann auch zwischendurch mal Kuchen und heiße Schokolade. Und ich zeige dir, wie Waffen produziert und gehandhabt werden.«

Ein Leuchten trat in die Augen des Jungen. »Waffen?«, fragte er begeistert. »Richtige Gewehre? Ja, mit denen würde ich gern lernen umzugehen.« Dann jedoch wurde sein Blick skeptisch.

»Du hast deine Arbeit vorzüglich ausgeführt, wie ich finde«, sagte Brodenbeck schnell. Der Junge war kein Dummer, er würde ihn mit seinen Argumenten also überzeugen müssen, bevor Gustav sich zu viele Gedanken machte und dieses außergewöhnliche Angebot hinterfragte. »Zuverlässige Laufburschen sind heutzutage schwer zu finden, weißt du, nicht wenige von ihnen sind nur darauf aus zu stehlen.« Sein Blick bohrte sich in den von Gustav, bis der seine Augen senkte. »Du stiehlst doch nicht, Gustav?«

Rasch schüttelte der Junge den Kopf. »Nein, natürlich nicht, Herr Direktor.« Es schwang eine gewisse Empörung mit.

Gut. Brodenbeck glaubte ihm aufs Wort. Edith mochte ihren eigenen Kopf haben, aber ganz gewiss erzog sie, die in ihrer weiblichen Naivität immer an das Gute im Menschen geglaubt hatte, ihre Kinder zu anständigen Menschen, die den Besitz anderer respektierten.

Er stand auf, nahm einen Bündel Geldscheine von geringem Wert aus der Schublade seines klobigen Schreibtisches und hielt ihn seinem Enkel hin. »Dann würdest du also für mich arbeiten?«

Gustav nickte. Er streckte seine magere Hand aus, doch hielt Brodenbeck das Geld noch zurück.

»Aber eines musst du mir versprechen.«

Gustav nickte erneut, den Blick nicht von den Scheinen wendend.

»Du musst mir versprechen, dass du niemandem sagst, dass du für mich arbeitest. Auch nicht deiner Mutter.«

Gustavs Hand zuckte zurück, als hätte er sich verbrannt. »Aber warum denn?«

»Es muss reichen, dass ich dich darum bitte«, gab Brodenbeck zur Antwort. »Du weißt, dass wir in schwierigen Zeiten leben, Gustav, und dass es oft von Vorteil ist, ein Geheimnis wahren zu können, nicht wahr? Was würde wohl geschehen, wenn jemand davon erführe, dass du von mir Geld bekommst und es durch die halbe Stadt nach Hause trägst?«

»Man … würde es mir stehlen?« Dem Blick des Jungen war anzusehen, dass er mit derlei Verbrechen durchaus schon in Berührung gekommen war.

»Genau.«

»Hm.« Der Junge schien noch immer nicht ganz überzeugt.

»Du machst dir Gedanken, was deine Mutter sagen wird?«, vermutete Brodenbeck.

»Ja. Sie … sie wird es doch merken, wenn ich …«

»Du kannst es ihr sagen«, beruhigte Brodenbeck ihn. »Aber nicht, dass du es bei mir verdienst, denn das würde sie nicht gutheißen.«

»Aber warum denn nicht?«

»Genügt es denn nicht, wenn ich es dir sage? Glaub mir, ich habe mit Müttern so meine Erfahrungen.« Auf Gustavs irritierten Blick hin fuhr er fort: »Sag einfach, du bist als Laufbursche bei der Gießerei Lohmann beschäftigt.«

»Bei der Gießerei Lohmann?«

»Ja. Ihre Fabrik ist gleich neben der unsrigen. Bestimmt hast du sie schon gesehen.«

»Ja.«

»Es ist ein ehrbares Unternehmen, Gustav, und deiner Mutter wird es gefallen, wenn du dort eine Beschäftigung findest.« Brodenbeck pflegte gute Kontakte zu Lohmann, der die Brodenbeck'sche Waffenfabrik mit Stahl von formidabler Qualität belieferte. Ganz sicher würde es kein Problem sein, ihn von einer solchen Vereinbarung zu überzeugen und zum Stillschweigen zu verpflichten, zumal Lohmann ihm noch etwas schuldete. Sobald Gustav sein Büro verlassen hatte, würde er mit Lohmann ein Telefonat führen. Außer ihnen beiden aber musste keiner von dieser Vereinbarung wissen, nicht einmal sein Sohn Eberhard.

Der Junge runzelte die Stirn. »Ich fürchte, meiner Mutter wird es gar nicht gefallen, dass ich arbeiten gehe, ob für Sie, Herr Direktor, oder für die Gießerei Lohmann. Arbeit ist nichts für Kinder, sagt sie immer.«

»Nun, ich denke, dass sie schon sehr bald nichts mehr dagegen einzuwenden haben wird«, erwiderte Brodenbeck gedehnt.

Horst Bracken hatte ihm gesteckt, dass sich Edith und ihr Kompagnon, dieser Janno Ulferts, geschäftlich mit Jacob Semmering zusammengetan hatten, um der Krise zu trotzen. Seine Tochter verkehrte also nicht nur mit Kommunisten, sondern – was noch schlimmer war – erneut mit diesem Juden. Aber nicht mehr lange, dafür würde er schon sorgen. Es war an der Zeit, die Juden und alle, die mit ihnen paktierten, endlich für das zur Rechenschaft zu ziehen, was sie an diesem Land verbrochen hatten. Ja, es galt, ihnen die Schmach der Niederlage heimzuzahlen. Allein der weltweiten Verschwörung des jüdischen Kapitals war es schließlich zu verdanken, dass so viele deutsche Männer ganz umsonst im Krieg ihr Leben hatten lassen müssen, das hatte nicht zuletzt dieser Adolf Hitler von der NSDAP ganz richtig erkannt. Von all dem anderen Elend, das die Juden verursachten, einmal ganz abgesehen. Also würde er, Hagen Brodenbeck, dafür sorgen, dass es mit dem Geschäft von Semmering schon sehr bald ein ebenso bitteres wie endgültiges Ende nahm. Ein Ende, von dem zwangsläufig auch Edith und ihr Kompagnon auf üble Weise betroffen sein würden. Es würde Edith also gar nichts anderes übrig bleiben, als ihren Sohn arbeiten zu schicken, wollte sie vermeiden, dass ihre Familie erneut Hunger litt. Nein, gegen Lohmann würde sie dann ganz bestimmt nichts mehr einzuwenden haben. Brodenbeck grinste in sich hinein. Gut möglich sogar, dass sie selbst bei ihm tätig werden würde, die florierende Fabrik ihres Vaters immer in Sichtweite.

»Also?« Brodenbeck hielt Gustav erneut das Bündel Geldscheine hin.

Der Junge nahm es an sich. Zögerlich zwar, doch er nahm es an sich. Damit war der erste Schritt getan, und ganz sicher würden weitere folgen.

Brodenbeck ließ ein zufriedenes Grunzen hören. Wenn alles so lief, wie er es plante, würde sein Enkel Gustav in absehbarer Zeit ein echter Brodenbeck sein.

* * *

»Ich möchte wirklich mal wissen, warum der Kerl ständig so debil grinst«, sagte Janno, als er seinen Lieferwagen auf dem Hof von Jacob Semmerings Käserei abstellte. Schon in der letzten Woche, nachdem er aus Ostfriesland wiedergekommen war, war ihm aufgefallen, dass der sonst stets mürrische Horst ungewöhnlich gut gelaunt schien. An seinem lüsternen Blick jedoch, mit dem er Edith unverhohlen musterte, hatte sich nichts geändert. Schon einige Male in den letzten Tagen hatte Janno seinen ehemaligen Kollegen zudem um ihr Wohnhaus schleichen sehen, und er hatte ihn zur Rede gestellt. Auf seine Frage aber, was er dort zu suchen habe, hatte Horst lediglich hämisch gegrinst und gemeint, es gehe Janno nichts an, wo er sich herumtreibe. Gut möglich aber, hatte er mit sichtlichem Vergnügen hinzugefügt, dass auch er bald eine Wohnung in diesem Viertel beziehen werde.

Janno wusste nicht, ob er über dieses Ansinnen lachen oder ob er sich Sorgen machen sollte. Eigentlich müsste auch Horst klar sein, dass er sich von seinem mageren Lohn eine Wohnung in einem dieser Mietshäuser kaum würde leisten können, auch wenn sie im Vergleich zu anderen immer noch wenig komfortabel waren. Und doch war da dieser siegesgewisse Ausdruck in Horsts Gesicht gewesen, der darauf hindeutete, dass es genau so kommen könnte.

Was aber würde passieren, wenn er diesen Plan tatsächlich umsetzte und nicht von Edith abließ, sondern sie womöglich sogar noch mehr bedrängte? Wäre es dann nicht besser, wenn auch Edith für sich und die Kinder etwas Neues suchte, und das nach Möglichkeit in einem Stadtteil, den sich Horst ganz gewiss nicht würde leisten können? Allerdings stand es in diesen schwierigen Zeiten auch um die Einnahmen von *Janulf & Partner* nicht eben rosig. Woher also sollte sie das Geld für eine bessere Wohnung nehmen?

»Lass gut sein, Janno«, erwiderte Edith nun. »Horst will wie immer nur provozieren. Kein Grund, ihm mehr Aufmerksamkeit zu schenken als unbedingt nötig.« Sie stieg aus und strich ihren wadenlangen Rock glatt, wobei sie es vermied, auch nur einen Blick in die Richtung ihres ehemaligen Kollegen zu schicken, der, Hammer und Zange in der Hand, von der Werkstatt aus zu ihnen herübersah.

Janno aber hatte dieses widerwärtige Gehabe mehr als satt. »Hast du nichts zu tun?«, rief er Horst zu. »Fürs Gaffen und Sabbern wirst du nicht bezahlt.«

Für einen kurzen Moment meinte er, Wut in Horsts Augen aufblitzen zu sehen, dann jedoch erschien wieder dieses hämische Grinsen auf dem Gesicht mit der Boxernase, das Janno zu hassen gelernt hatte. »Was geht es dich an, wofür ich bezahlt werde?!«, rief Horst zurück. »Nicht mehr lange, und du kannst dir deine Arroganz sonst wo hinstecken, Janno Ulferts!« Er starrte für ein paar Augenblicke regungslos zu ihnen herüber, dann kam er stampfend und mit erhobener Faust auf sie zu. »Nicht mehr lange, und wir machen kurzen Prozess mit euresgleichen, damit ihr's wisst!«, drohte er schon von Ferne. »Ihr werdet schon sehen, was ihr davon habt, euch mit den falschen Leuten anzufreunden.«

Bei ihnen angekommen, baute er sich vor Edith auf und säuselte: »Und du, mein Täubchen, tätest gut daran, von nun an ein wenig netter zu mir zu sein. Die Zeiten ändern sich, und schon bald werden in diesem Land ganz andere das Sagen haben. Du willst doch sicherlich nicht auf der Seite der Verlierer stehen, oder?« Er hob die Hand, doch noch ehe er mit ölverschmiertem Finger über ihre Wange streichen konnte, hatte er auch schon Jannos Faust im Gesicht.

»Treib es nicht zu weit!«, zischte Janno wutentbrannt, die Faust zu einem weiteren Schlag erhoben. »Wenn du Edith noch einmal zu nahe kommst, dann ...!«

»Halt die Fresse, Ulferts!«, schnauzte Horst. Er zitterte vor Wut, während seine linke Hand sein Jochbein befingerte, das unter Jannos Hieb ein unangenehm knackendes Geräusch von sich gegeben hatte.

Janno war sich sicher, dass Horst sich nun auf ihn stürzen würde, und er machte sich parat, seinen Angriff abzuwehren. Doch als nun zwei stämmige und muskulöse Männer, die Janno hier noch nie gesehen hatten, mit grimmiger Miene über den Hof auf sie zukamen, stieß Horst einen Fluch aus und trollte sich in Richtung Geräteschuppen. Aus irgendeinem Grund schien er sich mit den beiden nicht anlegen zu wollen. »Auch ihr werdet schon sehen!«, rief er ihnen lediglich zu. »Ihr alle werdet sehen, dass in diesem Land schon bald kein Platz mehr für euch Judenfreunde ist!«

Die beiden unbekannten Männer schienen ihre Aufgabe als erledigt anzusehen. Ohne auch nur ein Wort gesagt zu haben, gingen sie zurück zum Bürogebäude, in dem auch Jacob Semmering saß.

Janno und Edith begaben sich nun ebenfalls dorthin. »Was meint er damit, dass wir uns mit den falschen Leuten anfreunden?«, fragte Edith, die sich von Horsts Auftritt gewohnt unbeeindruckt zeigte. Auch schien sie die Tatsache, dass Janno seine Faust ausgefahren hatte, nicht sonderlich anzufechten.

»Das, was er immer meint«, antwortete Janno auf Ediths Frage, als sie gerade Semmerings Büro betraten. »Falsche Freunde sind für Horst alle, die sich nicht den völkischen Nationalisten zugehörig fühlen.«

»Und vor allem sind es die Juden«, ergänzte Jacob Semmering. Er saß hinter seinem Schreibtisch und begrüßte sie mit einem traurigen Lächeln.

»Er hat dir doch hoffentlich nicht schon wieder gedroht?«, fragte Janno alarmiert.

»Natürlich hat er das«, antwortete Semmering resigniert. »Oder glaubst du, Menschen wie er hören einfach wieder damit auf? Angestachelt von diesem Adolf Hitler und dessen Schergen prügeln sie auf alles ein, was ihrer Meinung nach nicht völkischer Gesinnung ist, allen voran auf die Juden.«

Janno seufzte. Auch nach dem Krieg schien Gewalt bei vielen Deutschen ein probates Mittel politischer Auseinandersetzung zu sein, wobei es ganz egal war, ob man sich den Nationalisten, den Kommunisten oder einer anderen politischen Strömung zurechnete.

Es war, als hätten sich durch den Krieg die Grenzen von Anstand und Moral verschoben, bis hin zu Gleichgültigkeit oder sogar Akzeptanz gegenüber Morden. Der Feind musste um jeden Preis vernichtet werden – ganz egal, ob er von außen kam oder von innen. Um als Feind angesehen und bedroht zu werden, musste man allerdings längst keiner anderen Militärmacht mehr angehören; es reichte bereits aus, eine andere politische Meinung zu vertreten.

Janno war zutiefst erschüttert gewesen, als Nationalisten 1921 zunächst Finanzminister Matthias Erzberger und nicht einmal ein Jahr später Außenminister Walther Rathenau ermordeten. Viele andere Deutsche aber nahmen solch ein Verbrechen als nichts hin, über das es sich zu empören lohnte.

»Aber die Juden sind doch noch nicht einmal eine politische Partei«, hörte er Edith konsterniert sagen. Sie reichte Semmering die Hand, dann setzte sie sich vor dem Schreibtisch auf einen Stuhl. »Das ergibt doch alles gar keinen Sinn.«

»Menschen wie Horst geht es nicht um Sinn«, erwiderte Semmering, »sondern um Hass und Gewalt. Würde Hitler ihnen erzählen, dass Brillenträger oder Zahnlose an ihrem Elend schuld sind, würden sie gegen diese aufbegehren.«

»Du musst ihn endlich entlassen«, sagte Janno entschieden. »Das kannst du dir von einem deiner Angestellten doch unmöglich gefallen lassen, Jacob.« Er war am offen stehenden Fenster stehen geblieben und schaute hinaus. Von dem geschäftigen Treiben, das vor nicht allzu langer Zeit noch auf dem Gelände der Käserei geherrscht hatte, war nicht mehr viel übrig. Selbst der stechende Geruch vergorener Milch, der über die Wirtschaftsgebäude zog, hatte sich abgemildert. Da sich viele Kunden keine Milchprodukte mehr leisten konnten, lieferte auch Semmering inzwischen vornehmlich Gemüse aus, das er aus der Uckermark bezog.

»Ja, ich muss Horst entlassen«, bestätigte Semmering. »Wie …« Er schloss für einen Moment die Augen, wirkte plötzlich völlig erschöpft. »Wie auch alle anderen.« Hatte er schon die ganze Zeit dagesessen wie ein Häuflein Elend, so schrumpfte er nun hinter seinem riesigen Schreibtisch endgültig in sich zusammen. Plötzlich schien er, der jeden Raum allein durch seine Präsenz stets ausgefüllt hatte, für dieses Büro viel zu klein.

»Bitte?« Janno spürte, wie ihm die Kehle trocken wurde. »Wie … wie meinst du das?«

»Du gibst doch nicht etwa auf?«, fragte Edith. »Es ist uns in den letzten Wochen doch gelungen, die Geschäfte weitgehend zu stabilisieren.«

»Es wird mir gar nichts anderes übrig bleiben, als aufzugeben«, erklärte Semmering mit belegter Stimme. »Zwar weiß ich nicht genau, was gespielt wird, aber es ist eindeutig, dass es jemand auf mich abgesehen hat.« Als Janno etwas erwidern wollte, hob er die Hand. »Nein, es ist nicht Horst allein, obwohl ich mir sicher bin, dass er dabei eine nicht ganz unwichtige Rolle spielt. Gegen ihn allein aber würde ich es aufnehmen.« Er deutete zu einem der Fenster, vor dem die beiden muskelbepackten Männer standen und eine Zigarette rauchten. »Nachdem es mit Horsts Drohungen gegen mich immer schlimmer wurde, habe ich diese beiden zu meinem Schutz angestellt. Nach einer ersten Abreibung, die Horst von ihnen kassiert hat, macht er um mich nun Gott sei Dank einen großen Bogen.«

»Aber?«, fragte Janno lauernd.

»Als ich ihm vor zwei Tagen die Kündigung überreicht habe, hat er sie entzweigerissen und gesagt: Das kommt zu spät, Judenschwein, ich habe längst was Besseres gefunden.«

Janno war schockiert. »Und was sollte das sein?«

»Das hat er nicht gesagt. Aber ich denke, dass sich die Völkischen gegenseitig mit Arbeit versorgen. Auch wenn man die NSDAP verboten hat, so ist sie doch eine starke Bewegung, die im Untergrund ihre Truppen formiert. Man sollte ihren Einfluss nicht unterschätzen.« Semmering rückte seine kreisrunde Brille zurecht, dann sagte er: »Mit hoher Wahrscheinlichkeit sind sie daran schuld, dass mir nun auch noch die wenigen verbliebenen Kunden abspringen.«

Janno sah seinen Kompagnon entsetzt hat. Bevor er nach Ostfriesland aufgebrochen war, war es ihnen gemeinsam gelungen, ihre Geschäfte auf einem niedrigen, aber einigermaßen soliden Niveau zu stabilisieren. Zwar reichten ihre Gewinne bei Weitem nicht mehr an die heran, die sie noch im letzten Jahr hatten erzielen können, aber sie sicherten ihnen ein bescheidenes Auskommen. Nun aber sollte es plötzlich auch damit vorbei sein? »Du hast die Völkischen im Verdacht, unser Geschäft bewusst zu ruinieren?«

»Ja. Das ist der Grund, warum ich euch hergebeten habe. Wie gesagt, ich kann es nicht beweisen, aber ihr wisst, wie machtvoll Gerüchte sind.«

»Gerüchte?«, fragte Edith. Sie wirkte äußerlich ruhig, doch verriet sie ihre innere Unruhe dadurch, dass sie laufend eine ihrer blonden Locken um den Finger wickelte. »Welche Gerüchte?«

»Angeblich finanziere ich mit den Einnahmen meines Unternehmens bereits seit etlichen Jahren die jüdische Weltverschwörung.«

»W-wer behauptet denn so was?«, stammelte Edith. »Und was soll das überhaupt sein, die jüdische Weltverschwörung? Und warum ausgerechnet du?«

Semmering schob ihr eine großformatige Zeitung hin. Es war der *Völkische Beobachter*, die Parteizeitung der NSDAP, die, so hatte Janno gehört, ihre Auflage seit dem Beginn der Ruhrbesetzung um ein Vielfaches hatte steigern können. »Sie erschien vor zwei Tagen«, sagte Semmering und tippte auf einen Artikel. »Ich werde namentlich erwähnt, mit meinem hiesigen Betrieb, aber auch mit denen in der Uckermark. *Janulf & Partner* findet keine Erwähnung, aber man warnt die Kunden vor allen Unternehmen, die mit dem meinen kooperieren. Ich weiß zwar nicht, auf welche Weise Horst in diese Schmutzkampagne involviert ist, aber dass er es ist, hat er mir durch die Blume bereits zu verstehen gegeben.«

»Natürlich hat er das«, knurrte Janno. »Menschen wie er können ihr Mitwirken an derlei Schweinereien nicht verbergen und wollen es auch gar nicht. Sie sind doch viel zu stolz darauf, ein Teil davon zu sein.« Er hatte den Artikel angelesen, weigerte sich jedoch, dieser verbalen Diarrhöe, wie er sie nannte, mehr Aufmerksamkeit zu widmen, als ihr seiner Ansicht nach zustand. »Wir müssen Horst Einhalt gebieten, bevor er noch mehr Schaden anrichtet.«

»Wie willst du ihm denn Einhalt gebieten, wenn du nicht einmal weißt, wem er zuarbeitet?«, gab Edith zu bedenken. »Selbst wenn wir Horst aus dem Verkehr zögen – was, nebenbei bemerkt, durchaus in meinem Sinne wäre –, würden andere seinen Platz einnehmen. Die Völkischen sind wie ein fauliger, stinkender Morast, den es von Grund auf trockenzulegen gilt. Nur reicht ihr Einfluss bis in die höchsten Kreise in Politik und Gesellschaft, wie wir wissen. Was also sollten ausgerechnet wir gegen sie ausrichten können?« Sie schaute Semmering ratlos an. »Wie viele unserer Kunden sind abgesprungen?«

»Siebzig Prozent«, kam es mit dünner Stimme zurück.

Janno schnappte nach Luft, und auch Edith konnte einen entsetzten Schrei nicht unterdrücken. Er hatte gehofft, dass Semmering übertrieb; das aber übertraf selbst seine kühnsten Befürchtungen. »Noch einmal siebzig Prozent dessen, was nach dem letzten Einbruch geblieben war?«, vergewisserte er sich.

Semmering nickte. »Es … tut mir leid. Ich hätte euch da nicht mit hineinziehen dürfen.« Er legte Janno und Edith das Auftragsbuch vor. »Seht selbst«, sagte er bedrückt.

Tatsächlich war ein Großteil der in den letzten Tagen eingegangenen Aufträge storniert worden. Janno schwindelte. Dies war das Ende! Das Ende all dessen, was sie sich in den letzten Jahren so mühsam aufgebaut hatten. Dabei schien der Plan, beide Unternehmen für die Dauer der Krise zusammenzulegen, zunächst ein wirklich guter gewesen zu sein. »Dich trifft keine

Schuld«, hörte er sich sagen, doch übertönte das Rauschen in seinem Kopf auch das.

»Und jetzt?«, fragte Edith, deren Gesicht in Sekundenschnelle einen wächsernen Ton angenommen hatte.

»Gute Frage«, murmelte Janno, der sich zum ersten Mal seit langer Zweit ebenso ratlos wie hilflos fühlte, nachdem er den Gedanken, der ihm durch den Kopf geschossen war, beschämt wieder verwarf: Würden sie ihren Betrieb womöglich noch retten können, wenn sie sich öffentlich von Jacob Semmering distanzierten?

9

Duisburg, Mai 1923

Karl saß am Küchentisch vor einer Tasse Ersatzkaffee und machte sich Sorgen. Die Situation im Ruhrgebiet verschärfte sich mit jedem Tag, und niemand konnte sagen, wohin sie all die Streiks, Aufstände, Demonstrationen und Sabotageakte, die ihre Welt seit Monaten erschütterten, noch führen würden. Trotz des sich immer mehr ausweitenden Widerstands aber schienen die Besatzer nicht zum Abzug ihrer Truppen aus dem Ruhrgebiet bereit zu sein, sondern ihre Interessen sogar mit jedem Tag noch entschiedener durchsetzen zu wollen, wobei sie vor nichts und niemandem haltmachten.

Noch immer schockiert von dem Vorfall in den Essener Kruppwerken im März, bei dem dreizehn streikende Arbeiter durch Schüsse der Franzosen den Tod gefunden hatten, hatte Karl und seine Freunde wenig später das Gerücht erreicht, die Franzosen hätten in Dortmund kurzen Prozess mit sieben Kumpeln gemacht, weil sich diese angeblich nicht an die Ausgangssperre gehalten hätten. Leider hatte sich dieses Gerücht später als wahr herausgestellt.

Während die Opfer des Essener Blutbads unter großer Anteilnahme der Bevölkerung beigesetzt wurden, hatte der Essener Stadtkommandant Jaquemot am Ostersonntag zudem mehrere Krupp-Direktoren verhaften lassen, rund einen Monat später auch den Konzernchef Gustav Krupp von Bohlen und Halbach sowie weitere führende Mitarbeiter. Die Franzosen beschuldigten die Männer wider besseres Wissen, für das Essener Massaker verantwortlich zu sein. Die Angeklagten hatten langjährige Haft- und hohe Geldstrafen erhalten und saßen nun in Gefängnissen ein.

Diese Vorfälle steigerten die Wut der Bevölkerung auf die Besatzer ins Unermessliche, doch ließen sich diese davon nicht beirren. Selbst als sich die meisten deutschen Arbeiter der Reichsbahn weigerten, für die Besatzer zu arbeiten, hatten diese die Bahn kurzerhand übernommen und eigene Leute aus Frankreich und Belgien kommen lassen, um den Betrieb der Regiebahn, wie sie sie nannten, sicherzustellen. Gleichzeitig ließen sie alle deutschen Eisenbahner mitsamt ihren Familien innerhalb von Minuten aus deren Wohnungen vertreiben, wobei sie ihnen nicht einmal mehr Zeit ließen, ihr Hab und Gut zusammenzupacken. Mit der Folge, dass nun Tausende Menschen jedweden Alters auf der Straße standen und nicht mehr besaßen als ihr Leben, während ihre Wohnungen von marodierenden Banden geplündert wurden. Niemand wusste zu sagen, was aus diesen Menschen werden sollte, war doch kaum einer überhaupt noch in der Lage, ihnen zu essen oder gar Obdach anzubieten.

»Hier, kümmere dich in der nächsten Stunde mal um deinen Sohn. Ich glaube, dem sitzt was quer, so wie er sich heute aufführt.« Noch ehe Karl wusste, wie ihm geschah, drückte ihm Clara den schreienden Dietrich in die Arme. »Ich muss sehen, dass ich Lebensmittel bekomme, bevor sie wieder die

Preise hochsetzen.« Sie griff nach einem von mehreren Stapeln Geldscheine und stopfte ihn in einen größeren Stoffbeutel. Die anderen Stapel folgten. In der vergangenen Nacht war erneut säckeweise Papiergeld an den Kontrollen der Besatzer vorbei durch Wälder und Bergwerksstollen geschleust und am Morgen an die Not leidende Bevölkerung verteilt worden, um deren Verdienstausfälle auszugleichen. Es hieß, die Begleichung der Löhne von etwa zwei Millionen Arbeitern im Ruhrgebiet koste den Staat täglich 40 Millionen Mark, wofür die Regierung immer noch mehr Geld drucken lasse.

Doch was nutzte einem das ganze Geld, wenn es genauso wertlos war wie der Dreck unter den Schuhen?! »Als Brennstoff für den Ofen nützten uns die Geldscheine mehr als im Krämerladen«, hatte Hiska erst vor wenigen Tagen geschimpft und damit ganz sicher nicht übertrieben. »Sie sollen uns kein wertloses Papier schicken, sondern die Truppen der Reichswehr, die dem ganzen Schlamassel endlich ein Ende bereiten. Das sieht doch ein Blinder mit Krückstock, dass die Franzosen gar nicht dafür ausgestattet sind, unserem Militär lange Widerstand zu leisten. Was denken die sich also dabei, dass wir einfachen Leute uns den Besatzern allein entgegenstellen, während sie sich in Berlin 'nen schönen Lenz machen?« Fluchend hatte sie ihrem Sohn Johannes mehrere Stapel Geldscheine vor die Füße geworfen und gesagt: »Hier, kannste als Bauklötze benutzen!«

Das darauf folgende Lachen war ein bitteres gewesen.

Sobald Clara die Wohnung verlassen hatte, legte Karl den Säugling in die hölzerne Wiege zurück, ein abgenutztes, aber dennoch stabiles Ding, in dem angeblich schon mehrere Generationen von Claras Familie gelegen hatten. Sollte der Junge doch schreien, wie er wollte, was ging es ihn an? Noch immer widerstrebte es Karl zutiefst, sich in seine Vaterrolle einzufinden und Dietrich mehr Aufmerksamkeit zu schenken als unbedingt nötig. Ganz sicher war es nicht seine Aufgabe, sich um ihn zu kümmern, denn schließlich war es allein Claras Hinterlist zu verdanken, dass dieses Kind überhaupt auf der Welt war, also sollte sie auch sehen, wie sie ihn versorgte. Er, Karl, hatte weiß Gott andere Sorgen, als sich mit einem schreienden Bündel Mensch zu befassen.

Neben den politischen und sozialen Unruhen war es vor allem Enna, um die er sich sorgte. Tagtäglich trieb es ihn mehrmals zu Hiska hinüber in der Hoffnung, sie habe Neuigkeiten von ihrer Schwester erhalten. Im letzten Brief hatte Enna ihr geschrieben, dass sie die Villa der Adenas gegen die ausdrückliche Anweisung ihrer Schwiegereltern verlassen habe und mit den Kindern auf den elterlichen Hof zurückgekehrt sei. Dort erging es ihnen anscheinend gut, doch trieb Enna nach wie vor die Sorge um, man könne sie des Mordes an ihrem Bräutigam anklagen und ins Gefängnis werfen. Nach allem, was geschehen war, getrauten es sich die Adenas zwar nicht mehr, Enna zum Bleiben zu zwingen, doch hintertrieben sie ihren Entschluss auf andere Weise. Noch immer gab es keinerlei Hinweis darauf, wer der tatsächliche Mörder war. Solange der aber nicht gefunden wurde, stand Enna auf Betreiben ihrer Schwiegereltern, die sie unbedingt hinter Gitter sehen wollten, ganz oben auf der Liste der Verdächtigen und hatte schon so manches Verhör über sich ergehen lassen müssen.

Ohne Beweise keine Verurteilung, versuchte sich Karl immer wieder zu beruhigen. Doch war es wirklich so einfach? Die Adenas waren eine einflussreiche Familie, und ganz bestimmt wäre es nicht das erste Mal, dass eine solche die Justiz dazu anstachelte, das Recht zu beugen, wenn es ihr genehm war.

Es gab also nur einen Ausweg, dachte Karl. Und der bestand darin, die Adenas ein für alle Mal in ihre Schranken zu weisen und sie darauf zu verpflichten, für den Rest ihrer Tage von Enna und den Kindern abzulassen. Also würde er dafür sorgen, dass genau das geschah, auch wenn er noch nicht wusste, wie genau er dies anstellen würde. Ennas Glück lag ihm mehr am Herzen als das jedes anderen Menschen auf der Welt. Und auch, wenn er niemals die Gelegenheit haben würde, mit ihr glücklich zu sein, weil sie beide in ihren so unterschiedlichen Leben gefangen waren, so sah er es doch als seine Aufgabe an, sie nach allem, was sie hatte durchmachen müssen, vor allem Bösen zu beschützen.

Die Tür flog auf, und Claras jüngere Schwester Henrike kam herein. Sie sah besorgt aus.

»Was gibt's?«, fragte Karl, der sich ärgerte, dass sie ihn aus seinen Gedanken holte.

»Ich kam vorbei und wollte mal nachsehen, ob alles in Ordnung ist.«

»Warum sollte nicht alles in Ordnung sein?«

Henrike war zur Wiege gegangen. »Hörst du denn nicht, dass er schreit?«, fuhr sie ihn anklagend an und nahm das Kind heraus. »Oje, bestimmt hast du Luft im Bauch«, säuselte sie dem Kleinen ins Ohr, der nun nicht mehr schreiend, sondern kläglich schluchzend in ihren Armen lag, nur um sich gleich wieder an Karl zu wenden: »Du bist wirklich der mieseste Vater, den ich kenne«, schimpfte sie. »Wie lange willst du meine Schwester und den kleinen Dietrich eigentlich noch für den Fehltritt bestrafen? Siehst du denn nicht, welch wunderbares Geschenk dieses Kind ist?«

Karl knurrte etwas Unverständliches. Nein, das sah er nicht. Außerdem hatte er keine Lust mehr auf die immer wiederkehrenden Diskussionen. Clara, Henrike und alle anderen sollten einfach nur froh sein, dass er überhaupt bereit war, für Frau und Kind zu sorgen. Zu mehr fühlte er sich ihnen gegenüber nicht verpflichtet, und mehr würden sie von ihm auch nicht bekommen. Dieses ständige Gezeter, mit dem selbst seine Mutter sich nicht zurückhielt, zerrte unnötig an seinen Nerven, und er spürte, wie ihm nach und nach die Geduld abhandenkam. »Ich muss gehen.« Er griff nach seiner Jacke, und noch ehe Henrike protestieren konnte, war er zur Tür hinaus. Wenn sie alle so wild auf das Kind waren, dann sollten sie sich doch selbst darum kümmern.

Sein Blick wanderte zu Heinz hinüber, der vor seiner Wohnung auf einer Bank saß, das Gesicht der Sonne entgegengestreckt. Um ihn herum spielten gut gelaunt seine drei Kinder, und alle schienen zufrieden. Just in diesem Moment trat Hiska zur Tür hinaus, an ihrem Arm baumelte ein Einkaufskorb. Sie drückte ihrem Mann einen schnellen Kuss auf die Wange, woraufhin der sie verliebt anlächelte, dann hetzte auch sie in Richtung Krämerladen davon.

Karl fluchte. Dieses Familienidyll war wirklich kaum zu ertragen.

»Karl, warte mal!«, hörte er jemanden hinter sich rufen, und er drehte sich um. Fritze und Lotte, die nach wie vor ihre Genossen im Ruhrgebiet aktiv unterstützten, kamen in schnellen Schritten auf ihn zu und scherten sich nicht um die patrouillierenden französischen Soldaten, die sie, ihre Gewehre im Anschlag, kritisch beäugten. Seit Wochen schon engagierten sich die beiden für ihren Kampf gegen die Besatzer genauso wie gegen den der militanten Banden, die nicht davon abließen, Sabotageakte vor allem gegen Brücken und Bahnstrecken zu verüben. Grundsätzlich wäre weder gegen die Anschläge noch gegen die Rekrutierung von vierzehntausend Mann für eine Freiwilligenarmee, wie sie der Industrielle Fritz Thyssen angekündigt hatte, etwas einzuwenden gewesen. Allerdings sollte diese Armee aus ehemaligen Freikorpssoldaten bestehen, die schon jetzt in ganz

Deutschland aufs Übelste marodierend durch die Straßen zogen, und zudem würden die Franzosen die Anschläge zum Anlass nehmen, immer härtere Gegenmaßnahmen zu ergreifen. Das alles wäre also wenig zielführend, denn schon jetzt hatten, wie man hörte, inzwischen mehr als fünfzig Deutsche durch Racheakte und Folterungen der Besatzer ihr Leben lassen müssen, und noch deutlich mehr lagen zerschossen und verkrüppelt in den Krankenhäusern und Gefängnissen. Hinzu kamen jene, die, wie jüngst die Familien der Eisenbahner, obdachlos geworden und den Schulen verwiesen worden waren und dadurch unweigerlich einem noch größeren Elend anheimfielen, als sie es sowieso schon hatten ertragen müssen. Zwar hatte die Regierung in Berlin angekündigt, sie zu unterstützen, doch an derlei Versprechungen glaubte Karl schon lange nicht mehr. Mehr als Durchhalteparolen, die genauso wertlos waren wie die frisch gedruckten Geldscheine, die man ihnen in großen Säcken anlieferte, war aus der Hauptstadt bislang nicht gekommen, und wenn es so weiterging, würde das alles hier in einem veritablen Desaster enden.

»Was gibt's?«, fragte Karl schlecht gelaunt, als Fritze und Lotte nun neben ihm standen.

»Schlageters Sabotagetrupp plant für die übernächste Nacht einen Sprengstoffanschlag auf eine Eisenbahnbrücke bei Duisburg«, sagte Lotte.

»Ich denke, Schlageter sitzt seit Anfang April in Haft und wurde längst zum Tode verurteilt«, wunderte sich Karl. Seines Wissens hatten sämtliche Protestnoten und Gnadengesuche, die aus allen Teilen der Republik, ja selbst von der Reichsregierung und sogar von Kommunisten an die Besatzer adressiert worden waren, nichts genutzt. Ganz offensichtlich wollten die Franzosen an dem ehemaligen Soldaten, der für Dutzende Sprengstoffanschläge verantwortlich war und durch diese sowohl den Rhein-Herne-Kanal als auch den Dortmund-Ems-Kanal für Schiffe unpassierbar gemacht hatte, ein Exempel statuieren.

»Genau darum geht's ja«, meinte Fritze.

»Sie wollen ihn freipressen?« Karl schnaubte. »Als ließen sich die Franzosen von den paar versprengten Nationalisten, die Schlageter noch die Treue halten, erpressen. Klingt auf jeden Fall nach mächtig Ärger.«

»Vor allem für die, die damit nichts zu tun haben«, ergänzte Fritze. »Denn wenn die Sprengung gelingt, werden die Franzosen erneut Unschuldige zur Rechenschaft ziehen und in ihren Gefängnissen zu Krüppeln prügeln. Wenn sie sie nicht sogar gleich erschießen. Wir sollten die Sabotage verhindern. Keine noch so brutale Aktion wird Schlageter jetzt noch retten, sondern die Wut der Franzosen nur noch anheizen.«

»Und wie sollen wir es verhindern?«, fragte Karl.

»Wir brauchen Freiwillige, die sich Schlageters Leuten entgegenstellen. Sie dürfen die Brücke gar nicht erst erreichen«, antwortete Lotte. »Bist du dabei?«

Karl nickte. Es kam seiner Stimmung entgegen, den kriegswütigen Nationalisten in ihren braunen Uniformen Paroli zu bieten. »Ich kümmere mich darum, dass möglichst viele Kameraden der Roten Ruhrarmee dabei sind. Die werden froh sein, dass sie dem völkischen Dreckspack mal ordentlich was auf die Mütze geben können.«

»Das hatten wir gehofft«, sagte Fritze. »Wir für unseren Teil versuchen, die KPDler davon zu überzeugen, zu den Waffen zu greifen, anstatt wie bisher nur mit nichtsnutzigen Reden ein Ende der Besatzung herbeischwafeln zu wollen, während die Völkischen unser Land in Schutt und Asche legen.«

»Gut«, erwiderte Karl, der froh war, etwas zu tun zu haben, »ich mache mich gleich mal auf den Weg.« Als er Clara – aus irgendeinem Grund in Tränen aufgelöst und die Taschen mit offensichtlich nur dürftiger Ausbeute gefüllt – am Krämerladen seinen Namen rufen hörte, beeilte er sich, seinen Weg fortzusetzen. »Alles andere später«, rief er Fritze und Lotte zu, bevor er hinter der nächsten Ecke verschwand.

* * *

Clara versuchte, sich bei ihrem Mann, den sie mit Fritze und Lotte zusammenstehen sah, Gehör zu verschaffen, doch zeigte Karl weder Interesse an ihren Tränen noch an dem, was sie ihm zurief, bevor er wie gehetzt um die nächste Ecke verschwand. Wie es schien, konnte er mal wieder nicht schnell genug die Flucht vor ihr ergreifen, und so langsam wusste sie wirklich nicht mehr, was sie noch tun sollte, um ihn umzustimmen. Zutiefst verzweifelt heulte sie ein weiteres Mal auf, dann jedoch fiel ihr ein, dass sie den kleinen Dietrich bei ihm gelassen hatte. Ihr Herz begann schneller zu schlagen. Hatte er das Kind wirklich sich selbst überlassen? Das konnte doch kaum … Sie atmete erleichtert auf, als nun Henrike mit dem Kind auf dem Arm aus dem Haus trat. Ihre Schwester schenkte ihrer Umgebung keinerlei Beachtung, ihre ganze Konzentration galt ihrem Neffen, an dem sie vom ersten Tag an einen Narren gefressen hatte. Vermutlich würde sie ihn mit zu ihrer Mutter nehmen und ihm so lange beim Schlafen zusehen, bis er seine nächste Mahlzeit einforderte.

Clara war drauf und dran, Henrikes Namen zu rufen, dann jedoch entschied sie sich dagegen. Bis zum nächsten Stillen würde Dietrich hoffentlich noch ein paar Stunden Ruhe geben. Eine gute Gelegenheit also, ein wenig zur Ruhe zu kommen und noch das ein oder andere zu erledigen.

Clara sah über die Schulter zurück, als am Krämerladen plötzlich ein wahrer Tumult losbrach. Anscheinend wollten es sich die Frauen der Siedlung nicht gefallen lassen, dass sie für ihr Geld keine Lebensmittel bekamen. Ja, genauso war es auch ihr ergangen, doch hatte sie nicht die Kraft aufgebracht, dagegen zu protestieren, sondern war stattdessen in Tränen ausgebrochen. Zu sehr hatte sie in den letzten Wochen nicht nur unter den laufend größer werdenden Entbehrungen, sondern vor allem unter Karls Ablehnung gelitten. Stets hatte sie während der Schwangerschaft die Hoffnung genährt, dass er zur Besinnung kommen würde, sobald er sein Kind im Arm hielt. Diese Hoffnung war inzwischen zerstoben und einer tiefen Resignation gewichen. Seine Ablehnung traf sie umso schmerzlicher, als sie Karl immer noch von Herzen liebte, und so kam zu dem Kummer, dass er sein eigenes Kind ablehnte, auch noch der Herzschmerz hinzu, der sie immer öfter zu zerreißen drohte. Wenn sie nachts neben ihm im Bett lag, wünschte sie sich nichts sehnlicher, als dass er sie begehren und berühren würde. Karl aber tat, als existiere sie nicht, ganz egal, wie sehr sie sich auch anstrengte, ihn mit ihren körperlichen Reizen zu verführen.

Es war die Hölle.

»Rück sofort das Brot raus, du dreckiges Stück Mist!«, hörte Clara eine der Frauen mit sich überschlagender Stimme keifen. »Meine Kinder haben Hunger. Hunger, verstehst du? Wenn du es nicht rausrückst, werde ich es mir gewaltsam holen! Also, was ist?«

»Erst wenn das neue Notgeld kommt«, rief die Krämerfrau mit resoluter Stimme zur Tür hinaus, die sie vorsorglich nur einen Spalt geöffnet hatte. »Euer Geld ist nichts mehr wert, versteht das doch! Zuerst müssen die größeren Banknoten her, bevor ich euch was verkaufen kann!«

»Wir haben dieses Geld erst heute bekommen«, kreischte eine Frau zurück. »Erst heute, verstehst du? Es kann überhaupt nicht wertlos sein!«

Die anderen Frauen stimmten in ihr Gebrüll mit ein, es mochten etwa ein Dutzend sein. Unter ihnen waren auch Gisela und Hiska. Mit hochgereckten Fäusten drohten sie der Krämerfrau alles Mögliche an, während die sich nun wieder in ihrem Laden verschanzt hielt.

Im nächsten Moment schon flog der erste Stein, die Schaufensterscheibe zerbarst und fiel in tausenden Scherben klirrend zu Boden. Es dauerte lediglich eine Schrecksekunde, bis sich die ersten Frauen berappelten und den Laden durch die zerborstene Scheibe zu stürmen begannen. Prompt schnitt sich im nun einsetzenden Gedränge eine von ihnen dermaßen den Arm auf, dass ihr Blut nach allen Seiten spritzte. Doch das scherte die anderen nicht. Viel zu sehr waren sie darauf fixiert, die wenigen Lebensmittel zu ergattern, die noch in den Regalen zu finden waren.

Das alles war zu viel für Clara. Zwar hätte auch sie dringend Lebensmittel gebraucht, doch hatte sie weder die Kraft noch war sie willens, es mit all den Furien aufzunehmen, die sich nun gegenseitig die Waren aus den Händen rissen und auch vor Gewalt nicht zurückschreckten. In dieser Situation, in der sie täglich nicht nur um ihre Kinder Angst haben mussten, sondern auch um ihre zumeist arbeitslosen Männer, die sich, oft auf gefährliche Weise, der Rebellion gegen die Besatzer angeschlossen hatten, mutierten selbst die sanftesten Frauen zu Bestien.

Clara, die das Gefühl hatte, das Gekreische und Gezerre ihrer Nachbarinnen sowie die Hilferufe der blutenden Frau nicht länger ertragen zu können, rannte in Richtung der Schrebergärten davon. Dort angekommen stützte sie keuchend ihre Hände auf den Knien ab und sah sich um.

Kaum einer hatte in den letzten Wochen einen Sinn für die erwachende Natur gehabt, für das saftige Grün der Bäume und die blühenden Sträucher und Blumen, die dem grauen Einerlei der von Ruß überzogenen Zechensiedlung jedes Jahr aufs Neue ein Stück Leben abtrotzten.

Nachdem sie sich von ihrem schnellen Lauf ein wenig erholt hatte, fiel Clara das Atmen schon erheblich leichter, und sie sog den lieblichen Duft von Maiglöckchen und Flieder tief in ihre Lungen. Erschöpft ließ sie sich inmitten der Gärten, in denen außer ihr kein Mensch zu sehen war, ins Gras sinken. Den Kopf auf die Knie gebettet, überkam sie rasch ein Dämmerschlaf, aus dem sie erst hochschreckte, als jemand zunächst leise, dann lauter das Wort an sie richtete.

»Excusez-moi, Madame.«

Clara fuhr der Schrecken in die Glieder. Direkt vor ihr aufgebaut stand ein Mann in blauer Uniform und sah sie mit schräg gelegtem Kopf an. Er sah keineswegs unfreundlich aus, lächelte sogar, auch war er mit seiner schlanken Statur, dem glatt rasierten, kantigen Gesicht und dem dunklen, welligen Haar eine recht attraktive Erscheinung. Clara aber traute grundsätzlich keinem Franzosen über den Weg, schon gar keinem Offizier, und so kauerte sie sich noch ein wenig mehr zusammen. »J-ja?«, fragte sie zögernd, wobei sie aus den Augenwinkeln ihre Chancen auf eine Flucht abschätzte. Sie waren gleich null, wie sie sich eingestehen musste, und ihr sank der Mut.

»Vous êtes très belle, Madame«, sagte der Offizier, der von höherem Rang zu sein schien, mit geradezu schwärmerischem Blick.

»Hä?«

»Du sehr schön«, übersetzte er ebenso falsch wie mit starkem Akzent.

Claras Misstrauen wuchs, doch versuchte sie, sich ihre Angst nicht anmerken zu lassen.

»Ich fragen, ob du malen.«

»Ob ich male?«, fragte Clara verdutzt. »Warum wollen Sie das wissen?«

»Non«, schüttelte er lachend den Kopf, »du nicht malen.«

»Richtig, ich nicht malen«, bestätigte sie keck, biss sich jedoch sogleich auf die Lippen, denn es war sicherlich keine gute Idee, ihn dadurch zu erzürnen, dass sie sein falsches Deutsch imitierte.

Er tippte sich unbeeindruckt mit dem Finger auf die Brust. »Ich malen.« Dann zeigte er auf sie. »Du.«

Es dauerte einen Moment, bis Clara begriff, was er von ihr wollte. Sie brach zunächst in ein unterdrücktes Glucksen, dann in schallendes Gelächter aus. Er wollte sie malen! Sie! Entweder hatte er völlig den Verstand verloren, oder aber er machte sich über sie lustig.

»Du schön … lachen. Und schön cheveux«, ließ er sich nicht beirren und deutete ihre Locken an, indem er neben seinem Kopf drehende Bewegungen mit dem Zeigefinger machte. »Und schön … visage und … äh … beaux yeux.« Er zeigte auf ihr Gesicht, dann auf ihre Augen. »Ich du malen. Bitte.«

Der Kerl schien es wirklich ernst zu meinen. Clara war so perplex, dass sie ihn aus großen Augen anstarrte – was ihn noch mehr in Entzücken zu versetzen schien.

»Ich du malen. Bitte«, wiederholte er, und in seinem Blick lag nun etwas Flehendes. Er zog einen Skizzenblock aus der Uniformjacke und drückte ihn ihr in die Hand. »Du … sehen.«

Clara nahm den Block mit zittrigen Händen entgegen. Sie fühlte sich von dieser Situation völlig überfordert, auch wenn dieser Offizier keine bösen Absichten zu verfolgen schien. Vielleicht aber war dieses schöne Getue auch nur seine Masche, sie einzuwickeln, um schließlich das zu bekommen, was er sich erhoffte. In der Zechensiedlung kursierten die schauerlichsten Geschichten darüber, was die französischen Soldaten deutschen Frauen antaten.

Je mehr Skizzen Clara sich ansah, desto beeindruckter war sie. Dieser Mann schien alles zu zeichnen, was ihm vor die Augen kam, Gebäude, Landschaften, Gesichter. Vor allem Letztere waren so ausdrucksstark, dass sie ergriffen schlucken musste. Er schien in den Zeichnungen mit wenigen Strichen sämtliche Emotionen eingefangen zu haben, deren ein Mensch fähig war. Freude, Zorn, Angst, Traurigkeit …

»Sie … sind wirklich schön«, sagte Clara mit belegter Stimme, als sie den Block an ihn zurückreichte.

»Du schön«, bekräftigte er. »Ich du malen? Bitte.« Ohne eine Antwort abzuwarten, trat er ein paar Schritte zurück, zog einen Stift aus der Tasche und begann in schnellen Linien zu zeichnen, wobei er seine Augen abwechselnd auf sie und aufs Blatt richtete. Nach nur wenigen Minuten drückte er ihr den Skizzenblock abermals in die Hand.

Clara beschwor sich, nicht einen Blick auf die Zeichnung zu werfen, schließlich aber siegte die Neugier. Sie stieß einen überraschten Laut aus. Es war, als würde sie sich im Spiegel betrachten. Nicht nur hatte er die Konturen ihres Gesichts und die Struktur ihres rotblonden Haars exakt getroffen, sondern auch den Ausdruck ihrer Augen, die von großem Kummer ebenso zeugten wie von der Liebe, die sie zu geben bereit war. Es war verblüffend.

»Ich malen … grande peinture.« Er zeichnete mit seinen Armen einen großen Rahmen in die Luft, dann nickte er ihr aufmunternd zu.

»Aber … das geht nicht«, stammelte Clara, während sie gleichzeitig Feuer und Flamme war. Wie würde es sein, ihr eigenes Gesicht auf einem großen Gemälde zu sehen? Noch dazu in einer Art, wie sie es vermutlich schöner nie gesehen hatte?

»Du monnaie. Geld.« Er kramte erneut in seiner Uniformtasche und zog einen Bündel Geldscheine hervor. Fremde Geldscheine. Nicht diese wertlosen Lappen, für die sie an diesem Morgen nicht einmal mehr ein Brot bekommen hatte.

»Francs«, sagte er. »Du viele Francs. Wenn malen.« Er reichte ihr das Geld. »Ich du malen, du Francs. Viele mehr Francs.«

Clara schluckte, während sie die festen Scheine, die allesamt die Zahl 100 trugen, zwischen ihren Fingern rieb. Zwar hatte sie keinerlei Ahnung, was sie im Vergleich zur Mark wert waren, aber sie fühlten sich an wie der größte Schatz, den sie je besessen hatte.

Sie gab ihm die Scheine und die Zeichnung zurück, er aber winkte ab. »Du Geld haben. Und peinture.«

»Ich … soll sie behalten?«

»Be-alten. Oui. Garder.« Er nickte eifrig.

»Aber …«

»Du be-alten. Wenn du malen, mehr Geld. Viele mehr Geld.« Er kritzelte etwas in seinen Block, riss das Blatt heraus und drückte es ihr in die Hand. Es stand eine Adresse darauf, die von ihrer Siedlung aus zu Fuß in wenigen Minuten zu erreichen war. Daneben standen Datum und Uhrzeit.

Er wollte sich am morgigen Abend mit ihr treffen.

* * *

Es schickt sich nicht. Es war dieser Gedanke, der Clara von dem Moment an quälte, da der Franzose zum Abschied seine Uniformmütze vor ihr gezogen und sie im Schrebergarten zurückgelassen hatte. »Genau«, bekräftigte sie ihren Gedanken, in dem sie ihn laut aussprach, »es schickt sich für eine Frau absolut nicht, sich von einem wildfremden Mann malen zu lassen. Und schon gar nicht schickt es sich, sich auf diese Weise mit dem Feind gemein zu machen.«

Immer wieder hatte sie in den letzten vierundzwanzig Stunden die Zeichnung bestaunt, die er von ihr angefertigt hatte, obwohl sie sich geschworen hatte, es nicht zu tun. So auch jetzt. *Du schön.* Ein Kribbeln durchfuhr ihren Körper. Wie würde es sein, wie es sich anfühlen, wenn sie diesem attraktiven Mann Modell saß? Ob es sein Plan war, sie nackt zu zeichnen? Gesagt hatte er nichts dergleichen, jedoch hatte sie durchaus schon von Frauen gehört, die sich vor Malern zu diesem Zweck entblößten. Allein schon der Gedanke daran trieb ihr die Schamesröte ins Gesicht, und gleichzeitig spürte sie eine Erregung in sich aufsteigen, die sie wohlig schaudern ließ.

Clara warf einen Blick in den kleinen, zur Hälfte milchig angelaufenen Spiegel, der auf Augenhöhe an der Wand ihres Schlafraums hing. Ihre rotblonden Locken erschienen ihr kraftlos, ihr blasses Gesicht fleckig, ihre Lippen zu schmal, ihre Nase zu lang. Und dann die ganzen Sommersprossen! *Du schön.* »Sei nicht albern!«, schalt sie sich selbst. »Im Vergleich zu dir ist selbst eine Vogelscheuche eine Schönheit. Nicht mal dein eigener Mann kann dich leiden.«

Sie schnappte sich die Zeichnung und rannte damit in die Küche. Schon ein paar Mal hatte sie hier vor dem Ofen gestanden und sie dem Feuer übergeben wollen, doch hatte sie es dann doch nicht übers Herz gebracht. Leider erging es ihr auch jetzt nicht anders. Immer wieder zuckte ihre Hand zurück, sobald sie die Hitze der Flammen spürte. Fast war es, als wollte eine unsichtbare Macht sie davon abhalten, die Zeichnung zu vernichten. Oder hatte sie ganz einfach nur Scheu, ihr eigenes Gesicht brennen zu sehen?

Sie trug das Skizzenblatt in den Schlafraum zurück und schob es zu den Franc-Noten unter die Matratze von Dietrichs verwaister Wiege. Henrike hatte den Jungen vor gut einer halben Stunde zu einem Spaziergang abgeholt. Clara konnte sicher sein, dass Karl die Zeichnung und das Geld hier nicht finden würde, denn noch nie hatte er auch nur das geringste Interesse daran gezeigt, einen Blick auf seinen schlafenden Sohn zu werfen. Warum also sollte er unter der Matratze nach irgendetwas suchen, von dem er nicht einmal wusste, dass es existierte? Dass sie das Geld vor ihm verbarg, hatte ihr nur für einen kurzen Augenblick ein schlechtes Gewissen bereitet. Dann jedoch hatte sie sich eingeredet, dass sie es lediglich für Dietrich machte. Noch hatten sie ausreichend zu essen, auch wenn es tagtäglich schwieriger wurde, welches zu besorgen. Sollte es aber einmal so weit sein, dass sie tatsächlich dem Hunger anheimfielen, könnte ihnen dieses fremde Geld womöglich aus der Patsche helfen und den Jungen davor bewahren, einen schrecklichen Tod zu sterben.

Zurück in der Küche schaute Clara sich um. Heute Abend, schoss es ihr durch den Kopf. Heute Abend könnte sie all das hier für immer hinter sich lassen. Die grauen, unverputzten Wände, die verrußten Fenster, den abgetretenen Fußboden, den mit Kerben übersäten Tisch und den gusseisernen Ofen, für den die Besatzer im Winter selbst hier im Pott die Kohle rationiert hatten.

Wie mochte ihr Leben zukünftig aussehen, wenn sie den Bitten des feschen Offiziers nachkam und – sollte er seine Bitte erweitern – sich dazu bereit erklärte, dieses Leben gegen ein neues einzutauschen? Würde der Franzose sie womöglich mit nach Paris nehmen? Sie ganz groß herausbringen als seine Muse? Würden ihr womöglich noch ganz andere, im besten Falle wohlhabende Männer zu Füßen liegen?

Du schön.

Was auch immer einer solchen Entscheidung folgen mochte, so stand eines bereits fest: Sie würde nicht mehr hierher zurückkehren können. Nicht einmal ihre Mutter würde sie nach einem solchen Skandal noch bei sich aufnehmen, und für Karl wäre es eine willkommene Gelegenheit, sie endlich loszuwerden. Doch was würde dann aus Dietrich? Würde sie ihn mitnehmen können? Beim Gedanken daran, dass sie ihren kleinen Sohn zurücklassen müsste, zerriss es ihr schon jetzt das Herz.

Andererseits: Musste überhaupt jemand davon erfahren, dass sie dem Franzosen Modell saß? Könnte sie sich nicht einfach unter einem Vorwand davonschleichen und dann wieder nach Hause zurückkehren, als wäre nichts gewesen? Schließlich trieb sich doch auch Karl ständig irgendwo herum, ohne ihr Bescheid zu geben. Häufig wusste sie weder, wohin er ging, noch, wann er wieder zurück sein würde. Und Henrike würde sich sicherlich liebend gern um Dietrich kümmern, wenn sie sie darum bat.

Aber was würde geschehen, wenn diese Hinterlist herauskam? War es überhaupt möglich, es vor allen anderen zu verheimlichen? Was, wenn jemand sie eines Tages auf dem Bild wiedererkennen und Karl sie daraufhin halb tot prügeln würde? Zwar zeigte er nicht das geringste Interesse an ihr oder ihrem Körper, doch wurde nicht jeder Mann fuchsteufelswild, wenn seine Frau ihm Hörner aufsetzte?

Diese Fragen und noch viele mehr drehten sich immer und immer wieder in Claras Kopf, zu einem Ergebnis aber kam sie nicht.

Insgeheim jedoch wusste sie, dass sie zu einem solchen Schritt, dessen Folgen nicht abzusehen waren, zu feige sein würde. Nein, diese Siedlung war alles, was sie kannte, und sie hatte nicht gelernt, irgendwo anders zurechtzukommen – schon gar nicht in Paris, von dem sie schon so viel gehört hatte, von dem sie jedoch nicht einmal genau wusste, wo es eigentlich lag.

Und ganz sicher wollte sie nirgendwo leben, wo es nur Franzosen gab. Nicht für alles Geld der Welt.

* * *

Hiska schämte sich in Grund und Boden. Nur mit Mühe gelang es ihr, ihrem Tagwerk nachzugehen, sich um den Haushalt und die Kinder zu kümmern. Das, was tags zuvor im Krämerladen vorgefallen war, hätte nicht passieren dürfen. Unter gar keinen Umständen hätte es passieren dürfen. Natürlich, die Nerven aller lagen blank, seit Wochen schon, wenn nicht gar seit Monaten. Auch wurde das Problem der Versorgung mit Lebensmitteln täglich dringender, viele lebten in der Angst, sich entweder bald kein Essen mehr leisten oder aber keines mehr kaufen zu können, einfach, weil es keines mehr gab. Oder sogar beides.

So prekär diese Situation jedoch auch war, auf gar keinen Fall berechtigte sie irgendwen dazu, andere Menschen in Angst und Schrecken zu versetzen – oder gar zu töten. Noch dazu Menschen, die im Prinzip in keiner besseren Lage waren als man selbst.

Das schiere Grauen erfasste Hiska, wenn sie sich einmal mehr in Erinnerung rief, dass sich beim Sturm auf den Krämerladen eine noch junge Nachbarin schwer verletzt hatte. Angerempelt und gestoßen im Getümmel hatte sie sich den Arm an der zerbrochenen Scheibe aufgeschlitzt und war in ihrer Panik wieder nach draußen gestürzt. Viel zu spät waren sie ihr zu Hilfe gekommen, hatten, fokussiert einzig auf die Lebensmittel im Regal, ihre Angstschreie und ihr Flehen ignoriert. Getrieben von unbändiger Wut und Gier hatten sie nicht bemerkt, dass ihr Schreien nach nur wenigen Minuten einem Wimmern wich, das Wimmern einem Schweigen. Einem endgültigen Schweigen. Alles Brot dieser Welt konnte diese Frau nicht wieder zum Leben erwecken, ihrem Mann nicht die Frau und ihren Kindern nicht die Mutter zurückgeben.

Ja, sie waren zu Monstern mutiert, allesamt. Auch Hiska hatte in dem Tumult, an dem rund ein Dutzend Frauen beteiligt gewesen war, zwei Brote und zwei Kohlköpfe ergattert, ihre Freundin Gisela gar noch mehr. Zunächst hatte es sich wie ein Sieg angefühlt, und sie hatten ihre Beute voller Stolz nach Hause getragen – in ihrem Rausch immer noch nicht wahrnehmend, welches Drama sich soeben direkt vor ihren Augen abgespielt hatte. Als Gisela es ihr wenig später mitteilte, war Hiska wie vor den Kopf geschlagen gewesen, hatte sich vor lauter Schreck sogar übergeben müssen. Was um alles in der Welt hatten sie nur getan?

Je mehr Zeit seither vergangen war, desto schofeliger fühlte Hiska sich, und die Schuld, die nun für immer auf ihren Schultern lasten würde, schnürte ihr schier den Atem ab. Als dann Heinz am Abend nach Hause gekommen war und sie ihm weinend von den Vorfällen berichtete, hatte er darauf bestanden, dass sie das Brot und den Kohl wieder zurückbrachte, was sie auch tat. Die völlig verzweifelte und unter Schock stehende Krämerfrau hatte nicht einmal einen Blick für sie übrig gehabt, als sie ihr die Lebensmittel zurück auf den Tresen legte.

»Der liebe Gott wird euch für den Tod dieser Frau zur Rechenschaft ziehen«, hatte Heinz mit unendlich müder Stimme gesagt. »Genau wie er uns alle für jeden einzelnen Tod zur Rechenschaft ziehen wird, den wir in den letzten Jahren nicht verhindert haben oder gar selbst zu verantworten hatten.« Und dann hatte er sich zu einer Aussage hinreißen lassen, für die ihn vermutlich ein Gutteil der Deutschen an den Strang gewünscht hätte: »Letztlich haben wir Deutsche uns das ganze Elend doch nur selbst zuzuschreiben, auch wenn es keiner wahrhaben will. Wer Kriege anzettelt, muss damit rechnen, sie zu verlieren. Alles, was wir jetzt zu ertragen haben, sind lediglich die Konsequenzen aus dem, was wir verbrochen haben. Ja, der Preis, den man uns auferlegt hat, ist hoch. Aber das war er für alle anderen Völker, denen wir unseren Willen mit Gewalt haben überstülpen wollen, nicht minder.«

Doch das Leben ging weiter, auch wenn es schwerfiel zu akzeptieren, dass die Erde nach solch einem furchtbaren Ereignis nicht wenigstens für ein paar Minuten zum Stehen kam. Wieder war ein Menschenleben vergeudet worden, wieder trauerte eine Familie – und wieder schien niemand daraus lernen zu wollen, denn auch an diesem Mittag saßen Heinz und Karl in Hiskas Küche zusammen, um zu besprechen, wie sie Schlageters Sabotagetrupp in der Nacht beikommen und, wenn nötig, möglichst viele seiner Mitglieder liquidieren konnten.

Die befürchtete Strafe Gottes jedenfalls schien nicht Grund genug zu sein, einen ersten Schritt hin zum friedlichen Miteinander zu machen, das sich Heinz und Karl doch angeblich so sehr wünschten.

Auch Clara war zu ihnen gestoßen, ließ ihren kleinen Dietrich auf ihrem Schoß auf und ab wippen, was diesen zu gut gelauntem Glucksen animierte. Clara selbst jedoch schien nicht ganz bei der Sache zu sein, denn sie antwortete auf Hiskas Fragen nur einsilbig, auch waren ihre Wangen seltsam gerötet und in ihren Augen lag ein seliger Glanz, den Hiska bei ihr noch nie wahrgenommen hatte. Für einen kurzen Moment kam Hiska der Gedanke, dass sich Karl Frau und Kind gegenüber womöglich endlich zugewandter verhielt, doch gab der sich bei näherer Betrachtung so ignorant wie eh und je. Vielleicht aber lag Claras seltsames Verhalten darin begründet, dass auch sie von dem schrecklichen Tod der Nachbarin erfahren hatte und entsprechend schockiert war. Hiska traute sich nicht, Clara vor den Männern darauf anzusprechen, also verschob sie es auf später.

Während Hiska weiter ihrer Hausarbeit nachging, saßen Johannes und Ilse am Tisch und löffelten ihre Suppe. Der kleine Willi aber war völlig erschöpft auf einer Decke liegend eingeschlafen.

»Ich schlage vor, dass wir Schlageters Trupp in einen Hinterhalt locken und dort ausräuchern«, sagte Karl gerade, als unvermittelt die Haustür aufschwang – und im nächsten Moment eine Frau eintrat, an der rechten Hand ein kleines Mädchen, an der linken einen kleinen Jungen haltend.

Alle in der Küche waren so perplex von Ennas plötzlichem Auftauchen, dass es ihnen für ein paar Sekunden die Sprache verschlug. Dann aber sprang Karl so abrupt von seinem Stuhl auf, dass dieser hinter ihm krachend zu Boden fiel. Ohne noch auf irgendetwas oder irgendwen zu achten, stürzte er auf Enna zu, schlang die Arme um sie und krächzte: »Mein Gott, ich hatte so sehr gehofft, dass du erneut den Weg zu uns findest. Ich hatte solch eine Angst um dich, Enna, solch eine Angst!« Er wischte sich ebenso gerührt wie beschämt ein paar Tränen aus den Augen. »Oh mein Gott, Enna«, sagte er dann ergriffen, »wie sehr ich mich freue, dich und die Kinder wohlauf zu sehen! Jetzt wird alles gut, das verspreche ich dir. Jetzt wird endlich alles gut.«

Hiska entging nicht der seltsame Ausdruck auf Claras Gesicht, als diese nun aufstand und mit Dietrich auf dem Arm und ohne ein weiteres Wort das Haus verließ.

Vielleicht wäre Hiska ihr hinterhergelaufen, hätte sie geahnt, dass dies für sehr lange Zeit das letzte Mal sein würde, dass sie Clara sah.

* * *

Nachdem ihn die Franzosen vor drei Jahren wegen Waffenschmuggels aus der entmilitarisierten Zone ins Gefängnis gesteckt hatten, war Heinz-Rudolf von Wolff zu dem Ergebnis gekommen, dass es angenehmer sein würde, zukünftig mit den Besatzern zu kooperieren. Also hatte er einem ihrer Kommandeure diesen Vorschlag unterbreitet und war daraufhin nach deutlich kürzerer Zeit, als es das Urteil vorsah, aus der Haft entlassen worden.

Seitdem ließ er sich regelmäßig in seiner von den Franzosen besetzten Zeche sehen und tat so, als würde er ihnen in die Hände arbeiten. So hatte er beispielsweise dafür gesorgt, dass ihnen – im Gegensatz zu vielen anderen Zechen, in denen man wichtige Unterlagen hatte verschwinden lassen – sämtliche Papiere zur Verfügung gestellt wurden und sie damit einen geordneten Betrieb weitgehend aufrechterhalten konnten; mal abgesehen von den streikenden Arbeitern, die sich trotz etlicher Versprechen vonseiten der Besatzer weigerten, in den Berg einzufahren. Inzwischen waren sie jedoch zumeist durch Arbeitskräfte aus den französischen und belgischen Kolonien ersetzt worden, und die Kohleförderung lief auf einem ganz ordentlichen, wenn auch nicht auf gewohntem Niveau.

Selbstverständlich hatte von Wolff niemandem von diesem Pakt mit den Besatzern erzählt, nicht einmal seiner eigenen Frau, denn ganz sicher wäre es ihm nicht gut bekommen, wenn es die Runde gemacht hätte. Menschen wurden in der heutigen Zeit aus viel unbedeutenderen Beweggründen gelyncht. Und so schlich er sich, wenn er sich mit dem Interimsdirektor namens Jacques Dupont zu einer Besprechung verabredet hatte, meistens über Umwege aufs Zechengelände, um von möglichst wenigen Leuten gesehen zu werden.

So auch heute, denn an diesem Tag war es ganz besonders wichtig, bei den Franzosen schön Wetter zu machen. Auf gar keinen Fall nämlich durfte einer von ihnen ihn verdächtigen, etwas mit dem Anschlag zu tun zu haben, der in der kommenden Nacht auf eine weitere Eisenbahnbrücke am Rhein-Herne-Kanal verübt werden würde. Umso mehr, als er zu denjenigen gehörte, die an der Planung und Vorbereitung dieses Sabotageakts federführend beteiligt gewesen waren – wie auch an so vielen anderen zuvor.

Gewiss, dieses doppelte Spiel konnte ihn eines Tages den Kopf kosten. Allerdings ging es dabei um nicht weniger als die Zukunft dieses Landes. Sollte Deutschland unter der Führung von so grandiosen Köpfen wie Adolf Hitler in neuem Glanz erstrahlen und seinem Volk Stolz und Würde zurückgeben, dann brauchte es mutige und einflussreiche Menschen wie ihn, die den Führern unterstützend zur Seite standen.

Unter diesen Voraussetzungen konnte es also nicht schaden, gut über die Pläne der Franzosen informiert zu sein. Wie viel Kohle wurde gefördert, wie viel auf Waggons verladen, wie viel wann außer Landes gebracht? Sich das Vertrauen von Dupont zu erschleichen, hatte sich gelohnt, denn durch ihn erfuhr von Wolff mehr, als er zu hoffen gewagt hatte.

An diesem Mittag also saß er bei dem Interimsdirektor im Büro, das früher sein eigenes gewesen war, und schenkte erneut nach. Es hatte gar nicht mal viel bedurft, um herauszufinden, dass Dupont einem Glas Whisky auch zu früher Stunde keineswegs abgeneigt war und mit jedem Schluck, den er zu sich nahm, ein wenig redseliger wurde. Nur allzu oft geriet er dann in eine schwulstige Schwärmerei über die Schönheiten Frankreichs, den Liebreiz seiner Frau Gemahlin oder den hellen Verstand seiner Kinder.

»Wissen Sie, *mon cher* von Wolff«, sagte er gerade mit zunehmend schwerer Zunge, »mein Jüngster, der wird eines

Tages ein ganz Großer sein.« Er klopfte sich mit der Faust gegen die Stirn. »*Il y en a là-dedans.* Er hat – wie sagt man – was im Kopf.« Dupont ergoss sich in einem Schwall französischer Sätze, von denen von Wolff nur Bruchstücke verstand. Doch ertrug er dieses unsinnige Geschwafel in dem Wissen, dass sein vermeintlicher Mitstreiter über kurz oder lang auch auf die Pläne der Besatzer zu sprechen kommen würde, das Deutsche Reich so lange für die Verheerungen des Kriegs bluten zu lassen, bis es bereit war, die linksrheinischen Gebiete mit allen Rechten an Frankreich abzutreten – so wie es sich französische Herrscher bereits seit Jahrhunderten in ihren Köpfen ausmalten.

In solchen Momenten kochte von Wolff innerlich vor Wut, doch ließ er es sich selbstverständlich nicht anmerken. Stattdessen neigte er nun zustimmend den Kopf, als Dupont sein Glas erhob und sagte: »Nicht viele Deutsche wissen unsere Wohltaten zu schätzen, *n'est-ce pas*? Es wird daher nicht zu Ihrem Schaden sein, verehrter von Wolff, dass Sie uns zur Seite stehen in diesen schwierigen Zeiten.«

Nun, darauf konnte von Wolff getrost verzichten, denn er wusste eines mit Sicherheit: Solange es Strategen und Macher wie ihn gab, würden sich die Franzosen an ihnen die Zähne ausbeißen. Es war nur noch eine Frage der Zeit, bis diejenigen, die gekommen waren, ein ganzes Volk ausbluten zu lassen, das Ruhrgebiet wieder verlassen würden.

Aber natürlich lief nicht alles so glatt, wie er es sich gewünscht hätte. Die Verhaftung von Albert Leo Schlageter zum Beispiel hätte nicht passieren dürfen. Wie Hagen Brodenbeck ihm bei ihrem Treffen in Berlin ans Herz gelegt hatte, hatte von Wolff gleich nach seiner Rückkehr Kontakt zu diesem jungen Patrioten mit badischen Wurzeln aufgenommen, der, von purer Leidenschaft für sein Vaterland getrieben, mit seinen Gefolgsleuten im Ruhrgebiet wahre Heldentaten vollbrachte. Sofort war Schlageter von seiner

Idee, aus Kalkül mit den Franzosen zu paktieren, begeistert gewesen. »Spione im feindlichen Lager können wir gar nicht genug haben«, hatte er jubiliert, und so hatten sie sich rasch über ihre jeweiligen Rollen im Kampf gegen den Feind einig werden können.

Wie dumm nur, dass sich Schlageter allzu verwundbar zeigte, wenn es darum ging, attraktiven Frauen den Hof zu machen und sich mit ihnen zu amourösen Techtelmechteln in Hotelzimmern zu verabreden – ohne dort die eigens für ihn gefälschten Pässe einzusetzen. Letztlich also hatte er sich sein Schicksal selbst zuzuschreiben, denn nach einem Streit mit einer seiner Gespielinnen, so hieß es, habe diese ihn den Besatzern quasi auf dem Silbertablett serviert – woraufhin die nicht zögerten, ihn in Haft zu nehmen.

Sei's drum, denn spätestens nach dieser Nacht würde Schlageter wieder auf freiem Fuß sein, wollten die Franzosen nicht riskieren, dass auch die verbliebene Infrastruktur des Ruhrgebiets in Schutt und Asche gelegt wurde. Selbst mit all ihren Sicherheitsmaßnahmen, ihren Spitzeln, ihren bewaffneten Posten und ihren Scheinwerfern, die Felder und Straßen ausleuchteten, würden sie weitere Anschläge nicht verhindern können. Nicht solange er, Heinz-Rudolf von Wolff, bei allem, was hier geschah, ein Wörtchen mitzureden hatte, denn auf die Schwächlinge der Reichsregierung, allen voran Reichskanzler Wilhelm Cuno, konnte schließlich niemand zählen. Es war ein Skandal, dass man in Berlin einzig darauf setzte, dass sich die Bewohner des Ruhrgebiets gegen den Feind stemmten, anstatt mit der Reichswehr dafür zu sorgen, dass die militärisch miserabel aufgestellten Franzosen und Belgier endlich mit Schimpf und Schande außer Landes getrieben wurden. Aber gut, die strammen Burschen der Nationalisten würden dies auch ohne Unterstützung aus Berlin hinbekommen.

»Bleibt es denn bei der geplanten Route des nächsten Kohletransports?«, fragte er, als ihm Dupont nun eine Zigarre kredenzte und ihm Feuer gab.

»*Mais oui*«, kam es lallend zurück. »Natürlich. Heute Nacht wird alles nach Plan laufen.«

»Aber wäre es denn nicht besser, die Route kurzfristig noch einmal zu verlegen?«, fragte von Wolff scheinheilig, wohl wissend, dass Dupont heute ganz gewiss nicht mehr in der Lage sein würde, einen solchen Schritt in die Wege zu leiten. Um aber ganz sicherzugehen, schenkte er dem Offizier noch einmal nach, was der ihm mit einem Kopfnicken dankbar quittierte.

»Verlegen?« Dupont stürzte seinen Whisky hinunter. »Sie wollen die Route verlegen? *Non! Impossible*. Das ist unmöglich. Warum sollten wir, jetzt, da alles so schön geplant ist, *n'est-ce pas?*«

Von Wolff lächelte. »Bitte verzeihen Sie mir, Gnädigster, ich wollte Ihre Strategie keineswegs in Zweifel ziehen. Es ist nur …«

»*Non!*« Der Interimsdirektor fuchtelte in der Luft herum, als wollte er die Worte seines Gegenübers wegwedeln. »*Non. Jamais.* Niemals. Dafür gibt es keinen Grund.«

Beflügelt von diesem Gespräch mit Dupont, der von dem geplanten nächtlichen Anschlag tatsächlich nichts zu ahnen schien, trat von Wolff, genüsslich an einer Zigarre paffend, wenig später entgegen seiner Gewohnheit zum Haupttor der Zeche hinaus auf die Straße. Er hatte sich schon seit mehreren Wochen nicht mehr in der Zechensiedlung sehen lassen, was bei den Bewohnern den Eindruck erwecken könnte, er habe an den Schwierigkeiten, die sie dieser Tage umtrieben, kein Interesse. Was durchaus richtig war, aber ganz sicher würde er es ihnen nicht auf die Nase binden. Solidarität zu bekunden war stets die bessere Wahl, auch wenn sie geheuchelt war.

Drei junge Männer, die ganz offensichtlich zum Heer der arbeitslosen Kumpel gehörten und sich zu langweilen schienen, eilten herbei, zogen ihre Mützen und öffneten vor ihm das Tor.

»Ich wünsche noch einen angenehmen Tag, Herr Direktor«, rief ihm einer der Burschen zu, der sich, wie von Wolff wohlwollend auffiel, ein Hakenkreuz auf den Unterarm hatte tätowieren lassen. Er war also einer von ihnen. Es war höchst erfreulich, dass es immer mehr junge Männer gab, die sich zu ihrer Gesinnung bekannten, obwohl der NSDAP gerade so übel mitgespielt wurde.

Auch die anderen Männer grüßten freundlich, und von Wolff tat, was sie von ihm erwarteten: Er zog ein paar Scheine hervor und drückte sie ihnen in die Hand. Die Männer bedankten und verneigten sich artig.

»Na, haben Sie dem Pack dadrinnen mal ordentlich die Meinung gegeigt, Herr Direktor?«, sagte einer von ihnen so laut, dass es mit Sicherheit auch die uniformierten französischen Wachposten hören konnten, die zwar vollkommen regungslos vor dem Tor standen, ihren kleinen Auflauf aber dennoch mit Argusaugen beobachteten. Erst gestern waren in Essen und Kettwig wieder Munitionsdepots der Besatzer in die Luft geflogen, was, so hatte es Dupont ihm im Vertrauen verraten, nicht ohne Konsequenzen bleiben würde. Sämtliche Wachposten seien in höchster Alarmbereitschaft und hätten Anweisung, auch bei dem geringsten Verdacht oder der geringsten Provokation zu schießen. Ab welchem Maß sie sich provoziert fühlten, hatte er mit einem Augenzwinkern hinzugefügt, sei ihnen selbst überlassen.

»Kann man ja gar nicht oft genug machen, das Piesacken«, fügte der Mann mit dem Hakenkreuz nun hinzu. »Ich denke, da sind wir uns einig, Herr Direktor.«

»Natürlich sind wir das«, erwiderte von Wolff. »Nicht mehr lange, und ihr werdet eure Arbeit wieder aufnehmen können«, prophezeite er wider besseres Wissen. Zwar glaubte auch er daran, dass sie die Besatzer eines guten Tages davonjagen würden, doch würde dies mit Sicherheit noch eine ganze Weile dauern. Noch zeigte die Zermürbungstaktik der Bevölkerung nicht die Wirkung, die man sich wünschte. Es war dringend notwendig, dass die Reichswehr für klare Patente sorgte, vor allem jetzt, da man auf Schlageters Heldenmut nicht mehr zählen konnte – obwohl sich das mit der kommenden Nacht ja hoffentlich ändern würde. Bedeutend schlagkräftiger aber würden sie sowieso nur alle gemeinsam sein.

Von Wolff lüftete seinen Zylinder und ließ die Burschen stehen. In gemächlichem Tempo schlenderte er die beinahe menschenleere, mit schwarzem Kopfstein gepflasterte Straße hinab und betrachtete eingehend die beiderseitig stehenden, lückenlosen Häuserreihen dieser öden Steinwüste. Für ihn wäre es unvorstellbar, in einem dieser schmucklosen Backsteinbauten zu leben, Wand an Wand mit dem Nachbarn und stets vom Rauch der Schornsteine eingenebelt, der auch ihm gerade das Atmen erschwerte. Aber so bekam eben jeder das, was er verdiente.

Seine Aufmerksamkeit wurde von seinen eigenen Gedanken abgelenkt, als plötzlich an einem der Häuser die Tür aufgerissen wurde und eine recht hübsche, wenn auch bitterlich weinende Frau mit einem kleinen Kind auf dem Arm herausgestürmt kam. Irgendetwas schien sie zur Eile anzutreiben, denn sie schaute weder nach rechts noch nach links, sondern strebte ganz offensichtlich einer der anderen Wohnungen zu.

Von Wolff war sich ziemlich sicher, dass es sich bei dieser rotblonden Schönheit um die Schwester dieses entzückenden kleinen Flittchens handelte, das ihm vor etlichen Jahren zu Diensten gewesen war, und das nicht nur im Haushalt. Wie war noch ihr Name gewesen?

Egal. Inzwischen hatte er sich an die kleine Marianne gewöhnt, und die andere würde sowieso aus dem für ihn interessanten Alter herausgewachsen sein.

Die Frau verschwand, wie bereits vermutet, hinter einer der benachbarten Türen, von denen eine aussah wie die andere. Ihre Statur und ihr Aussehen erinnerten ihn an seine Tochter Elisabeth. Was ihm alles andere als behagte, denn seit er sie in Berlin gesehen hatte, Elisabeth ihm danach aber trotz aller Anstrengungen, sie zu finden, erneut entwischt war, bereitete ihm jeder Gedanke an sie fast körperliche Schmerzen. Nicht nur war es zutiefst beschämend gewesen, sich von ihr ausgerechnet in einem derartig verruchten Etablissement und noch dazu gemeinsam mit Hagen Brodenbeck erwischen zu lassen; nein, sie hatte ihm durch ihre erneute Flucht so deutlich wie nie zuvor zu Bewusstsein geführt, dass er sie für immer verloren hatte.

Stets hatte er in den letzten drei Jahren die Hoffnung gehegt, sie möge zu Verstand kommen und in ihr Zuhause nach Duisburg zurückkehren. Oft hatte er sich vorgestellt, sie würde dies in aller Demut tun, verzweifelt und vom harten Leben in dieser Zeit ebenso gezeichnet wie geläutert. Stattdessen aber hatte sie sich ihm so strahlend präsentiert wie selten zuvor, wenn auch nur für wenige Sekunden. Wo auch immer sie all die Jahre gesteckt hatte, es schien ihr dort alles andere als schlecht ergangen zu sein.

Selbstverständlich hatte er sich umgehend bei der Betreiberin des Etablissements, dieser Gertrud, erkundigt, ob sie Elisabeth womöglich kenne. Die aber hatte verneint, und das in so überzeugender Weise, dass er geneigt war, ihr zu glauben, genau wie all den anderen Mitarbeitern von *Trudes Perle*, die er an jenem Abend nach Elisabeth befragt hatte. Es war, als wäre seine Tochter aus dem Nichts aufgetaucht, um gleich darauf wieder im Nichts zu verschwinden.

Von Wolff war erst wenige Meter gegangen, als die junge Frau erneut auf die Straße gestürmt kam, diesmal ohne Kind, dafür aber noch lauter heulend und mit einer erbärmlich abgenutzt aussehenden Reisetasche in der Hand. Schnellen Schrittes lief sie in die Richtung zurück, aus der sie wenige Minuten zuvor gekommen war, kehrte jedoch nicht in das Haus zurück, sondern lief so rasch an ihm vorbei, als wäre der Teufel hinter ihr her. Gerade aber, als sie an der nächsten Straßenkreuzung rechts abbiegen wollte, stieß sie mit einer anderen jungen Frau zusammen. Von Wolff erkannte sie sofort. Es war ihre Schwester.

Er drückte sich hinter einen mit Schrott beladenen, am Straßenrand parkenden Lkw, stets darauf bedacht, von keiner der beiden Frauen entdeckt zu werden, jedoch nah genug, um zu hören, was sie miteinander redeten.

»Henrike!«, rief die Frau mit der Tasche, und sie klang dabei zutiefst erschrocken. »Was … was machst du denn hier?«

Richtig, erinnerte er sich, Henrike hieß die Kleine, die ihn so sehr gereizt hatte, dass er sie als Dienstmädchen zu sich ins Haus holte. Sie war immer noch eine ansehnliche Person, jedoch viel fraulicher als früher. Dennoch regte sich etwas in seinen Lenden, das ihm sagte, dass er sie gern wieder in seinem Bett hätte.

»Clara!« Henrikes Blick blieb zunächst am verheulten Gesicht ihrer Schwester hängen und heftete sich dann auf die Reisetasche. »Aber wohin gehst du denn? Noch dazu mit der Tasche. Und warum heulst du? Ist es schon wieder wegen Karl?«

»Ich bin nur mal kurz weg«, erklärte Clara schniefend. »Sei so lieb und kümmere dich um …« Sie zögerte, als hätte sie den Namen vergessen, dann schrie sie kurz auf wie ein waidwundes Tier. »Bitte«, jammerte sie, »kümmere dich um Dietrich, ja?«

»Aber, Clara, was ist denn mit dir? Ich …«

»Geh, Henrike, bitte! Geh zu Dietrich. Er ist ganz allein. Ich … bin bald zurück.« Damit ließ Clara ihre Schwester stehen und verschwand um die Ecke.

Henrike schaute Clara noch einen Moment hinterher, dann jedoch schüttelte sie den Kopf und lief schnell in Richtung des Hauses davon, in dem das kleine Kind nun wohl allein war.

Neugierig geworden, wohin es Clara treiben mochte, folgte von Wolff ihr auf dem Fuße, sobald Henrike im Haus verschwunden war. Da auf den Straßen nicht viel los war, verlor er ihren rotblonden Schopf nicht aus den Augen. Hatte er gedacht, sie würde in die nächste Straßenbahn steigen, so sah er sich getäuscht. Es waren lediglich ein paar Straßen, die sie hinablief, dann blieb sie vor einem schmucken Haus stehen, von dem er wusste, dass es die Franzosen gleich nach ihrem Einmarsch konfisziert hatten. Rasch versteckte er sich hinter einer Litfaßsäule, um nicht von ihr entdeckt zu werden, sollte sie sich noch einmal umsehen.

Clara zog einen Zettel hervor und vergewisserte sich anscheinend, dass sie hier richtig war. Sie nickte und drückte nach kurzem Zögern den Klingelknopf. Es dauerte nicht lange, bis ihr von einem jungen französischen Offizier, der ebenso überrascht wie erfreut wirkte, sie zu sehen, die Tür geöffnet wurde. Verstohlen sah sie über die Schulter zurück, dann betrat sie das Haus.

Von Wolff lächelte zufrieden in sich hinein. Offenbar war er nicht der Einzige, der mit dem Feind paktierte. Wie äußerst erquickend zu sehen, dass nicht nur Henrike, sondern auch Clara ein kleines Flittchen war. Ein Franzosenflittchen sogar.

Und er wusste auch schon, wofür ihm diese Erkenntnis von Nutzen sein würde.

* * *

Zu Dutzenden waren die Soldaten auf der Golzheimer Heide bei Düsseldorf aufmarschiert und sicherten nun in allen Himmelsrichtungen das Feld ab, wohl um zu verhindern, dass das Erschießungskommando in seiner Arbeit gestört würde. Nachdem der französische Ministerpräsident Raymond Poincaré erneut sämtliche Appelle und Gnadengesuche – unter anderem auch das des deutschen Außenministeriums – abgeschmettert hatte und damit offenbar in der Heimat auftrumpfen wollte, sollte an diesem Tag das gut zwei Wochen zuvor ergangene Todesurteil gegen Albert Leo Schlageter vollstreckt werden.

Entgegen so mancher Hoffnung hatte auch der Anschlag auf eine weitere Eisenbahnbrücke, die Karl mit seinen Leuten nicht hatte verhindern können – ganz einfach, weil sie dank einer Intrige zur falschen Zeit am falschen Ort gewesen waren –, nicht zur Freilassung Schlageters geführt, sondern die Franzosen wohl eher in ihrer Meinung bestärkt, jetzt erst recht mit harter Hand durchgreifen zu müssen.

»Richtig so«, bekundete Fritze, der sich mit Lotte, Karl und Enna unter Hunderten anderen Menschen auf einer Brücke unweit der Hinrichtungsstätte eingefunden hatte, um dem Spektakel beizuwohnen. Er stand aufs Geländer gestützt da und drehte sich eine Zigarette. »Ich bin ja eigentlich nie mit den Besatzern einer Meinung, aber Schlageter ist nun mal ein notorischer Unruhestifter. Ganz egal, wo in der Republik die Nationalisten in den letzten Jahren Ärger machten, er war stets an vorderster Front dabei. Es kann mir keiner erzählen, dass er für irgendwelche Ideale kämpfte. Wenn ihr mich fragt, dann ging es ihm immer nur einzig und allein um seine Person. Er hat zerstört um der Zerstörung willen. Nee, ist schon ganz gut so, dass das heute ein Ende findet.« Er richtete seinen Blick auf Enna. »Was meinst du, Enna? Stehst die ganze Zeit schweigend und mit abweisender Miene da und sagst nichts. Hast du keine Meinung dazu?«

»Glaubt ihr nicht, dass es endlich mal gut sein müsste mit all dem Töten und Morden?«, entgegnete Enna mit dünner Stimme. Ihr war nicht wohl dabei, hier zu stehen und dabei zuzusehen, wie ein noch so junger Mann von anderen jungen Männern an den Richtpfahl geführt und erschossen wurde. Ja, sie war sie so unendlich leid, diese ständigen Kämpfe, das Blutvergießen und das Töten. »Auge um Auge, Zahn um Zahn. Hass wird mit noch mehr Hass vergolten. Kann das wirklich die Lösung sein? Schaut doch nur, wohin uns das alles geführt hat. Kaum einem geht es heute besser als vor dem Krieg, fast allen schlechter. Wofür also soll es gut sein?«

»Das frage ich mich grundsätzlich auch«, pflichtete Karl ihr bei. »Allerdings hat Fritze in diesem Fall recht: Schlageter war wirklich keiner von den Guten.«

»Noch lebt er«, mischte sich Lotte ein. »Aber du sprichst von ihm schon in der Vergangenheit.«

»Ist nur eine Frage von Minuten.« Karl deutete auf eine Gruppe Soldaten, die den in einen schwarzen Anzug gekleideten Schlageter jetzt aus einem Automobil zerrten und ihn, begleitet von zwei in weiße Gewänder gekleideten Geistlichen, zum Hinrichtungsplatz führten, der markiert war durch einen eisernen Pfahl inmitten von mit Heidekraut bewachsenen Sandhügeln.

»Wer entscheidet denn, was gut und was böse ist?«, fuhr Enna Karl schroff an, der es angesichts des Verurteilten, der nun hocherhobenen Hauptes und im Gleichschritt mit den Soldaten seinem Tod entgegenmarschierte, ganz anders wurde. »Und wer entscheidet darüber, ob jemand ein Recht auf Leben hat oder nicht? Die Regierung? Die Kirche? Das Militär? Du?«

»Jetzt mach mal halblang, Enna«, erwiderte Karl in aller Seelenruhe. »Was sollte verkehrt daran sein, Subjekte, die anderen tagein, tagaus nur Schaden zufügen, aus der Welt zu schaffen?« Er schaute Enna mit so durchdringendem Blick an, dass sie schauderte, und fügte mit ebenso eindringlicher wie ruhiger Stimme hinzu: »Für dich hätte es doch auch nicht besser kommen können, als dass man deinen Bräutigam erschießt, oder? Ich möchte wirklich nicht wissen, wie es dir heute ginge, wenn nicht …, wenn ich …« Er räusperte sich und senkte den Blick. »Nun, wenn Ernfried jetzt über dein Leben und das deiner Kinder verfügen würde.« Er schloss für einen Moment die Augen. »Wohin so was führt, hast du ja bei deiner Schwägerin gesehen. Und das …« Es folgte ein erneutes Räuspern. »Nun ja, ganz sicher wird dir das nun nicht mehr widerfahren, nicht wahr?«

»Da muss ich Karl recht geben«, sagte Fritze. »Manche Subjekte gehören einfach nicht in diese Welt.« Er deutete nach unten aufs Feld, auf dem der kleine Tross mit Schlageter nun am Richtpfahl stehen blieb. »Er zum Beispiel. Leider aber werden ihn die Völkischen gewiss gleich nach seinem letzten Atemzug zum Märtyrer küren. Das ist wahrlich nichts, was man sich wünschen sollte.«

Enna aber hörte Fritze schon gar nicht mehr zu. Viel zu sehr war sie damit beschäftigt, eine Erkenntnis aus dem Kopf zu bekommen, die ihr bei Karls Worten, vor allem aber angesichts seines eigenartigen Blicks blitzartig durch den Kopf geschossen war: Karl war es! Karl hat Ernfried erschossen!

Was natürlich Blödsinn war, versuchte sie sich selbst zurechtzuweisen, denn schließlich lebte Karl in Duisburg und wäre doch nicht eigens wegen ihrer Trauung … oder? War womöglich das der Grund, warum niemand den Mann mittlerer Statur hatte identifizieren können, der sich laut Zeugenaussagen unmittelbar nach dem Schuss im Laufschritt von der Kirche entfernt hatte und anschließend unauffindbar gewesen war? Nicht einmal Odo Adena, den zwei Männer kurz darauf direkt an der Kirche in seine Gewalt gebracht hatten, um ihn nach Clivias Auftauchen wieder freizulassen, hatte eine genaue Beschreibung seiner Entführer geben können, da er, so seine Aussage, keine Gelegenheit bekam, ihnen ins Gesicht zu schauen.

Ja, dachte Enna, Karl war in Ostfriesland völlig unbekannt, und deswegen wäre es durchaus denkbar, dass … Enna spürte, wie sich ihr die Kehle zuschnürte, als Karl ihr nun zunickte. Hatte er wirklich eine solche Schuld auf sich geladen? Und das nur für sie? Nein. Nein, das konnte und das durfte nicht sein!

Karls Nicken aber sprach eine andere Sprache.

Enna schaute beunruhigt zu Fritze und Lotte. Die beiden schien Karls Bemerkung in keiner Weise zu beunruhigen. Vielmehr starrten sie nun gebannt auf das Geschehen unten auf der Golzheimer Heide, wo einer der Geistlichen gerade das Segenszeichen machte.

Enna wollte etwas sagen, doch alles, was sie mit krächzender Stimme herausbrachte, war: »Karl?« Sie schlang die Arme um sich, weil sie, als Karl erneut nickte, wie unter einem plötzlich ausgebrochenen Schüttelfrost am ganzen Leib zu zittern begann. Ja, dachte sie, er wusste, dass sie verstanden hatte. Nun stand die Wahrheit in der Welt und konnte nicht mehr zurückgenommen werden.

Karl trat hinter sie und umfing sie mit seinen Armen. »Es musste sein«, flüsterte er ihr ins Ohr. »Du weißt, dass es sein musste, Enna.«

»Wuhuuuu!«, ließ sich Fritze vernehmen, der die plötzlich so intime Situation anscheinend auf seine Weise interpretierte.

Auf dem Feld tat in diesem Moment das Exekutionskommando einen strammen Schritt nach vorn.

»Es ist ja schön, dass ihr euch endlich gefunden habt«, sagte Lotte. »Das wurde ja auch mal Zeit. Aber meint ihr wirklich, dass dies der richtige Rahmen für ein …«

Der Rest ihrer Frage ging in einer Gewehrsalve unter.

Erschrocken zuckte Enna in Karls Armen zusammen, doch hielt der sie fest an sich angedrückt.

Enna wunderte sich, wie sicher und aufgehoben es sich anfühlen konnte, von den Armen eines Mörders umfangen zu sein.

10

Ostfriesland, November 1923

Nienke war gerade dabei, ein halbes Dutzend Fasane zu rupfen und auszunehmen, die Ubbo am Vormittag geschossen hatte, als ihr Blick durchs Küchenfenster auf vier erbarmungswürdige Gestalten fiel, die an diesem nasskalten und von Stürmen geschüttelten Herbsttag schleppenden Schrittes auf den Hof der Ulferts zugingen. Über das flache, nach wochenlangen Regenfällen völlig durchnässte Land senkte sich bereits die Dämmerung, und von den Ställen her, in denen die Männer sowie Ludmilla und die Magd Eske mit dem Vieh beschäftigt waren, glommen die Petroleumlampen auf.

»Schon wieder Bettler«, seufzte Nienke. »Es scheint eine Familie zu sein, zwei von ihnen kleine Kinder. Ich weiß wirklich nicht, wie wir all die hungrigen Mäuler noch stopfen sollen. Es werden ja jeden Tag mehr. Wenn es so weitergeht, werden wir selbst noch im Winter Hunger leiden müssen.«

Sie gab wirklich gern, konnte sie es doch nicht ertragen, Menschen in verzweifelter Verfassung zu sehen. In den harten Monaten der Inflation aber hatte auch sie durchaus zu hassen gelernt. Nicht selten war es vorgekommen, dass man ihnen die Ernte von den Äckern klaute oder sich in den Nächten Unbefugte Zutritt zu den Weiden verschafften, um die Kühe zu melken. Irgendwann hatten Ubbo und Arjen sich gezwungen gesehen, Wachposten aufzustellen und die Übeltäter zu vertreiben. Immer wieder war es dabei zu körperlichen Auseinandersetzungen gekommen, und sogar vor dem Gebrauch von Waffen schreckten etliche Diebe nicht zurück. Nienke hatte dem Herrgott jeden Morgen auf Knien gedankt, wenn die Männer wieder unversehrt nach Hause gekommen waren.

»Wer Hunger leidet, geht stehlen«, sagte Wiebeke, die dabei war, eine Suppe fürs Abendessen zu bereiten, deren würziger Duft durch die Küche waberte. »Wer aber seine Kinder hungern sieht, wird rasch zur Bestie. Wie gut, dass wenigstens die Ernte eingebracht ist und die Tiere in den Ställen sind. Das macht es ein wenig einfacher, das Hab und Gut zu verteidigen. Zur Erntezeit hatte ich schon befürchtet, dass man uns gar nichts mehr übrig lässt.«

»Das haben wir alle befürchtet«, bestätigte Nienke, die mit Grauen an diese Zeit zurückdachte. Durch Hiskas und Ennas Briefe waren sie stets über die Folgen der Besetzung des Ruhrgebiets für die dortige Bevölkerung auf dem Laufenden gewesen, und sie hatten es erschreckend gefunden, in welcher Weise sich diese Entwicklung auch auf ihre Region auswirkte. So war die Stadt Emden plötzlich von ihrem Hauptmarkt abgeschnitten gewesen, die Lieferungen von Erz und Kohle über die Wasserwege weitgehend ausgeblieben, da etliche Flüsse und Kanäle durch Sabotageakte unpassierbar geworden waren. Unter anderem hatte dies den Schiffbau hart getroffen, und in der Folge waren zahlreiche Werftarbeiter entlassen worden. Die Not der Ostfriesen hatte Ausmaße angenommen, wie man sie in dieser ländlichen Region selten gekannt hatte.

Nienke sah die vier Gestalten an die Haustür treten, gleich darauf betätigten sie den Klopfer an der Tür. Sie legte den Fasan beiseite und erhob sich mit einem neuerlichen Seufzen. »Geh du Ubbo und Sergej holen, Wiebeke«, bat sie, als sie nach einem Laib Brot und vier gekochten Eiern griff, die sie den Fremden zu geben gedachte. »Und sie sollen ihre Gewehre mitbringen, man kann ja nie wissen.«

»Dann warte, bis sie hier sind«, beschwor Wiebeke ihre Schwägerin. Sie nahm die Suppe vom Herd. »Und lass sie bloß nicht eintreten. Wenn sie die Fasane sehen, bedrohen sie uns womöglich noch mit einem Messer. Vielleicht haben sie sogar ein Gewehr dabei. Sei also vorsichtig, Nienke!«

Bevor Nienke die Tür öffnete, griff sie nach dem Jagdgewehr, das stets an den Türrahmen gelehnt stand, und entsicherte es. Dann drehte sie den Knauf, ließ jedoch die Kette vorgehängt, sodass sie nur durch einen wenige Zentimeter breiten Spalt hinaussehen konnte.

Vor ihr standen im strömenden Regen ein Mann, eine Frau und zwei Kinder. Sie waren in triefende Wolldecken gehüllt, die sie über ihre Köpfe gezogen hatten und vor der Brust mit den Händen zusammenhielten. Ihre Gesichter waren kaum zu erkennen, lediglich die unnatürlich großen Augen glänzten im Schein des Flurlichts. Was sie unter den Decken trugen, konnte Nienke nicht erkennen. Nur ihre Füße lugten hervor, die in ausgetretenen, löchrigen Schuhen steckten.

»Bitte schön.« Nienke reichte den Laib Brot durch den Spalt nach draußen, doch zu ihrer Überraschung griff niemand danach. »Sie können es ruhig nehmen«, insistierte sie. »Sie haben doch bestimmt Hunger.«

»Bitte, wir sind auf der Suche nach Fürst und Fürstin Sorokin«, erklang eine dunkle Stimme mit stark russischem Akzent unter einer der Decken hervor.

»Äh …« Nienke war so verdattert, dass sie nicht wusste, was sie darauf erwidern sollte. »Sie … äh … das muss ein Versehen sein.«

»Bitte, ich bin der Bruder von Fürst Sorokin, Alexej. Ich bin gekommen mit meiner Familie.« Er machte mit dem Kopf eine wahrnehmbare Bewegung zur Seite. »Meine Frau Aglaia.« Sein Kopf neigte sich nach unten. »Mein Sohn Valentin und meine Tochter Dania.«

»Äh, ja, das freut mich, aber bitte verstehen Sie doch, dass Sie bei uns falsch sind. Gern gebe ich Ihnen das Brot und ein paar Eier, aber …« Sie war erleichtert, als in diesem Moment Ubbo hinter sie trat. »Wer ist denn da?«, wollte er wissen.

»Sie … äh … nehmen das Brot nicht.« Nach wie vor verstand Nienke nicht, was hier vor sich ging.

Ubbo schob Nienke beiseite und machte Sergej, der hinter ihm stand, ein Zeichen, woraufhin der das Gewehr nahm und neben Ubbo trat. Es klickte, als er die Flinte entsicherte und sie auf die Tür richtete.

Ubbo warf einen Blick nach draußen, wohl um sich zu vergewissern, dass die Bettler noch immer keine Waffe in der Hand hielten, dann nickte er und entfernte die Kette, die rasselnd zur Seite schwang. »Darf ich fragen, was euch herführt? Wenn ihr was anderes als Brot wollt, dann muss ich euch leider enttäuschen, denn …«

»Sergej?«, krächzte die Stimme unter der Decke hervor. Ein dunkler Schrei folgte, gleich darauf ein hellerer, und auf einmal flogen zwei Decken beiseite und landeten auf dem nassen Pflaster. »Sergej!«, rief der Mann nun deutlich lauter, und es folgte ein russischer Redeschwall.

Und plötzlich ging alles so schnell, dass Nienke die Vorfälle später kaum noch zu schildern vermochte. Sergej jedenfalls schmiss das Gewehr weg, stieß Ubbo beiseite und stürzte sich in eine Umarmung mit dem fremden Mann. Nun kam auch

Ludmilla angerannt, stieß einen Schrei aus und fand sich gleich darauf in den Armen der Frau wieder. Von diesem Moment an war minutenlang nur noch ein vielfaches Schluchzen zu hören.

»Äh … ihr kennt euch?«, fragte Ubbo schließlich. »Dann … äh … bitte, tretet doch ein.«

* * *

»Lass gut sein, Greetje, der Besuch ist für mich. Ich öffne selbst die Tür.« Beschwingt sprang Enna die Treppe hinunter, hinter ihr her hüpften lachend Clivia und Gerke.

Schon vor etlichen Wochen waren sie aus dem Ruhrgebiet zurückgekehrt, nachdem sie mehrere Monate dort verbracht hatten. Enna hatte die Zeit mit ihren Freunden sehr genossen, vor allem die Stunden mit Karl, dem sie sich mehr und mehr verbunden fühlte. Zwar empfand sie für ihn keineswegs so stürmische und hochschwingende Gefühle, wie sie sie einst für Jean-Pierre gehegt hatte, doch war ihr das unter den gegebenen Umständen ganz recht, denn nach wie vor hieß es, einen klaren Kopf zu bewahren und nichts zu überstürzen.

Als dann Clivia eines Tages einen ungesunden Husten entwickelte, weil ihr offensichtlich die verrußte Luft in Duisburg zu schaffen machte, und sie außerdem immer öfter nach ihrem Opa fragte, den sie sehr vermisste, hatte Enna beschlossen, mit den Kindern nach Ostfriesland zurückzukehren.

Der Abschied von Karl war kein leichter gewesen, auch wenn sie sich ständig gegenseitig versichert hatten, dass es beileibe kein endgültiger sei. Wenigstens gestalteten sich die Umstände ihrer Rückkehr recht angenehm, da die Schwiegereltern Tage zuvor zu einer mehrmonatigen Reise aufgebrochen waren und nicht so bald zurückerwartet wurden.

Und so hatte Enna Zeit, das eine oder andere zu regeln, ohne dass ihr ständig jemand reinredete. Ihr erstes Ziel war es, ihrem Vater den Hof zurückzugeben, der ihm von den Adenas nach Mutters Tod auf so schändliche Weise weggenommen worden war. Mit dem Ausarbeiten diesbezüglicher Verträge hatte sie bereits einen Notar beauftragt.

Ja, juristisch gesehen war nach dem Tod beider Söhne nun sie die Erbin des Adena-Vermögens, wie man ihr von Amts wegen mitteilte, was sie sehr überrascht hatte und ihren Schwiegereltern nicht gefallen konnte. Natürlich hatten die Adenas alles drangesetzt, ihr dieses Erbe streitig zu machen. Da aber Odo Adena sein Vermögen noch vor dessen Tod auf Georg übertragen hatte, wovon Enna keine Kenntnis gehabt hatte, fiel dieses nun an seine Witwe.

Anscheinend war es Ernfried nach Georgs Tod noch auf irgendeine Weise gelungen, die Behörden Enna gegenüber zum Stillschweigen zu verpflichten. An dieser Stelle aber hatten die Amtsmänner nicht mehr mit sich reden lassen – was daran liegen mochte, dass die Adenas schon mit Marikas Tod allenthalben in Ungnade gefallen waren.

Undine Adena hatte auf die Erkenntnis hin, dass es zukünftig Enna sein würde, die sowohl die Geschicke des Haushalts als auch die der unterschiedlichen Firmen lenkte, einen Schwächeanfall erlitten. Die vorübergehende Flucht aus dem eigenen Zuhause war daraufhin die logische Konsequenz gewesen, um ihrer Schwiegertochter nach deren Rückkehr nicht begegnen zu müssen.

Noch nie hatte Enna ihr Leben in der Villa als so angenehm empfunden wie in den letzten Wochen, zumal sie auch ein Schreiben der Justiz vorgefunden hatte, das ihr bestätigte, nicht mehr unter Verdacht zu stehen, mitschuldig am Tod ihres Bräutigams zu sein. Das Verfahren sei bis auf Weiteres eingestellt worden, da man nicht genügend Hinweise habe, die zur Identifizierung des wahren Täters führen könnten. Sehr wahrscheinlich aber sei es, dass es sich bei dem Mörder um einen der aufgebrachten Arbeitslosen handele, die kurz vor dem Mord angedroht hatten, sich für den Verlust ihres Arbeitsplatzes an Ernfried zu rächen.

Also konnte sich auch Karl in Sicherheit wiegen.

Gespannt, was sie erwartete, öffnete Enna die Haustür. »Moin«, begrüßte sie ihre Gäste und streckte ihnen die Hand entgegen. »Es freut mich sehr, dass Sie mich mit Ihrem Besuch beehren, Fürst Sorokin …«

Der Mann vor ihr hob abwehrend die Hand. »Alexej, bitte. Der Fürst ist lange vorbei. Darf ich Ihnen meine Frau Aglaia und meine Kinder Valentin und Dania vorstellen, gnädige Frau?«

»Nennen Sie mich Enna, bitte«, lachte Enna mit einem Augenzwinkern, »die gnädige Frau ist auch vorbei.« Sie winkte ihre Kinder und auch die beiden älteren Töchter von Ernfried und Marika herbei, die unschlüssig in der Tür zum Salon standen und nicht zu wissen schienen, wie sie sich in dieser Situation verhalten sollten. Noch immer wirkte bei Anna und Marlene der Tod ihrer Mutter und die strenge Erziehung und Ablehnung ihres Vaters in ihren so zerbrechlichen Kinderseelen nach; dennoch waren die beiden seit Ernfrieds Tod schon regelrecht aufgeblüht und schienen sich hier in der Villa mit Enna und ihren Kindern mehr und mehr wohlzufühlen.

Enna stellte die vier Kinder ihren Gästen vor, dann sagte sie zu Greetje, die in der Halle stand und auf weitere Anweisungen wartete: »Wenn Sie bitte mit den Kindern in den Garten gehen würden. Mir scheint, dass sie gut miteinander auskommen werden. Bitte richten Sie ihnen auch Limonade und Gebäck her.«

Tatsächlich hatten die Augen von Valentin und Dania beim Anblick der ihnen fremden Kindern zu leuchten begonnen. Womöglich, dachte Enna, hatten sie einen dieser Besuche erwartet, bei denen die Erwachsenen sich unterhielten und die

Kinder sich langweilten. Oder aber sie hatten lange nicht die Gelegenheit gehabt, mit Gleichaltrigen zu spielen.

Clivia und Gerke rannten Greetje mit Indianergeheul hinterher, woraufhin Anna und Marlene es ihnen gleichtaten. Valentin und Dania, die zwei, drei Jahre älter als Clivia und Marlene sein mochten, warfen ihren Eltern einen unsicheren Blick zu. Als die ihnen aber mit einem aufmunternden Lächeln zunickten, stoben auch sie davon, wenn auch ohne Geheul.

»Vielen Dank für dieses herzliche Willkommen«, bedankte sich Aglaia, als Enna sie nun in den Salon führte, wo Tee und Gebäck auf sie warteten. »Es … ist nicht selbstverständlich, dass man uns so freundlich aufnimmt. Wir haben Ihrer Familie viel zu verdanken.«

Enna bedeutete ihnen, auf einem Sofa Platz zu nehmen. »Von Herzen gern«, sagte sie. »Ich entnehme Ihren Worten, dass Sie eine schwere Zeit hinter sich haben?« Um das festzustellen, hätte es eigentlich keiner Frage bedurft. So dürr und bleich, wie diese Menschen selbst noch nach einer Woche unter Nienkes fürsorglicher Obhut daherkamen, das Gesicht des Mannes noch dazu durch unschöne Narben gezeichnet, waren sie durch die Hölle gegangen. Angeblich, so hatte Ubbo ihr berichtet, hatten sie in Russland zum Adelsstand gehört, waren dann jedoch mit der von Lenin angezettelten Revolution vertrieben worden. Genauso war es auch Sergej und Ludmilla ergangen, nur hatten die nie ein Wort über ihre Vergangenheit verlauten lassen, sondern sich still und demütig in ihr neues Leben als Arbeiter auf dem Ulferts'schen Hof gefügt.

»Wir hatten ja keine Ahnung, dass auch Sergej und Ludmilla adeliger Herkunft sind«, sagte Enna, während sie Tee in die feinen Porzellantassen goss. »Sie haben es uns gegenüber mit keinem Wort erwähnt.«

»Was hätte das geändert?«, fragte Alexej bedrückt. »Ich denke, dass auch sie vergessen wollten. Für meinen Bruder und seine Frau war es …« Er kniff die Lippen zusammen, und in seinen Augen standen nun Tränen.

»Sie müssen es mir nicht erzählen, wenn es zu schmerzhaft ist«, sagte Enna schnell. »Es … tut mir leid.« Sie machte sich Vorwürfe, dass sie es überhaupt angesprochen hatte. In den letzten Jahren war so viel Unrecht und Leid geschehen, ganz egal ob in Deutschland, in Russland oder anderswo. Auch wenn sie alle dies nie vergessen würden, so war es doch an der Zeit, nach vorn zu schauen. Alle Hoffnungen der Deutschen ruhten nun auf der Währungsreform und darauf, dass diese ihnen einen wirtschaftlichen Aufschwung bescheren würde. Andererseits: Waren sie in den letzten Jahren nicht schon viel zu oft enttäuscht worden? Enna betete jeden Abend zu Gott, dass die Hoffnungen, die sie einmal mehr in die neue Zeit setzte, diesmal keine trügerischen sein würden.

Aglaia schüttelte den Kopf. »Sie müssen sich nicht entschuldigen, denn natürlich fragen Sie sich, mit wem Sie es zu tun haben.« Nach einem schnellen Blick zu ihrem Mann zog sie eine Schwarz-Weiß-Fotografie hervor und schob sie zu Enna hinüber, die sich ihr gegenüber in einen Sessel gesetzt hatte. Die Fotografie war zerknickt und an einer Ecke eingerissen.

Enna betrachtete das Foto eingehend. Es zeigte einen Mann und eine Frau mit ihren drei Kindern. Sie alle waren prunkvoll gekleidet und schauten mit ernstem, aber zufriedenem Blick in die Kamera. Lediglich das jüngste Kind, ein kleines Mädchen von vielleicht zwei Jahren, lachte schelmisch. Es brauchte einen Moment, bis Enna in den erwachsenen Personen Sergej und Ludmilla wiedererkannte, zu sehr hatte das Leid an ihnen gezehrt und sie altern lassen, auch waren sie heute nicht mehr in Samt und Seide gekleidet, sondern wie gemeine Bauersleute. »Wer … sind diese Kinder?«, fragte Enna mit belegter Stimme, denn in ihnen erkannte sie weder Valentin noch die kleine Dania.

»Es waren die Kinder von Sergej und Ludmilla«, klärte Alexej sie mit tränenerstickter Stimme auf. Verschämt wischte er sich mit dem Ärmel übers Gesicht. »Bitte verzeihen Sie mir meine Emotionen.«

»Es … waren?« Ennas Mund fühlte sich plötzlich staubtrocken an. Kaum traute sie sich, ihre nächste Frage zu stellen, aber es nicht zu tun, wäre wohl unhöflich gewesen. »Was ist passiert?«

»Sie hießen Alexander, Dmitrij und Jekatarina«, erzählte Aglaia unter Schluchzern, während ihre Finger zart über die Gesichter der Kinder auf der Fotografie strichen. »Wir nannten sie Sascha, Mitja und Katja. Sie waren fröhliche Kinder. In der Nacht, als die Bolschewiki kamen, trieben die Männer Sergej und Ludmilla aus dem Haus. Sie … legten Feuer. Sergej … Er hörte die Kinder schreien, wollte sie holen, aber sie haben ihn nicht gelassen.«

»Oh mein Gott.« Enna war so erschüttert, dass ihr die Worte fehlten. Stumm nippte sie an ihrem Tee, während von draußen das fröhliche Gejohle der Kinder zu ihnen drang. Eigentlich müssten es drei mehr sein, dachte sie, es fehlen zwei Jungen und ein Mädchen. Doch hatte man sie ihres noch so jungen Lebens und auch ihres Lachens beraubt. Was für ein schier unerträgliches Leid Sergej und Ludmilla hatten erleiden müssen!

Sie erinnerte sich noch gut an den Schmerz, den sie gefühlt hatte, als man ihr Clivia nahm. Lediglich die Gewissheit, dass es ihrem Kind gut ging und sie es eines Tages wieder in die Arme schließen würde, hatte ihr die Kraft gegeben, die schwere Zeit zu überstehen. Dieser Gewissheit aber hatte man Sergej und Ludmilla aufs Brutalste beraubt. Ihre Kraft und ihr Zutrauen mussten unerschöpflich sein, wenn sie trotzdem einen Weg gefunden hatten, auch die noch kommenden Strapazen zu überstehen und sich fernab ihrer Heimat und den Gräbern ihrer Kinder ein neues, wenn auch bescheidenes Leben aufzubauen.

»Wir haben Sergej und Ludmilla lange Jahre gesucht«, durchbrach Alexej die Stille. »Wir irrten durch ganz Europa, immer auf der Suche nach der einzigen Familie, die wir unseres Wissens noch hatten. So viele unserer Verwandten sind der Revolution zum Opfer gefallen. Wir hatten die Hoffnung schon aufgegeben, waren schon seit zwei Jahren in Deutschland, als wir uns auf einem Kohlewaggon versteckten, der nach Ostfriesland fuhr. Durch einen Zufall erfuhren wir hier von einem Bauernhof. Es hieß, dass auf ihm zwei Personen arbeiten, die Sergej und Ludmilla heißen. Und so machten wir uns auf den Weg in die Krummhörn.«

»Das … freut mich. Also, dass Sie Ihren Bruder gefunden haben. Und ich hoffe, Sie werden bleiben?«

Auf Alexejs Gesicht legte sich ein Schatten. »Es gibt keine Arbeit«, sagte er, »sodass wir wohl weiterziehen müssen.« Er deutete auf die schlichte Kleidung, die ihnen Ubbo und Nienke besorgt hatten. »Aber wir wollen uns nicht beschweren, denn uns ist es in den letzten Tagen sehr gut ergangen. Wir sind unendlich dankbar für alles, was Ihre Familie für uns getan hat. Und dafür, dass wir Sergej und Ludmilla gefunden haben.«

Arbeit. Enna haderte noch mit ihrer Rolle als Unternehmerin, und so dauerte es einen Moment, bis sie begriff, dass sie womöglich diejenige war, die diesen Menschen helfen konnte. Sie stand auf und ging zur Tür, die auf die Terrasse hinausführte. »Greetje«, rief sie in den Garten hinunter, in dem die Kinder juchzend und jauchzend einem Fangspiel nachgingen, »ist Herr Küster noch in der Nähe?«

»Ja, er ist dort hinten beim Springbrunnen.«

»Gut. Dann schicken Sie ihn bitte zu mir in den Salon.«

Es dauerte nur wenige Minuten, bis Erich Küster, der bei den Adenas die Instandhaltung der Garten- und Parkanlagen besorgte, zu ihnen in den Salon trat. »Sie haben mich kommen lassen, gnädige Frau?« Er lüftete die Mütze und deutete auf seine verdreckten Hände und die verkrustete Kleidung. »Bitte entschuldigen Sie mein Auftreten, gnädige Frau, aber …«

»Schon gut«, winkte Enna ab. »Sie wissen doch, dass mich so was nicht stört. Ganz im Gegenteil.« Sie deutete auf ihre Besucher. »Darf ich Ihnen Fürst Alexej Sorokin und seine Gemahlin, Fürstin Aglaia, vorstellen?«

»Aha.« Küster schien Schwierigkeiten zu haben, die so ärmlich und verbraucht daherkommenden Gäste mit einem Adelstitel zusammenzubringen, was wenig verwunderlich war.

»Ich bin mir sicher, dass wir eine anständige Arbeit für die beiden haben, oder?«, kam Enna auf ihr Anliegen zu sprechen.

»Äh … Also, ich weiß nicht recht …«

»Oder?« Ennas Stimme ließ nun keinen Widerspruch mehr zu.

Küster kratzte sich an der Schläfe. »Natürlich, gnädige Frau, da lässt sich bestimmt was machen. Woran hatten die … äh … Herrschaften denn gedacht?«

Enna bemerkte, dass Alexej und Aglaia jetzt so perplex waren, dass sie gar nicht in der Lage waren, auf die Schnelle eine Antwort zu geben. »Das sehen wir morgen«, sagte sie. »Bitte sprechen Sie um zehn Uhr am Vormittag noch einmal bei mir vor.« Sie wandte sich an ihre Besucher. »Dürfte ich auch Sie bitten, dann noch einmal herzukommen?«

»N-natürlich«, war alles, was Alexej herausbrachte. Noch immer schaute er Enna ungläubig an.

»Gut. Dann wäre das alles, Herr Küster.«

»Sehr wohl, gnädige Frau.« Der Gärtner wandte sich zum Gehen. Auf der Türschwelle aber drehte er sich noch einmal um. »Sagten Sie, die Herrschaften heißen Sorokin, gnädige Frau?«

»Ja, das sagte ich.«

»Ich erinnere mich, dass auch Ihr Herr Schwiegervater mit zwei Personen dieses Namens hier auftauchte. Es muss irgendwann Anfang des Jahres gewesen sein.«

»Ja«, bestätigte Enna. »Er brachte die beiden auf dem Hof meines Vaters unter.« Sie schaute ihn fragend an. »Haben Sie eine Ahnung, warum dies damals geschah? Mein Schwiegervater ist nicht gerade für seine Wohltaten bekannt.«

»Darüber weiß ich nichts mit Sicherheit, gnädige Frau.«

»Und was besagen die Gerüchte?«

Wieder kratzte sich Küster an der Schläfe. »Die besagen, dass der Herr Direktor die beiden von einem Bekannten geschickt bekommen hat, dem er noch einen Gefallen schuldete.«

»Und wie heißt dieser Bekannte?«

»Das weiß ich nicht, gnädige Frau. Aber ich denke, ich könnte es herausfinden.«

»Gut, dann tun Sie das, bitte.«

»Sehr wohl, gnädige Frau.« Der Gärtner verschwand zur Tür hinaus.

»Warum … tun Sie das alles für uns?«, fragte Alexej sichtlich überwältigt. »Sie … Sie müssen es nicht tun, es …«

»Nun, ich möchte es aber tun«, fiel ihm Enna ins Wort. »Sie sind mir sympathisch, und für Ihre Kinder wird es gut sein, an einem Ort bleiben zu können. Wissen Sie, ich habe in meinem Leben schon sehr viel Hilfe erfahren dürfen. Und jetzt, da ich in der Lage bin, anderen zu helfen, ist es mir ein Anliegen, es auch zu tun. Ich war schon viel zu lange untätig.« Sie hob die Teekanne an. »Darf ich noch einmal nachschenken?«

11

Berlin, November 1923

Wie vom Donner gerührt stand Helene da, ihre Müdigkeit war plötzlich wie weggeblasen, auch vergaß sie für einen Moment, dass es höchste Zeit war für eine Dosis Kokain.

Was blieb, war das Entsetzen. Nacktes und kaltes Entsetzen.

Schon länger hatte sie gespürt, dass sich Richard von ihr zurückzog, gab er sich ihr gegenüber doch seit Wochen immer häufiger kühl und gereizt. Doch hatte sie die Verlustangst, die sein ablehnendes Verhalten in ihr auslöste, so tief in ihrem Innern vergraben, dass sie beinahe erstaunt war, als sie jetzt mit aller Macht wieder an die Oberfläche schoss.

Ja, sie hatte ihre Ängste verdrängt, die Anzeichen für seinen Betrug nicht sehen wollen. Ganz einfach deshalb, weil es nicht sein durfte. Denn was würde dann aus ihrem großen Traum werden? Dem Traum von einem gemeinsamen und sorgenfreien Leben in Amerika, von einer Farm mit großen Rinderherden inmitten der Prärie, von einer glücklichen Familie mit lachenden Kindern? So viel hatte Richard ihr in den ersten Wochen ihrer Bekanntschaft darüber erzählt, sie mit seinen Geschichten so sehr eingelullt, dass Helene manchmal geglaubt hatte, bereits dort zu sein. Fernab von dem Schmutz und Lärm der Straßen, dem lichtlosen Grau der Hinterhöfe, dem Elend der Menschen. Fernab von Berlin.

»Helene, Schätzchen«, lachte Richard sie vom Bett her aus zerwühlten Laken an. »Na, warst du schön fleißig?« Er nahm einen zusammengefalteten Streifen Papier vom Nachttisch und hielt ihn hoch. »Komm, Helenchen, sei brav und gib mir das Geld. Dann bekommst du das Kokain. Ich seh dir doch an, dass du dringend welches brauchst.«

»A-aber ...« Helene konnte ihren Blick nicht von der dunkelhaarigen Schönheit wenden, die sich neben Richard in den Laken räkelte, bekleidet lediglich mit roten Strapsen, die sich wie willkürlich um ihren schlanken Körper wanden. Sie schien von Helenes Auftauchen keineswegs irritiert zu sein, sondern warf ihr nun sogar einen lasziven Blick zu und fuhr sich dabei mit der Zunge über die Lippen.

»Komm, Helenchen, gib mir das Geld.« Richard klopfte mit der Hand auf den Rand seiner Matratze. »Komm zu uns, Helenchen, damit wir gemeinsam viel Spaß haben.« Er schlug die Decke zurück, unter der er nackt war. Wonach es seinen Körper verlangte, war nicht zu übersehen. Die Frau neben ihm begann lüstern zu gurren und drückte sich an ihn, auch sie machte nun eine auffordernde Geste in Helenes Richtung.

»Das ist übrigens Leyla«, stellte Richard die Frau vor, als wäre sie nur ein gewöhnlicher Gast, der eben auf einen Tee vorbeikam.

Es ist nur eine Prostituierte, versuchte sich Helene die Situation schönzureden. Nur eine Prostituierte. Das hat nichts zu bedeuten. »W-wann jehn wir nach Amerika?«, entfuhr es ihr, nicht bemerkend, dass ihr Tränen die Wangen hinabliefen. Krampfhaft versuchte sie, ihren Traum festzuhalten, für den sie in den letzten Monaten so unendlich viele Strapazen in Kauf genommen hatte. Für ihren Traum und fürs Kokain, von dem sie täglich ein wenig mehr zu brauchen schien, um nicht dem Trübsinn zu verfallen. All ihr verdientes Geld hatte sie Richard gegeben, nicht nur ihren täglichen Verdienst, sondern auch ihre ersparten Dollar, damit er Passierscheine für die Schiffspassage kaufte. »Wann nehmen wir den Dampfer, Richard?«, insistierte sie. »Wann?«

Leyla begann zu kichern. »Du hast ihr gesagt, dass du sie mitnimmst nach Amerika?«, fragte sie. Dann fuchtelte sie mit ihrem Zeigefinger vor seinem Gesicht herum. »Du bist ein böser Junge, Dick. So ein böser Junge, dass du immer wieder das gleiche Spiel spielst.«

Dass du immer wieder das gleiche Spiel spielst? Helene wurde plötzlich ganz blümerant, und sie stützte sich am Türrahmen ab.

Richard drückte Leyla einen Kuss auf die Wange. »Nur aus Spaß, Darling«, hauchte er. »Nur aus Spaß.« Er grinste Helene an. »Du hast doch sicherlich nichts gegen eine *Ménage à trois* einzuwenden?«

Ménage à trois? Was, bitte schön, sollte denn das sein?

»Leyla wird bleiben, Helene. Hier bei uns«, erklärte Richard. »Das stört dich doch nicht, oder?«

Bleiben? Bei ihnen? Diese Prostituierte? Helene fühlte sich wie von einem Pferd getreten, in ihrem Kopf war nur noch Rauschen und Nebel. Bestimmt lag es am Fehlen des Kokains, dass sie diese Halluzinationen bekam, dachte sie. Sobald sie eine Dosis geschnupft hatte, würde alles wieder sein wie zuvor. Sie würden den Dampfer nach Amerika besteigen und alles wäre in Ordnung.

Schwankend machte sie ein paar Schritte auf Richard zu und streckte fordernd die Hand aus. Gleich, dachte sie, gleich wird alles wieder so sein wie zuvor. Das alles hier geschah nur in ihrer Einbildung. Ja, genau, es war ein Albtraum, aus dem sie das Kokain herausholen würde. »Jib's mir«, sagte sie.

»Zuerst das Geld.«

Helene nickte. Sie zog ihren Beutel hervor und nahm mit zittrigen Fingern Dollarscheine, Pfundnoten und Francs heraus. Gertrud akzeptierte von ihren Kunden bereits seit Wochen nur noch ausländische Währung, was allen, die bei ihr arbeiteten, zupassgekommen war. Heute Abend aber – Helene schluckte schwer –, heute Abend hatte Gertrud ihr zu verstehen gegeben, dass sie nicht länger in ihrem Etablissement würde arbeiten können. Zu unkonzentriert, zu fahrig, zu unfreundlich. Dies waren die Worte gewesen, mit der sie ihre Entscheidung begründete. »Ich habe dir gesagt, dass du die Finger vom Kokain lassen sollst, damit du deine Arbeit nicht verlierst«, hatte Gertrud tadelnd hinzugefügt. »Leider hast du dich nicht daran gehalten, auch nicht, nachdem ich dich mehrfach ermahnt hatte. Jetzt wirst du wohl oder übel mit den Konsequenzen leben müssen, Helene.«

Alles Bitten, alles Wehklagen und Flehen hatte nicht geholfen. »Aber ich gebe dir noch eine Chance«, hatte Gertrud gesagt, als Helene bereits im Gehen begriffen war. »Die Männer mögen dich, verschlingen dich schier mit den Augen. Und ihnen ist es völlig egal, ob die Mädchen, die mit ihnen im Bett liegen, Drogen nehmen oder nicht. Sie wollen einzig ihren Spaß. Und sie bezahlen gut dafür. Überleg es dir.«

»Überlejen, pah!«, hatte Helene ihr wütend und enttäuscht entgegengeschrien. »Ick jeh ja sowieso mit Richard nach Amerika, und da brauch ick dit allet nich. Dich nich, dein Jeld nich und die blöden Männer erst recht nich!«

Gertrud hatte sie daraufhin nur mitleidig angesehen und gesagt: »Das glaubst du doch wohl selbst nicht, Kindchen.«

Helene reichte Richard das Geld, das er sogleich unter sein Kopfkissen stopfte. Leyla zog es wieder hervor und begann, es mit Gier in den Augen zu zählen, was ihn jedoch nicht zu stören schien.

Helene war es auch egal, denn sie hatte nun nur noch Blicke für den Papierstreifen übrig, den Richard in der Hand hielt. »Braves Helenchen«, lobte er. »Hier, deine Belohnung.«

Sie riss ihm den Streifen aus der Hand, schlug ihn auf und sog gierig den Stoff in die Nase.

»So, und jetzt willst du bestimmt ein wenig Spaß mit uns haben.« Richard umfasste ihre Taille und zog sie zu sich aufs Bett, doch strampelte und schlug Helene so lange um sich, bis er sie schließlich mit einem Schmerzensschrei wieder freigab, nachdem sie ihm ihre langen Fingernägel durchs Gesicht gezogen hatte.

»Na warte, dich krieg ich, du kleine Hexe!«, rief er, doch schien er nicht verärgert, sondern eher amüsiert zu sein. Mit einem Satz sprang er aus dem Bett und jagte ihr nach, als sie wie ein gehetztes Tier zur Wohnungstür rannte. Es gelang ihr, die Tür aufzureißen und sich ins Treppenhaus zu flüchten. Nackt, wie er war, blieb Richard auf der Türschwelle stehen. »Wenn du was brauchst, dann weißt du ja, wo du mich findest, Helene«, rief er ihr hinterher. »Aber was sag ich, du wirst schon wiederkommen, denn ohne mich und mein Kokain bist du nichts. Nichts, hörst du?!«

Helene hörte ihn noch lachen, als sie auf der Straße stand. Es war ein grausames Lachen, das sie auch viel später noch in ihren Träumen verfolgen sollte.

* * *

Die Ersparnisse waren bereits zu mehr als der Hälfte aufgebraucht. Fast das gesamte Geld, das Janno und Edith in ihren Lieferdienst hatten investieren wollen, stand ihnen nicht mehr zur Verfügung. Einen Großteil davon hatte die Inflation aufgefressen, den Rest das fast hundertprozentige Wegbrechen ihrer Aufträge.

Das, was früher einmal ein echtes Vermögen gewesen war, reichte heute kaum noch zum Überleben. Inzwischen fuhren die Menschen ihren Lohn gleich nach der Auszahlung in Schubkarren zum nächsten Krämerladen, nur um dann festzustellen, dass die Berge von Papiergeld nicht ausreichten, für die Familie auch nur ein nahrhaftes Abendessen auf den Tisch zu bringen.

Der US-Dollar war tags zuvor mit einem Gegenwert von 4,2 Billionen Mark gehandelt worden, für 100 Milliarden Mark gab es nicht einmal mehr ein Brot zu kaufen und eine simple Briefmarke kostete 10 Milliarden. Die Menschen waren dazu übergegangen, mit ihrem wertlosen Geld die Wände zu tapezieren oder den Kohleofen anzufeuern.

Beinahe die gesamte Mittelschicht, zu der sich auch Janno und Edith nach jahrelangem Kampf schließlich gezählt hatten, war ruiniert. Im Land herrschte ein Elend, wie es schlimmer kaum hätte kommen können. Auf den Straßen machten sich die Obdachlosen die Plätze zum Betteln streitig, ein jeder von ihnen legte sich am Abend mit knurrendem Magen zum Schlafen auf den nackten Boden. Nachdem in Berlin der erste Nachtfrost zu verzeichnen gewesen war, standen etliche am nächsten Morgen nicht mehr auf, unter ihnen auch Alte, Frauen und Kinder. Aus Berlin war eine Stadt der Verelendung und des Todes geworden.

Obwohl ihnen alles andere als zum Feiern zumute war, hatten Janno und Edith an diesem Abend Fritze und Lotte eingeladen, um mit ihnen auf die jüngst in Kraft getretene Währungsreform anzustoßen. Eigentlich hatte sich auch die inzwischen nach Berlin zurückgekehrte Elisabeth zu ihnen gesellen wollen, doch hatte sie es dann doch vorgezogen, in *Trudes Perle* mit Gertrud und Margarete darauf anzustoßen, dass – so wussten es die Zeitungen zu berichten – Eberhard Brodenbeck die Tochter eines einflussreichen Industriellen zu heiraten gedachte.

Janno entkorkte die erste von drei Flaschen Sekt, die Gertrud ihnen zu einem früheren Zeitpunkt einmal geschenkt hatte. Noch wusste zwar niemand zu beurteilen, wohin dieser radikale Schritt der Reichsregierung, einer Billion Papiermark kurzerhand den Gegenwert von einer Rentenmark zuzuordnen, führen würde. Alle aber waren sich einig, dass es schlimmer, als es jetzt war, kaum kommen konnte. Das Ereignis angemessen zu begießen, konnte also nicht schaden.

»Ob wir uns nun von der Papiermark oder von der Rentenmark nichts mehr leisten können, kann uns ja egal sein«, meinte Fritze, als sie einen ersten Schluck genommen hatten. Er nahm einen mit 500 Milliarden Mark bedruckten Schein in die Hand, hielt ihn über die Flamme der in der Zugluft flackernden Kerze und zündete sich damit seine Zigarette an. Dann ließ er die Reste des wertlosen Papiers achtlos zu Boden fallen, wo es auf dem nackten Beton verglühte. »Wir sind sowieso am Ende. Ich weiß wirklich nicht, wie sich die Leute aus diesem Elend jemals wieder herausarbeiten sollen. Und das alles für nichts.« Er fuchtelte mit den Armen. »Ach, was sag ich, für weniger als nichts! Da fragt man sich wirklich, wofür all die tapferen Menschen im Kampf ihr Leben gelassen haben.«

Bereits im September waren Lotte und er aus dem Rheinland zurückgekehrt, nachdem der neue Reichskanzler Gustav Stresemann den passiven Widerstand im Ruhrgebiet kurzerhand für beendet erklärt hatte. Bis zum Schluss hatte die Regierung die Bevölkerung den Kampf gegen die Besatzer allein ausfechten lassen und damit jedes Versprechen auf Unterstützung gebrochen, das im Laufe der Zeit gegeben worden war. Mit dem Ergebnis, dass die Franzosen und Belgier immer noch im Ruhrgebiet saßen, jeden wieder aufflammenden Widerstand brutaler denn je niederschlugen und sich weiterhin die Taschen mit den von Deutschland geleisteten Reparationszahlungen füllten.

»Ich hoffe sehr, dass es uns gelingt, unseren Lieferservice wieder aufzubauen«, sagte Edith. »Außerdem hoffe ich, dass diejenigen, die uns, vor allem aber auch Jacob Semmering, dieser wahnwitzigen Rufmordkampagne ausgesetzt und uns damit endgültig ruiniert haben, eines Tages zur Rechenschaft gezogen werden.«

»Du meinst Horst. Das alles haben wir nur diesem verdammten Horst Bracken zu verdanken«, knurrte Janno, dem sich schon die Hände zu Fäusten ballten, wenn er nur an seinen ehemaligen Kollegen dachte. Nicht genug damit, dass dieser sowohl Semmering als auch *Janulf & Partner* an den Rand des Ruins gebracht hatte. Nein, auch ihre wenigen noch verbliebenen Kunden und Geschäftspartner hatten zwischenzeitlich Drohungen der Nationalisten erhalten, mittels derer ihnen ans Herz gelegt wurde, jedwede Geschäfte mit *diesem Saujuden und dessen Partnern* zu unterlassen, wolle man kein Unglück über sich und seine Familie bringen. Unter den Bedrohten waren auch die Kehlmanns, woraufhin Margot auf den Druck ihrer ängstlichen Mutter hin die Verträge mit *Janulf & Partner* auf Eis gelegt hatte. Dadurch begegnete Janno ihr noch weniger als erhofft, was ihn zunehmend in eine düstere Stimmung versetzte.

Zudem hatte Horst, der ausgerechnet in der Waffenfabrik von Ediths Vater eine neue Arbeit gefunden hatte und nun immer häufiger in der braunen Uniform der Völkischen daherkam, seine Drohung wahrgemacht und lebte nur einen Wohnblock weiter, sodass man stets Gefahr lief, ihm zu begegnen. Edith hatte Janno beschworen, sich nicht auf dessen Niveau herabzulassen, was Janno jedoch mit jeder Begegnung und mit jeder schmierigen Avance, die Horst Edith machte, schwerer fiel. Zwar hatte das Scheitern des Putsches, den sein großes Vorbild Adolf Hitler vor wenigen Tagen angezettelt hatte, Horst vorübergehend auffallend kleinlaut werden lassen, doch rechnete

Janno nicht damit, dass es dabei bleiben würde. Mochte man die aufrührerischen Anführer der NSDAP auch verurteilen und hinter Gitter sperren, so war doch nicht zu übersehen, dass in der deutschen Bevölkerung die Sympathie für die antidemokratischen Parteien, nicht zuletzt wegen der Vorkommnisse im Ruhrgebiet, sprunghaft angestiegen war.

Fritze hob sein Glas zu einem erneuten Toast. »Auf das grandiose Scheitern unserer Revolution!«, rief er der unverputzten Zimmerdecke zu, um dann schon hörbar lallend hinzuzufügen: »Wenn uns dieses verdammte Jahr eines gezeigt hat, dann, dass auch in unserer einst so hoffnungsvoll gestarteten jungen Republik die Herrschaft der privaten Kapitalisten und der international verflochtenen Wirtschaft höchste Priorität hat und als wertvoller eingestuft wird als das lumpige Leben von Handwerkern, Kleinbauern, Eisenbahnern, ja, selbst von Beamten und Ingenieuren – und nicht zuletzt von den tapferen Bergarbeitern, Schlossern und Maschinisten des Ruhrgebiets.«

»Amen«, sagte Lotte.

Für eine Weile herrschte Schweigen, während die vier ihren trüben Gedanken nachhingen. »Ich mache mir Sorgen um Gustav«, bekannte Edith schließlich in die entstandene Stille hinein. »Manchmal denke ich, er ist in der Gießerei Lohmann schlechten Einflüssen ausgesetzt. Leider aber sind wir inzwischen auf das Geld angewiesen, das er nach Hause bringt, sonst würde ich es ihm verbieten zu arbeiten, auch wenn es ihm Spaß zu machen scheint.«

»Schlechten Einflüssen?«, hakte Lotte nach. »Wie meinst du das? Die Gießerei Lohmann besitzt einen ausgezeichneten Ruf, und die politische Einstellung, die dort vorherrscht, scheint untadelig zu sein.« Sie zwinkerte Fritze zu, der daraufhin nickte. »Glaub mir, Edith, wir haben in den letzten Jahren jedes Berliner Unternehmen auf seine Gesinnung hin überprüft, um zu erfahren, welches man quasi prophylaktisch als Erstes dem Volkseigentum zuführen sollte, wenn die kommunistische Revolution gelingt. Lohmann gehörte nicht dazu.«

Edith war anscheinend nicht zum Spaßen zumute, denn um ihre Mundwinkel zuckte es nicht einmal. »Manchmal denke ich, dass Gustav viel zu viel von seinem Vater hat«, seufzte sie.

»Aber Martin war Kommunist«, widersprach sich Lotte. »Unmöglich also kann er einer falschen Gesinnung angehangen haben.«

»Vor allem war er radikal«, entgegnete Edith. »Und das scheint mir Gustav auch zu sein. Nur dass er sich nicht für die kommunistische Weltrevolution interessiert, sondern für nationalistische Phrasen und immer mehr auch für Waffen. Außerdem trägt er nun die Haare gestutzt und über den Ohren und im Nacken ausrasiert, wie es bei den Völkischen üblich ist.«

»Nationalistische Phrasen und Waffen?« Fritze zog eine Grimasse. »Dann ist es wohl eher das Erbe seines Großvaters, das ihn antreibt. Ich muss Lotte recht geben, mit Lohmann hat das bestimmt nichts zu tun. Der ist Pazifist durch und durch, nachdem ihm der Krieg alle drei Söhne genommen hat.«

»Pazifist?« Edith hob zweifelnd die Augenbrauen. »Er beliefert die Waffenfabrik meines Vaters mit Stahl. Wie kann er da Pazifist sein?«

»Nun, zumindest ist er kein Nationalist«, schränkte Fritze ein. »Ich jedenfalls halte ihn für vertrauenswürdig.«

Lotte nickte. »Das ist er bestimmt.«

»Vielleicht schnappt Gustav die nationalistischen Phrasen in der Schule auf«, spekulierte Janno. »Ich will nicht ausschließen, dass dort auch zahlreiche Lehrer inzwischen von der toxischen Propaganda der Völkischen verseucht sind.«

»Wie auch immer«, sagte Edith müde, »wir können wirklich froh sein, dass er die Arbeit als Laufbursche hat. Andere Jungen trifft es viel härter, sie müssen den ganzen Tag Kohlensäcke oder schwere Kisten schleppen und machen sich dabei das Kreuz kaputt. Ja, wir sollten dankbar sein, dass Lohmann ausgerechnet Gustav diese verantwortungsvolle Arbeit anvertraut hat.«

»In diesem Sinne«, hob Fritze erneut das Glas. »Möge unser Land ab heute leuchtenden Zeiten entgegengehen!«

»Die Hoffnung stirbt zuletzt«, murmelte Janno.

12

Duisburg, November 1923

Nachdem sie den Brief von Clara gelesen hatte, klopfte Henrikes Herz bis zum Hals. Seit deren Verschwinden vor rund einem halben Jahr hatte sie nichts mehr von ihrer Schwester gehört, genauso wie Karl und alle anderen in der Siedlung. Und nun hatte plötzlich dieser Bote vor der Tür gestanden, der nicht einmal ein offizieller der Post war, und ihr dieses Schreiben überbracht.

»Clara lebt«, murmelte Henrike, die genau daran schon seit Langem gezweifelt hatte. Denn es war, so hatte sie es sich immer wieder gesagt, doch schließlich absolut undenkbar, dass eine Mutter so mir nichts, dir nichts ihr Kind zurückließ und nicht mehr zu ihm zurückkehrte! Nun aber sah es so aus, als sei genau das geschehen, und Henrike hatte Mühe, dies zu begreifen.

Ihr Blick fiel auf den kleinen Dietrich, der – vor dem eingeheizten Ofen am Boden auf einer Decke liegend und die kleinen Arme und Beine in die Luft gestreckt – fröhlich vor sich hin gluckste. Nach Claras Verschwinden hatte Henrike an ihrer statt die Mutterrolle übernommen, wogegen auch Karl nicht das Geringste einzuwenden gehabt hatte, denn so hatte er seine

Wohnung nun für sich allein – und für Enna, die er dort regelmäßig empfangen hatte, als sie auf Besuch gewesen war. Was genau zwischen den beiden vorgefallen war, hatte sich Henrike nicht erschlossen, dennoch aber war es eine Schande, wie sie fand, dass Karl das völlig unerwartete Fortbleiben seiner Frau dazu nutzte, sofort mit einer anderen Frau anzubändeln, und sich auch nicht einen Moment um Clara zu sorgen schien.

»Anscheinend hat sie beschlossen, ihr Kind im Stich zu lassen«, hatte er teilnahmslos gesagt. »Was mir einmal mehr zeigt, was für ein egoistisches Luder sie ist.« Damit war dieses Thema für ihn erledigt gewesen, und er hatte Clara kaum noch einmal erwähnt.

Henrike fragte sich, was genau hinter Claras überstürzter Flucht liegen mochte, denn darüber verlor sie in ihrem Brief kein Wort. Sie erinnerte sich an die Reisetasche, die ihre Schwester bei sich trug, als sie sie zum letzten Mal gesehen hatte. Konnte wirklich einzig Karls abweisendes Verhalten und das ein wenig zu herzliche Willkommen, das er Enna laut Hiskas Schilderung hatte angedeihen lassen, der Grund für ihre Flucht gewesen sein? Aber wenn es so war, warum hatte sie sich dann nicht einfach von ihm getrennt und war mit ihrem Kind wieder bei Mutter und Schwester eingezogen?

Bitte komme mich hier so bald wie irgend möglich mit Dietrich besuchen, schrieb Clara. *Ich vermisse den Kleinen so sehr.*

Ach ja? Erneut richtete Henrike ihren Blick auf Dietrich. Und was, wenn Clara ihn wiederhaben wollte? Allein dieser Gedanke schmerzte dermaßen, dass ihr ganz blümerant zumute wurde. So sehr hatte sie sich inzwischen an diesen kleinen Jungen gewöhnt, ihn so lieb gewonnen, dass es ihr das Herz brechen würde, ihn nicht mehr jeden Tag um sich zu haben und für ihn zu sorgen. Und außerdem: Hatte Clara dieses Kind nicht freiwillig aufgegeben? Welches Recht also sollte sie haben, es nun wiederhaben zu wollen?

Das Recht der Mutter, beantwortete Henrike sich sogleich selbst die Frage.

Sie sah noch einmal in den Brief. Die Adresse, die Clara angegeben hatte, befand sich außerhalb der Stadt, in einem Dorf mitten im Grünen. Was, um alles in der Welt, hatte sie dort zu suchen?

Henrike erinnerte sich, dass Hiska vor längerer Zeit von ihrem Bruder erzählte, den es vom Land in die Hauptstadt verschlagen hatte, weil er sich in Berlin ein besseres Leben erhoffte. Dieser Entschluss war Henrike nachvollziehbar erschienen. Aber umgekehrt? Was mochte es in diesem Dorf geben, das es wert war, sein Kind dafür zu verlassen? Würde ein so kleines Wesen es denn im Grünen nicht sogar viel besser haben als hier in der schlechten Luft, die der kleinen Clivia unlängst einen bösen Husten beschert hatte?

Je länger Henrike über die Beweggründe ihrer Schwester nachgrübelte, desto unzufriedener wurde sie. Denn nichts, absolut nichts wollte ihr als Begründung einfallen, warum man von jetzt auf gleich eine solche Entscheidung traf.

Bitte komme mich hier so bald wie irgend möglich mit Dietrich besuchen.

»Nun gut«, murmelte Henrike und schlug bekräftigend mit der Hand auf den Tisch, bevor sie sich von diesem erhob. »Nun gut.« Es war an der Zeit, dass sie Antworten auf ihre Fragen bekam.

* * *

Es klopfte an der Tür. Gérard schaute fragend auf. Clara aber, die ihm, nur mit einem hauchdünnen rosafarbenen Umhang bekleidet, Modell saß, zuckte mit den Schultern. »Ich erwarte niemanden, Chéri.«

»Vas-y«, forderte Gérard sie auf, während er sich schon wieder mit schnellen Pinselstrichen seiner Malerei widmete. »Schau, wer ist da.« Sein Deutsch war bereits besser geworden, seit Clara bei ihm wohnte, doch beschränkte es sich eher auf gängige Floskeln, als dass er wirklich in ganzen Sätzen sprach. Ebenso verhielt es sich mit ihrem Französisch, das sie eifrig zu verbessern versuchte.

Clara sprang von ihrem Podest hinunter, griff nach ihrem mit Fell besetzten, hellbraunen Ledermantel und zog ihn über. Wer auch immer ihr Gast sein mochte, unmöglich konnte sie sich ihm in diesem transparenten Hauch von Nichts präsentieren. Zwar hatte sie selbst sich an diese Freizügigkeit gewöhnt und fand sogar ab und zu Gefallen daran, den lieben langen Tag nackt in ihrer Bleibe herumzuspazieren, aber leider war man hier im Rheinland noch nicht so weit, dies als schicklich zu erachten. Und genau das war auch der Grund, warum Clara davon träumte, in eine große Stadt zu ziehen, Berlin zum Beispiel – oder sogar Paris. Ja, in Paris würde all das, was sie sich von ihrem Leben erträumte, in Erfüllung gehen. Solange Gérard aber noch in Duisburg stationiert war, würde daraus zu ihrem Bedauern wohl nichts werden.

Clara strich Gérard beim Vorbeigehen zärtlich über das dichte dunkle Haar. Dass er am helllichten Tag bei ihr im Gartenhaus auftauchte und zu malen begann, war eher die Ausnahme. Normalerweise verbrachte sie ihre Tage hier allein, oft gelangweilt zwar, aber umgeben von jedem Komfort, den sie sich nur wünschen konnte. Das alles hier war um so vieles besser, als sie es von der Zechensiedlung her gewohnt war, sodass sie sich jeden Morgen beim Aufstehen selbst dafür beglückwünschte, Gérards flehender Bitte, bei ihm zu bleiben und nicht nur seine Muse, sondern auch seine Geliebte zu sein, nachgekommen zu sein. Dafür von den Dörflern, denen sie im Ort begegnete, als Franzosenschlampe beschimpft zu werden, ertrug sie mit Gleichmut. Wenn diese Menschen zu dumm waren, die Möglichkeiten zu erkennen, die die französische Besatzung mit sich brachte, dann konnte sie ihnen auch nicht helfen. In den Berliner oder Pariser Galerien jedenfalls, da war sie sich sicher, würde ihre Liaison mit Gérard in Zukunft allenfalls positive Beachtung finden. Schließlich kümmerte es in Künstlerkreisen niemanden, woher man kam oder wohin man ging, wie Gérard nicht müde wurde zu betonen. Und genau diese Künstlerkreise, das wusste Clara jetzt, waren es, zu denen sie sich zugehörig fühlen wollte.

Clara öffnete die Tür – und prallte im nächsten Moment zurück. »Henrike«, rief sie überwältigt. »Du … du bist hier?!« Tränen traten in ihre Augen, als sie ihre Arme nach dem Kind ausstreckte, das Henrike auf den Armen trug. »Dietrich«, hauchte sie ergriffen. »Was bist du groß geworden! Komm zu mir, mein Schatz! Komm zu deiner … komm zu mir!«

»Du hast mich gebeten herzukommen, schon vergessen?«, entgegnete Henrike schnippisch, ohne Anstalten zu machen, ihrer Schwester das Kind zu überlassen. Ganz im Gegenteil drehte sie sich von Clara weg, als Dietrich nun zu weinen begann. »Er ist müde nach der langen Fahrt«, sagte sie. »Gibt es hier einen Platz, wo ich ihn zum Schlafen hinlegen kann?«

»Gib ihn mir doch, ich habe ihn so lange nicht in den Arm nehmen können«, startete Clara einen neuen Versuch. Sie konnte es kaum erwarten, ihren Sohn endlich wieder an sich zu drücken.

»Du hast ihn zurückgelassen wie ein Stück Müll, schon vergessen?«, giftete Henrike. »Weggeworfen hast du ihn, Clara, weggeworfen! Darf ich fragen, was du dir dabei gedacht hast?«

»Komm … komm doch erst mal rein.« Clara war so überwältigt, dass sie kaum einen klaren Gedanken fassen konnte. Nie im Leben hatte sie damit gerechnet, dass sich Henrike derart schnell auf den Weg zu ihr machen würde. Und doch war es nicht gerade der günstigste Moment, hier im Gartenhaus aufzutauchen, heute, da Gérard hier war. Sie fragte sich, wie er auf Dietrich reagieren würde, denn schließlich hatte sie ihm bislang nichts von ihrem Kind erzählt.

Noch während sie diesen Gedanken fasste, verspürte sie eine plötzliche Panik in sich aufsteigen. Sie blieb stehen und sah ihre Schwester eindringlich an. »Bitte, Henrike«, beschwor sie sie mit gedämpfter Stimme. »Gérard darf nicht erfahren, dass Dietrich mein Kind ist. Bitte versprich mir, ihm gegenüber so zu tun, als seist du seine Mutter.«

»Gérard?« Henrike starrte sie fassungslos an. »Du … lebst hier mit einem … einem Franzosen?«, fragte sie mit weit aufgerissenen Augen, wobei sie ihre Stimme keineswegs senkte. Doch Gott sei Dank schrie Dietrich nun so laut, dass er alles Gesagte übertönte. »Du … du hast deinen Sohn für einen Franzosen im Stich gelassen?!«

»So war es nicht«, versuchte Clara sich zu rechtfertigen, doch bemerkte sie selbst, dass es recht halbherzig klang.

»Wie war es denn?«

»Bitte, können wir darüber sprechen, wenn Gérard nicht da ist?«

»Wenn Gérard … Das kann nicht dein Ernst sein!«, fauchte Henrike gegen das Schreien des Kindes an. »Sag mal, Clara, was denkst du dir denn eigentlich dabei? Du bestellst mich nach einem halben Jahr hierher und tust so, als wäre nichts gewesen. Weißt du eigentlich, wie viele Sorgen sich Mutter und ich uns deinetwegen gemacht haben? Weißt du eigentlich, wie viele Nächte Mutter deinetwegen durchgeweint hat, vor Angst ganz außer sich?«

»Jaja, das kann ich mir denken«, erwiderte Clara ungeduldig, »und es tut mir auch leid, aber …«

»Es tut dir leid?«, schrie Henrike außer sich, und ihr ganzer Körper bebte jetzt vor Wut. »Es tut dir leid?«

»*Qui est-ce, Chérie?*« Unbemerkt war Gérard zu ihnen getreten, und selbst Dietrich schien so überrascht, dass er das Schreien vergaß. »Wer ist das?«

»Oh, das ist eine Überraschung«, klärte Clara ihn hastig auf. »*Surprise.* Es ist meine Schwester, *ma sœur*, mit …« Sie schluckte schwer. »Mit … mit ihrem Sohn. *Son fils.*«

»Mit *meinem* Sohn?«, krächzte Henrike heiser, und Clara sank das Herz in die Hose.

»Oh.« Gérard schien ebenfalls überrascht, doch schien er der Betonung von Henrikes Antwort keine weitere Bedeutung zuzumessen. Er streckte Henrike seine Hand hin und deutete eine Verbeugung an. »*Enchanté*, Madame.«

Henrike aber ignorierte seine Hand. Dietrich hingegen hatte die Pinsel entdeckt, die sich Gérard hinter die Ohren gesteckt hatte. Er gluckste begeistert auf und langte mit seinen kleinen Händen danach. Außerdem schienen ihm die bunten Farbkleckse zuzusagen, mit denen Gérards weißer Kittel übersät war.

»Oh mein Gott«, sagte Henrike, als sie nun an Gérard vorbei in den lichtdurchfluteten und mit zahlreichen Staffeleien und Gemälden zugestellten Raum des Gartenhauses trat, den er als Atelier benutzte. Entsetzt starrte sie auf die Ölgemälde, die ihre Schwester in den unterschiedlichsten Posen zeigten – zumeist nackt oder so leicht bekleidet, dass es fast noch verruchter wirkte. »Clara, wie … wie kannst du nur?«

»Lass es dir erklären, Henrike …«

»Nein.« In Henrikes Augen stand nun das nackte Entsetzen. »Nein. Nein, nein, nein.« Sie stieß Clara beiseite und auch Gérard, der ihr in der Diele im Weg stand. Wie eine Erstickende riss sie nach Luft schnappend die Haustür auf und stürzte hinaus.

Clara aber verzichtete darauf, ihr hinterherzurennen, denn sie wusste in diesem Moment bereits, dass sie Henrike und auch ihren Sohn für immer verloren hatte.

* * *

Von oben bis unten mit Ruß verschmiert kam Karl mit den anderen Kumpeln aus dem Berg gefahren. Er schob das scheppernde Gitter des Förderkorbs beiseite und trat ins Tageslicht hinaus. Grau und wolkenverhangen erstreckte sich die Siedlung vor ihm, was seiner ohnehin schon trüben Stimmung nicht gerade Auftrieb verlieh. Dennoch war er froh, dass sich sein Tagesablauf insofern stabilisiert hatte, als er wieder seiner regelmäßigen Arbeit nachging, anstatt sich in revolutionären Scharmützeln gegen die Feinde der Republik zu verlieren, seien es die Besatzer oder die Völkischen.

Nachdem die Regierung in Berlin den passiven Kampf im Ruhrgebiet im September für beendet erklärt hatte, pendelte sich das Leben aller langsam wieder ein. Vielen erging es wie Karl: Zwar fühlten sie sich von ihrer Regierung verraten und verkauft und in dem wichtigsten Kampf, den sie jemals zu führen bereit gewesen waren, im Stich gelassen; und doch war da auch eine gewisse Erleichterung, dass es mit dem Kämpfen und Töten nun endlich ein Ende hatte.

Dennoch: Mehrere Hundert Menschen hatten während des Aufstands ihr Leben verloren. Und wofür? Genau genommen nur dafür, dass für die Franzosen und die Belgier nun alles genau so lief, wie sie es sich einst ausgemalt hatten. Deutschland war angesichts der nicht mehr tragbaren wirtschaftlichen Situation, die Millionen Menschen um ihren Lohn und ihre Ersparnisse gebracht und in nie gekannte Armut gestürzt hatte, eingeknickt und kam nun wieder seinen vom Versailler Vertrag auferlegten Verpflichtungen nach. Sämtliche Gelegenheiten, die ihr ermöglicht hätten, das Schanddiktat, wie es die deutschnationalen Kräfte nannten, anständig und im Sinne ihrer Bürger nachzuverhandeln, hatte die Regierung, von deren Mitgliedern sich während des Aufstandes nie auch nur einer im Ruhrgebiet hatte blicken lassen, ungenutzt verstreichen lassen.

Für all die tapferen Menschen, die den Widerstand im Ruhrgebiet aktiv betrieben oder passiv unterstützt oder im Kampf gegen die Besatzer gar Angehörige verloren hatten, war dies ein erneuter Schlag ins Gesicht. Aber es war vorbei, und das nicht zuletzt, weil auch der aktive Widerstand der Sabotagetrupps nach der Hinrichtung ihres Anführers in sich zusammengefallen war. Kaum anzunehmen war, dass die Regierung, hätte Schlageter noch das Kommando geführt, mit der erneuten Kapitulation vor dem Feind derart leicht davongekommen wäre.

Karl, der sich vorgenommen hatte, Enna an diesem Abend einen Brief zu schreiben und sie zu fragen, wann sie ihn endlich wieder besuchen käme, lief, erschöpft von den Anstrengungen des Tages, auf seine Wohnung zu. Noch bevor er jedoch den Schlüssel hervorgekramt hatte, sah er Henrike mit dem Kind auf dem Arm um die Ecke biegen. Wie angestochen rannte sie die Straße hinab und fast sah es so aus, als wäre sie vor jemandem auf der Flucht.

»He, Henrike«, rief Karl zu ihr herüber, »ist alles in Ordnung?«

»Nichts ist in Ordnung, Karl, gar nichts!«, rief sie zurück, aber es hörte sich weniger panisch als unendlich wütend an.

»Was ist denn passiert? Du rennst ja, als wäre der Allmächtige hinter dir her!«

Für einen kurzen Moment blieb Henrike stehen. Ihr Brustkorb hob und senkte sich sichtbar, als sie schwer atmend sagte: »Glaub mir, Karl, das willst du gar nicht wissen.«

»Aber wenn ich dir helfen kann …«

»Wenn du mir helfen willst, Karl«, keifte sie, »dann geh mir aus dem Weg! Und das am besten für eine sehr, sehr lange Zeit.« Mit diesen Worten schloss Henrike die Tür zu ihrer Wohnung auf und verschwand, ohne eine Erwiderung abzuwarten, mit dem Kind im Innern.

»Versteh einer die Weiber«, knurrte Karl.

»Das sage ich auch immer«, hörte er hinter sich einen Mann mit französischem Akzent amüsiert sagen.

Karl fuhr herum und fauchte: »Sollte jemals der Tag kommen, an dem mich deine Meinung interessiert, Franzmann, dann …!« Er stockte, als er sah, wer da vor ihm stand. »Verdammt, Jean-Pierre«, presste er angespannt hervor, »was hast du denn hier zu suchen?«

»Enna«, lautete die ebenso knappe wie eindeutige Antwort.

Danksagung

Danke.

Sie haben es getan – zum zweiten Band gegriffen nämlich –, und dafür bedanke ich mich von ganzem Herzen. Dass Sie auch die Fortsetzung meiner historischen Trilogie »Wege in eine neue Zeit« gelesen haben, zeigt mir, dass Ihnen der erste Band vermutlich gefallen hat, und darüber freue ich mich sehr. Ich hoffe, ich konnte Ihnen mit diesem Buch ebenso viele schöne Stunden bereiten, wie ich sie bei der Recherche und beim Schreiben hatte.

Schöne Stunden. Noch während ich den vorherigen Satz formulierte, kam er mir ein wenig, ja, zynisch vor. Denn sicherlich würden nicht viele der Zeitgenossen, die die Weimarer Republik am eigenen Leib miterlebt haben, ausgerechnet das Jahr 1923 als schön bezeichnen. Geprägt von politischen Unruhen, Arbeitslosigkeit, Hunger und Krankheit war es für die allermeisten Deutschen wohl alles andere als das.

Gut möglich auch, dass Sie als aufmerksame Leserinnen und Leser bei der Lektüre nicht umhin konnten festzustellen, dass wir exakt hundert Jahre später in Deutschland erneut an einem Punkt sind, an dem uns die voranschreitende Geldentwertung und die damit einhergehende Kostenexplosion zunehmend verunsichert, wenn nicht gar zutiefst verängstigt. An dieser Stelle Prognosen anzustellen, wohin uns diese Entwicklung führen wird, kann und soll nicht meine Aufgabe sein. Doch zeigt nicht zuletzt das Beispiel der Hyperinflation von 1923, dass aus der zunehmenden sozialen Spaltung einer Gesellschaft niemals und für niemanden etwas Gutes entstehen kann. Stets ein wachsames und bewusstes Auge auf das zu haben, was in Politik und Gesellschaft geschieht, sollte uns – nicht zuletzt aus den Erfahrungen der Vergangenheit heraus – auch in der heutigen Zeit ein wichtiges Anliegen sein.

Mein ausdrücklicher Dank für das in mich gesetzte Vertrauen geht an das wundervolle Team von Tinte & Feder, das mir mit der Beauftragung dieser Trilogie die Möglichkeit gab, schriftstellerisch ein Thema aufzugreifen, das mir am Herzen liegt. Namentlich danke ich Katrin Bussac für die stets vertrauensvolle und unkomplizierte Zusammenarbeit.

Danken möchte ich auch meinen Lektoren Kanut Kirches und Rainer Schöttle für die inspirierenden Lektorate sowie Manuela Tiller für den letzten Schliff im Korrektorat.

Auf den ersten Blick verliebt habe ich mich auch diesmal in das wundervolle Cover, dafür ein großes Dankeschön an zeromedia.net.

Und nicht zuletzt danke ich meiner wundervollen Kollegin Babsy Tom dafür, dass sie sich als waschechte Berlinerin erneut der Sprache meiner lieben Helene angenommen und dieser Figur damit ein gutes Maß Authentizität verpasst hat. Ich umarme und drücke dich ganz feste dafür, liebste Babsy – und das noch einmal mehr, weil … du weißt schon.

Ich freue mich sehr auf die weitere Zusammenarbeit mit allen Genannten, wenn es darum geht, auch den noch folgenden Band auf einen guten Weg zu bringen.

Herzlichst
Elke Bergsma

Folge der Autorin auf Amazon

Wenn dir dieses Buch gefallen hat, folge Elke Bergsma auf Amazon. Dann erhältst du eine Benachrichtigung, wenn die Autorin ihr nächstes Buch veröffentlicht. Um der Autorin zu folgen, gehe bitte folgendermaßen vor:

Desktop:

1) Suche auf Amazon.de oder in der Amazon App nach dem Namen der Autorin.
2) Klicke auf den Namen der Autorin, um auf die Autorenseite zu gelangen.
3) Klicke auf den »Folgen«-Button.

Smartphone und Tablet:

1) Suche auf Amazon.de oder in der Amazon App nach dem Namen der Autorin.
2) Klicke auf einen Titel der Autorin.
3) Klicke auf den Namen der Autorin, um auf die Autorenseite zu gelangen.
4) Klicke auf den »Folgen«-Button.

Kindle eReader und Kindle App:

Wenn du dieses Buch auf einem Kindle eReader oder in der Kindle App liest, wird dir automatisch angeboten, der Autorin zu folgen, nachdem du die letzte Seite des Buches gelesen hast.

Printed in Poland
by Amazon Fulfillment
Poland Sp. z o.o., Wrocław

46575099R00179